CB071842

Copyright © 2022 Ler Editorial

Texto de acordo com as normas do novo acordo ortográfico da língua portuguesa (Decreto Legislativo Nº54 de 1995).

Todos os direitos reservados. Proibida a reprodução total ou parcial, de qualquer forma ou por qualquer meio, mecânico ou eletrônico, incluindo fotocópia e gravação, sem a expressa permissão da editora.

Editora – Catia Mourão
Capa – Joice Dias
Diagramação – Catia Mourão
Ilustração – Jaque Summer Design
Revisão – Halice FRS

CIP-BRASIL. CATALOGAÇÃO NA PUBLICAÇÃO
SINDICATO NACIONAL DOS EDITORES DE LIVROS, RJ

L746p

Lis

À primeira vista / Lis. - 1. ed. - Rio de Janeiro : Ler, 2022.
288 p. ; 23 cm. (Trilogia opostos ; 1)

ISBN 978-65-86154-65-8

1. Romance brasileiro. I. Título. II. Série.

22-79115

CDD: 869.3
CDU: 82-93(81)

Meri Gleice Rodrigues de Souza - Bibliotecária - CRB-7/6439
27/07/2022   29/07/2022

Foi feito o depósito legal.
Direitos de edição:

Ler Editorial

À PRIMEIRA VISTA

TRILOGIA OPOSTOS
LIVRO 1

LIS

1ª edição
Rio de Janeiro – Brasil

SUMÁRIO

005	DEDICATÓRIAS	168	CAPÍTULO 26
006	PLAYLIST	175	CAPÍTULO 27
007	AVISOS IMPORTANTES	183	CAPÍTULO 28
009	PRÓLOGO	192	CAPÍTULO 29
013	CAPÍTULO 1	198	CAPÍTULO 30
019	CAPÍTULO 2	212	CAPÍTULO 31
023	CAPÍTULO 3	220	CAPÍTULO 32
026	CAPÍTULO 4	223	CAPÍTULO 33
031	CAPÍTULO 5	228	CAPÍTULO 34
035	CAPÍTULO 6	234	CAPÍTULO 35
041	CAPÍTULO 7	241	CAPÍTULO 36
046	CAPÍTULO 8	246	CAPÍTULO 37
051	CAPÍTULO 9	252	CAPÍTULO 38
057	CAPÍTULO 10	260	CAPÍTULO 39
063	CAPÍTULO 11	267	CAPÍTULO 40
070	CAPÍTULO 12	273	CAPÍTULO 41
078	CAPÍTULO 13	281	EPÍLOGO
087	CAPÍTULO 14	287	AGRADECIMENTOS
094	CAPÍTULO 15		
101	CAPÍTULO 16		
108	CAPÍTULO 17		
114	CAPÍTULO 18		
122	CAPÍTULO 19		
130	CAPÍTULO 20		
139	CAPÍTULO 21		
146	CAPÍTULO 22		
152	CAPÍTULO 23		
158	CAPÍTULO 24		
161	CAPÍTULO 25		

Dedico ao meu marido, Osmar, que me apoiou desde o início e foi minha força e minha motivação maior para continuar todos os dias.
À Juliana, Isis, Daiany e Ju Rabello, que vibraram com todas as nossas vitórias.
Vocês nos deram asas e nós estamos voando.

Lorena

Dedico à minha filha, Isadora; ao irmão que a vida me deu, Matheus, que sempre está ao meu lado me fazendo acreditar que meus sonhos são possíveis.
À Juliana, Isis e Daiany, que estão conosco desde o primeiro dia de existência do LIS.
Agradeço à Samara a mulher forte que me tornei.

Skarlat

MIRE A CÂMERA DO SEU CELULAR PARA O QR CODE
E LEIA ESTE LIVRO ESCUTANDO A PLAYLIST.

AVISOS IMPORTANTES

Esta obra Contém situações perturbadoras, tema maduro, linguagem forte e informal.
Pode conter gatilhos para vítimas de abuso.
Não recomendado para menores de 18 anos.
Os personagens e acontecimentos são frutos da imaginação das autoras e utilizados de forma totalmente ficcional.

@jsummerdesign

PRÓLOGO

Rebeca - Diabinha

Sentada na minha cama, fico observando meu quarto e minhas malas já prontas. Sempre fui tão feliz aqui nesta casa, e esse cômodo em especial me traz lembranças dos ótimos momentos em que passei aqui com Cecília Monteiro Cunha e Ayla Ferri Bacelar. Pensando nisso agora, vejo o quanto nossa vida mudou em tão pouco tempo. Dei a ideia de irmos para Califórnia, mas não pensei realmente que iríamos. Talvez, em algum momento, eu tenha considerado que fosse só mais uma das minhas ideias loucas, mas estamos realmente indo. Estamos voando, finalmente.

Eu não sei o que será de nós naquele lugar, porque, convenhamos, se eu já não sou muito boa das ideias, com as duas doidas é só ladeira abaixo. Chego a sorrir ao pensar nas loucuras que já cometemos e que as duas se meteram por sempre me acompanhar. E, mesmo sendo tão loucas, conseguimos realizar nossos sonhos. Nós nos formamos em Medicina, cada uma em uma especialidade, mas tenho certeza de que fazemos tudo com tanto amor que, com certeza, nascemos para isso.

Eu me especializei em Obstetrícia, Ayla em Pediatria e, por incrível que pareça, Ceci se tornou uma excelente psicóloga. Eu morro de orgulho delas, nossos pais também não se aguentam de tanto orgulho, principalmente meu pai que batalhou tanto para fazer meu sonho se tornar realidade.

Eu me levanto e vou para o aparador que fica ao lado da minha cama, pego o porta-retratos com a foto da minha mãe e fico observando o quanto ela era linda. Na foto ela está ao meu lado, comemorando meus treze anos, com um sorriso tão perfeito que é impossível não sorrir junto. Sinto uma lágrima solitária escapar. Eu sinto tanta a falta dela.

Quando a perdemos em um acidente de carro, parte do meu pai se foi com ela. Ele sofre até hoje a falta dela mesmo quando se faz de forte para mim. Se um pedaço meu também foi com ela, outro fica despedaçado a cada vez que vejo meu velho chorar em silêncio à noite para que eu não veja. Mesmo ele sendo meu pai e sendo quem tem de cuidar de mim, eu só queria tirar toda a dor do coração dele para vê-lo sorrir abertamente como sorria ao lado de dona Rose.

— Ela era tão linda quanto você. Eu a vejo em cada traço seu, cada maluquice e palhaçada sua.

Assusto-me com a sua voz e, quando me viro, ele está encostado na soleira da porta com as mãos nos bolsos da calça, com aquele sorriso sincero que ele só direciona a mim. Eu o amo tanto que meu coração dói, ele é meu mundo todo. Somente ele mesmo, as meninas e eu sabemos o quanto esse homem é batalhador e forte, e nesse momento estou com medo de partir, deixando-o para trás. Sei que nunca abandonarei meu pai, mas seu Cristiano é muito fechado e eu não sei o que ele fará sem a menina dos seus olhos para desabafar e se apoiar.

— Sinto a falta dela todos os dias, essa dor parece que nunca vai passar. Mas, mais do que isso, eu já estou sentindo a falta do senhor. — Vou até ele e o abraço forte segurando as lágrimas. — O senhor tem de me prometer que vai se cuidar. Tomar todos os seus remédios no horário certinho e que não vai ficar se entupindo com suas besteiras.

— Eu prometo, minha menina! — Ele segura meu rosto com as duas mãos e limpa as lágrimas que descem sem controle. Meu pai e as meninas são as únicas pessoas que eu deixo ver meus momentos de vulnerabilidade. — Mas você tem de me prometer que vai sempre olhar para frente e tentar não me matar de preocupação, porque agora você estará longe dos meus olhos.

Abro um sorriso fraco tentando controlar minhas emoções, mas não está nada fácil. Eu sabia que seria doloroso me despedir, mas não sabia que seria como se estivessem arrancando o restante do meu coração.

— Eu prometo! Eu te amo, coroa! — digo rindo e ele dá uma risadinha fraca, acompanhando-me.

— Esse coroa aqui está imensamente feliz por ver sua menina voar. Eu estou tão orgulhoso da mulher que você se tornou, filha, e tenho certeza de que sua mãe estaria gritando para todos ouvirem o quanto estaria orgulhosa de você também.

— Ah, pai, não fale essas coisas! Já está difícil demais. Não me faça chorar ainda mais.

— Rebeca, quero que tenha juízo lá, ok? E tenha sempre em mente que, não importa o momento, esse coroa está aqui te esperando de braços abertos. Só estou te deixando ir para longe de mim, porque eu sei o quanto é importante para você realizar mais esse sonho e ter sua tão amada liberdade. Você é uma médica maravilhosa, lutou e conquistou seus sonhos. E agora o mundo precisa conhecer um pouco desse mulherão que você é!

— Obrigada, pai! — digo, apertando-o ainda mais nos meus braços, mas me afasto um pouco para olhar a hora. — Pai, será que podemos ir? Temos que passar para pegar as meninas ainda e até fazer tudo no aeroporto, o senhor sabe o quanto é enrolado. Eu não quero me atrasar e fazer tudo correndo.

— Vamos, filha.

Ele me ajuda a levar as malas para o carro. Enquanto vai trancar a porta, fico parada olhando para ele e a casa em que vivi toda a minha vida até agora. E mais uma vez é impossível segurar as lágrimas. Eu estou voando. Sorrio em meio às lágrimas e ele me abraça novamente. Soltamo-nos e vamos para o carro. No caminho vou conversando com ele sobre o que pretende fazer agora e, pelo jeito, parece que é se afogar em serviço na construtora. Ainda bem que nunca me pediu para seguir seus passos porque não saberia dizer não para ele, mas também não seria tão feliz sem praticar minha tão amada Medicina.

Chegamos à casa de Ayla e as coisas não estão muito diferentes para eles, estão todos chorando. Eu acho que para a família da minha amiga está sendo um pouco mais difícil. Se fui criada com toda a liberdade para viver do jeito que quero e conversar sobre tudo com meu velhinho, os pais de Ayla, apesar de serem amorosos, são extremamente protetores; o que acaba fazendo com que minha amiga tenha de ser mais contida e ter até um pouco de insegurança e medo de algumas coisas. Mas eu os amo tanto, como se fossem uma extensão do meu pai e minha.

Desço correndo do carro para abraçar tio Fernando e tia Alessandra. Eles me dão um abraço triplo que eu quase fico sem ar. Afasto-me rindo deles.

— Gente... Estaremos longe, mas estaremos sempre aqui e vocês podem ir para lá também.

— Eu sei menina, mas é muito difícil olhar vocês agora e ver que estão fugindo da gente — Tia Alessandra diz.

— São umas ingratas, isso sim. Poderiam muito bem ficar aqui onde eu possa bater nos panacas que tentam se engraçar para o lado delas.

Olho para o lado e vejo Felipe com um bico gigante. Esse menino já botou tanto homem para correr da vida não só da Ayla, mas da Ceci e da minha que às vezes eu tenho vontade de esganá-lo. Corro até ele e me jogo em cima dele que me abraça apertado. Eu fico rindo, porque não sei se ele está mais triste por irmos para longe ou bravo por saber que vou aloprar a Ayla até que se perca um pouco dessa vida cheia de tabu em que vive aqui. Afasto-me dele e encho seu rosto de beijo.

— Deixa de ser ciumento! O máximo que pode rolar é uma orgia deliciosa entre nós três e uns gostosos que encontrarmos por lá — digo isso baixinho só para ele, porque sou doida, mas sou consciente. É arriscado que seu Fernando prenda Ayla em correntes no quarto dela. Ele faz uma careta para mim e me afasto rindo.

— Vamos meu povo! Vamos que eu estou ansiosa para chegar a minha casinha nova e conhecer novos ares.

Olho para o lado e vejo Ayla abraçada à sua mãe e segurando a risada, porque ela bem sabe que não são os ares que quero conhecer. Meu pai e eu voltamos para o carro dele, Ayla vai com o seu pai e a família, então

seguimos rumo à casa de Ceci. Chegando lá, solto meu cinto e afundo minha mão na buzina gritando para Ceci:
— Vamos, mulher! Vamos!
Fico rindo da cara horrorizada do meu pai. Olho para a porta e vejo Cecília saindo com seus pais.
— Tia maravilhosa, eu te amo!
— Eu também te amo, sua doidinha! — Tia Amanda se escora na janela do carro e me dá um beijo no rosto.
— Essas meninas só amam a minha mulher, eu não sei lidar com essa falta de amor por esse velho — Seu Antônio diz e eu começo a rir descontroladamente do seu drama.
— Tio Antônio, eu não posso dizer que você é meu tio preferido, porque é arriscado de tio Fernando sair do carro e só chegarmos ao aeroporto amanhã. Mas você é. Não conte a ele viu?!
Dou uma piscadinha para ele, que faz o mesmo que sua esposa e me dá um beijo no meu rosto. Ele sai assoviando uma música qualquer e quando passa pelo carro do tio Fernando fica rindo para ele. Esses dois às vezes parecem crianças. Boto a cabeça para fora e grito:
— Estão prontas?
— Estamos, capitã! — Ouço as outras duas doidas gritarem.
Saímos rindo da nossa loucura e seguimos rumo ao aeroporto.
Estou chegando, Califórnia! E estou chegando para fazer história!

CAPÍTULO 1

Rebeca

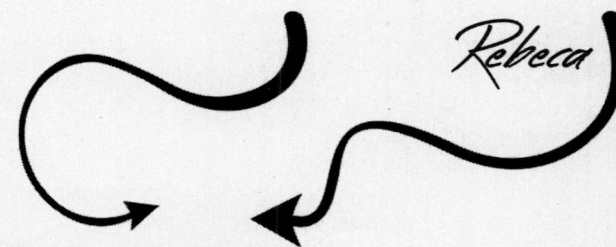

E u ainda não estou acreditando que chegamos!
Meu Deus, depois de mais de dezesseis horas em um avião eu só consigo pensar no quanto preciso de um banho relaxante. Na verdade, cheguei até a sonhar com minha banheira que eu já sei que me espera.

O caminho até nossa casa chega a ser tortuoso, tamanha é a ansiedade que estou sentindo. Como se já não bastasse o tempo que perdemos tentando conseguir um táxi, o trânsito não está ajudando muito. Quando o motorista estaciona em frente a nossa casa, sou a primeira a saltar do carro e parar para admirar a fachada.

Puta que pariu! Nossos pais com certeza acertaram comprando essa casa para nós. Ela tem um gramado tão verdinho que chega a dar dó só de pensar em alguém pisando nele e um caminho largo de cimento bem no meio, levando até a porta principal.

Olho para as meninas ao meu lado, que estão tão bobas com essa maravilha quanto eu, começo a rir descontroladamente sem motivo aparente. Estou tão feliz que é difícil demais me conter. Saio pulando e rodando pelo nosso gramado e deixando toda essa felicidade aparente para quem quiser ver.

— Doida, se você estragar esse gramado eu te mato! Ouviu? — Ouço a voz da Ayla e mostro a língua para ela.

Volto correndo para onde elas estão ajudando o motorista a tirar nossas malas, pago a viagem e vou correndo para a entrada. Assim que as duas chegam ao meu lado, abro a porta, trocamos olhares entre nós, sorridentes.

— Com o pé direito para começarmos essa nova etapa — digo, animada, então colocamos o pé direito para dentro da casa e sorrimos.

Corro meus olhos ao redor e fico admirada com o que vejo. Um sofá cinza em formato de L fica no meio da sala, algumas almofadas nos tons cinza, branco e preto estão espalhadas em cima dele. Uma mesa de centro, de vidro, está em cima de um felpudo tapete branco e outra mesinha na lateral do sofá. Na parede em frente tem um painel que a cobre de cima a baixo em tom marrom-escuro, com uma televisão imensa bem no meio. Algumas plantas pequenas e enfeites estão espalhados. O lustre dessa sala é simplesmente magnífico.

Tem uma mesa de jantar com seis cadeiras no mesmo tom de marrom do painel, ela fica em frente a uma porta de vidro de correr que tem vista para o jardim. Atrás do sofá também tem uma porta de vidro com vista para a parte da piscina.

— Não vejo a hora de me afundar nesse sofá e ler um livro. Deve ser maravilhoso! — Ayla diz se jogando no estofado.

— Nem me fale! Temos de ver um lugar para nossos livros, Aylinha. — Ceci diz e eu reviro os olhos para as duas.

Como podem gostar tanto de ler? Já me basta o que fui obrigada a ler para a faculdade.

— Vocês duas levantem logo daí e vão escolher seus quartos. A última fica com o menor — digo e saio correndo para escolher o meu.

Ouço as duas doidas correndo atrás de mim, rindo da infantilidade.

Paro à primeira porta que vejo e a abro. Com ela minha boca também se abre, porque ele é simplesmente perfeito. Com tons de cinza e branco, tem uma cama *king size* no meio e uma janela enorme com vista para a piscina e uma parte linda da cidade. Tem uma prateleira de mármore também cinza e um grande espelho acima dela.

Ao lado tem uma porta de correr que leva para o *closet* e, quando abro, fico chocada com o tamanho. Olho para a outra porta mais estreita e abro para ver meu banheiro, tem o boxe com um tamanho bom para dar espaço à banheira branca que fica bem ao lado. A bancada da pia é com o mesmo mármore da prateleira do quarto e eu estou me sentindo realmente apaixonada pela minha escolha.

— Ai meu Deus, estou no paraíso! — Ouço Ceci gritar e saio do meu quarto correndo para ver o dela.

É exatamente como o meu. Provavelmente nossos pais fizeram assim já para não dar briga ou sentirmos diferenças.

— A sua vista para o jardim é realmente linda! — digo e em seguida me jogo em sua cama para testar.

Melhor quebrar com meu pulo do que enquanto ela estiver pulando em um homem aqui. Rio com meu pensamento, porque conhecendo minha amiga ela não vai pular em um homem nessa cama tão cedo.

— Beca, eu te amo tanto! Essa, com certeza, foi uma de suas melhores ideias — ela diz se deitando ao meu lado.

— Como assim, não me chamaram para essa reunião aqui? — Aylinha aparece fazendo bico e a chamo com a mão. A bonita logo pula em cima da gente rindo. — Essa foi realmente sua melhor ideia, Furacão. Ter nossa casa e nossas responsabilidades vai nos ajudar muito. Sem falar que vai ser maravilhoso para nossas carreiras.

— Eu sei, sou muito foda! Agora vamos descansar um pouco e nos arrumarmos para irmos à procurar um rolê — digo já rindo porque não posso ver o rosto da Ayla, mas aposto que ela está fazendo cara feia para minha ideia. — Não quero reclamações. Estou indo para o meu lindo quartinho e, quando acordar e terminar de me arrumar, quero as duas lindas e maravilhosas!

— Ayla, você sabe que nem adianta contestar! — Ceci diz rindo, porque ela também sabe que nossa amiga daria um jeito de tentar fugir.

— Bora então, não é... — Ayla diz já se levantando e seguindo rumo ao seu quarto.

Levanto-me em um pulo também e vou correndo para o meu quarto enquanto grito:

— É isso aí, meus amores! Califórnia vai ficar pequena para o que tenho em mente!

Já são quase 10h da noite e eu estou calçando minha sandália de tiras douradas que combinam perfeitamente com meu vestido vermelho de cetim. Ele tem duas alças finas que são trançadas nas costas, drapeado nas laterais deixando um pouco mais curto que a frente e a parte de trás, colando-o ainda mais ao meu corpo.

Olho-me no espelho e sorrio contente com o resultado final de uma maquiagem leve e meus cabelos castanhos caindo em cascatas até o meio das minhas costas. Pego minha bolsa contendo apenas dinheiro e documento e saio rumo à sala.

— Cecília e Ayla, eu dou cinco minutos para que as duas estejam aqui ou vou sair sozinha e pegar todos os gostosos que encontrar na minha frente! — grito quando chego já sabendo o quanto as duas podem ser enroladas, mas quando me viro para o corredor elas já estão vindo.

Abro um largo sorriso enquanto vou analisando as duas. Juro, são tão lindas que eu fico chocada até hoje.

Ayla está vestindo um vestido preto superjusto no seu corpo e com as laterais todas drapeadas, uma bota de camurça que vai até metade das suas coxas e um casaquinho branco de mangas longas e mais comprido que o vestido. Os olhos castanhos esverdeados estão destacados pela sombra preta e os cabelos presos em um rabo de cavalo que alcança metade das suas costas. Cecília está com um vestido preto, cujo tecido é todo brilhoso e vai até metade das suas coxas, mas tem uma fenda que chega quase perto da virilha e uma sandália de tiras preta. Uma *make up* leve nos olhos, mas um batom vermelho nos lábios.

Puta que pariu! Formamos um trio e tanto!

— Deixa de ser gulosa, Beca, e deixa uns gostosos para nós também — Ceci diz rindo.

— Quem vê até pensa que você aproveita, não é? — Faço careta para ela que jura que só vai perder a virgindade quando aparecer seu príncipe encantado. — Mas vou deixar, porque Ayla precisa urgentemente tirar essas teias de aranha. — Volto a olhar para Ceci que já está fechando a porta. —

E a senhorita pode esquecer essa ideia dos cinco encontros, ir beijar na boca e trepar em um banheiro.

— Isso, sim, é uma balada. — Ouço Ayla murmurar próximo ao meu ouvido e sorrio, porque se ela gostou da balada é sinal de que vai tirar o atraso.
Essas minhas amigas precisam transar urgentemente.
— Meninas, estamos em outro país, mas não se esqueçam das regrinhas. — Viro-me de frente para as duas, olhando atentamente e as vejo sorrir.
— Não aceitar bebida de estranho — Ayla diz rindo e erguendo um dedo.
— Não desgrudar de forma alguma do nosso copo. — Ceci levanta dois dedos para somar com o de Ayla.
— E usem camisinha, não façam bebês! — falo alto em português e rindo ergo o terceiro dedo para somar com os delas. — Bora suas lindas!
A boate é simplesmente divina. Tem dois andares e uma pista de dança imensa no piso inferior, no meio dela fica um palco onde um DJ toca as músicas e de lá saem alguns jogos de luzes vermelhas e azuis que iluminam o suficiente para as pessoas escolherem suas presas da noite. Ao lado da mesa do DJ tem duas barras de *pole dance*, uma de cada lado. Abro um sorriso porque sei bem que em algum momento da noite vou querer subir lá. O bar fica um pouco afastado do palco e tem uma iluminação com algumas luzes brancas que foi feito só para chamar atenção, provavelmente.
Paramos no meio da pista, vejo Ceci se afastar e logo em seguida voltar com seis copos de tequila, limões e sal para nós três! Viramos a primeira dose e nos olhamos sorrindo. Logo já viramos a outra e seguimos rumo à pista para dançar.
Ficamos as três juntas, dançando sensualmente a música eletrônica que o DJ está tocando e já sinto os olhares desejosos em cima de nós. Noto quando algumas rodinhas de amigos chegam mais perto e só consigo sorrir.
Sinto um olhar às minhas costas e me viro para tentar achar. Reparo um loiro deliciosamente sério me encarando enquanto bebe sua cerveja, achei meu alvo. Dou uma piscada para ele e seguro meus cabelos com minhas duas mãos enquanto rebolo sem desviar do seu olhar. O homem lambe os lábios e se levanta para vir até mim.
Viro de costas para ele quando está perto o suficiente e começo a rebolar encostada em seu corpo. Deito a cabeça em seu ombro e sinto um perfume delicioso, mordo meu lábio. Levanto a cabeça para olhar as meninas e vejo que Ayla já está bêbada e Ceci, apesar de ainda estar sob controle, não vai demorar a se encontrar em um estado ainda pior do que o de nossa amiga. As duas me pegam olhando para elas, começam a rebolar mordendo o lábio e me encarando. Eu não me aguento e começo a rir das caras que os homens estão fazendo.
Sinto duas mãos grandes apertando minha cintura e solto um gemido baixinho enquanto me viro de frente para ele já atacando sua boca. Beijo a boca dele como se não houvesse amanhã, enfio minha língua na sua boca e

começo a brincar com a dele como se estivéssemos lutando pelo controle. Sinto como se ele quisesse realmente tirar tudo de mim, porque me aperta contra o próprio corpo e intensifica ainda mais o beijo. Aperto minhas unhas em seu pescoço e dou algumas mordidas em seu lábio com um sorriso safado colado em meus lábios.

Ouço gritos ao nosso redor e me viro para ver o que está acontecendo, aumento ainda mais o sorriso ao ver Ceci e Ayla dançando cada uma em um *pole dance*. Viro meu rosto para trás e pisco para o loiro já me afastando. Um dos homens me ajuda a subir no palco e vou dançar junto a Ceci. Estamos nos acabando de rir e dançar. Eu estou tão feliz em estar aqui com as duas pessoas mais importantes para mim que é difícil mensurar.

Estou indo para o lado da Ayla quando sinto alguém puxar minhas pernas e me jogar sobre o ombro e já sair caminhando. Olho para a bunda dele e sinto uma imensa vontade de dar uma mordida. É sério, uma bunda de respeito.

— Se eu morder a sua bunda você não pode nem ao menos ficar bravo comigo — digo e o ouço rir enquanto entra no banheiro e me coloca sentada na bancada da pia.

O loiro delicioso vai trancar a porta e volta para perto de mim já atacando minha boca com um beijo tão forte que eu preciso me segurar em seus ombros.

Aperto minhas pernas ao redor da sua cintura sentindo sua ereção apertar contra minha boceta, solto um gemido baixo e chupo sua língua. Ele desce as duas alcinhas do meu vestido o suficiente para descobrir meus seios e assim que eles saltam livre o homem cai de boca em um enquanto apertava o outro com sua mão enorme. Dou uma rebolada pressionando ainda mais seu pau e o vejo sorrir sem tirar meu peito da boca. Sua mão larga meu seio, desce em direção a minha boceta e ele logo bota minha calcinha de lado e solta um grunhido quando sente a umidade em que me encontro.

Sinto quando ele enfia dois dedos em mim, jogo minha cabeça para trás gemendo alto.

Caralho, que tesão estou sentindo agora!

Desço minhas mãos até alcançar o botão da sua calça e abro a mesma. Enfio minha mão nos bolsos da sua calça procurando uma camisinha e quando acho abro um sorriso de lado olhando para ele que ainda trabalha chupando e mordiscando o bico do meu peito, revezando entre os dois. Afasto um pouco, desço da pia abrindo o pacote laminado e colocando a camisinha em minha boca. Agacho em sua frente deixando minhas pernas bem abertas dando a visão da minha calcinha e boceta para ele. Puxo sua cueca para baixo junto com sua calça e vou colocando o látex em seu pau lentamente sem desviar o olhar do seu. Assim que termino o homem me puxa pelos braços e logo me coloca sentada em cima da bancada novamente. Ele arranca minha calcinha e o vejo colocar a mesma ao meu lado. Sinto seu pau me invadindo de uma vez e arfo, fechando os olhos. A sensação deliciosa de ser preenchida me invadindo e fazendo gemidos altos saírem não só de mim, mas dele também.

A cada estocada eu me sinto ainda mais próxima do meu orgasmo. Ele estoca tão forte que em certo momento tenho de me segurar em seus ombros, fincando minhas unhas fortemente. As mãos deles estão em todos os lugares do meu corpo, apertando, acariciando e beliscando. A boca só desgruda da minha quando precisamos puxar o ar. Aperto seu pau com minha boceta sentindo o mesmo latejar e ele desce a mão para o meu clitóris me jogando imediatamente ao paraíso. Aperto mais as minhas pernas ao redor da sua cintura, sentindo-o jorrar dentro da camisinha enquanto minhas pernas tremem do orgasmo delicioso.

Espero meu coração se acalmar ao menos um pouco, afasto-o de mim e desço colocando minha calcinha enquanto ele tira a camisinha. Olho-me no espelho e sorrio com o que vejo. Cara de quem foi muito bem comida.

— Isso foi ótimo, obrigada! — falo quando o vejo ajeitando a calça e me olhando pelo espelho.

— O prazer foi realmente meu. Podemos marcar outra vez. Eu me chamo Se...

— Eu realmente preciso ir — digo já abrindo a porta.

Olho para ele mais uma vez e pisco mandando beijo.

Volto para onde as meninas estavam e as vejo atracadas cada uma em um homem e um sorriso orgulhoso brota no meu rosto.

Essas são minhas meninas!

Vou até o bar e peço mais uma dose de tequila. O barman está me olhando com uma cara de safado e eu passo a língua nos meus lábios, olhando fixamente para ele e quando volto para a pista de dança só consigo pensar no quanto nossas vidas estão mudando.

Algumas coisas continuarão como sempre, mas em outros quesitos, com toda a certeza, nossa vida vai só melhorar daqui para frente!

CAPÍTULO 2

Theo - Príncipe

Mais um dia chegando ao fim.
Nesse horário a livraria está mais tranquila, com algumas pessoas aproveitando o silêncio para ler seus livros e tomar um café como acompanhamento. Para algumas pessoas isso é realmente uma calmaria em meio ao caos que a vida pode ser. As paredes de vidro dão a visão perfeita da praia e do sol começando a se pôr, fazendo uma iluminação linda em toda a livraria.

Passo por Tina e Andrey avisando que estou encerrando por hoje e vou me sentar em dos sofás na área de leitura para relaxar um pouco.

Meus dias sempre foram tranquilos e minha vida muito bem organizada, mas agora, com Talissa grávida morando em meu apartamento, virou tudo uma loucura. Depois que meu pai morreu em um acidente de carro quando eu tinha dezenove anos, tive de aprender a tomar conta não só dos negócios, mas também das duas mulheres da minha vida. Eu tive de me tornar ainda mais responsável e tomar o controle de tudo ao nosso redor. Mamãe se mudou para Boston para morar com nossa avó. Claro, contra a minha vontade, mas o que eu poderia fazer?!

Sempre prezei muito pela minha liberdade e o silêncio, mas isso está mudando. Toda a minha rotina vai mudar agora e eu estou feliz em ter minha irmã tão perto de mim, onde eu posso cuidar dela e viver babando na minha sobrinha que está a caminho.

Um amigo meu até tentou me levar a uma balada há um tempo, alegando que logo eu me tornaria parte da mobília da minha casa de tanto ficar enfiado ali com meus livros. Foi um fiasco total. Não sou adepto de bebidas alcoólicas e as mulheres de lá não me interessaram de nenhuma forma. Não que elas fossem feias, eu é que sou um pouco exigente demais para conseguir pegar uma mulher em uma festa qualquer.

Eu sou homem, tenho minhas necessidades. Sempre preferi poder escolher a mulher certa para tê-la ao meu lado na minha cama, mas ultimamente nada me agrada. Estou começando a sentir a falta de uma família grande. A idade está chegando e, aos trinta e quatro anos, só quero encontrar meu amor, ter meus filhos com a mulher que realmente me faça feliz; e que eu a faça feliz também.

Deixo meus devaneios e decido que é hora de ir para casa, que fica em cima da livraria. Subo e, assim que saio do elevador, encontro Talissa dormindo toda torta no sofá. Sorrio ao olhar para sua barriga tão avantajada.

Faço uma nota mental sobre ligar para Mike, pedindo que cuide do divórcio dela com Benjamin.

Vou para meu quarto, tomo um banho quente e relaxante, termino, coloco uma cueca boxer e me jogo na minha cama. Pego meu livro e acabo me perdendo nos meus pensamentos.

Desde que terminei minha relação de dois anos com Karen não me relacionei com mais ninguém. Ela é uma mulher muito bonita, tivemos um ótimo início de relacionamento. Era tudo perfeito, as risadas, os passeios, o sexo, nós nos encaixávamos em completamente tudo. Pelo menos era o que eu pensava. Até tudo começar a esfriar e ela se tornar uma pessoa totalmente diferente daquela por quem me apaixonei. Para alívio do meu amigo Mike, que até hoje joga na minha cara que sempre me avisou que relacionamentos são apenas para nos tirar dinheiro.

E é pensando em tudo isso, e no que minha vida virou, que pego no sono.

— Bom dia, barrigudinha! — falo entrando na cozinha e vendo minha irmã sentada à mesa já atacando os pãezinhos.

Essa mulher está comendo tanto que chega me assustar.

— Bom dia, Theodoro!

Faço careta para ela, sentando à sua frente. Ela sabe que odeio que me chame pelo nome completo, faz só para me provocar.

— Liguei para Mike e ele virá no horário do almoço conversar com você sobre o divórcio.

— Tudo bem, obrigada! — ela diz soltando um suspiro e largando o pão que estava comendo. — Quando ele chegar me avisa, vou deitar um pouquinho. Estou me sentindo muito cansada graças a essa criança.

Sorrio ouvindo Talissa reclamar, mas sem parar de alisar a barriga e sem tirar o sorriso do rosto.

— Como se você já não fosse assim. — Levanto e saio correndo antes que ela me ataque de alguma forma.

Chego à livraria, comprimento Tina e Andrey que já estão a todo vapor e vou organizar algumas prateleiras.

Mesmo sendo o dono, gosto de sempre estar presente em alguma das lojas. Alguns me chamam de controlador, paranoico, mas eu prefiro: precavido.

Perco-me tanto em meus pensamentos e na organização da loja que até me assusto quando vejo Mike entrar com toda sua pose arrogante e seu terno feito sob medida, que parece fazer com que ele fique com uma cara mais assustadora.

Ele está sorrindo e eu já começo a pensar no que posso falar só para provocá-lo um pouco.

— Quem você comeu que o deixou com esse sorriso no rosto? Vai dizer para mim que está apaixonado?

— Sai fora! Joga essa praga para lá! — Sorrio pelo seu comentário. Ele é realmente um idiota. — Não comi. Ainda!

— Eu não vejo a hora de você encontrar uma mulher que o deixe de quatro e que dome esse seu coração obscuro.

— Meu Deus, cara! Pensei que fosse meu amigo! O único príncipe aqui, que é louco para encontrar o amor, é você. Meu nome é putaria e sobrenome sacanagem. — Ele abre o maior sorriso safado e eu acabo rindo dele.

Eu o levo até onde Talissa está sentada e os apresento.

— Talissa, esse é Mike. Mike, essa é minha irmã, Talissa.

Eles apertam as mãos e eu saio, deixando-os à vontade para conversarem.

Meu dia segue tranquilo, como sempre. Até Talissa aparecer novamente na livraria, aos prantos, com a mão apoiada na barriga e se segurando nas prateleiras e paredes que encontra no caminho.

— Theo, estou sentindo umas pontadas muito fortes.

Vou até ela, tento acalmá-la. Já seguindo rumo ao carro, deixo-a lá e corro para dentro de casa para pegar suas coisas e as de Ana. Volto e entro no carro jogando as bolsas para trás.

Sigo rumo ao hospital *Dignity Health - Califórnia Hospital Medical Center*. Chego à recepção e, segurando minha irmã, explico a situação. Rapidamente uma enfermeira aparece para ajudar Talissa e eu vou ficando cada vez mais nervoso. Estar em um hospital, mesmo em um momento lindo como esse, faz com que eu tenha lembranças ruins.

Depois de tudo preenchido, pego meu telefone e ligo para minha mãe.

— Boa noite, querido! Estava me perguntando quando ia me ligar. Sinto sua falta.

— Mãe, Talissa entrou em trabalho de parto, mas está tudo como esperado.

— Oh, meu Deus! Não posso ir agora, sua avó ainda está muito fraca e temo deixá-la sozinha nesse momento, filho — ela diz meio chorosa.

— Tudo bem, mãe! Está tudo certo por aqui e vou mandando notícias. Logo mais mando fotos da pequena Ana.

— Theo, você já ligou para Benjamin?

Suspiro com a pergunta, não queria ter de falar com aquele babaca.

— Ainda não. Preferi ligar primeiro para a senhora e depois para ele.

— Então desligue e ligue para ele, porque apesar de ser um idiota, é o pai da Ana.

— Tudo bem, mãe! Até depois.

Desligo e ligo para Benjamin informando onde estamos.

Estou ficando cada vez mais nervoso. Não consigo ficar parado, daqui a pouco é bem capaz de abrir um buraco no chão de tanto andar para lá e para cá.

Passo a mão mais uma vez nos meus cabelos quando ouço meu celular tocar. Suspiro ao ver o nome de Mike brilhar na tela.

— *Caralho, Theo, onde está você? Ficamos de sair hoje e nem vem tentar me enrolar, porque não vai rolar.* — Ele vai falando sem nem respirar ou esperar uma resposta.

— Eu estou no *Dignity Health*. Talissa entrou em trabalho de parto.

— *Merda...* — Ouço seu murmúrio. — *Estou indo até aí para trancarmos a pequena em uma torre bem alta, longe dos imbecis que só vão querer se aproveitar da nossa menininha.*

— Mike, sabe que você é um desses imbecis que só querem se aproveitar das menininhas dos outros, não sabe? — pergunto segurando a risada.

— *Sei e é por isso que vamos jogar a chave da torre bem longe* — ele diz na maior cara de pau, não aguento mais segurar e acabo rindo desse idiota.

Nós nos despedimos e guardo o telefone no bolso da calça.

Quando ergo a cabeça, quase engasgo com a minha própria saliva e me perco totalmente na mulher que vejo vindo em minha direção. Ela está usando aquelas roupas verdes esquisitas de médica e um jaleco branco por cima.

Ela é linda demais. Cabelos castanhos, olhos verdes, uma boca carnuda que mesmo olhando de longe só consigo pensar no quanto deve ser delicioso morder ou tê-la ao redor do meu pau. Por pensar no dito cujo, ele dá um salto dentro da cueca quando a vejo sorrir para alguém que a cumprimenta.

Ela passa por mim desviando o olhar e eu simplesmente não consigo desviar os olhos dessa mulher. Ela passa pela porta que Talissa entrou e eu só consigo pensar que ela é a mulher mais linda que eu já vi na minha vida.

CAPÍTULO 3

Rebeca

Quando sugeri de nos mudarmos para a Califórnia, já estava bolando algumas ideias sobre o que faríamos. Pedimos ajuda aos nossos professores. Como já estávamos quase formadas, e sempre estávamos entre os melhores das nossas turmas, eles fizeram questão de nos ajudar. Nós nos inscrevemos para os programas de bolsa dos melhores hospitais e logo recebemos as respostas, convocando-nos para as entrevistas. Conseguimos uma vaga em um dos melhores hospitais de Los Angeles, o *Dignity Health – California Hospital Medical Center*, cada uma seguindo sua área. Ficamos tão felizes que não pensamos duas vezes antes de comemorar e, mesmo de longe, nossos professores fizeram questão de nos parabenizar.

Ando ainda meio perdida pelos corredores do hospital, mas hoje a sensação de vitória está tomando conta de todo meu ser. Não poderia ser diferente, realmente me esforcei demais para estar aqui.

Eu mereço mesmo.

— Ainda tentando se achar, Beca? — Ouço a voz meio risonha de Ayla; aposto que está tão radiante com isso quanto eu.

— Na verdade, fui chamada para ir à emergência. E você?

— Também indo para lá. Tomara que seja um caso para trabalharmos juntas — ela diz.

Quando olho para ela, vejo que está piscando aqueles cílios grandes para mim fazendo uma carinha fofa. Pensa que me engana.

— Você me ama tanto que nem trabalhando quer me largar. O que é isso, hein, Aylinha? — digo rindo baixinho e ela mostra a língua.

— Antes de ir pra lá, vou ver um paciente nesse andar. Já te encontro — ela diz e sai andando, apressada.

Chego ao elevador e aperto o botão. Enquanto espero, uma sensação estranha me toma. É uma ansiedade por algo que eu realmente não faço ideia, um aperto no coração e um frio no estômago. Sabe a antecipação? É quase esse sentimento e eu estranho. Quando entro no elevador a sensação parece só aumentar e eu mordo meu lábio tentando me manter calma.

As portas se abrem no andar da emergência. A primeira coisa que noto é o homem gargalhando ao telefone e eu posso jurar que meu coração vai sair de dentro do meu peito a qualquer momento de tão rápido que ele bate.

Ele é superalto, eu diria que tem uns 1,87m. Os cabelos são castanhos, curtos nas laterais e um topete na frente. Ele é todo forte, com tatuagens nos braços e veias que ficam aparentes no momento em que ele guarda o celular no bolso. Mas é quando levanta a cabeça que eu realmente me sinto hipnotizada. Os olhos são de um azul tão claro que é fácil se perder olhando para eles. Tem um sorriso tão perfeito que meu coração, que batia descompassado, para por alguns segundos e logo volta para sua corrida louca.

Eu nem sei por que me sinto assim olhando para ele, mas não estou gostando nem um pouco de sentir isso. Ele me encara tão intensamente que pela primeira vez na vida eu me sinto envergonhada e acabo desviando o olhar, aproveitando para cumprimentar alguém que passa por mim.

Ando em sua direção fingindo estar superconcentrada em meu *tablet* e tentando fortemente controlar os tremores que tomam meu corpo. Entro pela porta que está ao seu lado e solto a respiração que nem notei estar segurando.

— Dra. Fontes, essa é Talissa Ventura, sua paciente.

Chego a me assustar com a voz da enfermeira. Olho para ela e sorrio.

Sigo até a paciente e sorrio para ela tentando passar conforto.

— Olá, Sra. Ventura, sou sua médica. Vou cuidar de você e da sua menininha.

— Oi, Dra. Fon... Ahhhh! — ela grita e se contorce na cama, apertando o colchão com muita força. — Isso dói demais, doutora! Pelo amor de Deus!

Aproximo-me dela para verificar e vejo que está com pouca dilatação. Prescrevo que receba soro e vou fazendo perguntas aleatórias só para tentar distraí-la um pouco.

— Sra. Ventura, eu já volto, mas preciso que fique tranquila. Você já está sendo medicada e logo, logo sua menina virá ao mundo. — Sorrio para ela, que só balança a cabeça em concordância enquanto faz caretas.

Saio da sala e encontro o motivo de eu ter de correr para trocar a calcinha ainda um pouco nervoso, andando de um lado para o outro. Assim que me vê, ele para e olha para mim da mesma forma de antes e eu quase desvio do seu olhar novamente.

Deus, se for da sua vontade, sua filha está mais do que preparada para ser levada para uma dessas salas e cavalgar nesse corpo delicioso!

Quase gemo com essa possibilidade.

Respiro fundo e mordo minha bochecha tentando me controlar.

— Você sabe me dizer como Talissa está? — ele pergunta e, caralho, eu só consigo imaginar essa voz rouca sussurrando putarias ao meu ouvido enquanto me toma contra qualquer parede. Quero, viu?

Quando paro de pensar merda é que me dou conta.
Ele é marido da minha paciente. Merda, mil vezes merda!

— Ela está na emergência, sendo medicada e logo subirá para o terceiro andar. Sou a médica da sua esposa, senhor...? — falo esperando que ele se apresente e ainda tentando enfiar na cabeça que ele é proibido, mas meu coração e algumas outras partes do meu corpo não parecem estar entendendo que o homem é casado.

Ele sorri para mim. Se de longe já era lindo, agora mais próximo de mim esse sorriso só faz minha comportas se abrirem e jorrar líquidos na minha calcinha.

— Sou Theo Bittencourt — ele diz olhando em meus olhos, estende a mão para mim. Eu a pego vendo a minha ficar pequena perto da dele. — Irmão de Talissa.

Nesse momento a safada dentro de mim está dando piruetas de felicidade e minha boceta pisca tanto que parece bater palmas. Mordo o canto do meu lábio e passo os olhos por seus braços tatuados.

— Sou Rebeca Fontes — respondo caprichando no meu tom sexy, porque eu quero esse homem e vou tê-lo. Meu sorriso se alarga olhando para ele e pensando no provável estrago que esse homem fará comigo.
— Voltarei para ver Talissa, mas qualquer coisa que precisar pode me chamar.

CAPÍTULO 4

Theo

Fico parado observando Rebeca voltar para verificar Talissa. Não consigo esquecer o sorriso lindo dessa mulher e toda a descarga de energia intensa que eu senti quando segurei sua mão. Nem mesmo sua voz baixa e sensual que pareceu ter contato direto no meu pau.

Toda a intensidade daqueles olhos verdes que transbordavam luxúria. É impossível me manter indiferente ao senti só nesses poucos minutos perto dela.

Porra, que mulher do caralho é essa?

— Theo, cara! Não está me ouvindo chamar, não? — Mike se materializa na minha frente me dando um susto.

— Desculpa, estava desatento — minto, porque se eu contar para ele o que senti por Rebeca, muito provável que ele mande me internar antes mesmo de eu ver minha sobrinha.

— Como está Talissa?

— Bem. A Dra. Fontes está com ela lá dentro, preparando-se.

Um movimento atrás de Mike chama a minha atenção e eu vejo o exato momento em que Benjamin se aproxima. Automaticamente meu sangue ferve.

Por mais que seja pai da Ana, penso que ele não tem direito de estar perto da minha irmã nesse momento tão delicado, principalmente depois de fazer tanto mal para ela.

Sinto meu peito sufocar tamanha raiva que eu sinto e minha respiração fica pesada, fazendo com que Mike perceba minha alteração e se vire para trás procurando por aquilo que me deixou desse jeito. Assim que percebe Benjamin, ele já vem para meu lado. Não sei se para me segurar caso precise ou se para me passar o recado de que está ali para qualquer coisa.

— Theo, ele é o pai. Não merece, mas tem o direito de estar aqui hoje.

— Eu até queria me manter calmo, queria mesmo. Mas esse filho da puta bateu na minha irmã grávida, Mike. É foda olhar na cara dele e não querer matá-lo — falo sem tirar os olhos de Benjamin que se aproxima de nós com cautela.

Assim que está próximo, ele nos cumprimenta apenas com um aceno de cabeça e coloca as mãos nos bolsos da calça.

— Onde ela está? — ele pergunta.

— Está no quarto, sendo preparada para o parto — Mike responde, chamando a atenção dele com sua pose marrenta de advogado do diabo.

Eu me recuso a dirigir a palavra a esse filho da puta.

— E você quem é mesmo? — Ele está com um olhar mortal direcionado a Mike que não se intimida.

— Ele é um amigo e é muito importante para a família. Diferente de você que, se dependesse de mim, nem estaria aqui — falo entredentes, fuzilando-o com os olhos.

— Sempre com pedras para cima de mim, Theodoro — ele fala meu nome com puro sarcasmo. — Um dia vou usá-las contra você.

Ele mal termina de falar e eu parto para cima dele acertando um soco em seu rosto, mas sou logo contido por Mike.

— Seu filho da puta! Isso vai ter volta — ele diz um pouco abafado, com a mão na boca, cobrindo o local que acertei. — Você tem de entender que não vai conseguir me separar da minha mulher e da minha filha. Elas são minhas!

— Mas o que está acontecendo aqui? — Ouço o grito e me solto de Mike, olhando para Rebeca à porta do quarto com os braços cruzados e um bico enorme naquela boquinha que eu daria um braço para ter em volta do meu pau.

— Esse imbecil me acertou. — Benjamin aponta com a cabeça em minha direção e se aproxima de Rebeca. Cada passo que ele dá para mais perto dela é um novo soco que quero acertar nele. — É você quem está cuidando de Talissa? Sou Benjamin Ventura, o marido dela e gostaria de vê-la.

Os dois se cumprimentam com um aperto de mão e meu sangue agora está realmente fervendo de ódio desse desgraçado.

— Você não vai entrar para ficar com Talissa. Você não tem nem o direito de estar aqui perto dela, seu covarde desgraçado! — digo, destilando todo meu ódio em cada palavra, e ficamos nos encarando por algum tempo.

Olho de viés e vejo que Rebeca agora está ao meu lado, com os olhos arregalados e eu não sei se por estar em choque com o embate ou se por medo do que dois homens irracionais podem fazer. Sinto Mike apertar meu ombro e me pedir para ter calma, em tom baixo e apaziguador.

— Senhores, eu vou pedir, por favor, que resolvam suas diferenças em outro local. Isso aqui é um hospital e eu preciso da Sra. Ventura calma e bem para termos um parto tranquilo — diz a doutora, com voz firme.

Se falando baixinho e sedutoramente ela já teve contato direto com meu pau, ser rígida assim só o acordou de vez mesmo.

Ela entra no quarto nos deixando para trás.

Eu fico olhando para a porta pela qual ela entrou, tentando me acalmar do ódio que estou sentindo por Benjamin estar aqui, e acalmar meu pau que parece louco o suficiente para estar tão duro assim no meio do hospital.

Rebeca

Caralho, se aquele homem de óculos e sério já é gostoso, com aquela expressão de quem está pronto para matar um ele vira um deus!
Vai ser gostoso assim lá na minha cama, por favor!
Pego meu celular para mandar mensagem para Ayla.

Beca: *Ayla, você disse que não demoraria. Onde se meteu? Preciso de você, agora.*

Ayla: *Já estou chegando, Sra. Mandona!*

Rio com a mensagem dela, porque é realmente verdade. Posso ser maluca, mas quando o assunto é meu serviço gosto de tudo certo, sempre.
Aproveito que já estou com o celular e mando mensagem para Ceci, porque acho que vai ser bom tê-la para tentar conter aqueles homens, antes que eles acabem saindo no braço.

Beca: *Ceci, estou na emergência, entrando para um parto e acho que vou precisar de você para ajudar com a família da paciente, que está dando trabalho.*

Ceci: *Beca, eu acabei de sentar e estou exausta.*

Beca: *Ceci, pare de reclamar que ainda é seu primeiro dia! E já aproveita para dar uma olhada no gostoso em quem eu pretendo sentar.*

Ceci: *defina gostoso.*

Rebeca: *Venha ver e descubra.*

Guardo meu celular e vou até Talissa para levá-la à sala de parto. Depois de alguns exames, confirmo que o bebê não está em posição para um parto normal.
— Sra. Ventura, teremos de fazer uma cesariana e eu gostaria saber quem quer que esteja com você.
— Theo, por favor! Peça para meu irmão ficar comigo — ela fala muito rápido e eu sorrio com isso.
Preparo Talissa para o procedimento junto às enfermeiras e logo Ayla chega para me ajudar com os últimos detalhes.
— Cheguei meninas! — Ouço a voz de Cecília. — Beca, por um acaso o gostoso que você disse é aquele pedaço de mau caminho de óculos e dois braços gigantescos onde eu me perderia facilmente?

Solto uma risadinha ao ouvir isso. Eu amo o quanto as minhas amigas me conhecem.

— Claro que sim! Aquele homem é um deus e eu estou molhada até agora por causa dele. Imagina na cama... — Mordo meu lábio antes de terminar minha fala para conter um gemido que quase escapa, porque é impossível pensar naquele homem e não querer gemer.

— Pelo amor de Deus, suas malucas! Vocês não podem esperar estarmos em casa para fofocar sobre isso? — Ayla nos repreende rindo.

— Amiga, você precisa urgentemente transar! Você sabe que não precisa conhecer o cara e dar para ele só depois de um mês, não é mesmo? — pergunto e arqueio uma sobrancelha, olhando para ela.

— Eu transo, Beca. Você sabe... — ela diz fazendo careta para mim.

E quando fala isso eu não sei se fico puta ou rio dela, porque com toda certeza do mundo não está sendo bem comida, pelo amor de Deus!

— Ayla, meu anjo, você está transando errado! — falo para ela com deboche. — Já me basta Cecília, com essa de querer casar virgem. Eu não dou conta de vocês duas, não.

Eu sei o quanto é chocante que minha amiga, em toda a glória dos seus vinte e cinco anos, com saúde perfeita e um corpo lindo, ainda seja virgem. Essas duas parecem não entender minha lógica de que não precisar envolver sentimentos para ter um sexo gostoso. É tão simples.

Gostou? Sim. Ele te deixou molhada? É só ir e dar. Dar bem gostoso e forte, até gritar e perder os sentidos.

— Me deixa fora disso. Tudo tem seu tempo, amiga — Ceci diz me fazendo revirar os olhos para ela.

— Beca, tudo pronto para o parto. Pode ir chamar o irmão dela enquanto eu a coloco para dormir, para que a pressão dela não suba muito.

— Ok — respondo, animada por estar indo conversar com o "molhador" de calcinhas.

Saio do quarto com Cecília logo atrás de mim para poder conversar com o pai problemático.

— Sr. Bittencourt, sua irmã está sedada para a realização da cesariana. Apesar de ela ter dilatação, o bebê está fora de posição — digo, olhando para ele.

E lá está, a intensidade daqueles olhos azuis me encarando firmemente, fazendo minhas comportas abrirem novamente.

— Mas isso não é perigoso? Ela pode morrer? E minha sobrinha? — questiona-me.

Identifico um pouco de desespero em sua voz e acabo sorrindo de lado, considerando fofa sua preocupação com a irmã e a sobrinha.

Theo está sentado e eu me agacho à sua frente colocando minha mão sobre a sua que está descansando no joelho. Sinto uma corrente elétrica percorrer todo meu corpo. Olho nossas mãos e volto meu olhar para seu rosto, sentindo novamente o impacto do seu olhar que parece ainda mais intenso, talvez por ter sentido a mesma coisa. Meu coração dá uns solavancos no meu peito e parece que tem várias borboletas voando no meu estômago agora.

    Nós nos encaramos por alguns segundos, mas logo a ligação é quebrada pela voz alterada da minha amiga. Quando olho para ela, está discutindo com um cara. Também muito gostoso, diga-se de passagem.

    Caralho! Será que todos os gostosos dessa cidade resolveram aparecer nesse hospital hoje?

    Seguro a risada vendo Cecília discutir com o homem e chego a ter pena dele querendo bater de frente com minha amiga.

    Levanto-me e volto a olhar para Theo pedindo que siga a enfermeira e ele se vai. Vou logo atrás, agora rindo da Cecília que provavelmente vai colocar aquele outro gostoso no lugar dele bem rapidinho.

CAPÍTULO 5

Rebeca

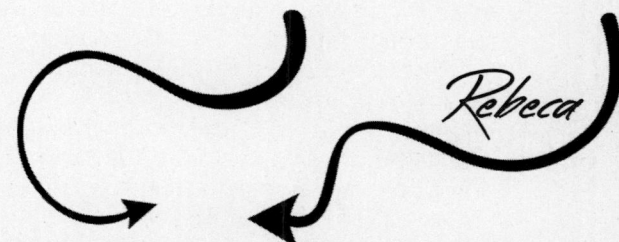

Preparo-me para fazer uma cesariana. Lavo as mãos e entro na sala sentindo um par de olhos queimarem em mim enquanto me encaram. Theo é quem me olha tão intensamente.

Ele está com a roupa de acompanhante, touca e máscara, ainda assim está lindo.

As coisas que eu sinto sempre que encontro seus olhos parecem ficar cada vez mais fortes. Parece que me queimam de dentro para fora e eu considero que é realmente perigoso sentir tudo isso por esse homem.

Quando escolhi ser obstetra, fiz por amar a sensação de trazer um novo serzinho para o mundo. Essa paixão pela profissão nasceu durante a adolescência assistindo aos documentários sobre gravidez e partos. Era realmente algo que me cativava e me fazia ansiar pelo momento de poder fazer.

Aos quatorze anos já era completamente apaixonada pela profissão, chocando a todos com a certeza sobre o que eu queria ser desde tão cedo. Mamãe sempre dizia que eu seria a melhor, bastava lutar para conquistar meu objetivo e não deixar nunca de sonhar.

Pensar nela me faz sorrir, mesmo sentindo saudade. Às vezes parece que posso sentir como se estivesse comigo.

Ela estaria orgulhosa.

Faço o corte no abdômen e vou fazendo o mesmo a cada camada; ao todo são sete, contando com o útero. Cada corte faço com a precisão e o cuidado que deve ser. Ao mesmo tempo vejo Ayla monitorando os batimentos da bebê e de Talissa.

A pressão alta nesses momentos pode influenciar bastante para qualquer tipo de problema que possa vir a ocorrer.

Após o corte na parede uterina, puxo com cuidado a bebê e logo um choro forte e alto ecoa por toda a sala.

Olho para Theo e ele está emocionado com o momento. Mesmo com a máscara consigo ver que está sorrindo enquanto segura a mão da irmã que está desacordada.

Corto o cordão umbilical e dou a neném para Ayla que começa os primeiros atendimentos, limpando e pesando. Ela chama Theo para acompanhar os procedimentos e eu vou suturando camada por camada.

Estou tão distraída que quando levanto o olhar vejo Theo me olhando, não consigo entender o que se passa na cabeça desse homem, mas o olhar dele me lembra muito o do meu pai quando me formei, de orgulho.

Termino meu serviço ainda sentindo o olhar dele me queimar.

Ayla retorna e fala algo para Theo que segue uma enfermeira.

— Parabéns pelo seu primeiro parto solo, Beca! — ela diz toda animada e me abraça. — Como está se sentindo?

— Me sinto ótima, Aylinha! Agora mais do que nunca tenho total certeza de que nasci para isso — falo enquanto vou saindo da sala de parto. — Você sabe o quanto amo essa adrenalina e a felicidade que vejo nos pais quando pegam seus bebês no colo. Eu amo o que faço amiga, de verdade!

Enquanto falo, meu peito parece que vai explodir de tanto orgulho que sinto de mim mesma. Só as meninas, meu pai e eu sabemos o quanto foi difícil chegar até aqui e quantas vezes pensei em desistir de tudo no meio do caminho. Mas fui persistente e aqui estou eu.

— Vou passar no quarto de um paciente e depois vamos embora — minha amiga fala toda sorridente e eu sorrio ainda mais com sua animação. — Eu quero sair e comemorar.

Olho para ela forçando uma cara de choque, porque Ayla falando que quer sair com certeza é um milagre.

As portas do elevador se abrem e estamos rindo, empolgadas, quando a vejo esbarrar em um homem, que pode facilmente ser comparado a uma parede de músculos. Ela quase vai ao chão, mas ele é rápido ao segurá-la impedindo a queda. Vejo minha amiga erguer os olhos para o rosto do desconhecido e logo depois fazer uma inspeção completa. Eu quase rio com isso, porque com certeza não é comum ver Ayla tão embasbacada com um homem.

Os dois se olham por alguns segundos, parecendo se esquecerem do caminho que estavam indo. Eu pigarreio para chamar a atenção dos dois. Quando se afastam, noto que ele usa uma camiseta branca, que cola em seus braços grandes, e um distintivo pendurado no pescoço. Mesmo com a cara de cansado é impossível deixar de notar a beleza do homem, com essa expressão fechada.

Vejo se desculparem e minha amiga seguir o detetive com os olhos até ele sumir de vista.

— Ayla, tudo bem, ele já foi. Pode parar de babar agora — zombo dela enquanto seguro a risada.

Ela faz careta para mim. Eu não me aguento e acabo rindo. Ela se afasta para ir ver o paciente e eu sigo meu caminho.

Cruzo o corredor e vejo Theo sentado, conversando com um homem de terno. Assim que notam minha aproximação, os dois se calam e eu semicerro os olhos para os dois desconfiando sobre o assunto.

— Sr. Bittencourt, tudo saiu como esperado. Logo sua irmã vai acordar e poderá receber visitas e ver a filha.

— Ana... — Escuto ele dizer e o olho um pouco confusa. — O nome da minha sobrinha é Ana. — Ele tira minha dúvida não dita com um sorriso enorme e aqueles dentes tão brancos quase me hipnotizam.

— Um lindo nome. Parabéns! — Felicito-o, pois está tão radiante que chega a contagiar.

Não consigo desviar os olhos dos seus. É um azul tão claro e me parece tão fácil me perder nessas sensações que sinto olhando para eles. Um pigarro nos faz quebrar o contato visual e me viro na direção de onde veio o barulho.

— Prazer doutora, sou Mike Carter, amigo do Theo — ele se apresenta e estende a mão na minha direção para me cumprimentar.

Aperto sua mão e quase rio, porque definitivamente os homens gostosos de Santa Mônica decidiram aparecer aqui hoje. Puta que pariu!

— O prazer é meu, Sr. Carter. Pode me chamar de Rebeca, por favor!

— Dou... Rebeca, pode me dizer, por favor, onde um hospital desse porte encontrou uma doida para ser psicóloga? — pergunta, fazendo uma careta de contrariado e eu quase rio ao me lembrar da discussão dele com Ceci.

— Sr. Carter, Cecília batalhou muito para chegar onde está. Ela é uma ótima profissional, garanto ao senhor que ela não é maluca. — Dou um sorriso de lado sem mostrar os dentes e divido o olhar entre os dois. — A maluca da amizade, sou eu!

Nem dou tempo para um deles falar algo, mesmo parecendo que não tinham condições de falar pelas caras que faziam. Só dou as costas e saio de lá sem olhar para trás.

Depois de visitar algumas pacientes, estou indo para o quarto de Talissa, minha última paciente de hoje.

Deus, será que é pedir muito minha banheira e um vinhozinho de acompanhante?

Bato à porta e abro quando a voz feminina autoriza.

Talissa já está acordada, com a pequena Ana no colo. Seu irmão está sentado em uma poltrona de acompanhante, calado, observando o momento da irmã.

— Como vai minha paciente favorita? — pergunto sorrindo em sua direção.

Talissa se tornou minha favorita por ser a primeira paciente que atendi sozinha.

— Vou bem, obrigada Dra. Fontes! Nem sei como posso agradecer. — Ela tem um sorriso largo e tão sincero enquanto olha de mim para a filha.

— Podem me chamar de Rebeca. E não precisa me agradecer, esse é o meu trabalho. Faço com muito amor! — Ela assente e eu me aproximo admirando a pequena Ana em seu colo. — Deixe-me pegá-la um pouco e depois vou examiná-la, ok?

Ela passa Ana com todo o cuidado para meu colo. De perto assim ela é ainda mais linda. Tem cabelo loirinho, umas bochechas gordinhas e rosadas e — se puxar para a família da mãe —, sem dúvidas terá olhos azuis claríssimos.

Como os do tio!

Quase reviro os olhos para meus próprios pensamentos. Que coisa é essa que mesmo não querendo Theo parece ter criado raízes na minha mente hoje?

— Bem, Sra. Ventura, a cesariana foi necessária porque sua filha não estava na posição correta. — Vou explicando enquanto coloco Ana no berço ao lado do leito e volto para Talissa para examiná-la. — O corte está limpo e seco, você deve mantê-lo assim até cicatrizar. Os pontos foram internos, então você não vai precisar se preocupar. Vou passar alguns analgésicos para a dor. Você vai precisar evitar subir e descer escadas, pegar peso e andar rápido pelos próximos quarenta dias. — Vou citando tudo no meu modo Dra. Fontes.

Olho rapidamente na direção de Theo. Ele escuta tudo atentamente, sem tirar os olhos de mim, como se pudesse me ver por dentro e aquela ansiedade que me atinge sempre que estamos próximos volta a me tomar.

Ouço a pequena Ana resmungar em seu bercinho me tirando dos devaneios.

— Então é isso. — Sorrio para Talissa. — Muitas felicidades a vocês duas! E mais uma vez parabéns, a pequena Ana é realmente muito linda.

Ela me agradece mais uma vez e eu saio do quarto ouvindo passos pesados atrás de mim. Quando me viro quase esbarro em Theo que está muito, muito perto mesmo.

O que é o cheiro desse homem? Puta que pariu!

— Muito obrigado, Rebeca, por todo o cuidado com minha irmã — ele fala com aquela voz grossa e grave que atinge pontos do meu corpo e me fazendo pensar no quanto eu gostaria de não estar em um hospital com ele.

— Não me agradeça, esse é meu trabalho. — Sorrio de lado para ele e, quando levanto o olhar para os seus olhos, uma sensação de lar me atinge forte. Não sei explicar o que sinto estando tão perto dele, porque acabei de conhecê-lo, mas sinto como se o conhecesse minha vida toda. — Eu preciso ir agora, Sr. Bittencourt.

— Também pode me chamar de Theo. Foi um prazer conhecer você, Rebeca. — Ele estende a mão para mim e eu a pego, querendo um pouco de contato mesmo sem entender o porquê. Minha mão some no meio da sua e quero rir, porque, caralho! Será que tudo nesse homem é grande?

— O prazer foi meu, Theo.

CAPÍTULO 6

Rebeca

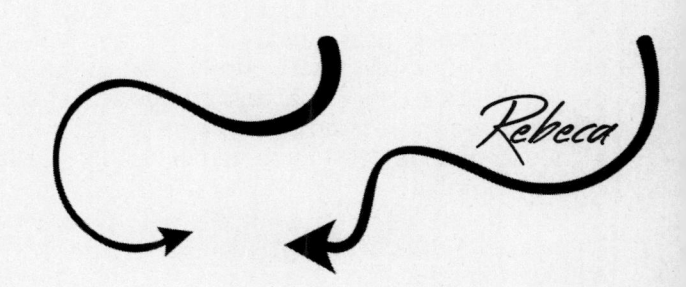

Duas semanas depois...

Sentada no refeitório do hospital observando o vai e vem das pessoas, permito-me examinar as últimas semanas.

Eu não estou no meu estado normal! Só consigo chegar a essa conclusão. E não digo isso só porque nos últimos dias dispensei alguns caras, em quem eu sentaria sem pensar duas vezes, e nem porque não estou com ânimo para balada.

Meu problema tem 1,90m de altura, um par de olhos azuis claríssimos com óculos redondos de grau — que, quando olhavam para mim, pareciam me ver por dentro, ler meus pensamentos e levar cada ar do meu pulmão — e um sorriso que já me peguei desejando ver de novo. Eu não me sinto bem por estar sentindo essa vontade absurda de ver Theo. Eu realmente nunca passei por isso na minha vida.

Ayla e Ceci já me disseram para procurar seu endereço no prontuário, mas eu não o fiz. Talvez elas ainda não tenham percebido que estou com medo.

Qual é? Sou eu, Rebeca... A que gosta de farra, que ama putaria e não deixa passar uma boa rodada de bebidas com as amigas. Eu não sou do tipo que fica pensando por dias no mesmo homem, não sou aquela que namora.

Se eu já pensei em namorar, casar e filhos? A resposta é simples: não!

Não que eu não queira ter filhos, mas hoje em dia uma simples adoção ou até mesmo uma inseminação artificial resolveria. Eu não precisaria me apegar a um homem, abrir-me, sentir-me amada e correr o risco de depois ser deixada.

Eu queria ser forte, como minhas amigas. Eu me faço de durona, mas tenho medo de ter meu coração ferido em uma relação que não me dá garantias de que sairei ilesa. Nunca namorei sério por isso. Eu sou uma covarde e ninguém pode me julgar por isso, não depois de tudo que vi meu pai sofrer quando minha mãe se foi.

Desde que vi Theo aqui no hospital eu não o tiro da cabeça. É como se, quanto mais eu me negasse a pensar nele, mais constante era sua presença na minha cabeça.

— Beca...

Assusto-me com Ceci sentando ao meu lado.

— Desculpa, eu não te vi chegar — digo num murmúrio.

— Rebeca Fontes, eu estou preocupada com você de verdade. Amiga, você não quer sair, não quer fazer compras e, por Deus, você brochou, Beca! — ela exclama, ainda um pouco chocada; e até eu estou. — Meu Deus! Como me custa acreditar nisso até hoje. Logo você, a deusa do sexo, a mulher que já fez quase todas as posições do Kama Sutra — diz, rindo com sarcasmo.

Ceci é romântica e acredita que eu me apaixonei à primeira vista por Theo e que eu deveria ir atrás dele. Ela está mais insistente nisso depois que cheguei das compras e contei do carinha que conheci no supermercado.

Minha mente simplesmente não conseguia se desligar da imagem de Theo. Nem mesmo enquanto eu estava dando uns amassos em Blad. Meu corpo parece estar totalmente de acordo com minha mente, já que eu não conseguia sentir nada. Com a velha desculpa da dor de cabeça, saí de lá até um pouco atordoada com o acontecimento e puta comigo mesma por não conseguir esquecê-lo nem por algumas horinhas.

Dez dias antes, no supermercado Walmart...

Estava na fila do caixa há alguns minutos, distraída, quando olho para o lado vejo um gato me fitando. Alto, loiro e com um corpo escultural.

Quando dei por mim, ele já se aproximava.

— Olá, sou Blad — diz com um sorriso e estende a mão que eu pego, sentindo a firmeza do toque.

— Oi, prazer, Rebeca!

— Estou olhando para você há alguns minutos e preciso dizer... — Ele passa a mão na nuca e eu não sei se está sem jeito ou se é charme. — Você é linda!

— Obrigada! — agradeço dando um sorriso. — Você também é muito lindo e, se me permitir ir além, chega a ser gostoso — digo olhando para ele de baixo a cima sem pudor algum; ele também me seca com os olhos.

Era só charminho. Quase rio ao perceber.

— Adorei o sotaque. É de onde?

— Brasil, Rio de Janeiro.

— Uau! — exclama e novamente seu olhar varre meu corpo. — Ouvi dizer que as brasileiras são quentes — ele diz isso passando a ponta da língua nos lábios inferiores.

Já entendi a deixa de que hoje tem, meu povo!

— Sim, nós somos! E mais do que isso, somos boas em tudo que fazemos. — Eu olho para ele dando um sorriso e mordendo de leve o meu lábio inferior.

Vinte minutos depois Blad e eu estamos dentro do seu carro, indo para seu apartamento. Quando chegamos ao local, logo dou uma conferida no apartamento estilo *flat*, sala e cozinha separadas somente por um sofá de couro marrom, tudo bem masculino.

Assim que entro totalmente, sinto as mãos me pegando por trás e Blad me dá um beijo no pescoço que faz meus pelos arrepiarem. Viro de frente para ele atacando sua boca em um beijo nada lento. É selvagem e louco, nossas línguas brigam pelo controle. As mãos bobas são colocadas em ação, enquanto as dele estão em minha bunda as minhas estão passando pelo seu peitoral sarado por baixo da roupa.

Às pressas, tiro sua camisa e vou dando beijos em seu peitoral. Ele prende meus cabelos em suas mãos dando uma pressão gostosa. Quando ele coloca a mão no meu queixo e levanta meu olhar para o dele, os olhos azuis que tanto me atormentam tomam o lugar dos castanhos.

Disfarço o aperto no peito que senti lhe dando um sorriso de lado, passando a língua pelos meus lábios. Blad me puxa e vai me direcionando rumo ao sofá onde se senta e me coloca montada nele.

— Vamos lá, Rebeca! Dê-me tudo de si, gostosa — ele sussurra ao meu ouvido e é como se eu estivesse ouvindo a voz do Theo. Mesmo assim eu continuo o beijando e rebolando em seu colo.

Minha regata é levantada o suficiente para colocar meus peitos para fora. Quando ele começa a passar a língua em um deles, eu fecho os olhos e jogo a cabeça para trás me perdendo na sensação gostosa. Ouço um gemido, abro novamente meus olhos e, para meu desespero, são os olhos azuis que me encaram.

No desespero, assustada eu saio de cima de Blad e ele me olha como se estivesse nascido um chifre na minha cabeça.

Caralho! Acho que estou ficando doida! Preciso marcar uma sessão com a Ceci.

— Perdoe-me, Blad! Creio que não estou me sentindo bem. Minha cabeça está girando. Eu... — Passo as mãos em meu cabelo e ajeito minha blusinha. — Eu acho melhor eu ir embora — digo, ofegante, e às pressas saio pegando minha bolsa do chão.

Quando olho para trás, ele ainda olha para mim sem acreditar no que eu fiz. Saio e bato a porta.

Meu desespero foi tão grande que eu realmente contei meu pequeno deslize para as meninas e é claro que antes de me darem conselhos, lições e blá-blá-blá elas riram muito da minha cara. E foi ali, naquele momento, com Ceci e Ayla que eu percebi que precisava reencontrar Theo e acabar de vez com meu tesão por ele.

Dias atuais...

— Eu vou ficar bem, Ceci. Só estou me acostumando à nossa nova rotina num país novo — minto, desviando meu olhar do seu.

— Qual é, Beca! Por que está mentindo pra mim? Você quer ver o gostoso "quatro olhos". — Ela me fita e eu me sinto exposta pelo olhar que ela me lança.

— Eu quero é estar bem comigo mesma, Ceci... — declaro num murmúrio que não foi convincente nem para mim.

— Então, vamos embora. Hora de ir às compras Ayla e comigo. — Ela se empolga. — Ficamos sabendo de uma ótima livraria no centro da cidade que se chama *Traveling in books*. Dizem ter até uma cafeteria dentro. Podemos ir e você toma seu café puro horrível enquanto compramos mais livros.

Faço uma careta, elas sabem o quanto odeio essa coisa de livraria, mas sempre conseguem me arrastar para uma.

— Tá legal, vamos! — respondo e sorrio sem muito ânimo.

— Vamos para onde? — Ayla, que não sei de onde surgiu, senta à minha frente com um sorrisinho na cara de quem sabe que estou ferrada.

— Vamos à livraria que Miguel me indicou. Ele disse ser incrível — Ceci responde e Ayla olha para ela semicerrando os olhos.

— Cecília, por acaso esse é Miguel Rivera, o neurocirurgião com cara de bom moço que pensa que engana alguém dizendo que aceita essa coisa idiota da regra dos cinco encontros? — eu pergunto já ficando irritada.

Cecília tem em mente que homens aceitam de bom grado a porra dessa coisa de sair cinco vezes antes de transar. E, para piorar a situação, esse babaca do Miguel não me engana, eu sinto cheiro de homens imbecis de longe.

— Beca, não diga isso. Miguel é um cara legal, eu sinto! Além do mais, ele foi super atencioso comigo nesses dias de adaptação aqui no hospital — ela diz, séria, olhando para mim.

— Beca tem razão, Ceci. Esse cara é um canalha eu bem vejo os olhares que ele lança para as enfermeiras. Com certeza ele quer você só pra transar.

E pelo amor de Deus, dessa vez a dona da razão é Ayla que, assim como eu, ainda não engoliu o "babaconildo" do Miguel.

Theo

Duas semanas e eu ainda não consegui dormir direito, nem sequer tive tempo de ler um bom livro sentado na cafeteria da minha própria livraria. Talissa e Ana dominaram não só meu apartamento, mas também meu tempo.

Ana é a bebezinha mais linda que já vi! Ela dorme a noite toda e durante o dia eu a tenho em meus braços sempre que posso. Ainda bem que não dá trabalho, porque Talissa é outra história. Minha irmã é a mulher mais desastrada que conheço, ela sempre erra os horários de amamentar e quase sempre parece uma noiva cadáver, como se Ana desse algum trabalho.

Estou concentrado no caixa, tirando algumas notas fiscais e ao mesmo tempo observando o grande movimento em que se encontra a *Traveling*. Tina e Andrey têm dado conta do recado na livraria enquanto na cafeteria Karen anda enrolada. Minha ex-namorada é garçonete na cafeteria, não considerei sensato nem maduro despedi-la pelo fim do nosso relacionamento. Karen é uma ruiva muito bonita, de olhos castanhos e que precisa do trabalho para se sustentar.

— Um café pelos seus pensamentos — ela diz ao se aproximar.

— Estou somente analisando essas notas, Karen. Nada demais.

Vejo seu sorriso de lado, ela insiste em continuarmos saindo juntos, só que eu não acho isso certo. Sei que daria esperanças para ela.

— Por favor, dê uma olhada no estoque da cafeteria e me mande a relação do que está em falta ou acabando. Vou fazer as compras da semana — digo em tom formal, mas sem ser grosseiro. Percebo que ainda me fita calada e, antes de sair, ela me pega desprevenido me dando um selinho. Eu até tento retribuir, mas eu não sinto nada por ela há tempos. Afasto-me dela.

— Não me obrigue a mandar você embora, Karen. Respeite minhas decisões.

Estou com a mão no seu pulso esquerdo e quando olho em seus olhos, vejo que estão lacrimejando.

— Desculpe-me, Theo! Agi por impulso... É que eu sinto a sua falta.

Afasto-me dela e logo peço para que vá fazer o que pedi.

A verdade é que eu não sinto vontade de estar com mulher nenhuma desde o dia em que coloquei meus olhos em Rebeca, aquela boca carnuda anda em minha mente mais do que devia. Desde que a vi estou lutando comigo mesmo para não ir atrás dela e tentar, quem sabe, uma aproximação. Rebeca é uma mulher extraordinária, eu a observei durante o parto e fiquei deslumbrado notar como é centrada e sem me dizer nada mostrou que ama sua profissão, somente com suas ações.

— Só não faça mais isso, Karen. Nós dois acabamos e não tem volta.

Vejo que ela se afasta cabisbaixa e volto minha atenção para as notas, mas sou traído quando minha mente viaja até o dia em que vi Rebeca conversando com Talissa, antes da alta. A língua que aparecia volta e meia molhando o lábio me fazia ter pensamentos loucos. Só com essa lembrança sinto meu pau pulsar dando sinal de vida e me repreendo por isso.

Por volta das 7h da noite Mike chega para dar a Talissa os papéis de entrada do seu divórcio, que terá uma audiência em breve.

— Cara, preciso dizer que sua cara nunca foi boa, mas agora está péssima. Eu espero, muito, não ter nada a ver com a doutora daquele dia, com cara de atriz pornô. — Quando Mike diz isso em pé à minha frente, não consigo disfarçar minha raiva pelo apelido que ele deu a Rebeca.

Levanto-me e fico cara a cara com o imbecil.

— Diz isso de novo, Mike, e eu esqueço que somos amigos e quebro partes do seu corpo que você nem sabia que existiam.

Vejo um sorriso de lado se formando em seu rosto e me repreendo no instante em que percebo que o filho da puta estava me testando.

— Eu sabia que você estava pensando nela todos esses dias... — Ele acusa como se fosse o fim do mundo. — Porra, Theo! Você não tem jeito, cara. Só viu a mulher uma vez e já está pensando no casamento de vocês dois, como um adolescente.

Às vezes Mike consegue ser um idiota e, pelo que conheço, ele não vai sair do meu pé e esquecer essa história tão cedo.

— Para de ser babaca pelo menos uma vez, Mike. Eu não estou pensando nela — minto descaradamente. A única coisa que mais fiz nesses dias foi pensar naquela médica. — Só não gosto que falem assim de mulheres.

Ele não é bobo e me conhece há tempo demais para saber que eu estou fodido.

— Para sua sorte, você tem um ótimo amigo que sabe do que precisa — diz colocando o braço no meu ombro. — Nós vamos sair. Hoje tem a inauguração de uma balada fantástica e você vai, Theodoro. Porque eu não aceito meu amigo se apaixonando feito um adolescente.

Respiro fundo e bufo para Mike que tem um sorriso no rosto. E eu sei que não posso negar porque sei que ele não vai sair do meu pé.

Então, sem qualquer escapatória, aceito sair.

CAPÍTULO 7

Theo

Contrariado com a ideia de Mike, fecho a *Traveling* e subo para tomar um banho rápido. Saio do elevador e me assusto com Talissa sentada em uma poltrona, com Ana adormecida em seu colo e algo verde no rosto.

Que Diabos ela está aprontando agora?

— Que merda é essa no seu rosto? — pergunto segurando o riso para não acordar Ana.

Ela me olha com cara de poucos amigos e já sei que vai vir uma chuva de drama em alguns segundos.

— Apareceram algumas manchas no meu rosto durante da gravidez e essa máscara vai ajudar a clarear até sair totalmente. Não precisa me olhar com essa cara de espanto, porque o resultado vai ser ótimo, você vai ver.

Ela se levanta com Ana ainda dormindo, ando até elas e dou um beijo nos cabelos agora castanhos que ela já tem.

— Vou sair com Mike, não pretendo demorar. Precisa de alguma coisa? — Talissa olha para mim com seus olhos verdes arregalados e a vejo engolir seco. — Qual é o problema?

— Eu tenho medo de ficar sozinha aqui à noite e Benjamin aparecer, Theo. — Quando ouço isso meu sangue ferve.

A vontade de matar aquele filho da puta ainda é grande, mas ele ainda vai pagar por tudo que fez a minha irmã. Coloco minhas duas mãos na sua nuca para não me sujar com aquela coisa verde e olho dentro dos olhos que agora me encaram com medo.

— Eu não vou deixar mais aquele filho da puta chegar perto de vocês, ouviu? Ele não pode subir sem que você deixe, as câmeras e o código de segurança da entrada somente nós dois sabemos. Está segura aqui. Não deixe o medo impedir que deixe seu passado para trás. Agora você tem Ana e deve sempre olhar para o presente e plantar coisas boas para o futuro de vocês duas.

Ela abre um sorriso e é com ele que me encho de esperanças de que irá muito em breve esquecer tudo de ruim que passou nas mãos daquele traste.

— Obrigada, irmão, por cuidar de mim desde a morte do papai. Você foi o mais próximo de um pai para mim, Theo. E me perdoe por não ter escutado quando tentou me alertar sobre Benjamin.

— Isso passou, agora vá descansar e tirar isso da cara. Vai assustar Ana.

Ela sai andando rindo e eu vou para meu quarto.

Meu apartamento é grande. Eu sempre gostei de lugares arejados e espaçosos, a decoração e a disposição dos móveis foram pensados totalmente para meu conforto. É claro que, com a chegada de Talissa, o quarto de hóspedes foi mudado, porém o meu continua do mesmo jeito, com uma janela do teto ao chão e cortinas claras, uma cama grande e de frente uma enorme estante com meus livros preferidos, duas poltronas e uma lareira ao lado. Meu refúgio é o meu quarto.

Ando em direção à minha cama já tirando a camisa e os sapatos, jogando-os de qualquer jeito no canto.

Sento-me e foco em nada exatamente, porque minha mente já traz as lembranças dela; o sorriso, a voz, o jeito de andar e... Porra eu preciso ver aquela mulher maluca urgentemente.

O problema de Rebeca é que ela exala perigo e eu consegui sentir isso pela maneira que me encarou algumas vezes no hospital. Seu olhar era de pura malícia.

Aquela mulher tem um jeito de que vai virar minha vida do avesso se eu ceder à luxúria que vi em seus olhos. E eu estou disposto a ceder, mas nos meus termos e isso significa que vou ter Rebeca, mas não da forma que eu sei que ela imaginou me ter.

Estou usando uma blusa clara quadriculada com mangas dobradas até a altura do cotovelo, calça jeans clara e tênis branco. Ajeitou os cabelos para cima, tiro os óculos e colocou as lentes de contato; quando saio à noite não gosto dos óculos, porque embaçam demais.

Quando estou pronto, desço até a garagem para pegar meu carro, um SUV Chevrolet Blazer vermelho.

Eu posso ser um homem que ama livros e por isso ser taxado de nerd, mas se existe outra paixão dentro de mim é por carros. Mais uma das paixões que herdei de meu pai.

Saio em direção à casa do Mike que fica a uns sete quarteirões da minha. Como eu não bebo, sempre fico como o motorista da rodada. Dobro para a esquina e já vejo o babaca me esperando na calçada.

— Cara, se eu fosse mulher eu dava para você só por causa desse carro. — Eu olho meio chocado para ver se ele está brincando e, para meu desespero, ele está falando sério passando os olhos pelo interior do carro. — Se você não bancasse sempre o *nerdzinho* que gosta de conhecer antes de tirar o pau das calças, pegaria várias mulheres só por causa dessa máquina — ele diz essa merda e eu solto uma gargalhada sem conseguir segurar.

— Deixa de ser idiota! Não faça com que eu me arrependa de sair de casa hoje — digo ainda rindo dele.

Passamos o caminho, que não é longo, conversando sobre trivialidades. Em um momento ele pede para eu virar à direita e estacionar.

Quando estou perto, dou seta para poder virar e um movimento na calçada me atrai, então meus olhos seguem o mesmo. Vejo uma mulher passando pelo lado do motorista detendo minha atenção e eu posso jurar que era Rebeca, mas não tenho tempo de tentar uma confirmação, só sinto o baque da batida.

— Caralho...

— Porra Theo! Como você errou essa entrada para o estacionamento, cara? — Mike ao meu lado só sabe xingar e eu também me xingo mentalmente por estar ficando louco.

A porra da mulher não me sai da cabeça e agora minha mente deu para vê-la nos lugares.

— Caralho, meu carro! — Saio e vou conferir o estrago que, graças a Deus, não foi enorme; apenas um amassado e pintura arranhada.

Logo algumas pessoas se amontoam, perguntado se Mike e eu estamos bem. Confirmamos que sim.

— Vocês estão bem? — Viro-me ao ouvir um homem perguntar.

— Ah, graças a Deus um rosto conhecido para me ajudar!

Mike passa por mim indo apertar a mão do cara.

— Theo, esse é Matteo Cornnel King, ele é policial investigativo.

— Prazer, Theo Bittencourt. — Estendo a mão para Matteo.

— Vejo que não foi nada tão sério, vocês precisam de ajuda com algo?

Ele está analisando a situação do carro e eu me pego olhando para os lados, tentando ver Rebeca. Era ela, não posso estar ficando louco.

— Na verdade, agora estamos bem. Eu ainda não sei o que aconteceu com Theo para ter se distraído, mas tenho minhas suspeitas... — Mike olha para mim com um sorrisinho, certo de que sabe o que me aconteceu.

Talvez eu deva contar logo, pode ser que ele tenha visto também, sendo um sinal de que não estou ficando louco.

— Estou sentado ali no outro lado da rua, em um barzinho. Toma uma cerveja com um velho amigo, Mike? — Matteo pergunta.

— Depois dessa é tudo que eu preciso. Vamos, Theo? Prometo que depois ajudo com o seguro do seu bebê.

— É bom me ajudar com a burocracia mesmo, porque foi você quem me tirou de casa. — Andamos até a mesa que Matteo ocupava, sozinho.

Fazemos nosso pedido e Mike, claro, já está averiguando o local de olho nas mulheres. Quando percebe que eu também estou dando algumas olhadas ao redor, ele me dá um tapa leve no ombro com um sorrisinho.

— Vai contar o que o distraiu para ter batido o carro ou preciso fazer eu mesmo a descrição?

— Você também a viu, não é? — Olho para ele já sabendo a resposta.

— Sim, eu as vi. Estava com aquela psicóloga maluca e mais aquela outra médica. — Ele faz uma careta ao citar a psicóloga.

Eles tiveram uma grande discussão naquela noite e eu nunca o vi com tanta raiva igual à daquele dia.

— Você bateu o carro porque se distraiu? — A pergunta vem do nosso novo companheiro.

— Matteo, Theo está apaixonado como um adolescente por uma médica do *Dignity Health*. Há umas semanas estivemos lá e a obstetra que atendeu a irmã dele era uma coisinha linda e deixou meu amigo aqui de quatro por ela.

O filho da puta está rindo e começo a me irritar com ele.

— Eu também estive lá recentemente. Meu filho passou mal e foi atendido pela nova pediatra.

Olho para Matteo que tem um sorriso torto em seu rosto e a pediatra que atendeu Ana quando nasceu me vem à cabeça.

— Sei de quem você está falando, se me lembro bem o nome dela é Ayla.

— Creio que é isso mesmo, muito gata por sinal.

Mike está nos encarando com uma cara de horror, com o copo de bebida parado no ar, no caminho para a boca.

— Vocês dois devem estar de brincadeira comigo, porra! — ele fala alto. Bate o copo na mesa e olha para cima como se pedisse ajuda. Estou segurando a risada e, quando olho para Matteo, vejo que ele também. Mike volta a nos encarar. — Os dois estão falando sobre mulheres que nem devem estar se lembrando de vocês enquanto há várias aqui. Sério! Olhem para os lados, meus amigos, e é só escolher o que vocês querem comer; loira, morena, negra, ruiva... Esqueçam aquelas médicas!

Ele está vermelho de raiva e eu não aguento mais, caio na risada sendo acompanhado por Matteo.

— Sou praticamente casado, companheiro! — Ele ergue as mãos em rendição e, mesmo com a brincadeira, noto o tom de amargura na voz dele.

— Mike, Mike... Desse jeito vou imaginar que a psicóloga também mexeu com você. O que foi? Não consegue tirá-la da cabeça também, é? Está assustado, é? — Eu o fito rindo e o observo bufar, levantar e sair andando. Matteo me encara, rindo.

— Uau! Ele ficou com raiva mesmo.

— Ele é um babaca que pensa que nunca vai se apaixonar, mas algo me diz que em breve ele cairá do cavalo — respondo, ainda rindo.

A noite transcorre sem mais surpresas. Matteo e eu conversamos bastante e ele é um cara bacana, meio fechado e desconfiado, mas deve ser por conta de sua profissão. Ele me contou sobre sua vida, falou sobre a mãe do seu filho e sobre o menino, Asher. E eu considero foda demais ver os olhos dele brilharem ao falar do pequeno.

Ele me aconselhou a aumentar a segurança de Talissa e Ana por conta do Benjamin, que é um homem violento. Claro que amanhã providenciarei tudo que ele disse ser necessário para segurança delas.

Mike está em algum canto do bar, com certeza colado a alguma iludida que pensa que o terá amanhã. Depois de atender ao telefone, Matteo diz ter que ir embora para ficar com o filho que não quer dormir sem ele.

— Nós nos vemos na livraria, Theo. Pode ter certeza de que levarei Asher para conhecer.

— Vai ser um prazer ter vocês lá. Tenho certeza de que ele vai adorar a sessão de livros infantis. — Despeço-me dele.

Quando Matteo se vai, vou à procura de Mike para poder irmos embora. Eu o acho aos beijos com uma loira e eles estão literalmente se comendo quase à vista de todos.

— Mike... Vamos embora, cara! — chamo e ele finge não me ouvir.

Pigarreio e a loira o solta e olha para mim com um sorriso de lado.

— Quer participar, amorzinho?

Eu acabo olhando para trás só para ter certeza de que ela está falando comigo. Mike solta uma gargalhada.

— Vamos, Theo! Melanie vai ser boazinha e saberá nos agradar. — Ele ainda está rindo me olhando porque sabe que não curto essa coisa de ménage.

Sou muito possessivo para estas coisas.

— Ah! Ah! Ah! Ah! Não, obrigado Mike! Não estou a fim de ver esse seu pau pequeno — respondo e ele mostra o dedo do meio para mim. — Eu estou indo embora, você vai ficar?

— Sim, vou. A pequena Mel aqui me prometeu algo que vou cobrar agora.

Eles riem e eu bufo, irritado.

Ainda não acredito que ele me tirou de casa. Eu poderia estar lendo um bom livro ou até mesmo velando o sono de Ana.

Chego ao apartamento quando já passa das 2h da manhã, entro no meu banheiro e decido tomar uma ducha antes de cair na cama. Debaixo dos jatos de água Rebeca me vem à cabeça. Foi rápido o momento em que a vi, mas foi o bastante para ver o vestido preto colado ao corpo.

Só de pensar nela meu pau já dá sinal de vida. Eu o pego pela base e vou fazendo movimentos rápidos e fortes de vai e vem, pensando naquela boca carnuda me chupando com fervor. Encosto minha testa no boxe e com meu braço livre me apoio também.

Imagino Rebeca me colocando dentro da sua boca, levando-me ao limite de sua garganta, engasgando e soltando gemidos, enquanto seguro seu cabelo em um rabo de cavalo.

E é como se eu fosse um adolescente, porque eu nem me lembro de quanto tempo fazia que eu não batia punheta assim. Solto um grunhido quando sinto o gozo sair forte no mesmo instante com esses pensamentos, sujando minha mão e esporrando um pouco no boxe.

— Preciso dessa mulher na minha vida — murmuro para ter certeza de que não estou ficando louco.

CAPÍTULO 8

Rebeca

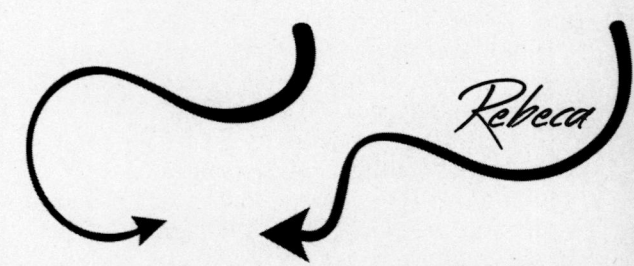

Acordo sentindo um aperto no coração, morta de ressaca. Ainda bem que hoje estou de folga.

Ontem aquelas malucas me chamaram para ir a uma livraria, mas antes disso andamos tanto pelas lojas, comprando coisas de decoração, que ficamos exaustas e decidimos voltar para casa direto. Acabei me animando e arrastei ambas para uma boate. Chegamos cedo ao local, dançamos e bebemos muito. Resultado: antes da meia-noite já estávamos bêbadas e viemos embora de táxi. Nessas horas é bom não ter carro, porque eu que não deixaria de beber para ficar de babá. Deixei esse cargo para a Aylinha do meu coração.

Resolvo enrolar na cama mais um pouquinho e, quando estou quase dormindo, um tornado chamado Cecília entra no meu quarto.

— Levanta, Furacão! Anda, vamos logo! — Ela já chega puxando minha coberta e eu seguro firme, evitando que consiga o que quer. — Ayla já está de pé também.

Às vezes dá vontade de matar Ceci e esse seu jeito mandão. Eu me enrolo na coberta como se estivesse dentro de um casulo e fecho os olhos pedindo muito a Deus que ela saia e me deixe dormir.

— Beca, é nossa folga, não vamos ficar em casa. Preciso de livros novos e passar naquela loja em que fomos ontem para comprar aquela lingerie preta. Ela não sai da minha cabeça.

— Eu não sei pra que precisa de lingerie sexy, você nem transa. — Levanto a cabeça e olho para ela, parada perto da minha cama com os braços cruzados. Recebo uma careta e caio na gargalhada. — Ceci, vamos mais tarde. Juro que não vou reclamar. Estou com dor de cabeça. Ontem eu bebi tanto que sou capaz de não beber mais nos próximos dias. — Tento convencê-la usando meu melhor tom de manhã.

— Deixa de ser cara de pau, Rebeca Fontes. Nada disso, vamos agora para voltarmos cedo e descansarmos. — Ela dá seu veredicto e sai andando.

Sem escolha me levanto e vou tomar um banho para tentar me animar. Lavo meus cabelos e percebo que preciso cortá-los um pouco o mais rápido possível, quanto maior mais trabalho. Meus cabelos estão muito abaixo dos ombros e são castanhos, sua cor natural. Termino meu banho e vou secar as madeixas. De longe escuto Ayla gritando por mim, com certeza estão loucas com minha demora. Depois que termino de secar, passei uma sombra bem clarinha para ficar o mais natural possível, máscara nos cílios, blush cor pêssego que eu adoro e por último batom rosa claro.

Vou até meu *closet* e pego um cropped preto florido com mangas curtas, calça jeans clara e opto por tênis branco; sei que hoje elas me farão andar mais. Pego uma pequena bolsa preta com alças de corrente, coloco carteira, celular e alguns produtos básicos de maquiagem e pronto, "bora" enfrentar uma livraria!

Reviro os olhos com esse pensamento.

— Que programa de índio — murmuro.

— Rebeca! — Cecília já grita da porta.

— Desse jeito os vizinhos vão descobrir meu nome rapidinho, Cecília.

— Bom dia, Beca! — Ayla me cumprimenta saindo da cozinha.

— Bom dia, Aylinha! — Dou-lhe um beijo na bochecha e saímos.

— Precisamos de um carro, não aguento mais andar de táxi e sinto falta de dirigir — Ayla comenta conosco e realmente paro para pensar que já vai fazer um mês que estamos aqui. Já é hora de termos um carro.

— Eu posso pedir uma informação para Miguel, talvez ele indique uma concessionária.

Ceci está caidinha por aquele *babaconildo*, mas ele que me aguarde. Amanhã mesmo terei uma conversinha com Miguel e, dependendo do que me disser, o hospital vai precisar de outro cirurgião para o lugar dele, porque vou matá-lo.

— Esquece esse cara, Cecília! Você não precisa de nada vindo dele — Ayla comenta parecendo tão irritada com isso quanto eu, e acabo concordando com ela.

Andamos alguns minutos até um ponto de táxi próximo da nossa casa.

— Boa tarde, senhoritas! Para onde vão? — o taxista pergunta, simpático.

— Vamos para a livraria *Traveling in books*, perto do litoral — Ceci responde.

O caminho é tranquilo, apesar do horário. Aproveito e vou admirando Santa Mônica. Essa cidade é linda e por ser litorânea acabo me sentindo em casa como uma boa carioca.

Vou tirando algumas fotos para enviar a papai que aprendeu a mexer no aplicativo de mensagens e toda hora me pede uma foto de onde estou e o que estou fazendo. Passamos por alguns parques e faço uma anotação mental de vir fazer alguns exercícios físicos aqui.

O taxista para e nos mostra a livraria um pouco mais a frente.

Nossa!

Por fora nem parece uma livraria, com janelas de vidro na fachada moderna e de longe já se vê a cafeteria do lado de dentro num ambiente muito aconchegante. Ela fica ao lado de um Shopping Center de frente para a praia. Sem dúvidas, escolhemos a melhor cidade para morar. Pagamos a corrida e andamos um pouco. Quando abrimos as portas da livraria, Ayla e Ceci soltam um *"Uau"* e eu rio da cara de felicidade de ambas, os olhos chegam a brilhar. Passo os meus olhos pelo local enorme com prateleiras brancas à meia altura. A luz natural que entra das enormes janelas deixa o ambiente muito mais iluminado, uma escada que dá acesso ao segundo andar da livraria divide as prateleiras de uma linda cafeteria com vista para a praia. Com alguns sofás de canto cinza claro, almofadas em vários tons de verde, as lindas luminárias têm um estilo retrô e uau! Existe uma grande variedade de plantas verdes.

Eu posso até não gostar de ler, mas esse se tornou meu lugar favorito para tomar café.

— Acho que estou no paraíso. Alguém me belisca — pede Ayla que está ao meu lado, admirando o local e eu, claro, dou um beliscão no seu braço. Ela logo solta uma praga, passando a mão no local. — Isso doeu, Beca! Caramba!

Ceci sai andando entre as prateleiras sem nem olhar para trás.

— Tá legal! Vou me falir e já volto. Juízo Beca, tenta não colocar fogo em ninguém, por favor! — Ayla, vulgo engraçadinha, diz e já sai de perto para não escutar a minha resposta atravessada que já está na ponta da língua.

Sento-me a uma das mesas da cafeteria e admiro a vista. Tiro algumas fotos e posto uma no meu Instagram marcando o local em que estou, peço um café puro e alguns biscoitos de nata. Logo meu pedido chega e eu, enfim, relaxo enquanto as duas doidas estão andando para lá e para cá carregando livros e conversando entre si.

Depois do lanche decido dar uma volta pelo local, saio da parte da cafeteria, passo pela escada e entro em um corredor com uma porta no final. Nesse momento meu coração se aperta, quando viro meus pés para voltar por onde eu vim, trombo com algo ou alguém.

— Ai! — Caída no chão olho para cima e paraliso.

Só consigo pronunciar quase sussurrando o nome da pessoa que vem me tirando da minha zona de conforto durante esses dias.

— Theo.

Theo

— Theo, aqueles livros *hot* que você encomendou chegaram.

Assinto para Tina e saio para receber minha encomenda.

Hoje o movimento está bem tranquilo, então decido ir pelo caminho dos clientes para receber o pedido. Depois de recebido, eu sigo com os livros rumo ao meu escritório para poder dar uma olhada se estão com uma qualidade boa. Ando tranquilamente, quando sinto um baque na caixa que carrego e todos os livros caem no chão. Olho para baixo e sinto meu coração acelerar com o que vejo.

Rebeca está caída no chão, olhando para mim intensamente com seus lindos olhos verdes arregalados. Ela está pálida, ainda assim, linda.

— Rebeca... Desculpe-me! — Eu me agacho para ajudá-la a ficar em pé. Ela logo se levanta com minha ajuda e ainda não me diz nada, mas fica me encarando e, porra! Ela tem os olhos mais lindos que eu já vi. — Você está bem? Machucou em algum lugar?

— The... — Antes mesmo de terminar de falar, ela cai desmaiada em meus braços.

Pego-a em meu colo. Logo duas mulheres se aproximam e reconheço a pediatra que atendeu Ana, seu nome é Ayla.

— Oh, meu Deus! De novo, não! — diz a pediatra, colocando a mão na boca para conter o...

Espera aí, ela está sorrindo?

— Ela desmaiou! Nós nos trombamos sem querer. Será que ela se machucou? Você é médica, pode ajudá-la, por favor? — pergunto já andando com Rebeca em meus braços rumo ao meu escritório.

Coloco-a deitada no sofá e tirou alguns cabelos que estão em seu rosto. Sem desviar os olhos dela, ouço sua amiga falar:

— Ela vai ficar bem Theo, isso acontece em ocasiões... Hum... Bem...

A pediatra parece estar procurando palavras para explicar, mas fala com um tom divertido.

— Específicas, Ayla. E há muito tempo não acontecia — a loira ao lado de Ayla completa a frase e logo se apresenta como Cecília, amiga de Rebeca.

— Como assim, específica? Ela tem alguma doença? — Fito as duas que estão em pé com sorrisos de lado no rosto, encarando Rebeca a todo instante.

— Ela não tem nenhuma doença, somente um tique nervoso! — Cecília diz.

— Ceci, acho que Beca não vai gostar de saber que você contou isso para ele. — Ayla coloca a mão no braço de Cecília que está rindo.

— Deixa, Ayla, eu sei o que estou fazendo... — Antes de dizer qualquer coisa, Rebeca mexe a cabeça e eu viro para analisá-la.

Quando ela abre os olhos, olha para mim, depois olha sobre meus ombros para suas duas amigas.

— Puta que pariu! Por favor, não me diga que eu...

— Oh, Beca, sim! Você caiu como uma jaca podre do pé diretamente nos braços de Theo... — Cecília diz e eu noto o tom de sarcasmo que ela usa.

— Você está bem? — pergunto, sério.

— Sim, eu estou. Acredito que foi o calor. — Ela me olha nos olhos. — Obrigada, Theo! Por me ajudar.

— Não precisa agradecer, mas eu faço questão de tomar um refresco com você enquanto se recupera. Eu sei que é a médica aqui, mas pelo visto agora você é a paciente.

Ela encara as amigas.

— Vamos deixar vocês dois a sós — Ayla diz indo até Rebeca e a abraçando, logo em seguida Cecília também a abraça.

Antes de sair, Cecília olha para trás e diz:
— Você fica, Beca. Quando se sentir melhor Theo a leva embora para casa. Ayla e eu temos de continuar nossas compras.

Sem dar chance para Rebeca, que ainda está calada observando tudo, ela sai e fecha a porta.

Eu olho para Rebeca à minha frente e nem acredito que o destino a colocou de novo no meu caminho. Dessa vez, eu terei essa mulher para mim. Do meu jeito.

CAPÍTULO 9

Rebeca

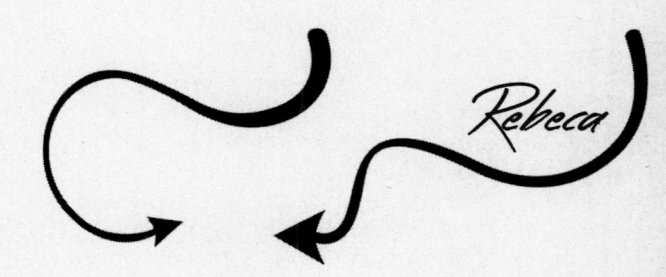

Sabe quando você pensa que nada de extraordinário pode acontecer mais na sua vida?
Pois é! Eu achava isso. Até porque eu sou uma mulher que já viveu muitas situações inusitadas como, por exemplo, no dia em que fiquei com um carinha da faculdade e depois que transamos horrores até eu me sentir assada como um frango de padaria, ele adormeceu e eu aproveitei a deixa para ir embora. A surpresa foi quando percebi que a porta do seu apartamento estava trancada e eu não achava a chave em lugar algum.
Estávamos no segundo andar e, com minha mente extraordinária, pensei que poderia pular a janela. Eu que não passaria a noite ali para depois ele acordar e talvez acreditar que aquilo significasse algo que na verdade, para mim, era somente a transa do dia. Então abri a janela, analisei a altura e constatei que seria fácil, só que não foi. A queda me custou um braço quebrado e Ceci e Ayla me gozando por um ano inteiro.
Mas, definitivamente, nada me preparou para estar de novo cara a cara com Theo.
Ele está me olhando como se eu fosse a porra de um cristal que pode se quebrar a qualquer momento. Meu tique nervoso que sempre aparece quando estou muito nervosa mais uma vez me colocou em uma situação constrangedora. Desde pequena era assim, meus pais me levaram a vários médicos e nenhum deles conseguiu explicar como nem o porquê disso. Quando criança era até legal porque me ajudava a fugir das broncas dos meus pais, até Ceci e Ayla se aproveitavam disso quando tinha alguma prova surpresa na escola, elas me enviaram papéis com pedidos para eu ficar nervosa e desmaiar, eram tão cara de pau que até pediam "Por favor!".
Os sintomas vêm rápidos, eu simplesmente empalideço e desmaio.

— Você está realmente bem? Porque você está me encarando há alguns minutos, calada e...

— Eu estou bem. Obrigada, Theo! — digo, sentando-me no sofá onde estou deitada.

Observo o espaço e vejo que estou em um escritório grande, com uma mesa de carvalho escuro no centro, alguns livros espalhados em cima com duas poltronas em frente. Tem vários quadros e porta-retratos, a sala é enorme e aqui também tem as janelas que vão do teto ao chão, deixando a iluminação natural.

— Você quer beber alguma coisa? — Ele pergunta, colocando a mão no meu ombro.

— Sim, água gelada, por favor!

Ele assente e vai até a mesa, pega o telefone, conversa com alguém rapidamente e desliga logo em seguida vindo até mim.

— Então, o que você está fazendo aqui? — pergunto quando ele se senta à minha frente, no sofá cinza de dois lugares.

Ele me dá um sorriso de lado. *Adeus calcinha!*

— Eu que deveria fazer essa pergunta, Rebeca, tendo em vista que você está na minha livraria — ele diz isso com um sorriso e logo leva as mãos ao rosto, ajeitando seus óculos.

— Eu não sabia que você era o dono. Vim somente acompanhar as meninas — digo já sentindo meu coração disparar, levanto e vou caminhando devagar pelo escritório. — Aqui é muito bonito, parabéns!

Viro-me para olhá-lo. Ainda está no sofá me encarando, sério. Ele está sentado bem à vontade, com as pernas abertas, as mãos estão em seus joelhos e tudo que eu penso no momento é sentar nele.

Foco, Beca... Foco, Beca.

— Obrigado! É um projeto que meu pai sempre quis fazer e, quando assumi a direção, fiz.

Percebo o tom de orgulho que ele diz ao se referir ao pai. A porta é aberta sem ao menos a pessoa bater e por ela passa uma mulher ruiva, seus olhos vão de Theo para mim e posso ler seu olhar de "Quem é você?". Ela deixa a água na mesinha em frente aos dois sofás e sai rapidamente.

— Beba um pouco de água, irá se sentir bem! A propósito, por que desmaiou? Sua amiga não foi clara.

Ai, merda... Como dizer a seu motivo de nervoso que você desmaia somente quando está nervosa?

— Eu tenho um tipo de tique, acho que tive uma crise — digo me sentando ao seu lado e bebendo minha água gelada, talvez assim abaixe a temperatura que nem percebi ter subido dentro de mim.

— Ok. E você não vai me dizer que tipo é — ele afirma com um sorriso divertido.

— Não, não vou. Terá de descobrir. — Bebo minha água sentindo o olhar dele sobre mim. — Diga-me, Theo, você tem namorada?

Chega de brincadeira. Agora eu vou ao ataque.

Tenho certeza de que depois de transar, ele sairá da minha cabeça e voltarei a ser eu.

— Sou solteiro, Rebeca.

O safado me olha sorrindo enquanto eu inspeciono seu corpo sem qualquer vergonha.

— Que bom, Theo, porque eu preciso fazer isso...

E num impulso eu me sento em seu colo e coloco cada perna de um lado de suas coxas e o beijo. Apesar do susto ele retribui, colocando suas mãos em minha cintura. O beijo começou lento, ele invade minha boca com sua língua e vai ditando o ritmo lento, mas em algum momento se transforma em algo selvagem.

Ele exige tudo de mim e dou sem qualquer ressalva, passo sem pudor minhas mãos pelos seus braços fortes e desço pelo seu abdômen. Sinto a ereção de Theo.

Caralho, ele com certeza é 3G.

Eu dou uma rebolada em seu colo e ele geme ainda me beijando. Desesperada por mais contato, grudo ainda mais meu corpo no seu e ele sobe uma de suas mãos por meus cabelos e segura forte. Afasto-me um pouco olhando para ele e lhe dou meu sorriso sexy. Ele está com seus olhos azuis me olhando e tudo que vejo é tesão e luxúria e isso me atiça ainda mais.

— Eu quero transar com você, Theo. Aqui e agora.

Pegando-me totalmente de surpresa, Theo se levanta e me coloca sentada no sofá. Ele anda para um pouco mais longe e me fita.

— Eu não vou transar com você aqui e agora, Rebeca. Você merece mais que isso.

Ele me olha com firmeza, mas ainda posso ver que ele está consternado com nosso beijo tanto quanto eu.

— Mas eu quero — digo me levantando e indo até ele.

Quando estou perto, Theo me abraça e sussurra ao meu ouvido:

— Pode ter certeza, Rebeca, de que terei você gemendo embaixo de mim, mas antes disso vou levá-la para jantar em um restaurante bom, vou elogiar sua roupa, depois vou pontuar todas as coisas que me fascinam em você. Vou roubar um beijo e levá-la para um lugar afrodisíaco que tenha uma cama grande e confortável. Quando você estiver sem roupa, eu vou chupar você, Rebeca. Vou roubar gemidos seus que nem sabia que podia soltar, você vai gozar chamando meu nome e depois vou enfiar meu pau em você tão fundo e forte que vai me sentir por dias.

É inevitável não soltar um gemido. Ele falando essas coisas para mim, com essa voz rouca, deveria ser atentado ao pudor.

— Espero que tenha aproveitado os homens dessa cidade, porque você vai ser minha. Só minha.

Sinto seu hálito quente no meu pescoço e meu corpo todo se arrepia.

— Você não me conhece, Theo. Eu não sou uma mulher que quer algo sério. Sou do momento e é tudo que você terá de mim — digo baixo para ele, ainda com o corpo dele colado no meu.

Theo me olha com um sorriso convencido.

— Não, eu ainda não a conheço, mas quando eu estiver entre suas pernas fazendo com que grite de prazer, saberei tudo sobre você. Até mesmo o momento certo de ir mais duro para tê-la gozando com meu pau enfiado em você.

Eu olho para ele e logo solto a respiração que eu nem sabia que tinha prendido.

— Um jantar, Rebeca. Estou convidando você para um jantar hoje à noite.

Nesse momento estou analisando os últimos dias em que ele estava dominando minha cabeça e decido aceitar.

— OK, às 20h estarei esperando por você. Mas, não se engane... Eu sou a garota errada, Theo.

Ele solta um sorriso de vitória, mas mal sabe que no final da noite de hoje, para mim, ele será apenas mais uma lembrança.

— Isso foi fácil demais, Rebeca. Nem a conheço, mas sei que você é uma mulher de atitude. Não está pensando em me enrolar, não é? Ou está?

Dou um sorriso de lado e, quando vou responder, ouvimos uma batida à porta e logo nos afastamos. A ruiva mal-amada entra pedindo a ajuda de Theo em algo que não escuto ou não quis porque no momento já estou imaginando as loucuras que farei com esse homem à noite.

— Theo, não quero mais tomar seu tempo. Vou indo, até mais tarde!

— Espere só um momento. — Ele se vira para ruiva. — Karen, depois eu pego essa lista e veremos o que falta. Vou terminar de conversar com Rebeca.

Ela assente e sai bufando. Qual é a porra do problema dessa garota?

— Não está esquecendo nada? — ele pergunta, esticando seu celular.

Dou-lhe um sorriso, pego, anoto meu número e endereço, entregando-o logo em seguida.

— Até mais tarde!

— Não quer que eu a acompanhe?

— Não, obrigada! Vou passar em algumas lojas e andar um pouco.

— E o desmaio?

— Eu estou ótima.

Saio do escritório fechando a porta. Ando seguindo as placas de saída do corredor extenso até me ver de novo na livraria. Quando estou quase na porta de saída, levanto meu olhar e vejo a ruiva mal-amada me encarando, dou um sorriso e aceno para ela.

Depois de passar no shopping e comprar lingerie preta bem sexy, chego a casa e encontro as duas amigas da onça sentadas no sofá, lendo.

— Olha só quem apareceu! — Cecília diz com sarcasmo e minha vontade de estrangulá-la só aumenta; semicerro os olhos para ela.

— Muito bonito, as duas! — digo apontando o dedo para cada uma. — Vocês me deixaram para trás, sozinha, e ainda por cima quase falaram do meu tique para ele.

— Me tira dessa, porque eu tentei avisar a Ceci para não dizer. Mas, Furacão, depois de tanto tempo, é engraçado ver você desmaiando de novo — Ayla diz caindo na gargalhada.

Bufo, irritada, e subo mandando o dedo do meio para as duas.

Para meu desespero elas vêm correndo escada acima me perguntando o que foi que aconteceu.

— Eu o beijei, sentei naquele colo e com certeza ele é 3G.

— Beca, sua safada! Você já deu pra ele?

Reviro os olhos para a cara de espanto de Ceci.

— Ainda não, porque ele veio com aquele papinho de querer encontro primeiro e blá-blá-blá. Parece que conheci sua versão feminina, só que não virgem — eu a provoco e ela logo faz um bico de desagrado.

— Vocês vão sair hoje? — Ayla pergunta.

— Sim, vamos, e agora me deixem sozinha. Já são cinco horas e preciso de um banho relaxante porque hoje eu sento naquele pau e tiro esse homem da cabeça.

Elas logo saem andando, rindo de mim.

Paro para analisar a conversa que tive com Theo no escritório e sorrio quando me lembro de que ele disse que eu seria só dele. Quando me conhecer de verdade, vai entender que eu não sou para ser só de um. Vou mostrar meu lado malvado que geralmente espantam os homens.

Decido tomar um banho de imersão. Ligo o registro e, enquanto a banheira enche, vou até meu *closet* para escolher o que usar. Depois que decido pelo vestido mais sexy que eu achei, volto para o banheiro e coloco alguns sais de banho na água morna e entro, deito a cabeça na borda e coloco minha *playlist* para tocar.

Depois de alguns minutos, saio da água, visto um roupão e começo a me maquiar. Opto por destacar meus olhos com uma sombra preta esfumando, meus cílios são grandes naturalmente, mesmo assim gosto de usar máscara para ficarem perfeitos. Passo um batom nude e volto para o quarto para me vestir, coloco meu vestido e me olho no espelho feliz com o que vejo. Logo ouço a campainha tocando, olho meu celular e vejo que Theo me mandou uma mensagem dizendo que já está lá fora.

— Beca... Caralho, vai matar o homem! — Olho para Ayla que está rindo.

— Pode ter certeza de que vou matar, de tanto gozar.

Corro e pego meu scarpin preto com solado vermelho e, para combinar, decido mudar o batom. Pego um vermelho bem escuro e passo sob o olhar atento de Ayla escorada na porta.

— Ele está lá embaixo te esperando.

— Você o deixou sozinho com a maluca da Cecília?

— Ela já foi pro quarto, não se preocupe. — Ayla olha para mim, séria, e vejo que quer dizer algo.

— Pode soltar a bomba, Aylinha. O que foi?

— Beca... — Eu vejo que hesita, mas logo toma coragem e continua: — Ele parece ser um cara legal e você é uma mulher incrível que merece ser muito feliz. Já está na hora de deixar os medos de lado, amiga.

Eu paro o que estou fazendo e a encaro.

— Ayla, está tudo bem. Eu sou assim, digamos que o amor não é para mim. Eu só quero curtir, linda.

— Beca, promete pra mim que você vai se cuidar, mas também vai se permitir ser amada e amar.

Ayla é a mais sentimental de nós três. Ela pensa que ainda vou tomar jeito quando meu príncipe encantado aparecer no seu cavalo branco e num passe de mágica resolver todas as minhas inseguranças sobre relacionamento. O problema nessa coisa do príncipe é que na história o cavalo é meu e eu não preciso de homem para resolver nada em minha vida, eu me basto.

— Prometo que serei feliz, amiga, e isso é o máximo que vai conseguir de mim. Agora, vamos descer, porque hoje eu pretendo ter uma noite maravilhosamente quente — digo puxando Ayla pela mão rumo às escadas.

Ela diz que vai para seu quarto e, quando estou descendo as escadas, vejo Theo se levantar lentamente do sofá me encarando da cabeça aos pés. Ele está lindo com uma blusa branca com gola v, uma jaqueta de couro por cima e calça jeans escuro. Termino de descer com os olhos dele me acompanhando até parar à sua frente.

— Preciso dizer que você está linda.

— Obrigada, você também não está nada mal.

— Desculpe-me! — Ele pede e eu franzo as sobrancelhas.

— Pelo quê?

— Por isso...

Ele se aproxima, coloca as duas mãos em cada lado das minhas bochechas delicadamente e me beija.

CAPÍTULO 10

Rebeca

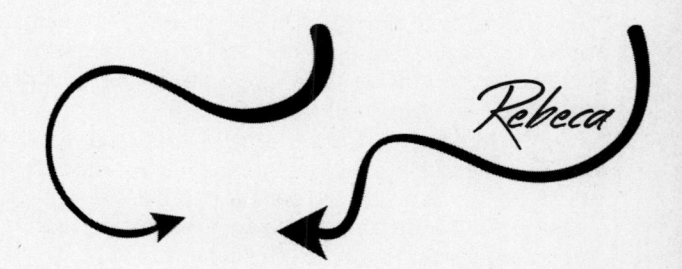

Estamos a caminho de *só Deus sabe*, porque Theo ainda não quis me dizer onde vamos jantar.
Noto que estamos indo na direção da livraria, talvez ele tenha esquecido algo lá e vá pegar antes de irmos para o restaurante. Quando estamos diante dela, ele dá seta e entra em uma garagem subterrânea, então percebo que estamos abaixo da livraria.

— Algum problema? — questiono sem saber ao certo o que ele está fazendo.

— Nenhum. Olha, eu sei que convidei você para jantar e deve ter imaginado um restaurante, mas eu adoro cozinhar e por isso vamos jantar aqui.

Ele sai, dá a volta pela frente do carro e logo abre a porta para me ajudar a descer.

— Vamos jantar na sua livraria?

Ok, eu estou surpresa. Esse encontro com certeza vai entrar para a lista dos mais esquisitos que já tive.

— Não vamos jantar na livraria, Rebeca. — Ele me olha sorrindo e, caralho, talvez eu devesse ter trazido uma calcinha reserva porque essa já está molhada. — Eu moro em cima da livraria. Quando fiz a reforma, decidi fazer meu apartamento aqui para ficar mais prático.

Eu assinto ainda calada.

Ele pega na minha mão e começamos a andar até um elevador, ele digita uma senha e logo sinto a caixa de metal subindo. Depois de três minutos calados, as portas se abrem. Ainda de mãos dadas saímos e logo entro em uma sala linda. O apartamento é enorme, com janelas do teto ao chão.

Esse homem adora esse tipo de janela.

Meu pensamento me faz sorrir. Dou uma boa olhada ao redor. O espaço é estilo americano, todo aberto, a sala tem um sofá branco em L com almofadas verdes e cinzas, além de duas poltronas cinza-claro. Dou alguns passos e a cozinha logo entra no meu campo de visão, com armários brancos e uma enorme ilha.

Vejo Theo mexendo em algo no fogão de costas para mim. Caralho, já o imagino cozinhando de cueca boxer branca enquanto eu estou sentada apreciando a bela vista da sua bunda. Preciso ir ao banheiro, acho que a baba escorreu da minha boca.

— Então você gosta de livros e adora cozinhar — comento me aproximando da ilha e me sentando em um dos três bancos. Ele vem até onde estou e coloca uma taça de vinho à minha frente. Percebo que ele não tem uma. — Você não vai beber?

— Eu não bebo. De vez em quando até tomo uma taça de vinho, mas não é algo que me agrada. E, respondendo à sua outra pergunta, eu também sei fazer outras coisas, mas você tem de estar comigo para descobrir.

Ele me olha de cima a baixo e eu passo minha língua pelos lábios pintados de vermelho, atraindo sua atenção para eles.

— Realmente pensa que posso ser o que você procura em um relacionamento, não é?

Ele volta a mexer em algo no fogão. Depois de alguns minutos, desliga o fogo, vira-se e me fita. Eu reconheço seu olhar cheio de determinação. Sei disso porque eu tenho esse olhar quando quero algo difícil.

— Eu penso, Rebeca...

— Beca, pode me chamar de Beca.

Ele assente.

— Sabe? Eu sou um homem nada prático. Meu amigo me chama de nerd e para alguns isso é um fato só porque eu amo livros. Mas poucos me conhecem de verdade. Quando eu quero algo vou atrás e só paro quando consigo. E, na primeira vez que eu a vi naquele hospital, eu senti que seria minha.

Eu estou sem reação. Olho para ele sem saber o que dizer.

— Então, você acredita em amor à primeira vista — afirmo, observando-o sobre a taça e beberico um gole sem desviar do seu olhar.

— Sim, eu acredito. Também acredito em destino e em conexões.

— Eu não acredito em nada disso, Theo. Você vê a nossa diferença? Eu sou o tipo de mulher de quem homens como você correm. Eu sou prática, adoro beber, adoro baladas e gosto do sexo casual, aquele que não precisa de conexões.

Eu olho firmemente para ele, que me encara com um sorriso de lado se aproximando, para ao meu lado e se senta virando meu banco de frente para ele.

— Eu quero propor um desafio. — Eu o encaro sem saber se entendi direito. — Quero que você me deixe tentar fazer com que mude sobre seu "sexo sem conexões" — diz fazendo aspas no ar com seus dedos. — Quero ter a chance de mostrar para você quando a conexão deixa tudo mais intenso. Se eu ganhar, e sei que ganharei, você será minha para sempre.

— E se você perder?

— Você terá sua noite e nunca mais me verá.

Quando termina de dizer não consigo segurar a gargalhada que sai.

— Sabe? — digo ainda rindo um pouco. — Minha amiga Cecília acredita que cinco encontros são suficientes para poder transar com um cara. Eu não acredito nisso, Theo, e vivo dizendo isso a ela. E agora você está aqui me propondo exatamente isso?

Eu estou o olhando com diversão em seus olhos, sem acreditar que talvez a porra da praga da Cecília tenha pegado em mim.

— Não sabia dessa regra dos cinco encontros, mas gostei disso. Essa sua amiga é inteligente.

Muito, você nem faz ideia... Digo em pensamento. Paro para analisar a situação e me vem uma ideia para acabar com dois dos meus problemas e mostrar a Ceci que essa coisa de cinco encontros é besteira. Aceitarei o desafio que ele está me fazendo e infernizá-lo para transarmos antes do tempo, aí eu mato meu problema de tesão e Ceci de desgosto por saber que estava errada esse tempo todo.

— Eu aceito, mas com uma condição. — Ele olha para mim meio desconfiado e eu sorrio como o bom anjo que sou. — Nada de dormir juntos nesse tempo e nós podemos ficar com quem quisermos.

Ele sorri e se aproxima de mim.

— Não dormir juntos, ok! Eu até entendo que isso é algo pessoal, mas ficar com outras pessoas, isso você não vai precisar.

Ele se afasta e logo vai preparar a mesa para o jantar. Durante a arrumação, eu o ajudo e vamos conversando sobre o trabalho de ambos e o porquê de eu ter escolhido essa profissão. Theo ficou surpreso por eu ter saído do Brasil assim que me formei e vindo para cá. Com o jantar servido, nós nos sentamos, ele enche minha taça de vinho e traz um copo com água, gelo e rodelas de limão.

A mesa é pequena, mas o tamanho é ideal para um jantar a dois. A comida tem um cheiro maravilhoso, Theo fez Risotto com camarão e, para a sobremesa, *tiramisù*. Ele, com certeza, cozinha muito bem. Espero que faça sexo tão bem quanto...

— Então você simplesmente teve a ideia de vir e trouxe de quebra suas duas melhores amigas. — Está se divertindo com minha história sobre como vim para Los Angeles com as meninas.

— Eu sempre sou a dona das boas ideias, Ceci e Ayla são as malucas que me acompanham. Elas são as irmãs que eu não tive. — Conversar com Theo é a coisa mais fácil do mundo. Estou me sentindo leve e com vontade de contar toda minha vida para ele, só para ver esse sorriso lindo no seu rosto. — Nossas mães eram melhores amigas, cresceram juntas e foi natural para nós, como filhas, sermos amigas e irmãs também.

— Pode me contar sobre ela? — pergunta e eu entendo o que quer saber, mas falar da minha mãe é difícil. Então estranho quando sinto que quero falar para ele sobre ela.

— Era... — Levanto meu olhar para o dele e o vejo ficar estático com o copo de água no ar. — Ela morreu em um acidente de carro no Rio de Janeiro, quando eu tinha treze anos, . Estava chovendo muito e ela resolveu parar, mas o carro que vinha atrás não viu a seta e não reduziu a velocidade.

Sem perceber, sinto uma lágrima rolar e logo a seco para não abrir caminho para as outras que sempre teimam em descer quando falo sobre minha mãe.

Theo se levanta e vem até mim, abaixa-se para ficar na mesma altura que eu. Ele pega uma de minhas mãos que está em cima da mesa e beija o dorso, eu sinto uma sensação de conforto e meu corpo se arrepia. Fecho meus olhos por um instante, quando os abro os olhos azuis me encaram e o medo desses sentimentos vem. Eu não sei o que está acontecendo comigo, mas pressinto que não vou gostar.

— Eu perdi meu pai há onze anos e até hoje me pego querendo tê-lo comigo. Eu sei o que você sente, Beca, eu sinto muito pela sua perda!

— Vamos só mudar de assunto, por favor!

Ele me dá um sorriso de lado e vai até a cozinha, dando-me tempo de respirar fundo.

Mas que porra está acontecendo comigo?

Eu nunca falo da minha mãe, eu nunca sou a sentimental na frente dos outros e eu quase chorei agora. Aquela consulta com a Ceci tem de ser rápida, estou ficando louca.

Theo volta da cozinha com a sobremesa e falamos mais um pouco sobre nossas rotinas. Ele me disse que Talissa está se separando do marido e que hoje de manhã foi com a pequena Ana passar uns dias com sua mãe em Boston. Contou um pouco do seu amigo Mike e eu rio internamente por me lembrar de que era ele quem tirou Cecília do sério no hospital. Contou-me que Mike é um grande amigo e advogado e que é ele quem está ajudando Talissa a se separar de Benjamin.

Após terminarmos o jantar ele me leva para a área externa do seu apartamento e eu fico impressionada, a vista de Santa Mônica daqui é de tirar o fôlego.

Estou distraída com a paisagem e o sinto atrás de mim, ele coloca sobre meus ombros uma manta fina.

— Pensei que estivesse sentindo frio — ele diz ainda atrás de mim com as mãos em meus ombros.

Eu sinto minha calcinha já molhada só de ouvir essa voz rouca perto do meu ouvido.

— E estava, obrigada! — Abro um sorriso de lado.

— Eu sei que você chegou aqui há pouco tempo e ainda não está por dentro dos acontecimentos e datas festivas.

Ele me vira para olhá-lo e eu franzo o cenho quando vejo que ele segura uma rosa vermelha. Mas que porra é essa? Além de topar o desafio, também serei obrigada a aceitar flores? Semicerro meus olhos para ele, que tem um sorriso de lado.

— Hoje é uma data muito especial aqui — ele diz e eu busco no fundo do meu cérebro lembrar se cheguei a ouvir algo e, quando eu me lembro... Porra, isso não pode estar acontecendo!

Rebeca, onde você foi se meter em sua maluca?

Ele estende a rosa vermelha e eu ainda estou em choque olhando para ela. Na última vez em que ganhei flores, fiz o cara engolir cada uma delas.

— Rebeca, é só uma rosa, não é nada demais. Aqui nós temos o costume de nos presentear uns aos outros. — Eu pego a rosa no automático e olho para ele. — Feliz dia dos namorados!

Sua boca encontra a minha em um beijo lento. Sinto suas mãos em minha cintura me levando para mais perto do seu corpo, logo uma delas sobe para minha nuca. Esse beijo pode não ser o que eu estou acostumada, mas eu gosto da sensação e todos os meus sentidos ficam em alerta.

Ele é perigoso, Rebeca. Sai fora daí!

Mas é claro que eu serei teimosa e, mesmo sendo perigoso, vou até o fim nesse desafio.

Theo me abraça sem parar o beijo, dou um gritinho assustado quando ele me levanta e automaticamente prendo minhas pernas em sua cintura. Nessa posição eu consigo sentir sua ereção e isso me atiça. Eu o aperto entre minhas pernas e começo uma sucessão de beijos em seu pescoço, deixando algumas mordidas também. Fico louca quando ele solta um gemido e coloca suas mãos em minha bunda, apertando. Eu sinto que estou queimando nesse momento.

— Acho que não podemos passar disso.

Ele olha para mim, ofegante, e a merda que ficarei com essa vontade! Usarei todas as minhas táticas para sair do 0 x 0, hoje. Que se foda o desafio!

Eu desço do seu colo ainda ofegante e puxo Theo de volta para a sala, jogo-o sentado no sofá e me abaixo ficando de joelho no chão entre suas pernas. Olho para ele passando a língua em meus lábios e vejo seus olhos nublados de desejo.

— O que você pensa que está fazendo? — pergunta quando eu coloco a mão em suas coxas e começo a subir sem desviar do seu olhar.

— Eu estou começando o desafio.

Chego aonde eu queria. Abro o botão da sua calça e ele coloca a mão, detendo-me.

— Não, Rebeca, isso não faz parte do...

Theo não tem tempo de terminar, porque eu logo monto nele e roubo um beijo.

Se ele pode ficar roubando beijos de mim, eu irei roubá-los também. Passo minhas mãos por baixo da sua camisa e sinto sua barriga onde, com certeza, lavarei muita roupa. Sinto seu peitoral e, puta que pariu! Esse homem é gostoso.

Se ele quer brincar comigo, ok! Mas, que aceite as consequências. Podemos não transar hoje, mas eu o deixarei preparado, porque no próximo encontro sentirei a oitava maravilha do mundo dentro de mim.

Quando sinto que ele está duro eu volto a me ajoelhar e, sem dar chance de defesa, eu tiro seu pau da cueca e o coloco na boca. Ouço quando ele solta um suspiro pesado olhando para mim e eu, mesmo com seu enorme pau em minha boca, consigo abrir um sorriso safado. Faço movimentos lentos de vai e vem e sinto suas veias pulsarem na minha mão. Ouço um gemido e um praguejar além de um "merda" no final.

Aumento os movimentos e o chupo sem qualquer pudor. Os gemidos de Theo são uma coisa maravilhosa e eu sinto que posso gozar só de ouvi-los. Ele coloca uma das mãos em meus cabelos e os prende, puxando minha cabeça para o olhá-lo.

— Você é a porra de uma diaba, Rebeca. Não foi assim que imaginei essa noite para nós dois.

Dou-lhe um sorriso e volto a chupá-lo, colocando dentro de minha boca até onde consigo. Seu pau é enorme, com veias grossas e a cabeça rosada...

Caralho, que tesão!

Quando sinto que Theo está quase chegando ao seu limite, eu simplesmente paro os movimentos e me levanto. Ele me olha, confuso, e semicerra os olhos. Agora vai saber que dois podem jogar esse jogo.

— Desculpe, Theo, mas direitos iguais. Se você vai agir como bom moço comigo, eu serei a porra da Rainha má. — Aproximo-me de sua boca limpando os cantos sujos de batom da minha. — Isso foi uma prévia do que o espera, quando quiser desistir dos cinco encontros.

Ele começa a rir, jogando a cabeça para trás e eu também sorrio dessa situação em que me meti. O homem se levanta meio atordoado, guardando seu pau que ainda está duro e eu peço para ir embora.

Ele me deixa em frente da minha casa, em silêncio. Como foi o caminho inteiro.

— Boa noite! — Eu me despeço.

— Beca... — ele me chama, quando estou saindo do carro. Eu olho para ele, que está sério. — Não é um jogo nem nada disso. Os cinco encontros são só uma desculpa para tê-la por perto mais tempo. Mas, não se engane... Eu terei você.

Sem responder nada eu saio e vou em direção à porta. Quando estou entrando dou de cara com Ayla e Ceci me encarando, rindo.

— Meninas... Eu estou fodida! — choramingo para elas.

CAPÍTULO 11

Theo

Rebeca está me deixando completamente louco!

Quando eu propus aquele desafio, não imaginei que ela o levaria tão a sério. E, pior, que a diaba me tentasse sentada no meu colo e rebolasse em cima do meu pau.

Eu posso ser um cavalheiro e respeitar as mulheres, mas eu não sou de ferro, tudo que eu quero agora é dar um tour pelo meu quarto com ela e mostrar o quanto meu desejo é grande. Antes que eu tenha tempo de conseguir raciocinar um pedido para que ela pare, Beca desliza por meu corpo e num movimento rápido abre minha braguilha e coloca meu pau para fora direto à sua boca. Nessa hora eu perco o controle do meu corpo que está todo em êxtase pelo prazer que sinto de estar dentro daquela boca quente e molhada.

A safada me chupa sem tirar os olhos dos meus, solto um gemido e encosto a cabeça no encosto do sofá, deixando que ela me prossiga. Ela pega na base do meu pau e faz movimentos subindo e descendo e chupando a cabeça. Gemo alto e, porra, essa mulher vai acabar comigo antes do que eu imaginei. Pego seus cabelos num punho, segurando forte, fazendo com que levante a cabeça e olhe para mim.

— Você é a porra de uma diaba, Rebeca. Não foi assim que imaginei essa noite para nós dois.

Ela sorri e volta a me colocar na boca, chupando-me. Ela, com certeza, sabe o que está fazendo. Sinto que estou perto de gozar e já, conhecendo o que conheço dela, sei que ela não se importaria de ter meu gozo.

Ainda decidindo se gozo ou não em sua boca, a diaba para e se levanta sorrindo, olhando para mim ali sentado, com o pau duro.

— Desculpe, Theo, mas direitos iguais. Se você vai agir como bom moço comigo eu serei a porra da rainha má. — Ela se aproxima um pouco mais, limpando os cantos da boca. — Isso foi uma prévia do que o espera, quando quiser desistir dos cinco encontros.

Quando Beca diz isso eu percebo que estou em uma enrascada, porque ela não vai facilitar nem um pouco para mim nesse tempo e começo a rir de mim mesmo por ter caído em seu jogo de me tentar.

Levanto e me recomponho. Ela logo pede para ir embora e eu vou em silêncio total, pensando nos últimos acontecimentos. Decido deixar claro que, para mim, isso está longe de ser um jogo ou uma disputa de egos.

Quando estaciono, ela pula para fora do carro rapidamente.

— Boa noite! — Beca se despede.

— Beca... — Eu a chamo antes que vire as contas. — Não é um jogo nem nada disso. Os cinco encontros são só uma desculpa para tê-la por perto mais tempo. Mas, não se engane... Eu a terei.

Ela assente sem dizer nada e eu sigo o rumo ao meu apartamento. No caminho, decido que preciso conversar com alguém e ligo para Mike.

— *Alô...* — Ele me atende com voz ofegante e na hora percebo que o interrompi em algo importante.

— Mike, eu preciso de você, cara. — Tento transmitir meu desespero e escuto quando praguejа.

— *O que foi, Theodoro? Não era para você estar transando com a Dra. Gostosa nesse momento?*

Eu sinto que ainda matarei Mike por ficar dando apelidos para Beca.

— Mike, seja a porra do meu amigo e vá para minha casa, agora, que eu explico o que aconteceu.

— *Eu realmente espero que seja importante porque você não faz ideia da loira gostosa que está na minha cama nesse momento, Theodoro.*

— Anda, Mike! — Desligo sem falar mais nada.

Chego ao apartamento e Mike está sentado no sofá, semicerro os olhos para ele sem entender como conseguiu subir até aqui, ele pareceu entender meu questionamento e sorri colocando os pés na minha mesa de centro.

— Pode ficar tranquilo que foi a Talissa quem me deu o código para subir da última vez em que estive aqui. A louca da sua irmã não conseguiu fazer o elevador descer e me mandou o código para eu mesmo subir sozinho.

— Isso não me interessa agora, Mike.

— O que você tem, Theo? Está nervosinho por quê?

Pego uma almofada e jogo nele me sentando na poltrona em frente. Começo a contar tudo que aconteceu no jantar e ele me olha com um sorrisinho que me dá vontade de socar a cara dele.

— Deixe-me ver se eu entendi... — ele diz, debochado. — Aquela maluca que se considera psicóloga é amiga de infância da Dra. Diaba e ela pensa que, para transar, antes tem de sair com um cara cinco vezes?

Mike olha para mim, incrédulo. Eu fico com mais raiva ainda, porque, depois de ter contado tudo, parece que ele só focou nessa parte da conversa.

— Mike, deixa de ser babaca, cara. Eu estou contando que aquela diaba vai me tentar até eu perder meu controle só para provar que está certa.

O filho da puta cai em uma gargalhada sem fim.

— Theo, quantos anos você tem? Quinze? Deixe de ser trouxa. Seja homem e ganhe esse desafio. Tem de mostrar para ela que quem manda é o homem. Qual é, cara? Você é o homem mais centrado e romântico que eu conheço. Se você quer domar a diaba vai ter de guardar esse pau nas calças e usar as teorias dos seus livros chatos.

Apesar de usar do sarcasmo, ele tem razão. Preciso bolar uma estratégia para conseguir enrolar Beca até onde eu conseguir. Se ela não vai jogar limpo, eu não vou.

Depois de quase não conseguir pegar no sono, levanto mais cedo do que de costume e decido correr e tentar esfriar a cabeça que está a mil.

Quando volto para casa já encontro Tina abrindo a livraria e a cumprimento com um movimento de cabeça. Subo para tomar um banho gelado, depois ligo para Talissa e converso um pouco com minha mãe também.

Desço para ver como estão as coisas e a livraria já está aberta com tudo em ordem.

Decido tomar um café e me sento na cafeteira. Logo Karen se aproxima trazendo minha xícara e meu sanduíche.

— Está tudo bem com você? — ela pergunta, parada em pé ao meu lado.

— Sim, e como vai o funcionamento aqui? Você acha que dá conta ou vamos precisar contratar mais uma atendente?

Tento ser o mais profissional possível para que ela não confunda nada entre nós dois.

Nesse momento, o que não quero são mais problemas, principalmente envolvendo minha ex.

— Acho que não precisa, estou dando conta de tudo por aqui. Theo... Eu gostaria de conversar sobre nós. Eu sei que terminamos, mas quero que veja em mim uma amiga com quem você pode contar sempre que precisar.

Apesar de tudo, ela é uma boa pessoa e decido dar mais uma chance. Tomo meu café e envio uma mensagem para Beca.

Depois de alguns minutos ela responde.

Theo: *Sei que está tarde para um bom-dia, mas saiba que me lembrei de você. Tenha um bom dia! E precisamos marcar nosso primeiro encontro.*

Diabinha: *Bom dia para você! O meu já está caótico. Pensei que nosso primeiro encontro tivesse sido ontem.* ☺

Theo: *Nem pensar! Ontem apenas nos conhecemos. Prepare-se, pois a levarei a um lugar mágico.* ☺

Diabinha: *Espero que esse lugar envolva a nós dois, sem roupa... Preciso ir.*

Sorrio com seu comentário, decido não responder e planejar direito nossa ida à praia. Pretendo conquistar essa mulher.

Após alguns minutos, determino ser hora de ir conferir como estão os últimos pedidos de livros. Karen se aproxima com um sorriso largo e a vejo desfazê-lo quando olha sobre meus ombros. Antes que eu tenha tempo de ver o que está acontecendo, ela gruda suas mãos no meu pescoço e me beija. Rápido eu me afasto e a vejo dar um sorriso, quando sigo seu olhar encontro Cecília nos encarando com a cara fechada.

Ela me lança um olhar fatal e segue rumo ao segundo andar. Eu viro e encaro Karen que ainda está sorrindo.

— É meu último aviso, Karen, acabou! Siga sua vida ou vai ser impossível manter você aqui.

Saio à procura de Cecília, porque eu sei que ela contará para Beca e, claro, essa entenderá tudo errado. Só de imaginar a possibilidade de ela não querer mais me vir, meu coração aperta.

Rápido subo os degraus para o segundo andar. Ela está em pé, perto de uma das mesas de leitura, olhando para mim com os olhos semicerrados e posso perceber o quanto está com raiva.

— Olha, eu posso explicar... — Tento desfazer o mal-entendido.

— Que típico — ela murmura tão baixo, mas eu ainda consigo ouvir. — Explicar o quê, Theo? Que ontem você estava propondo coisas para minha amiga e hoje estava beijando sua funcionária? Não tem explicação e ela vai saber disso, pode ter certeza — fala sem desviar de mim os olhos nublados de raiva.

Caso pudesse, ela me desintegraria só com o olhar.

— Não é nada disso. Karen é minha ex-namorada, ela não aceita muito bem o fim e ainda tem esperanças de voltarmos. Mas eu não alimento esse sentimento. Juro que não alimento! — justifico-me já frustrado pela confusão que pressinto vir.

— Conta outra, Theo! Esse papo já está velho. Vou dar um conselho, fica longe da Beca. Ela não merece isso. Se você se aproximar de novo da minha amiga eu acabo com você.

Apesar da ameaça, ninguém me fará desistir.

— Cecília, nem você nem ninguém tem o direito de interferir no que está rolando entre mim e Beca. Você pode ser amiga dela, mas eu sei o que quero. Eu gosto dela e estou disposto a provar isso. Por favor, acredite!

— Você realmente gosta da Beca, não é? — ela pergunta me analisando e eu coço a nuca, um pouco sem jeito.

— Sim, eu gosto.

Solto um longo suspiro e a encaro.

— Então, você tem vinte e quatro horas para contar a ela tudo sobre essa ex e sobre esse beijo. Caso contrário, eu vou contar e farei questão de mantê-la longe de você. Rebeca não gosta de mentiras, então acho melhor andar rápido.

Quando ela termina de dizer isso, logo se assusta com a voz grossa de Mike que nem percebi chegar.

— Ora! Ora! Ora! Se não temos aqui a psicóloga doida que acredita na regra dos cinco encontros!

Minha situação já não está boa e ele ainda quer provocá-la.

— Mike, fica quieto! — Tento fazer com que o idiota cale a porra da boca.

— Deixe, Theo. Deixe o imbecil aí falar o que pensa. — Se eu acreditava que ela estava com raiva de mim, o olhar que lança ao meu amigo chega dar arrepios. — E, sim, eu acredito na regra dos cinco encontros e faço valer muito depois. Na verdade, essa regra é mais para fugir de caras idiotas. Feito você, imbecil — Cecília retruca.

— Eu não sou um idiota. Eu que propus que seguíssemos essa sua regra aí. — Tento me defender.

— Theo, se eu fosse você ficava na minha, porque o que acabei de ver pode significar o fim precoce dos seus cinco encontros com Beca — ela diz com sarcasmo e eu fico tenso.

— Eu ouvi tudo que você disse para Theo e não vou deixar que atrapalhe meu amigo. Vai me dizer que, além de doida, é fofoqueira?

— Senhor Sabichão, por minhas amigas eu sou capaz até de matar. Fazer fofoca é o de menos. — Ela encara Mike como se tivesse tamanho suficiente para isso.

— Vocês dois são idiotas por pensarem que ficarei calada. Já disse e vou repetir... Vinte e quatro horas, Theo, ou eu vou contar e acabar com essa palhaçada — avisa com o dedo em riste na minha direção.

— Eu não sou idiota igual a ele — defendo-me da acusação de Cecília e Mike brangueja me chamando de traidor.

— Preciso ir, só vim buscar uma encomenda. — Cecília olha para mim ainda com raiva e, quando vai passar por Mike, ele a segura pelo braço.

— Não se esqueça, doutora, o convite para você sentar no meu pau está de pé.

Porra, esse cara não tem medo da morte mesmo!

Ela sorri para ele e chega mais perto.

— Para você ter de ficar me oferecendo seu pau a todo o momento, ele deve ser bem pequeno, não? — Em seguida ela sai e eu não resisto e caio na gargalhada vendo a cara de tacho que o Mike está.

— Cara, eu não suporto essa mulher — Mike diz me seguindo em direção ao meu escritório. — Pelo que entendi, Karen o beijou e você foi pego por um membro do *Clube das Médicas Doidas*.

— Exatamente isso! E o pior é que ela fez de propósito.

— Karen já sabe que você está em outra?

— Não abertamente, mas ela me viu com Beca no escritório no dia em que ela desmaiou e viu Cecília e Ayla junto.

Coço a cabeça, analisando essa confissão, justo agora que eu iria domar aquela fera.

— Theo, se tem uma coisa perigosa nesse mundo é a mulher apaixonada. Eu avisei desde o início que a ruiva era problema dos grandes.

— Mike, pelo amor de Deus, vamos mudar de assunto! Preciso pensar em outra coisa. O que você veio fazer aqui tão cedo? Sentiu saudades?

Dou-lhe um sorriso de lado, ele me manda um dedo do meio em riste e se senta no sofá de dois lugares.

— Talissa precisa voltar o quanto antes, fui notificado hoje de que Benjamin se recusou a assinar os papéis do divórcio e alegou que ela não o deixa ver a filha. Preciso orientá-la. Mas já adianto que ele tem direitos, Theo, e a justiça irá conceder um dia de visita para que veja Ana.

Fecho o punho com raiva. Só de imaginar aquele desgraçado perto da minha irmã de novo tenho vontade de matá-lo.

— Que seja! Mas ele só poderá vê-la comigo estando presente e terá de ser em um local movimentado.

— Ok! Farei essas exigências e frisarei que ele pode ser violento. Além disso, Talissa vai precisar depor novamente no processo de violência doméstica. O advogado do infeliz está alegando que ele estava sob efeitos de antidepressivos.

Levanto-me em um pulo e soco a mesa, pegando Mike de surpresa que me encara com olhos arregalados.

— Se aquele filho da puta pensa que vai se safar da justiça, está enganado. Antes disso eu o mato com minhas próprias mãos.

— Está bem, Superman! Preciso de você calmo porque nós sabemos que ele é perigoso e do que é capaz. Você é meu amigo e eu já tenho Talissa como minha irmã, o que precisamos fazer é protegê-la e, se for possível, colocar até seguranças na cola dela.

— Eu não posso privar minha irmã da liberdade, Mike.

Eu só tenho vontade de matar aquele imbecil e acabar com o tormento de Talissa.

— Mas por agora é preciso, cara. — Seu tom de voz é preocupado. — Ela tem de voltar, depor e aí colocamos um segurança de confiança para vigiá-la. E você também tome cuidado, não se esqueça de que ele o ameaçou.

— Ele que tente algo contra mim. Será um prazer quebrar de novo a cara dele.

— Por mais que eu também queira muito quebrar a cara dele, vou ficar de fora dessa. Porque, se você fizer isso, precisará de um advogado.

Como pode, em horas tensas assim, ele ainda conseguir brincar?

— Quando vai dizer para a Dra. Diaba que roubaram um beijo seu e a fofoqueira da amiga dela viu? — Ele muda de assunto.

Paro para analisar a situação e realmente eu estou numa enrascada.

— Eu a levarei para jantar na praia e lá abrirei o jogo sobre Karen, deixando claro que não temos mais nada.

— E você acredita que ela reagirá bem?

— Rebeca é a mulher mais imprevisível que já conheci. Talvez ela entenda ou talvez queira arrancar meu pau. O fato é que ela é uma mulher

sensível para relacionamentos, percebi isso e não quero dificultar mais ainda nossa relação.
　O telefone de Mike toca e ele logo vai embora.
　Fico sozinho, analisando meus problemas.
　Pego meu telefone e decido ligar para Matteo que me ofereceu ajuda quanto à segurança da minha irmã.

CAPÍTULO 12

Rebeca

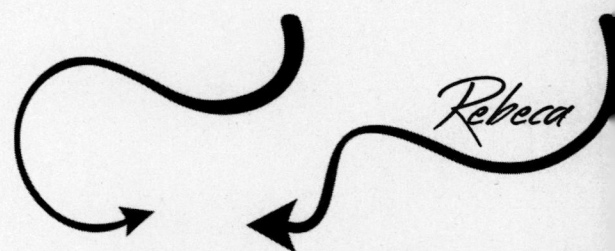

Acordo já correndo para o banheiro, porque, para variar, estou atrasada. Meu plantão começa daqui a uma hora.

Tomo um banho rápido e coloco roupas leves de frio, preparo uma mochila com roupas extras, pois meu plantão será de trinta e seis horas. Desço e encontro Ceci no sofá, lendo.

— Bom dia, dorminhoca! Está atrasada.

Ela guarda o livro e escuto seus passos atrás de mim.

— Eu estou morta de cansaço, o dia ontem foi bem agitado e hoje meu plantão é longo.

Coloco uma cápsula de *cappuccino* na máquina e vou preparar um sanduíche para comer no caminho.

— Tá ok! — Puxo uma cadeira para sentar ao lado de Cecília que está calada, olhando para mim a todo o momento. — Pode me contar o que foi dessa vez.

— Como assim, o que foi?

Ceci está se fazendo de sonsa, mas eu conheço muito bem a peça e sei quando Ayla e ela me escondem algo.

— Cecília, da última vez em que você agiu assim estava com medo de me contar que aquela periguete da Vanessa queria te bater.

— Qual é, Beca? Isso foi no ensino médio. Você está ficando louca. Vai logo para o hospital.

Eu me levanto, porque realmente não estou com tempo, mas depois vou tirar essa história a limpo. Talvez eu imagine o que ela quer dizer. Se for algo sobre o babaconildo Miguel, é hoje que ele irá se ver comigo.

— Então, tá certo! Mas a senhora não me escapa. Eu quero saber o que está se passando nessa cabecinha loira linda.

— Você conversou com Theo, ontem?

Estranho a pergunta repentina.

— Na verdade, só durante a manhã. Ele deve me mandar algo hoje. Precisamos andar pra sairmos do 0x0.

Dou-lhe uma piscada e ela revira os olhos, sorrindo. Arrumo meu lanche e me despeço. Pego um táxi e depois de quarenta minutos chego ao hospital superatrasada. Visto meu jaleco e vou atender minha primeira paciente do dia.

No caminho, encontro Miguel que está de conversa com uma enfermeira. Quando me vê, ele para com os sorrisos e se aproxima de mim.

— Bom dia, Rebeca!
— Para você é a Dra. Fontes, obrigada! — digo sendo grosseira mesmo.

Não gosto dele e não vou fingir simpatia.

— Desculpe-me! Então, Cecília não veio com você?

É agora que coloco em prática meu plano de acabar com ele.

— Que bom que tocou no assunto, Miguel! — Aproximo-me dele ficando quase cara a cara se não fosse pelo meu tamanho; nessas horas queria ser alta. — Eu conheço tipos como você, que se fazem de bons moços, mas no fundo não valem nada. Conheço minha amiga, Miguel, e sei o quanto ela pode ser romântica e acreditar em contos de fada, então vou dar só um aviso... Afasta-se da Cecília.

— Eu... — Tenta argumentar, mas eu não estou disposta a ceder, não quando sinto que Ceci vai sair machucada nessa história.

— Você pensa que eu não vejo seus olhares para as enfermeiras, que não vejo você saindo dos dormitórios sempre arrumando suas calças. Sabe, Miguel? Eu não sou amável como Ceci e não tenho a paciência de Ayla, então espero que siga meu conselho. Afaste-se da Cecília e você não terá problemas comigo, porque eu posso ser uma pedra no seu sapato se for preciso. Faça algum mal a ela e você precisará de uma cirurgia para reconstruir isso que você chama de pau. Lembre-se, sou ágil com meu bisturi.

Com o recado dado, afasto-me sem olhar para trás e espero que ele tenha entendido que não estou para brincadeira.

Chego ao meu consultório e minha paciente já está me esperando. Assusto-me com sua aparência jovial. Ela parece ter dezoito anos, no máximo.

— Bom dia! Desculpe-me pelo atraso, tive alguns problemas no caminho. — Estendo minha mão me apresentando: — Sou Rebeca Fontes, obstetra, prazer!

Ela estende a mão, também se apresentando:

— Bom dia, sou Sandy! Tudo bem pelo atraso, eu também cheguei há pouco tempo.

Senta-se e logo começa a me contar como anda sua gravidez de trinta e quatro semanas, relatando também que decidiu vir hoje à consulta por estar tendo febre nos últimos quatro dias.

Pego seu prontuário e vejo que seus últimos exames de sangue estavam normais. Peço para que ela se deite na maca para poder examiná-la melhor. Depois de aferir a pressão e checar o bebê, percebo que ela possui uma íngua no pescoço que está inflamada. Chamo uma enfermeira e peço para realizar dois tipos de exames de sangue para confirmar minhas suspeitas.

— Sandy, por enquanto eu ainda não tenho um diagnóstico preciso, mas vou mantê-la internada até ter em mãos os resultados dos exames que pedi. Preciso que você se mantenha tranquila, ok? Isso é só um exame para descobrirmos o porquê dessa febre.

Ela assente e acompanha a enfermeira. Passo as próximas duas horas fazendo atendimentos rápidos na emergência. Sinto meu celular vibrar e vejo que é uma mensagem de Theo, rio ao ver seu apelido gravado no meu celular.

Soldado Ferido: *Boa tarde! Tudo acertado para o primeiro encontro. Apostando todas as minhas fichas nele.*

Beca: *Estou em um plantão de 36 horas. O encontro ficará para amanhã.*

Soldado Ferido: *Faço questão de buscar você. Mostrarei que também sou bom com massagens.*

Beca: *Sua lista de coisas impressionáveis não para de crescer! Aceitarei a massagem, mas se você estiver usando só cueca. P.S. Quero descobrir todas as suas tatuagens.* ☺

Soldado Ferido: *Estarei de cueca, mas não vai rolar nada. Você é uma diaba!*

Beca: *Não esqueça que o diabo foi anjo um dia KKKKK. Amanhã mandarei uma mensagem, quando estiver indo embora. Beijos*

Soldado Ferido: *Beijos para você. Cuide-se!*

Antes do fim desses cinco encontros sinto que vou morrer de tesão acumulado. Eu nem me lembro da última vez em que transei com um homem, porque não valem as vezes em que usei meu consolo. Tudo bem que o danado tem cinco funções maravilhosas, mas nada se compara a um pau 3G de verdade.

Saio dos meus devaneios quando uma enfermeira se aproxima e me entrega o resultado dos exames de Sandy. Sigo até o quarto em que ela foi internada.

— Oi! E então, você está bem acomodada?

Certifico-me de que ela esteja calma para ter uma conversa tranquila. Nesses casos, a paciente pode se alterar e desenvolver uma eclampsia.

— Estou bem, sim! — Ela lança para mim um sorriso caloroso.

— Então, Sandy, não gostaria de ligar para que alguém venha fazer companhia a você?
— Infelizmente, eu não tenho ninguém. Cresci em um orfanato e depois que fiz dezoito anos saí de lá, já faz três anos. Sigo sozinha até hoje.
— E o pai do bebê?
Neste momento estou analisando toda a situação e imagino o quanto deve estar sendo difícil para ela não ter apoio.
— Ele não aceitou muito bem a gravidez e eu decidi seguir sozinha. — Ela desvia o olhar do meu e percebo que segura as lágrimas.
Essa é uma das partes mais difíceis da minha profissão. Ver mães novas e solteiras passando por tanta coisa. Puxo uma cadeira e me sento próximo da cama em que ela está deitada, tentando passar toda tranquilidade do mundo. Mesmo que, por dentro, minha vontade seja de ir atrás do pai e deixá-lo sem seu pau para aprender que tem de honrar o que tem no meio das pernas.
— Olha, Sandy... Eu sei que você não me conhece, mas pode contar comigo, ok? Você estará comigo nos próximos dias e eu cuidarei de você e do bebê.
Sandy olha para mim com os olhos arregalados e coloca uma das mãos na barriga protetoramente.
— Por que vou ficar aqui nos próximos dias?
Ouço-a praguejar um pouco.
— Sandy, os resultados dos seus exames saíram e, como eu previa, você está com uma doença chamada toxoplasmose. — Ela franze o cenho sem entender e percebo que isso a deixa ainda mais nervosa. — É uma doença que se dá quando a pessoa tem contato com gatos contaminados através das fezes ou quando come carnes contaminadas cruas ou malcozidas. Até mesmo através do consumo da própria água contaminada. Mas não se preocupe, vai ficar tudo bem. Vou pedir mais um exame para saber como o bebê está, ok? Agora me diga como é sua rotina. Precisamos descobrir onde você se contaminou.
Sandy começa a narrar um pouco de sua vida e eu atentamente escuto tudo que diz. Ela mora em um bairro ainda em crescimento e talvez seja lá o foco, a água pode estar ainda sem tratamento adequado.
— Realizarei um exame agora, chamado amniocentese, e com ele saberei se o bebê está bem.
— Eu não quero morrer!
Tomo um susto com sua fala e vejo que ela está levemente alterada, fazendo com que sua pressão suba aos poucos. Pego uma de suas mãos e dou um aperto forte, obrigando que olhe para mim.
— Vocês dois vão ficar bem. Eu vou cuidar para que isso aconteça.
De alguma forma eu me conectei a Sandy, talvez seja por ter percebido o quanto ela precisa de apoio e de carinho.
— Você promete?

Ela tem os olhos cobertos por lágrimas. Eu sei que na minha profissão não devemos fazer promessas, mas decido que vou fazer de tudo para ajudá-la.

— Eu prometo!

Preparo-me para iniciar o exame que é invasivo. Introduzo no abdômen uma agulha fina e colho através dela um pouco do líquido amniótico para análise do cariótipo fetal. Peço urgência no resultado que deve sair em um dia. Deixo que a paciente descanse e decido comer algo já que passou da hora do almoço e eu ainda não comi nada.

Andando rumo à lanchonete do hospital e topo com Miguel novamente conversando com a mesma enfermeira de mais cedo. Quando me vê, fica sério e sai andando na direção oposta.

— Babaca — murmuro.

Como já passa das três da tarde, opto por comer uma salada. Aproveito e troco algumas mensagens com papai, que anda reclamando que não lhe dou atenção. Ele me conta algumas novidades, tento não deixar transparecer a saudade que sinto, porque será ainda pior. Ele vai começar a chorar e minutos depois eu também estarei me derramando em lágrimas.

Ainda com algumas horas de sobra, decido dormir por alguns minutos no dormitório dos médicos. Quando me deito, a única coisa que penso é no pau gostoso do Theo porque, pode me internar, ainda o sinto dentro da minha boca. Solto um gemido involuntário e tento mudar o foco dos meus pensamentos, assim acabo caindo no sono.

— Dra. Fontes! Dra. Fontes, por favor, acorda!

Acordo assustada quando sinto alguém tocando em meu braço. Logo vejo Lisa, uma enfermeira com quem simpatizo.

— Creio que dormi demais.

— Doutora, o resultado do exame da paciente Sandy saiu e eu considero melhor a senhorita vê-lo o mais rápido possível.

Isso me desperta totalmente.

Levanto rápido, faço minha higiene pessoal no banheiro e me assusto quando vejo que já passou das 9h da noite. Quando chego ao meu consultório, logo saio em busca do resultado no meu e-mail.

— Merda! — praguejo. — Lisa, por favor, prepare Sandy para uma cesariana de emergência. O bebê não vai aguentar muito mais tempo. Enquanto isso, vou chamar o Dr. Rivera para me auxiliar.

Como eu previ, a doença já tinha afetado o bebê. Precisarei daquele babaca do Miguel para me auxiliar no parto, já que o feto apresenta má formação na cabeça.

Saio à procura do idiota e tento manter a calma, porque eu realmente preciso dele.

— Aí está você! — digo já o puxando pelo braço rumo ao meu consultório.

— Eu não fiz nada e nem vi Cecília hoje, Dra. Fontes.

Reviro meus olhos com essa fala. Cara mais frouxo!

— Preciso de um parecer seu em um caso de toxoplasmose em um feto, idiota!

Quando chegamos ao consultório, passo todo o caso com Miguel e ele já adianta que as chances de o bebê sobreviver após o parto são poucas. Com isso, sinto um nó se formar na minha garganta.

Eu realmente acredito que posso salvá-lo.

— Vou me preparar para o parto Dra. Fontes e a encontrarei na sala de cirurgia.

Assinto e vou rumo ao banheiro para me trocar e é nesse momento que a Rebeca séria entra em ação e meu foco é salvar a mãe e o bebê.

Depois de alguns minutos, encontro Miguel e entramos na sala. Eu me aproximo de Sandy, que ainda está acordada, e passo a mão em seus cabelos para tentar acalmá-la.

— Sandy, nós vamos tirar seu garotão agora e faremos o possível para que fique bem.

Ela está com os olhos cheios de lágrimas, olhando para mim e sinto um calafrio me fazendo arrepiar.

— Eu liguei para o pai do meu bebê. Se algo acontecer comigo, dê meu filho a ele.

— Ei, vai ficar tudo bem! Agora colocarei você para dormir e, quando acordar, terá seu menino nos braços.

Autorizo o anestesista a colocá-la para dormir e volto minha atenção para Miguel.

— Ok, somos só nós dois! Ayla está de folga e a outra pediatra está em cirurgia. Então, o plano é simples... Eu faço o parto e entrego o bebê a você, sua função é fazer de tudo para que ele sobreviva.

— Entendido, doutora.

Não perco o tom de deboche, mas decido fazê-lo engolir isso em outra hora.

— Vamos começar.

Pegou o bisturi e vou abrindo camada por camada até alcançar o útero, mas, antes que tenha tempo de retirar o bebê, ouço a máquina que monitora seus batimentos cardíacos acusar uma arritmia. Agilizo e, quando tiro o bebê, ele não dá nenhum sinal. Eu logo o coloco nas mãos de Miguel que começa a atendê-lo às pressas enquanto contenho uma hemorragia em Sandy.

— Miguel, fala comigo!

Tento não desviar minha atenção da sutura que faço, mas com Sandy agora fora de perigo fico mais calma.

— Lamento, Dra. Fontes! Não há nada que eu possa fazer. Por favor, confirme a morte do bebê!

Sinto o chão balançar nessa hora, mas percebo que são minhas pernas que estão trêmulas. Eu olho para o bebê deitado na incubadora e é como se um filme passasse na minha cabeça; de quando eu estava na faculdade, onde e vivia dizendo que eu tinha nascido para trazer vidas para o mundo, mas que não estava preparada para perdê-las.

Olho o relógio na parede atrás de Miguel e digo pela primeira vez na minha carreira a frase mais temida por um médico.

— Hora do óbito: 2h56.

Termino a sutura e saio logo da sala. Sinto-me sufocada.

Ando para fora do hospital, sento no primeiro banco que encontro e, sem ninguém por perto, eu me permito chorar. Sempre soube que minha profissão não seria fácil, ainda me lembro das palavras do meu professor na faculdade:

— *Ao longo da carreira, vocês perderão muitos pacientes, mas jamais se esquecerão do primeiro.*

Depois de minutos que pareceram horas me recomponho e volto ao meu posto.

Verifico se Sandy ainda dorme e preencho seu prontuário.

Ainda perdida nos meus pensamentos, sentada à mesa do meu consultório, vejo Ayla e Ceci passarem pela porta e fechar com tranca. Elas me olham ainda indecisas com o que dizer, porque elas me conhecem o suficiente para saber o quanto posso ser instável.

— Tudo bem, meninas! Eu vou ficar bem. O primeiro é sempre o mais difícil.

Ayla se aproxima de mim com os olhos banhados em lágrimas e me dá um abraço apertado. Eu simplesmente perco o controle e choro. Logo Ceci vem e nos envolve num abraço forte.

Nesse momento, que para muitos é insignificante, eu me sinto amada, acolhida. Parece loucura, mas a última vez em que chorei tanto assim foi na morte da mamãe.

— Oh, Beca... Infelizmente isso é uma coisa de que você não pode fugir. — Ceci coloca suas duas mãos no meu rosto sem desviar seus olhos dos meus. — E nós estamos aqui por você. É difícil, mas ainda vai aprender a lidar com isso sempre que for preciso.

— Eu fiz tudo que pude... — murmuro para mim mesma.

— Sim, você fez... Rebeca, olhe pra mim. — Obedeço a Cecília. — Não foi sua culpa, não foi. Pare de se martirizar.

— Acho que esse plantão está bem longo — Ayla comenta e sai para buscar um café para nós três.

— Como vocês souberam? — Fito Cecília, que está sentada à minha frente.

— Miguel me ligou e disse que você ficou bastante chateada, então eu acordei Ayla e viemos.

— Assim que minha paciente acordar e eu der a notícia, também vou pra casa.

— Eu tenho uma surpresa pra você.

Reviro os olhos para Ceci.

— Pelo amor de Deus, Cecília! São 5h da manhã e você vem com surpresas.

— Dessa você vai gostar. Enquanto isso eu vou aproveitar e ver alguns pacientes. Descansa Beca. — Ela me dá um beijo na testa e também se vai.

Deito no sofá pequeno do consultório e tento me acalmar.

São 7h quando me informam que Sandy está acordada. Respiro fundo e vou dar a ela a notícia. Sinto o peso do mundo nas minhas costas e, antes que eu entre, vejo Ayla de longe me mandando um beijo e me desejando boa sorte. Retribuo com um sorriso, respiro fundo e entro.

— Bom dia, Sandy! — Tento dizer as palavras no tom mais profissional que existe.

— Doutora, como está meu bebê? Ninguém me disse nada até agora. Por favor, quero vê-lo.

Sinto que vou cair a qualquer instante.

— Sandy, seu bebê nasceu com toxoplasmose congênita. Ele já nasceu com uma má-formação na cabeça e, por ter sido um parto prematuro, só piorou a situação. Eu sinto muito! Fizemos de tudo.

Ela está me olhando com os olhos arregalados e me assusto quando ela solta um grito, parecendo estar sentindo dor. Chamo ajuda e tento me aproximar, mas ela está fora de controle. Lisa chega e me ajuda a contê-la, sedando-a. Antes que Sandy caia no sono, ela me olha nos olhos.

— Você prometeu! Você prom...

Sinto que as lágrimas voltam a querer cair, mas respiro fundo.

— Desculpe-me — murmuro e saio rapidamente do quarto.

Coloco minha mão na boca para controlar os soluços. Quando entro no meu consultório e levanto a cabeça, vejo Theo de pé. Perco o ar e, mesmo sem querer, solto um soluço e não consigo mais conter as lágrimas.

Eu sabia que seria difícil, eu sabia. Mas saber disso e viver na prática é completamente diferente. A dor de perder um paciente é demais.

Sinto como se meu corpo estivesse mole. Antes que eu preveja, dois braços me acolhem em um abraço apertado e de alguma forma ele está de joelhos, comigo quase em seu colo. Afundo meu rosto em seu peito, chorando como há muito tempo não chorava.

CAPÍTULO 13

Theo

Era madrugada quando acordei com uma mensagem da Cecília dizendo para encontrá-la no hospital às sete horas. Perguntei o que tinha acontecido e ela respondeu que Beca precisava de mim. Depois disso, não consegui dormir e agora estou a caminho do hospital e sinto meu coração se apertando com a possibilidade de ter acontecido algo a Beca.

Estaciono o carro e saio às pressas à procura de Cecília. Logo a encontro na entrada com Ayla ao seu lado.

— O que aconteceu? — pergunto sem conseguir disfarçar minha preocupação.

Elas se entreolham e fico tenso.

— Beca teve uma noite difícil, Theo, só que é orgulhosa demais para admitir. Mas ela precisa de atenção e hoje nós estaremos o dia todo aqui — responde Ayla, que está com os olhos cheios de lágrimas.

— Beca perdeu seu primeiro paciente esta noite e você sabe, quando digo paciente me refiro a um bebê. Eu sabia que isso aconteceria, ela pode ser uma rocha por fora, mas por dentro é uma manteiga derretida.

Parado, analisando a situação, imagino o sofrimento daquela diaba e um sentimento de proteção me toma.

— Onde ela está? — Olho para Cecília que tem um sorriso de lado.

— Ela está dormindo no consultório dela, vou deixá-lo lá. Preciso que você fique com ela e também que conte aquilo que vi.

Cecília semicerra os olhos e eu olho para Ayla que também está com a cara fechada.

— Eu vou dizer. Só me leve até ela — suspiro, cansado desse assunto.

Ayla se despede e segue por outro caminho enquanto Cecília e eu andamos em direção ao consultório de Beca.

Quando chegamos, Cecília bate à porta, porém ninguém responde. Ela abre e me pede para entrar. Entro na pequena sala e a primeira coisa que sinto é o perfume de Beca no ar, o cheiro adocicado de flores.

— Está bem, vou deixá-lo aqui. Ela deve voltar a qualquer momento... E Theo, só não a machuque, ok? Beca é uma mulher incrível.

Antes que eu possa responder, ela sai e fecha a porta.

Dou um giro de 360º olhando a sala e logo foco em dois porta-retratos em cima da mesa. Em um deles ela está com Cecília e Ayla deitadas em uma cama vestidas com pijamas de unicórnio. Sorrio com a cara de Beca, ela tem um sorriso verdadeiro. Pego o outro e neste Beca está com um homem mais velho, que deve ser seu pai. Ela está sentada em seu colo, beijando sua bochecha.

Quando coloco de volta no lugar, escuto o barulho da maçaneta da porta e me viro rapidamente. e então, Rebeca passa pela porta com a mão na boca, meu coração se aperta quando ela levanta a cabeça e eu vejo o quanto está sofrendo. O olhar assustado por me ver ali logo muda para tristeza, ela solta um soluço e começa a chorar.

Beca está com as pernas bambas e, antes que caia, eu me aproximo e a pego num abraço apertado. Ela se encaixa nos meus braços e chora. Aperto-a mais ainda e a deixo chorar. Alguns minutos se passam até que ela se levanta, ajeitando os cabelos e passando as mãos nos olhos, então percebo que o muro prendendo seus sentimentos está de volta.

— O que está fazendo aqui? — pergunta com voz fraca, os olhos vermelhos e inchados.

— Eu vim por você.

Beca escuta calada e engole a seco.

— Nosso encontro era somente à noite.

A confusão logo passa pelos seus olhos e deixo a parte onde fui avisado por Cecília de lado pelo menos por enquanto, porque tudo que eu menos preciso é de Rebeca brava nesse momento.

Eu quero cuidar dela e para isso preciso ir com calma e deixá-la acreditando que está no controle, caso contrário, ela se sentirá acuada e deixará que o muro de "não sei sentir nada" se erga completamente.

— Eu sei, só que estava passando aqui perto e resolvi vir dizer um oi. — Tento ser convincente, porque ela está me olhando com os olhos semicerrados.

— Não é um bom momento, Theo. Eu tive uma noite terrível e tudo que eu quero é ir para casa, deitar.

Ela anda até o sofá e se senta passando as mãos pelos cabelos, prendendo-os em um rabo de cavalo.

— Tudo bem! Eu também não tenho nada para fazer, então vamos embora. Passarei o dia com você. — Ela me analisa como se tivesse nascido um chifre na minha cabeça. — Olha, você pode até considerar como primeiro encontro, eu não me importo.

Aproximo-me e lhe dou um selinho.

— Eu acho melhor não, realmente estou muito cansada e...

Não dou tempo de ela terminar e a beijo. É um beijo casto, lentamente passo minhas mãos pelas suas costas e ela coloca as dela em volta do meu pescoço. Continuo a beijá-la, nossas línguas estão em movimentos sincronizados. Ela se afasta um pouco ainda com os olhos fechados.

— Eu não sou uma boa companhia hoje.
— Tudo bem! Para sua sorte, eu sei fazer massagem.

Ela me dá um sorriso de lado e seus olhos verdes brilham. Posso até imaginar as bobagens que se passa na cabeça dela nesse momento. Que Deus me ajude a fugir de Rebeca!

— Por favor, eu preciso de você hoje — digo.

Ainda olhando para mim ela assente e se levanta para arrumar suas coisas.

Depois de alguns minutos ela ficou pronta e eu, por impulso, pego sua mão. Ela logo desviou e me olhou de lado, passando pela porta.

Sigo atrás dela e não posso deixar de olhar sua bela bunda empinada e durinha, minha mão coça para dar um tapa e só com esse pensamento meu pau dá sinal de vida dentro da calça.

— Puta que pariu... — murmuro para mim e ela olha para trás.
— O que disse?
— Nada, só estava pensando alto.

Ela sorri como se tivesse escutado o que eu disse, volta a andar à minha frente e começa a rebolar ainda mais aquela bunda. A diaba nem disfarça o sorriso.

Eu digo onde está meu carro e depois de entrarmos dirijo rumo à minha casa.

— Por que estamos indo por este caminho? — Ela está me olhando desconfiada.

— Porque eu quero passar o dia lá em casa. Você toma um banho de banheira enquanto eu faço um café da manhã/almoço para nós. O que me diz?

Dou-lhe meu sorriso mostrando todos os dentes para tentar convencer a megera a aceitar sem protestar.

— Está bem! Você me convenceu, mas eu vou querer massagem e, só para avisar, eu como muito. — Ela faz um bico e cruza os braços diante do peito.

Eu fico calado, mas por dentro comemoro a primeira de muitas batalhas que pretendo vencer até ter essa mulher para mim.

Depois de trinta minutos entro na garagem e subimos pelo elevador privado. Não queria que Karen me visse com ela, não antes de eu deixar claro para Beca que minha ex é maluca e não temos mais nada.

— Seu apartamento é lindo! Esta vista, então, é maravilhosa!

Dou um sorriso quando percebo que ela está indo em direção à varanda. Mesmo estando sol, tem um vento gelado. Encostado à parede de frente para a varanda, eu observo a mulher que dominou completamente minha mente mesmo em poucos dias de convivência.

Já tinha visto algumas das suas versões, mas essa Rebeca frágil é a primeira vez.

Meu coração ainda está apertado por ter visto o quanto chorou nos meus braços, engulo em seco porque a cada dia eu a quero mais e mais para mim, mas para isso eu tenho um longo caminho a percorrer. Entrar no coração dela não será fácil, mas, tudo bem! Nada que é fácil tem valor.

— Você não está com frio? — pergunto olhando para ela ainda de longe.

Beca está com os braços cruzados ainda na varanda, com a cabeça erguida para o céu, de olhos fechados.

— Não estou, só me sinto cansada. — Ela se vira, vem para dentro e se senta no sofá.

Sorrio por perceber o quanto ela está à vontade no meu apartamento, creio que ela nem tenha percebido.

— Bem, agora já são 11h da manhã, vou fazer uma coisa rápida para comermos. Enquanto isso, você pode ir tomar um banho no meu quarto.

Beca assente e eu a levo até lá. Entramos, ela olha atentamente tudo ao redor e meu pau dá sinal de vida quando a diaba se senta na minha cama. Se eu pensasse apenas pela minha cabeça embaixo, nesse momento teria essa mulher gemendo sob mim.

— O banheiro é logo ali! — Aponto para a porta e depois para meu *closet*. — Se você quiser usar uma roupa minha, pode ficar à vontade e pegar alguma camisa.

— Obrigada, Theo!

Porra, eu estou nervoso só por tê-la no meu quarto.

Preciso sair daqui antes que eu perca meu controle. Saio e fecho a porta.

Vou para a cozinha, bebo um copo de água gelada e respiro fundo. Decido fazer omelete com aspargos e purê de batatas para comermos.

Estou distraído na cozinha e quando viro me assusto com Mike, a cria do Mal, olhando para mim com um sorriso de lado.

— Porra, Mike!

Ele solta uma gargalhada.

— Cara, você estava tão perdido nos seus pensamentos que nem me ouviu entrar. Sorte sua que eu não sou um ladrão.

— Preciso trocar a porra do código do elevador privado.

— Desse jeito você fere meu coração, pensei que fossemos amigos.

Reviro os olhos para ele, que às vezes consegue ser um pé no saco.

— Você precisa ir embora, Mike, agora!

Ando até ele que me olha, confuso. Antes que eu possa dizer o porquê, vejo sobre seu ombro Rebeca aparecer com os cabelos soltos e molhados, usando uma camisa verde-clara de mangas curtas, descalça. A blusa ficou como um vestido, mesmo assim aqui está meu pau de novo protestando por querer se enterrar naquele corpo. Acompanhando meus olhos, Mike olha para trás e minha vontade é de enforcá-lo por ver Beca vestida assim.

— Olá! — ela diz para um Mike que está de boca aberta, olhando para mim.

— Fecha a porra da boca, Mike! — ordeno um pouco irritado por ele estar me fitando com um sorriso ridículo.

— Vocês transaram? — Quando escuto isso a minha raiva por ele estar aqui só aumenta.

— Infelizmente, ainda não, mas eu pretendo resolver isso em breve — Beca diz cruzando os braços e me encara com um olhar desafiador.

Nossa troca de olhares é quebrada por uma gargalhada do Mike idiota.

— Cara, ela é uma diaba mesmo. Meu amigo, você está ferrado! — Ele me dá tapas nas costas ainda rindo. — Não sei se você se lembra de mim, mas sou Mike Carter, Dra. Dia... Desculpe-me, Dra. Fontes!

Suspiro com esse comentário.

— Eu me lembro, sim, Mike. Pode me chamar de Beca. Ou de diaba, se preferir.

Ela dá um sorriso largo e percebo que entendeu seu apelido carinhosamente dado por ele, mas que claramente serviu bem.

— Então, vocês... — Mike aponta para ela e depois para mim tentando entender a situação enquanto ela tem um sorriso de lado.

— Nós estamos bem. Obrigado, Mike! Agora pode ir e vê se da próxima vez avisa que vai vir — digo, empurrando-o rumo ao elevador.

— Estamos bem, Mike. Tirando a parte onde seu amigo vai ter encontros antes de me levar para a montanha-russa.

Percebo o sarcasmo dela e fico calado. Não quero ter essa conversa na frente do Mike, não quando quero manter intacta a vida do meu amigo.

— Cara, você está fodido! Pela cara dela, Beca não vai facilitar — ele diz rindo e me dando tapinhas nas costas.

Eu volto a empurrá-lo em direção ao elevador.

— Foi um prazer reencontrar você, Beca!

— O prazer foi meu! — Ela acena e Mike entra no elevador.

— Theo, assim que estiver disponível entre em contato comigo. É sobre Benjamin.

As portas metálicas se fecham e a diaba agora me encara com um sorriso de lado.

— Mike parece ser legal. — Ela cruza os braços sobre o peito.

Aproximo-me e lhe dou um beijo casto já para ir quebrando o gelo.

— Ele é um babaca a maioria das vezes, mas tem um bom coração. Vamos comer e depois dormir um pouco.

Ela assente, segue-me até a ilha e logo se acomoda.

Depois de um almoço agradável, noto que ela não se aguenta em pé. Puxo-a para meu quarto e percebo que ela fica tensa. Imagino que seja por causa daquele papo furado de que *"eu não durmo com ninguém"*.

Fecho as cortinas, deixando o quarto mais escuro e a puxo para a cama. Beca se deita sem falar nada, com certeza ainda perdida em seus pensamentos sobre o acontecido. Faço com que se deite no meio da minha cama e me sento perto dos seus pés, pegando um e começando a massagear.

— Nossa! Você realmente é bom! Se eu não estivesse tão cansada você estaria em perigo nesse quarto comigo — fala com a voz já rouca de sono. Dou um riso, ela me encara e suspira. — Você não estava passando perto do hospital — afirma. — Qual das traíras ligou?

Sem ter para onde correr, decido abrir o jogo.

— Cecília me mandou uma mensagem dizendo para encontrá-la no hospital. Chegando lá, ela me disse o que aconteceu e pediu para que eu ficasse com você durante o dia. Quer falar sobre o que aconteceu?

Mesmo sabendo que ela pode não falar, arrisco. Beca suspira e murmura um "porra", divertindo-me. Ela está com as mãos cruzadas em cima dos peitos e olhando para o teto enquanto eu ainda massageio seus pés.

— Eu perdi meu primeiro paciente. — Sua voz sai entrecortada e rouca. — Eu prometi à mãe dele que nada aconteceria com nenhum deles. Eu prometi e não cumpri.

Engulo seco quando percebo o quão difícil deve ser sua profissão e lidar com vidas de bebês.

— Pelo que já conheço você, deve ter feito o que pôde. Não se culpe por algo que não estava sob seu controle.

Ela me encara com aqueles olhos verdes cheios de lágrimas e fico sem saber como dar o primeiro passo sem parecer invasivo e sem correr o risco de ela se fechar mais ainda.

— Preciso dormir — murmura e logo pega no sono.

Eu me levanto, sento na poltrona de frente para a cama e fico velando seu sono. Ela se mexe, fazendo a camisa subir, revelando uma calcinha de renda preta. Solto um lamento e, para não cair em tentação, decido deixá-la descansando e desço até a livraria para checar se está tudo bem.

— Boa tarde, Tina! — cumprimento minha funcionária, que está no caixa.

O movimento está fraco, então me sinto mais tranquilo. Procuro Karen pelo local e a acho atendendo a algumas mesas. Assim que me vê, ela abre um sorriso e vem para meu lado.

— Oi, chefinho! Sumiu durante a manhã. Está tudo bem?
— Sim, só estava resolvendo alguns problemas.
— Ok! Se não quer falar, tudo bem.

Eu realmente estou perdendo a paciência.

— Olha, Karen, só vai fazer seu trabalho, ok?

Ela me dá as costas e sai marchando.

— Karen não vai lhe dar sossego. Acredito que seja melhor resolver isso logo — Tina diz com as sobrancelhas erguidas depois de presenciar o acontecido.

— Eu sei... — Passo as mãos nos cabelos. — Só tome conta de tudo, Tina. Hoje, eu não volto aqui.

Volto para a casa e entro no quarto. Rebeca dorme profundamente. Ela tem um sono pesado, sinal do cansaço emocional pelo qual passou. Devagar me deito ao seu lado e, depois de alguns minutos, acabo pegando no sono.

Acordo com beijos em meu pescoço. Quando sinto uma mordida de leve, solto um gemido involuntário ainda de olhos fechados. Sinto as mãos deslizando sobre meu peito e nem preciso ver para saber que a diaba da Rebeca acordou e está aqui me tentando.

— Eu sei que você está acordado... — ela sussurra ao meu ouvido com voz rouca.

Olho para Beca, que está com as mãos por dentro da minha camisa; seus olhos refletem o desejo que sente. Ela continua distribuindo beijos por meu pescoço e, quando coloca as mãos em cima do meu pau, eu a viro de costas para cama ficando em cima dela, entre suas pernas.

— Está acordada há quanto tempo? — pergunto lhe dando um selinho, ela cruza as pernas na minha cintura.

— Tempo suficiente para planejar um ataque.

Ela sorri de lado e me beija de um modo nada casto, nada calmo. O beijo é rápido, selvagem, com promessas intensas. Sua língua pede passagem e eu dou, passo minhas mãos pelo seu corpo e meu pau fica ainda mais duro. Depois de minutos, interrompo o beijo, mas antes de me afastar beijo sua testa.

— Como você está?

Analiso Beca e percebo que ela desvia o olhar do meu.

— Eu estou bem, com fome.

Ela me olha e sorri de um jeito diferente, então percebo qual é o tipo de sua fome e acabo sorrindo junto.

Em que porra eu fui me meter?

Negar sexo para essa mulher vem sendo uma tortura para mim. Só espero aguentar firme, como um bom soldado.

— Já são quase 10h da noite. Por que você não relaxa enquanto peço uma pizza para nós? Tome um banho de banheira, isso pode ajudar.

Ela olha para o banheiro, morde o lábio inferior e vejo em seu olhar uma ideia se formando. Só espero que eu saia vivo disso.

— Vou usar a banheira. Quando a pizza chegar, avise.

Dando um pulo da cama, ela entra no banheiro fechando a porta.

Respiro fundo e percebo que preciso falar com ela o quanto antes sobre o beijo que Karen me deu antes que Cecília diga do jeito dela.

Sem saber o tipo de pizza que ela gosta acabo pedindo de pepperoni e muçarela, sento-me no sofá e respondo algumas mensagens. Principalmente de Cecília, perguntando como Beca está. Converso com Talissa, que diz que chegará em dois dias.

Quarenta minutos depois, desço para pegar as pizzas. Quando volto para o apartamento, estranho a demora de Beca, entro no quarto e vejo a porta do banheiro ainda fechada. Dou três batidas, chamando por ela.

— Pode entrar!

Abro a porta rapidamente, pensando que ela possa estar se sentindo mal, então meu olhar se encontra com o dela eu perco o ar.

— Porra! — praguejo vendo uma Rebeca totalmente nua dentro da minha banheira.

Ela me encara, passa a língua nos lábios e se levanta. Eu tento fechar meus olhos, mas eles me traem. A diaba fica de frente para mim, passo o olhar pelo seu corpo e é inevitável soltar um gemido vendo a água e o sabão escorrendo pelos seus seios fartos e empinados. Mesmo de longe, tenho quase certeza de que eles caberão perfeitamente em minhas mãos. Para me deixar mais louco, Beca passa uma das mãos por eles e desce a outra até sua boceta toda depilada.

Merda! Merda! Mil vezes merda!

Alguém liga para Mike e diz que o soldado aqui foi abatido.

— Você não deveria brincar com fogo!

Engulo em seco vendo seu olhar matador para mim, imagino que não devo estar diferente que ela. Nitidamente meu pau está marcando minha calça de moletom.

— E você já deveria saber que o fogo sou eu.

Beca quer me matar. É isso, ela quer me testar.

A diaba sai toda molhada da banheira e vem andando em minha direção. E que porra de corpo escultural é esse, meu Deus?!

Ela me dá um beijo e passa os braços pelo meu pescoço e foda-se o controle! Eu coloco minhas mãos na bunda que vem tirando minha paz e a levanto, fazendo com que me abrace pela cintura com as pernas. Sento-a sentada na bancada do banheiro e fico entre suas coxas, coloco as mãos nos seus seios e ela solta um gemido para acabar de vez com minha sanidade.

Seus peitos, além de empinados, são durinhos e cabem certinhos em minhas mãos. Eu largo o beijo, porque preciso colocar esses peitos gostosos na minha boca. Ela logo joga a cabeça para trás e me prende mais ainda com suas pernas. Chupo um dos seus peitos e deixo mordidas de leve, desço uma das mãos para sua boceta que está totalmente molhada.

— Theo... Eu preciso de você... — Ela chama por mim, ofegante, perdida no seu próprio prazer.

Eu me ajoelho ficando de frente para sua boceta e caio de boca, escutando seu gemido. Ela puxa meus cabelos e eu começo a passar a língua, sugando cada fluido seu.

De repente, ouço um soluço e olho para cima para ver Rebeca com as mãos no rosto, chorando. Levanto preocupado.

— Beca... Beca, o que foi? Eu a machuquei?

Ela só chora e eu não sei o que fazer.

— Eu não sei o que está acontecendo comigo, Theo. Desculpe-me! — ela pede com as mãos ainda no rosto.

Eu começo a acariciar suas costas num abraço apertado.

— O que houve, Beca? Por que está chorando? Eu a machuquei? — pergunto livrando seu rosto das mãos e fazendo com que me encare.

Fico tenso ao perceber o quanto ela está abalada.

— Não, você não me machucou. Eu... Só... O bebê não me sai da cabeça, Theo. E eu acreditei que fazendo outras coisas a imagem dele sairia e agora eu só quero estar perto de você e eu pensava que queria transar, mas eu só quero ficar perto... Perto de você.

Nesse momento a Rebeca sensível está à minha frente. Aquela que tem medo de sofrer, a que não sabe lidar com sentimentos que não sejam sobre sexo. Percebo que minha diaba está quebrando bem diante de mim.

Pego-a no colo, ainda pelada, e a levo para a cama. Ela se senta, pego uma toalha e começo a secá-la, coloco uma camisa minha nela que permanece calada.

Eu me deito com Beca tensa ao meu lado.

— Rebeca, eu não sei o que dizer, porque não consigo me imaginar fazendo o que você faz. Olha só para você, Beca... Todos os dias você traz bebês ao mundo, todos os dias você ajuda a mudar a vida das pessoas.

Eu me viro para fitar os olhos verdes que estão vagos, coloco minhas mãos no seu rosto gentilmente, novamente fazendo com que me encare.

— Tudo bem chorar de vez em quando, tudo bem chorar a perda do seu primeiro paciente. Eu sei que você já deve estar sofrendo pelas outras perdas iguais a essa que virão, mas, Rebeca, as perdas serão inevitáveis. Você sempre as sentirá, mas não pode deixar que a dominem. Você terá de encontrar sempre um meio termo.

Ela assente e se vira, dando as costas para mim. Eu me aproximo, ficando de conchinha com ela. Coloco minhas mãos em sua cintura e ouço seu suspiro. Com a outra mão começo a fazer carinho em seu cabelo.

Sei o quanto ela deve estar confusa com tudo isso e ainda há o fato de me querer por perto. Dou um sorriso bobo por constatar que minha diaba me quer. Beca ainda só não se deu conta de que já é minha.

CAPÍTULO 14

O dia está sendo terrível. Eu não consigo me concentrar, porque só penso em certa médica.
Há três dias, fiquei o dia e a noite com Beca em meu apartamento. Era um momento difícil, ela estava muito abalada e com isso abaixou um pouco a guarda. Nós até dormimos juntos, mas é claro que no outro dia acordou assustada, juntando suas coisas às pressas e dizendo que precisava ir embora. Apenas observei tudo, ainda deitado. Beca me deu mil desculpas e eu somente lhe dei um beijo, dizendo que estava tudo bem. Assim ela se foi.
Ontem, tivemos nosso segundo encontro. Eu quis algo simples, então a levei para jantar em um restaurante de frente para a praia. Claro que depois, por insistência dela, nós fomos molhar os pés na água. Andamos e conversamos muito durante essa caminhada e isso acabou me mostrando mais uma vez o quanto aquela mulher é extraordinária.
Ela é extrovertida, animada, tem pose de durona, mas acaba sendo uma mulher com um coração mole. Fiquei impressionado com suas histórias. A maluca já aprontou tudo nessa vida junto de Cecília e Ayla. Em um momento de distração minha, molhando meus pés de cabeça baixa, ela simplesmente me molhou inteiro e correu como uma menina travessa rindo alto. Quando a alcancei, dei nela um beijo digno de cenas de livros de romance. Nossos beijos são mágicos.
Já temos total sintonia, ela não nega o fogo que tem e eu sou sempre obrigado a me afastar.
— Terra chamando Theo! — Assusto-me com Tina me chamando. — Você está tão distraído. Algum problema?
— Não, só estou pensando em algumas coisas. Nada de mais. Precisa de algo?
Ajeitei-me melhor na cadeira do meu escritório.

— Tem um homem com um garotinho lá fora, procurando por você. Ele disse que se chama Matteo.

— Ok, Tina, obrigado! Já estou indo.

Demorou, mas, enfim, Matteo trouxe seu filho para conhecer a livraria. Vou ao encontro deles.

— Olha só quem resolveu aparecer! — Aperto as mãos de Matteo que tem um sorriso no rosto.

— Demorei, mas vim. Trouxe Asher para você conhecer. — Ele aponta para um menino loirinho entretido com os brinquedos da ala infantil.

Aproximo-me junto de Matteo e ele logo me olha. Percebo que fica receoso com minha presença.

— Asher, herói — Matteo chama o menino para se aproximar. — Esse é Theo Bittencourt, um amigo do papai. Ele é o dono daqui — Matteo nos apresenta e eu me abaixo para ficar quase na altura do menino.

Ele olha para o pai, ainda incerto do que fazer. Estendo minha mão e lhe dou um sorriso.

— Olá, Asher! Prazer em conhecê-lo! Seu pai me falou muito de você. Segundo ele, você é o menino mais esperto do mundo.

Ele me dá um sorriso, olha para o pai com os olhos brilhando de felicidade e aperta minha mão.

— Oi, prazer! Sou Asher Cornnel King.

— Fiquei sabendo que você gosta de ver livros com ilustrações, Asher. O que me diz de ganhar um de presente?

Ele sorri mostrando os dentes e olha para o pai.

— Não precisa, Theo. O que ele escolher, vou levar — Matteo argumenta.

— Nada disso! Acabei de fazer uma nova amizade e eu vou dar de presente uma coleção para o meu mais novo amigo. Não é, Asher?

O menino está tão feliz que começa a pular, empolgado.

— Obrigado, Sr. Bittencourt!

— Nada de senhor, você é meu amigo. Pode me chama de Theo ou tio. O que preferir.

Ele assente, vai até a prateleira e começa a olhar livro por livro.

— Obrigado por isso! Ele anda tendo dias difíceis. — Matteo suspira e senta em um dos sofás, perto da ala infantil.

— Até crianças têm dias difíceis.

Sento-me ao seu lado, percebendo o quanto ele está abatido.

— Eu sei, mas é que Asher costumava ser tão alegre e saudável. Agora ele vive calado pelos cantos, não quer sair do quarto para brincar e, para piorar, vem tendo febre quase sempre. Os médicos já fizeram todos os tipos de exames e nunca aparece nada.

Olho para Asher que está concentrado, vendo um livro.

— Você já tentou conversar com ele? Asher é inteligente, aposto que se tiver algo errado, e você perguntar com calma, ele vai dizer.

— Meu filho não puxou a mim apenas na aparência. — Ele me encara, levantando os ombros. — Asher, assim como eu, é de ficar na dele. Eu sei que tem algo de errado só que ele não quer falar e com isso eu me sinto um péssimo pai, cara. — Ele abaixa a cabeça, suspirando. — Eu evito ficar em casa, porque Valerie não colabora e sempre me cobra algo que já não cabe entre nós. Só estou morando com ela por causa do Asher. Então, eu trabalho mais do que necessário para evitar voltar para casa e dar de cara com ela, só que com isso eu ando perdendo a infância do meu filho.

— Vocês não podem ficar assim para sempre. Você precisa do seu espaço e ela do dela. Acredito que às vezes isso explica o comportamento dele.

Vejo o quanto meu amigo está perdido nos pensamentos e tento ajudar de algum jeito.

— Ela é louca... E, sei lá! Às vezes tenho medo de sair de casa e ela descontar nele de algum modo. E eu não posso separá-lo da mãe, seria crueldade.

— Cara, você precisa urgentemente se resolver com sua ex. Você precisa deixar o passado ir, Matteo, e seguir somente com Asher. No pouco tempo que nos conhecemos, eu já percebi o quanto você o ama e faz de tudo por ele. Você é um bom pai, só precisa decidir o que quer em relação ao seu relacionamento com Valerie.

— Quem o ouve falando assim nem acredita que está com medo de contar para sua atual que sua ex roubou um beijo seu e a melhor amiga dela viu.

Ele muda de assunto rápido e eu volto a meu dilema de contar para Beca sobre Karen, o meu medo é ela querer se afastar de mim. Daquela diaba eu não me surpreendo com mais nada.

— Rebeca é imprevisível, cara. Ela ataca caso se sinta ameaçada e, nesse caso, eu não sei se ela atacará a mim ou a Karen. E nas duas opções, sou eu quem vai levar a pior.

Ele ri do meu desespero.

— Tio Mike...

Olho para onde Asher está olhando e vejo Mike chegando, vestindo uma bermuda e camiseta.

— Fala, garoto. Que saudade, campeão! — Mike o pega no colo e o abraça apertado. Ainda com Asher no colo, vem até nós. — Reunião e ninguém me chamou? — ele diz com sarcasmo.

— Sim, estou aqui tentando entender o porquê de Theo ainda não ter contado para a médica sobre o tal beijo — Matteo fala e eu suspiro.

— Vocês dois estão com a cara péssima.

Asher desce de seu colo e volta a folhear um livro.

— E o que o bonitão anda arrumando? Porque já faz dias que não o vejo.

Mike abre um sorriso com minha pergunta.

— Estava por aí... Mas vim falar de coisa séria. Talissa está chegando. Preciso falar com vocês dois.

Nesse instante, vejo Talissa vindo em nossa direção carregando Ana.

— Oi, meninos! — ela nos cumprimenta e eu a apresento a Matteo.

Logo Asher chega perto de onde estamos e vejo que fita Ana com curiosidade.

— Asher, essa é minha sobrinha, Ana, e essa é a mãe dela. Minha irmã, Talissa.

Ele assente e volta a atenção para Ana que está sorrindo para as caras malucas que Mike faz para ela.

— Ela é muito bonita! — Asher elogia, admirando Ana.

Tina se aproxima e pega Ana por alguns minutos para que Talissa possa conversar tranquilamente. Nós nos sentamos e Matteo acaba se juntando, depois de eu insistir. Tê-lo ao nosso lado pode ser de grande ajuda.

— Talissa, a audiência foi marcada. Daqui a duas semanas você terá que comparecer junto de Benjamim para concretizarem o divórcio. Sobre o processo de agressão, será a parte, mas o juiz já está ciente de todos esses trâmites, então você não tem o que temer.

— Mas ele tem o direito de ver Ana? — ela pergunta

— Sim, tem, mas tem de ser em local público. e então, fique tranquila porque Theo e eu estaremos lá com você.

— Mike, depois me envie uma foto desse Benjamim. Quero saber desde já quem é e ficar de olho nele — Matteo pede.

— Eu vou estar com vocês duas. Marcamos no parque, ele a vê por alguns minutos e voltamos. Prometo me controlar para não quebrar a cara dele — digo para tentar fazê-la relaxar um pouco.

— Tudo bem! — Talissa se levanta meio nervosa. — Vou pegar Ana, Tina deve estar cansada. Matteo, foi um prazer conhecê-lo.

— Também foi um prazer.

Asher se aproxima e se senta no colo do pai.

Quando Tina volta com Ana, Talissa o chama para subir um pouco. Ele logo se anima e a segue.

Eu respiro fundo porque ainda tenho medo de que algo aconteça às duas.

— Theo... Relaxa, cara, vou estar lá como amigo. Se o merdinha tentar algo, eu seguro e você bate.

— Não sei se um dia vou esquecer a cena de Talissa chegando aqui com a barriga enorme e a porra de um olho roxo. Você... Você não tem noção, Mike. Eu morri e voltei naquele dia quando ela me contou que ele estava se tornando agressivo e controlador. E que estava sendo mantida quase em cárcere privado na própria casa. Eu me senti um bosta.

Fecho minhas mãos, sentindo a raiva me dominar ao me lembrar daquele maldito dia.

— E o que você fez a respeito? — Matteo pergunta.

— Eu a levei a um hospital e fizemos a porra de uma queixa. Quando ela estava bem, eu fui até sua casa para pegar suas coisas e lógico que procurei pelo filho da puta, mas não o encontrei.

— Homens assim são covardes, eles crescem somente para cima de mulheres. Claro que tem casos em que eles ficam fora do controle! Já indiquei uma boa empresa de segurança, eles são de confiança. Você precisa delas também.

Assinto para Matteo e logo começamos a escutar as aventuras de Mike na noitada.

— Precisamos ter um dia dos amigos. Andem! Levantem daí, vamos sair! Que tal irmos até a marina para pescar?

— Mike, você está louco? É quase 1h da tarde! — Matteo olha para ele, rindo.

— Você deve estar sem serviço mesmo — bufo.

— Deixem de ser velhas resmungonas e andem logo, caralho!

— Beleza, eu vou. Mas antes, vou deixar Asher em casa. Valerie quer levá-lo ao shopping.

Vou junto de Matteo até meu apartamento. Ele pega Asher e vai embora. Marcamos de nos encontrar as 3h na marina e Mike também foi se arrumar.

Rebeca

Nada como um dia na praia para recarregar as energias e colocar os pensamentos em ordem!

Hoje Ayla, Ceci e eu tiramos o dia de folga e resolvemos explorar a cidade mais um pouco. Viemos a praia, que nada se parece com as praias do nosso Brasil.

— Beca, seu pai me mandou mensagem hoje cedo perguntando por você. Olho sob os óculos escuros para Ayla.

— Eu estou tentando não falar com ele por agora. Eu não sei como, mas papai está achando que eu estou com namorado e parece feliz com a ideia.

Fito Ceci, porque eu sei que ela deve ter contado para tia Amanda que foi correndo falar para o Sr. Cristiano.

— Não me olhe desse jeito, Rebeca, eu não tenho medo de você — Ceci retruca. Olha para Ayla e volta a olhar para mim, séria. — Beca, eu preciso contar uma coisa, mas eu não sei como reagirá, tendo em vista que você anda muito estranha esses dias. — Faço uma careta pelo comentário. — Preciso que você mantenha a calma e veja como usar a seu favor o que vou dizer.

— Fala logo, Cecília. Você matou alguém? Foi isso? Porque tudo bem, eu sei esconder um corpo.

Ayla solta uma gargalhada, Cecília se levanta e começa a andar de lado ao outro na minha frente.

— Não tem como esperar mais, Ceci. Essa é a hora de contar pra ela.

— Contar o quê? Vocês estão me assustando! — Começo a perder a paciência e já imagino mil e uma possibilidades de merdas que elas podem ter feito.

— Um dia antes de você perder aquele paciente, eu fui à livraria e vi Theo beijando uma mulher.

Arregalo meus olhos e me viro para Ayla, que está sentada ao meu lado me encarando.

Engulo seco. Não pode ser! Naquele dia já tínhamos acordado que não ficaríamos com mais ninguém.

Ainda estou perdida nos meus pensamentos, quando Ceci me balança pelos ombros.

— Beca, acorda! Fala alguma coisa!

A única coisa que eu sinto nesse momento é raiva.

Respiro fundo e fecho os olhos.

— Por que você não me contou antes? — sibilo para Ceci à minha frente, ela busca uma ajuda nos olhos de Ayla.

— Ele disse que contaria a você. Pelo que entendi, ela é uma ex-namorada lunática que não aceita o fim e está forçando a barra. Ele disse que ela roubou o beijo e que não teve culpa.

— Vá à merda com isso! Você é minha amiga, Cecília. Teve a chance de me falar, esteve comigo na manhã seguinte, porra!

Não consigo me segurar e acabo soltando nela toda minha raiva.

— Beca, calma! Olha, eu também disse pra ela esperar antes de falar. Achamos que Theo diria, mas já se passaram tantos dias e ele não disse — falou Ayla.

Passo as mãos pelo cabelo, nervosa.

Não é possível que na primeira vez em que eu me abri para alguém, ele resolvesse me enganar. A trouxa caiu direitinho no papinho do príncipe apaixonado!

— Converse com ele, Beca, e não apronte nada antes de saber tudo direito — Ayla recomenda, séria; ela sabe que eu não sou do tipo que deixa passar algo assim.

— Ah, eu vou conversar, sim. Aquele filho da puta teve dias para contar a verdade, se não contou é porque deve ter algo com essa mulher.

— Era a ruiva que trabalha na cafeteria da livraria.

Encaro Ceci e meu radar de cadela logo dá sinal de vida.

Aquela mulher sempre olhou atravessado para mim. No nosso último encontro, quando eu cheguei lá e perguntei pelo Theo, ela simplesmente fingiu que não ouviu e saiu andando. Pensei que ela não tivesse gostado de mim gratuitamente porque o sentimento é recíproco, mas agora tudo faz sentido. Ela gosta de Theo e se ele estiver dando esperanças para ela estando comigo, eu vou mostrar que sou a mulher errada para se brincar.

— O que você está pensando em fazer?

Fito Ayla, mostrando meu melhor sorriso de inocência.

— Eu não vou fazer nada... Por enquanto!

Elas se entreolham e reviram os olhos.

— Por que será que temos certeza de que você vai fazer tudo, menos ficar quieta?

— Deve ser porque a conhecemos, Ayla, e ela nunca deixaria isso passar sem uma consequência.

— Vocês duas têm razão. Terá consequências, sim — eu digo seco e volto a olhar para o mar, colocando as ideias em ordem.

Meu peito está apertado e eu só penso no quanto fui tola em acreditar nele. Estava seguindo minha intuição e deixando que Theo se aproximasse.

Contei coisas para ele que somente minhas amigas sabiam e, pior, eu gostei de ter contado.

Noto o celular de Ayla acender, ela atende e depois de uma conversa rápida desliga suspirando.

— Meninas, eu preciso voltar para o hospital. É uma emergência.

Ayla se levanta vestindo sua roupa às pressas.

— Tudo bem, a gente entende!

— Qualquer coisa, manda mensagem — fala Ceci, ela assente e se vai.

— Você acha que ela está se adaptando bem? — pergunto para Ceci.

— Acho que sim, você sabe como ela é...

— Sim, eu sei. Sempre calada, na dela.

— Ando vendo que ela conversa com Gabe.

Lanço um olhar de malícia para minha amiga, porque Ayla é do tipo de come quieta.

— Ele é um gato e parece ser gente boa, ao contrário do babaconildo Miguel.

Ela faz uma careta com meu comentário.

Depois de algumas horas de conversa, decidimos ir embora. Coloco meu short jeans por cima de biquíni fio-dental e junto minhas coisas.

— Podíamos ir a alguma balada, o que acha? — Tento convencer Ceci.

Depois de tudo que conversamos hoje, preciso sair, dançar e encher a cara.

Porra de sentimento confuso esse que estou sentimento em relação ao Theo! Eu me sinto traída e não gosto da sensação.

— Vamos, sim, mas vou chamar Miguel.

Não consigo esconder o bico que faço, porque ela logo começa a rir da minha cara de desgosto.

— Qual é, Ceci! Vamos ter uma noite das garotas e você vai levar o babaco... — Antes que eu consiga terminar minha fala, levanto o olhar e vejo um par de olhos azuis intensos me encarando a dois passos.

— Oi, Theo... — cumprimento, dando um sorriso de lado.

Esse filho da puta me paga! Se ele pensa que vai ficar assim, está muito enganado.

CAPÍTULO 15

Tínhamos acabado de chegar à praia quando me ligaram do hospital para atender a uma emergência. Peguei um táxi e vim direto para cá.
Entro no hospital sentindo o cheiro de limpeza forte. Passo pelo meu consultório pegando meu uniforme reserva que deixo por lá e, com a porta trancada, me troco ali mesmo. Amarro meus cabelos em um coque bagunçado.
Saio do consultório arrumando meu jaleco e sou parada no meio do caminho por Gabe, cirurgião plástico do hospital.
— Hoje não era sua folga, doutora? — pergunta e eu o olho de relance para ele.
— Era, sim, mas fui chamada para um atendimento — respondo enquanto sigo em direção a emergência com ele em meu encalço.
— Que pena! — exclama, mas seu sorriso demonstra que ele não está sentindo nem um pouco por eu perder minha folga. — Poderíamos sair para beber quando terminar aqui. O que me diz?
Paro no meio da emergência, olhando para ele. Sinto que minhas bochechas estão queimando.
— Não sei, Gabe. Posso ver isso, quando finalizar aqui.
— Pode me mandar uma mensagem e eu venho buscar você, caso já tenha saído. — Ele se aproxima e acaricia minha bochecha com o polegar.
Fecho meus olhos, um pouco sem jeito pelo carinho, e abro um sorriso contido.
— Se não for muito tarde quando terminar, eu mando. Não quero incomodar. Agora preciso ir. Bom trabalho, Dr. Davis!
Ainda sorrindo, afasto-me dele. Em momentos assim eu queria muito saber flertar como a Beca, mas desde a primeira vez que Gabe parou para

falar comigo minha mente travava e, mesmo já tendo conversado algumas vezes com ele, eu respondia apenas no automático.

Não sou cega e há alguns dias notei que ele está querendo me levar para sair, mas talvez esteja esperando que eu dê um pouco mais de abertura para uma aproximação. Só que, para mim, isso é um pouco complicado. Por mais que eu realmente esteja interessada em sair com ele, não sou como minha amiga que tem toda a atitude sem um pingo de vergonha.

Minha timidez me trava e não é de hoje. E isso é horrível, porque sinto como se estivesse perdendo a oportunidade de conhecer um homem que, além de lindo, é extremamente simpático, que demonstra ser muito carinhoso e que é um profissional excelente.

Respiro fundo já me sentindo sufocada com esses pensamentos. Não deveria ser difícil, quando estou bêbada não é, então enquanto estou sã e sem riscos de falar merda deveria ser mais fácil, mas não é.

Paro de pensar nisso assim que entro no quarto e vejo o menino loiro que atendi no meu primeiro dia aqui. Mesmo considerando impossível, o garoto está ainda mais abatido e meu coração afunda com a imagem dele assim.

A mulher que o acompanha está sentada na poltrona de acompanhante mexendo no celular e nem ao menos ergue os olhos conforme me aproximo da cama.

— Boa tarde, senhora...! — cumprimento, aguardando que me diga seu nome.

— Boa tarde, doutora! — Ela tira os olhos do celular, mas se mantém sentada. — Sou Valerie Davis King, mãe do Asher. Ele reclamando de dor de barriga, dor de cabeça. Não come nada. A febre fica indo e voltando. Está nessa frescura toda há dias e deixando o pai preocupado, mesmo que eu diga que não passa de birra — fala, fazendo pouco caso dos sintomas do filho e eu sinto uma revolta imensa ao ouvir isso.

— Bem, senhora King, com esses sintomas eu não creio que seja apenas birra — respondo a ela, mantendo meu tom de voz neutro. — Vou pedir alguns exames e passar uma medicação para diminuir a febre e repor líquidos.

Antes que eu termine de falar, o telefone dela toca e ela sai do quarto me mandando fazer o que for preciso o quanto antes.

— Oi, menino lindo! — Passo minha mão em seus cabelos que estão bagunçados e parecendo um pouco maior do que da primeira vez em que o vi.

— Está doendo, doutora. — Ele tem a voz fraquinha e se encolhe ainda mais na cama, apertando seu braço em sua barriga como se pudesse diminuir a dor.

Abaixo-me um pouco, deixando meu rosto na direção do seu, sem parar de acariciar seu cabelo. Ele abre os olhos, olhando diretamente para os meus e o sinto o baque relembrando como aquele azul claríssimo lembra o mesmo tom do seu pai.

— Vou dar um remedinho e logo você estará em casa, ok? — falo para ele, baixinho. — Lembra que da outra vez eu dei o remédio e você não sentiu mais dores? — Ele assente para mim. — Então, vou fazer a mesma coisa hoje, está bem?

Ele só balança a cabeça fracamente e eu levanto para me afastar, então segura meu pulso com seus dedinhos compridos e magrinhos. Vejo quando algumas lágrimas começam a escorrer pelo seu rosto.

— Por que está chorando, Leãozinho? — chamo-o do mesmo jeito da outra vez e ele gostou.

— Quero meu pa...

— Já pediu os exames? — Valerie entra no quarto abruptamente nos assustando e segue para seu lugar na poltrona.

— Vou pedir que uma das enfermeiras os faça e aplicarei nele uma medicação venosa.

Saio do quarto e peço para a enfermeira fazer exame de sangue, fezes e aplicar a medicação junto com o soro e me avisar assim que sair os resultados.

Estou indo em direção ao meu consultório, quando meu celular toca e eu pego vendo que é Beni me ligando. Ele é tio do pequeno Asher e desde a primeira vez em que o menino esteve no hospital temos mantido contato, tornamo-nos amigos. O homem, além de ser simplesmente lindo com aquela cara de menino mal, é supersimpático e tem sido um ótimo guia turístico me levando para conhecer tudo em Santa Mônica.

— Oi, Aylinha! Como está? Estava pensando em sairmos hoje, o que me diz? — Ele vai perguntando tudo de uma vez e eu rio baixinho. — E nem vem falar que não, porque eu sei que hoje é sua folga.

— Oi, Beni! Estou bem e você? Até era meu dia de folga, estava na praia com as meninas quando me ligaram do hospital para uma emergência.

Pondero se devo dizer ou não que é seu sobrinho. Se ele soubesse que o pequeno está aqui com toda certeza já teria me perguntado algo.

— Pode ser a hora que sair daí. Buscarei no hospital, o que me diz?

— Pode ser... — falo um pouco avoada com os pensamentos.

— O que houve, Ayla? — ele pergunta e noto que parece um pouco preocupado agora.

— Beni, é Asher novamente. Ele está aqui com a mãe.

— Puta que pariu! Está só com ela? Como ele está?

— Pedi alguns exames e dei uma medicação para abaixar a febre que estava bem alta. Sim, só ela.

— Ok, vou para aí!

Beni desliga antes que eu possa dizer qualquer coisa e me sinto culpada por falar e talvez causar algum tipo de conflito entre ele e a cunhada que já não tem uma boa convivência.

Quase não conversamos sobre seu irmão e a mulher dele, mas o pouco que falamos Benício faz questão de deixar bem claro o quanto não está contente com a escolha do irmão.

Entro no meu consultório e me sento na cadeira, mexendo no *tablet*. Meus pensamentos logo vão para o menino de olhos tão claros quanto os do pai. Não consigo realmente imaginar o que possa estar causando esses sintomas nele e meu coração aperta ao me lembrar do pouco caso da mãe.

O menino tem os cabelos loiros iguais aos dela, na altura dos ombros com um corte repicado. Mas os traços fortes do rosto vieram do pai. Sobrancelhas grossas e cílios enormes curvados que fazem sombra nos olhinhos que tem duas manchas arroxeadas ao redor, como se dormisse muito pouco. Ele tem um semblante tão triste que uma criança não deveria ter.

Eu quase sinto vontade de chorar ao pensar no que poderia deixá-lo assim.

Saio dos meus devaneios quando a porta é aberta depois de um tempo e Benício entra com o semblante carregado. Ele está vestindo uma camiseta branca, jaqueta jeans desbotada e uma calça jeans preta com rasgo nos joelhos.

O homem é realmente lindo. E esses olhos azuis...

A genética dessa família é demais para nós, pobres mulheres.

Sinto meu rosto queimar com o pensamento e o ouço dar uma risadinha.

— Se eu não tivesse realmente preocupado com meu menino iria querer saber o que passou nessa cabecinha que a deixou vermelha assim — ele fala enquanto se aproxima de mim, deixando um beijo na minha testa.

— Não pensei nada, Beni. — Faço careta para ele.

— Como ele está? Já saiu os resultados dos exames que pediu? Não quero olhar para a cara daquela cobra. — Ele senta na cadeira de frente para a mesa e joga a cabeça para trás, passando a mão nos cabelos em um gesto nervoso. — Aposto que ela nem avisou Matteo que trouxe o menino para cá.

— Então, os resultados ainda não saíram e vou ser sincera com você. Não consigo pensar em muitas coisas que causam os sintomas dele e isso é o que está me preocupando. Você quer vê-lo? — Ele assente para mim, suspirando. — Eu preciso que me prometa que não vai arrumar confusão com a mãe do Asher agora. Ele está bem ruim, abatido e a febre deve estar começando a baixar, então precisa descansar, está bem?

— Vou tentar.

Nós nos levantamos e saímos do consultório, indo em direção ao quarto onde o sobrinho do meu amigo está. No caminho, encontro a enfermeira a quem eu pedi para fazer os exames e ela me para.

— Dra. Bacelar, os resultados dos exames do menino loirinho saíram e está tudo em ordem. — Entrega o *tablet* para mim com os resultados e eu confirmo o que ela disse.

— Muito obrigada! Vou lá ver como ele está agora.

Volto a caminhar ao lado do Benício sem tirar os olhos dos exames em minhas mãos, tentando pensar no que pode ser.

Quando entramos no quarto, Valerie está sentada na poltrona, falando no telefone e Asher está dormindo. Nem mesmo em seu sono ele parece ter tranquilidade, porque se remexe demais parecendo ter dor.

A mulher olha para onde estamos e Benício parece estar bem puto, porque está a fuzila com o olhar. Ela desliga o telefone e se levanta rapidamente, indo em direção a cama e começa a acariciar os cabelos do filho.

Estranho a mudança de atitude.

— Ele dormiu há pouco tempo, a febre parece ter abaixado um pouco, Dra. Bacelar. — A voz dela está suave. — Que bom que veio vê-lo, Beni! Asher estava pedindo pelo pai, mas hoje é dia de folga e ele saiu. O celular ficou em casa e também não queria preocupá-lo.

— Valerie, meu irmão ao menos sabe que ele está no hospital? Sabe como Matteo é quando se trata do Asher.

Pela sua voz ele parece estar se contendo e eu fico calada observando os dois. Ela nega com a cabeça.

— Benício, eu sou a mãe. Ele não precisa estar sempre só com seu irmão.

— Mãe... — Beni resmunga e faz uma careta, bufando para ela. — Você deveria ter avisado, sabe que ele largaria o que quer que esteja fazendo para vir ficar com Asher. Nem tentando ajudar você consegue fazer as coisas certas, não é? Vou levá-lo para minha casa e você manda meu irmão buscá-lo quando chegar.

— Benício, o que é isso? Eu precisava trazer meu filho para o hospital, nem me lembrei de avisar alguém. Fiquei preocupada com ele, não sabia mais o que fazer.

Vejo que Asher começa a choramingar ainda em seu sono e eu me aproximo dele, coloco minha mão em sua testa vendo que ainda está quente. Ele vai despertando e abre os olhos lentamente, olhando diretamente para mim. Abre um sorriso fraco e eu sorrio para ele.

— Como você está, menino lindo?

— Meu papai já está vindo? Quero vê-lo, Estrelinha — ele fala do seu jeitinho infantil e manhoso, meu sorriso se expande ao ouvir o apelido que ele me deu na primeira vez em que o vi.

— Oi, meu anjinho! O que me diz de ir para a casa do titio mais legal para assistir o filme do *Rei Leão* e comer pipoca? — Benício pergunta e se aproxima sorrindo para ele.

É possível sentir o amor que ele sente pelo sobrinho nas palavras ditas.

— Oi, tio Beni! — Asher fala, parecendo ter notado o tio só agora. — Meu papai vai me buscar lá depois?

— Vai, sim, anjinho.

Eu aproveito a interação dos dois e me afasto, chamando Valerie para sairmos do quarto para conversar com ela sobre os resultados dos exames. Ela me acompanha um pouco a contragosto.

— Pensei que teria de ficar aqui até amanhã esperando esses exames.

— Desculpe-me, senhora King, mas eu não consegui fazer muita coisa para adiantar os resultados.

— Então me faça o favor de adiantar o que tem para me falar, pelo menos. Porque esse lugar já está me deixando ainda mais estressada.

Respiro fundo e quase posso sentir meu rosto ficando vermelho pela vontade de dar uma resposta a ela.

— Senhora King, os resultados dos exames do Asher não apontaram nada de errado. Eu aconselho que façamos outros exames para ampliar um pouco mais nossas opções aqui.

Uso meu tom mais profissional possível, porque a cara de deboche com que ela está me olhando está me deixando mais constrangida ainda e eu nem sei o porquê, já que eu realmente estou fazendo o possível para conseguir um resultado.

— Não precisa de mais exames, eu já falei que é só birra dele. É só o pai sair de perto que esse moleque começa com essas frescuras de só querer estar...

— Continue destilando seu veneno sobre meu sobrinho e eu juro, Valerie, que me esquecerei do respeito que tenho pelo meu irmão e que você é mulher. — A voz calmamente assustadora soa atrás de mim e eu chego a ficar arrepiada.

Beni sempre se mostrou um homem super pacífico, então é impossível não ficar assustada com o jeito que ele fala.

— Benício, não estou destilando veneno. Estou sendo sincera e você sabe como Asher pode ser uma criança birrenta e fazer de tudo para chamar a atenção de vocês, que vivem fazendo suas vontades e faltam deitar no chão para o garoto pisotear em cima.

— Senhora King, eu não acredito que seja birra. A febre dele estava alta e essas dores recorrentes que sente não são frescuras. — Tento acalmar os ânimos dos dois que se encaram como se pudessem se matar a qualquer momento.

— Senhora King? Sério, Valerie? Meu irmão sabe que você, além de tudo, está usando o sobrenome dele? — Benício dá uma risada irônica. — Isso é que é vontade de entrar para a família, não é?

— Pelo amor de Deus, estou com o seu irmão há quase cinco anos. Somos praticamente casados.

— Praticamente não quer dizer que são. — Ele revira os olhos para ela e se vira para mim. — Aylinha, podemos marcar os outros exames do Asher? Ele está chamando por Matteo e eu posso esperar se for preciso.

— Podemos marcar, sim. Ele continua com um pouco de febre, mas a medicação ainda não acabou, acredito que logo baixará e ele poderá ir para casa se já estiver sem dor — respondo, mas dividindo o olhar entre os dois para que Valerie saiba que a estou incluindo. E ela bufa para mim. — Vou entrar e ver como ele está, com licença.

Entro deixando os dois para trás, ouvindo que estão conversando baixo, mas não muito tranquilos. Aproximo-me da cama e seguro a mão de Asher.

— Leãozinho, o que está sentindo agora? A dorzinha já passou?

Ele assentiu lentamente.

— Minha mamãe disse que isso é coisa de criança chata e que, quando eu parar de ser chato, as dorzinhas vão embora. — A voz dele é chorosa. Eu queria poder pegá-lo no colo e explicar que isso não é verdade. Mas, infelizmente, isso não é uma opção. — Quando meu papai está comigo dói também, mas ele cuida de mim, Estrelinha. Ele não me considera chato, não. — Ele balança a cabeça negando.

— É mesmo? Seu papai deve considerar que é superfortão. — Balanço a cabeça para cima e para baixo afirmando com muita certeza e ele ri baixinho. — E o tio Beni, ele também cuida de você? Aposto que ele brinca bastante com você, não é? — Ele assente sorrindo fraquinho. — Vamos combinar que, sempre que sentir essas dores, pedirá para o titio trazer você aqui, o que me diz? Vou estar aqui para curar todas suas dores.

Estou sorrindo para Asher e ele está quase pegando no sono sentindo o carinho que faço nele, Benício entra no quarto e para do outro lado da cama. Ele suspira enquanto olha para o sobrinho.

— Ela foi embora e eu vou esperar a medicação aqui e levá-lo para minha casa até Matteo ir buscá-lo. Já que meu menino está melhor, não vou preocupar meu irmão a essa altura — ele fala. Decido que não vou contar o que Asher falou sobre a mãe, Benício já tem birra demais com a cunhada para eu causar ainda mais conflitos. E se o pai dele aceitar isso, quem sou eu para me meter. — Vou ficar devendo a saída de hoje.

Reviro os olhos para ele e faço careta.

— Se você pensa que eu farei com que deixe seu sobrinho para me levar para sair, eu já o abandono a partir de agora — repreendo com um tom de brincadeira. — Vamos descobrir o que está acontecendo, ok? Só se mantenha calmo e evite esses conflitos com sua cunhada perto de Asher. Isso não faz bem para o psicológico dele e pode acabar o afetando de alguma forma.

Ele assente para mim e eu beijo a cabeleira loira do menino. Aproximo-me do meu amigo e beijo seu rosto saindo do quarto depois de nos despedirmos.

Meu coração está apertado e a voz de Asher parece estar se repetindo na minha cabeça, falando o que sua mãe o faz pensar sobre ele. Entro no meu consultório, sento em minha cadeira e apoio minha testa na mesa, deixando com que lágrimas escorram pelo meu rosto.

Eu não sei por qual motivo estou chorando, mas não consigo evitar ao me lembrar da indiferença que ela tem pelo filho.

O menino despertou alguns sentimentos dentro de mim desde a primeira vez em que vi aqueles olhinhos azuis que parecem apagados, faltando a alegria infantil que deveria estar ali. Mesmo não perguntando nada sobre ele a Benício, sempre que o nome dele surge em alguma conversa, a sensação estranha parece expandir meu coração e querer transbordar de alguma forma.

CAPÍTULO 16

Rebeca

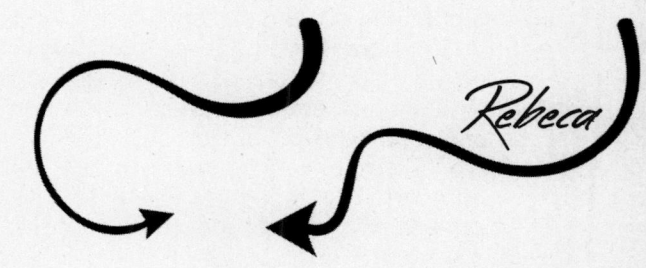

— Olha só se não é a psicóloga doida! — Mike, que está ao lado de Theo, provoca Ceci.

Ainda vou descobrir o que há com esses dois.

— Olha se não é o advogado de porta de cadeia — minha amiga retruca a altura.

Essa é minha garota! Lanço um sorriso para Theo que me encara, calado.

— Já que ninguém vai me apresentar, farei isso. — Um homem que está ao lado deles estende a mão: — Prazer, sou Matteo King e você deve ser a famosa Rebeca.

Ele lança para Theo um olhar que não consigo entender, mas estendo minha mão e aperto a dele.

— Prazer, Matteo! Sou a famosa diaba, se preferir assim.

Mike cai na gargalhada junto de Ceci.

— Prefiro Rebeca — Matteo diz, rindo.

— Essa é Cecília Cunha, minha amiga — apresento Ceci.

— Então, vocês vão sair hoje? — Theo que estava calado o tempo todo enfim diz algo.

— Sim, vamos. — Eu o encaro e mesmo sem querer acabo deixando transparecer o quanto eu estou puta com ele. Acabo tendo uma ideia para dar o troco nesse filho da puta. — Teríamos uma noite só das meninas, mas se quiserem vir com conosco, vai ser uma noite muito agradável.

Theo me olha semicerrando os olhos sem entender o tom que usei.

— Uau, boa ideia Dra. Diaba! Essa noite posso até ficar de vela com sua amiga, se você quiser. — Mike olha para Cecília e passa a língua nos lábios.

— O único a segurar vela será você, meu caro, eu estarei acompanhada.

101

Reviro os olhos para Ceci por ainda querer levar Miguel.

— Bem, sair hoje parece ser uma boa. Além disso, estou de folga, pode ser legal — Matteo concorda.

— Podemos ir agora ao *The Room*, o que me dizem? Aproveitar que já estamos todos aqui. — Ele se aproxima de mim e me dá um selinho rápido.

— Então, vamos agora — Ceci diz e começamos a andar para o bar do outro lado da rua.

Mike, Matteo e Ceci estão andando um pouco à frente de nós, então Theo me segura pelo braço, encarando-me.

— O que você tem? Está calada e não está falando direito comigo.

Ele me olha nos olhos e eu tento controlar a fúria pela sua cara de pau.

— Eu estou bem, Theo, é impressão sua.

— Hoje não vai contar como um encontro — ele diz sorrindo e eu me sinto uma idiota por estar me derretendo por ele.

Essa porra de sorriso vai ser meu fim.

— Claro que não conta, mas vai ser bom! Muita coisa pode acontecer hoje — digo contente.

Ele me paga. O que pretendo fazer hoje será só o começo.

— Ei... Andem logo!

Olhamos para frente onde os três estão parados, esperando.

Para minha surpresa, Theo pega na minha mão e volta a andar. Depois de uma caminhada de quinze minutos chegamos ao bar que, por sinal, é lindo. Tem um estilo retrô bem praiano, com cadeiras e mesas de madeira e guarda-sol branco. A decoração é um charme, nas paredes pintadas de bege clarinho tem chapéus, cadeiras de praia e fotos de pessoas de roupa de banho para todos os lados.

Sentamos à uma mesa no lado de fora, Theo logo senta ao meu lado me surpreendendo. Olho para Ceci, que se senta entre Matteo e Mike.

— Princesinha, como andam as coisas? — Mike tenta puxar assunto com Ceci que parece querer matá-lo a todo o momento.

— Mike, só fique quieto! Caso contrário você pode morrer — Matteo diz fazendo todos rirem. — Então, Rebeca, Theo e você estão mesmo firmes? — ele pergunta com um sorriso que parece ser de deboche para Theo.

— Defina juntos. Porque até eu quero saber essa resposta — Mike diz e Ceci me fita.

Ela me conhece e sabe que nesse momento a única coisa que estou pensando é em maneiras de matar Theo de forma lenta.

— Porque todo mundo sabe que a Dra. Diaba não é fã de relacionamentos, e meu amigo é um príncipe romântico.

Nesse momento eu aperto minhas mãos sentindo um ódio mortal desse filho da puta do Mike.

O garçom se aproxima e aproveito a deixa para não responder, fazemos nosso pedido e é claro que príncipe Theo pediu água com limão.

— Estamos bem, Matteo, e nos conhecendo melhor a cada dia — Theo responde com um sorriso aberto, ignorando a fala do Mike.

— É, estamos tendo a porra de cinco encontros como adolescentes antes de fodermos de uma vez.

Cecília se engasga com meu comentário e Mike e Matteo caem na gargalhada. Theo se aproxima do meu ouvido.

— O que você tem, Rebeca? Alguma coisa aconteceu?

— Você é quem deveria me dizer o que está acontecendo, *príncipe* — respondo baixo para que somente ele escute.

Logo percebo que está tenso e pronto. Vejo a culpa em seus olhos.

— Beca... — Ele nem tem chance de terminar, porque Mike chama nossa atenção.

— E vocês devem agradecer essa situação à princesinha aqui. — Ele aponta para Ceci. — Quando você leu essa regra dos cinco encontros, porque pensou que daria certo? — Mike pergunta a ela que ainda está vermelha por ter engasgado.

— Eu considerei interessante. Você pode não gostar, mas tem gente por aí que ainda se preocupa com os sentimentos dos outros e não somente com sexo. — Ceci devolve a farpa e eu balanço a cabeça rindo ainda olhando para ela, ainda sentindo os olhos de Theo em cima de mim. — E pelo jeito você se preocupa muito com isso. — Fita Mike ao seu lado chegando mais perto dele. — O que foi, Mike, você tem medo que descubram que isso que você chama de pau não tem tamanho suficiente?

— Ai, Mike! Essa doeu até em mim cara — Matteo comenta rindo com a mão no peito, fingindo uma careta de dor.

— Princesinha, quer ir rapidinho comigo ali no banheiro? — Mike pergunta e chega perto do ouvido de Ceci, que fica vermelha na mesma hora. — Darei uma prova do tamanho do meu pau.

O descarado nem tenta falar baixo, então todos nós escutamos e ficamos só olhando toda a tensão sexual entre os dois.

— Sai de perto de mim, advogado do diabo! — Ceci se afasta um pouco dele.

Theo coloca a mão na minha coxa por debaixo da mesa, arrepiando-me.

— Então, fiquei sabendo que vocês são uma espécie de três mosqueteiras. Onde está a terceira integrante? — Matteo pergunta levando o copo de cerveja à boca e me olha, curioso.

— Ela teve uma emergência e precisou voltar para o hospital. Ela é pediatra — respondo.

— Já a vi uma vez lá, quando fui buscar Asher.

— Dra. Diaba, precisamos conversar sobre você estar querendo enrolar meu amigo.

Semicerro os olhos para o imbecil loiro que mais parece uma lavadeira, Mike não fecha a matraca nem um só momento.

— Ele quem está me enrolando, não me dando o que eu quero. E enquanto, isso fica por aí distribuindo beijos — digo calmamente e beberico minha cerveja.

— Fodeu, Theo! — Escuto o murmúrio de Matteo; Mike e ele estão feitos estátuas dividindo olhares entre nós dois.

Olho para um Theo pálido e com olhos arregalados ao meu lado.
Eu te peguei, filho da puta!
— Eu disse que contaria. — Ceci dá de ombros.
— Então, Theo, quer me falar agora o que o príncipe fica fazendo nas horas em que não está me prometendo mil coisas?
Ele engole seco.
— Dra. Diaba, isso não tem nada a ver. Karen é uma peste que fica se atirando para ele. — Olho para Mike que está falando, mas ele percebe meu humor e fecha a boca, graças a Deus!
— Não é desse jeito que você está pensando, ela me agarrou...
Eu fuzilo Theo com os olhos e respiro fundo.
— Foi bom conhecer você, Theo! — Cecília se levanta com a bebida nas mãos e vai para pista de dança.
Matteo e Mike se entreolham e se vão também.
— Ela é minha ex-namorada e chegou me beijando do nada. Eu tentei me afastar o mais rápido que pude, mas sua amiga viu.
Ele engole em seco e eu sinto mais raiva ainda, eu não vou me deixar levar por essa carinha de arrependido.
— Eu entendo, Theo. Agora, só me diz uma coisa... O que a porra da sua ex estava fazendo na livraria? — A merda da paciência, que eu já não tenho muito, vai para a casa do caralho e acabo gritando, atraindo alguns olhares para nós dois.
Ele olha para os lados e tenta pegar minha mão, mas rápido eu me afasto.
— Não encoste em mim! — Aponto meu dedo para sua cara. — Eu não vou cair nesse papo, ouviu bem? Não sou mulher de ficar brigando por homem. Se ela quer você, fique com ela.
— Eu não quero Karen, está louca? Eu estou aqui com você, eu quero você, Rebeca. — Ele me encara, ofegante.
— Karen... A mulher que fica na cafeteria?
— Sim, nós terminamos há muito tempo, mas ela sempre fica no meu pé pedindo para voltar.
Para mim, chega. Eu que não vou ficar aqui batendo boca como se me importasse com ela ou com ele.
Saio em busca de Ceci, deixando que ele fale sozinho. Ainda o escuto me chamando e, quando encontro minha amiga dançando, chego perto, tomo a bebida da sua mão e bebo de uma vez.
Preciso me acalmar, se não vou matá-lo.
— Problemas no paraíso? — ela pergunta, séria.
— Meu amor, eu sou o paraíso. Ele e aquela cadela que se fodam! — Eu puxo mais para o meio da pista. — Vamos dançar.
Por vários minutos Ceci e eu dançamos até nos acabar, indo até o chão e fazendo poses sensuais. Todo momento que eu olhava para a mesa em que estávamos, encontrava o olhar de Theo em mim. Ele ficou sentado o tempo todo junto de Mike e Matteo.
— Preciso beber algo — aviso e Ceci assente.

— Eu vou querer mais uma dose de tequila. Traz para mim, por favor!
— Folgada! — resmungo fazendo uma careta e ela sorri, mandando um beijo.

Ando em direção ao bar, peço mais uma cerveja e outra dose de tequila. Quando estou voltando para a pista, esbarro em um loiro alto e logo o reconheço. O reencontro é bem-vindo, o homem com quem eu fiquei no banheiro da boate.

— Olá para você também! — ele diz com um sorriso aberto. — Desculpe-me pela bebida, vou recompensar.

Olho para a mesa e vejo Theo em pé, sendo segurado por Matteo, Mike parece dizer algo ao seu ouvido fazendo com que se sente. O olhar dele é de raiva, está com os punhos fechados sem desviar seu olhar de mim.

— Oi... — Caralho, nem sei o nome dele! — Vou adorar a recompensa. — Jogo um olhar de malícia para Theo. Puxo meu amiguinho em direção a pista. — Vem dançar comigo que eu o perdoo.

Logo a batida da música *Felices Los 4, de* Maluma, invade o ambiente. Grudo no corpo dele e começamos a dançar. O homem está atrás de mim, eu olho de relance para Theo que está a ponto de pirar e espero que surte mesmo para aprender que comigo não se brinca.

— Meu nome é Sean, vou falar de uma vez para não ter perigo de você sumir.

Abro um sorriso de lado.
— O meu é Rebeca.

Começo a rebolar me esfregando no corpo dele. Sean me vira e coloca a mão no meu pescoço e, sem que eu esperasse, ele me beija. Porém, de repente é puxado e só consigo ver o vulto do braço de Theo dando um soco nele. Algumas pessoas se afastam da confusão enquanto os dois trocam socos. Ceci gruda em mim, assustada, e Matteo tira Theo de cima do cara.

— Faz alguma coisa, Mike! — peço, vendo que está de braços cruzados e com um sorriso de lado.

— Eu, não. Deixe meu amigo extravasar! Você provocou, agora aguente Dra. Diaba.

Theo pega minha mão e me puxa para fora do bar. Eu o sigo ainda em estado de choque com a reação dele. Quando paramos na calçada, solto-me bruscamente fazendo com que olhe para trás e eu engulo seco. Theo me olha com raiva e sua respiração está acelerada.

— Olha só! O príncipe virou sapo. Qual é? Você pode sair por aí beijando qualquer cadela enquanto me faz juras e mil promessas e eu não posso? — falo alto.

Sinto as mãos de Ceci em meu braço.
— Vocês dois fiquem com Ceci. Eu vou resolver meu problema com essa diaba.

Theo volta a me puxar e dessa vez eu aceito.

Se ele pensa que me conhece, mostrarei o quanto está enganado. Theo me leva até seu carro, abre a porta para mim. Quando me sento, ele bate a porta com força e dá a volta, senta no banco do motorista bufando de raiva.

— Quero ir para minha casa — falo alto olhando pela janela.

Ele não responde nada, mas vejo que segue o caminho na direção de onde moro. Depois de alguns minutos, ele estaciona e eu saio às pressas sem esperar o que tem para falar. Abro a porta escutando os passos dele atrás de mim e sigo rumo ao meu quarto. Quando passo pela porta, ele logo faz o mesmo e a bate com força.

— Qual é a porra do seu problema, Theo? Para de agir como se tivéssemos algo. Quer saber a verdade? Eu tive mais contato com aquele cara em um dia do que com você em semanas. — Ele coloca as mãos na cintura e bufa. — Eu já transei com ele, sabia? Eu transei com ele em um banheiro de uma boate. — Aponto o dedo para seu rosto. — Ele me deu o que você me nega.

Ele se aproxima de mim, ficando cara a cara.

— Cansei desse jogo de correr — ele diz com a voz rouca. — Você quer sexo? Você vai ter. Afinal, é isso que você sempre espera dos homens, não é, Rebeca? Você já é minha.

Theo coloca as mãos na minha cintura e começa a dar beijos em meu pescoço, novamente me arrepiando.

— Você só não se deu conta disso, ainda — sussurra ao meu ouvido. — Sexo bruto, forte e sujo é o que você vai ter.

— Vai me atiçar e recuar de novo, príncipe? — eu o provoco, mas no fundo já estou queimando por dentro de ansiedade; eu o quero tanto, desejo esse momento há dias.

— Não vou recuar agora, vou até o fim.

Dou um sorriso vendo seus olhos nublam de desejo. Ele me beija colocando uma das mãos nos meus cabelos, apertando e me levando para mais perto. O beijo é bruto, ele morde de leve e eu solto um gemido, afasta-se um pouco e me fita.

Caralho, que tesão é esse homem!

— Você foi uma menina má, Rebeca, agora terá seu castigo. Ajoelha e chupa meu pau.

— Pensei que você não fosse pedir.

Eu me ajoelho e levo minhas mãos até o botão e o zíper da sua calça, abrindo a mesma e a abaixando. Desço meu olhar pelo seu corpo até parar em seu pau, que está criando um volume delicioso em uma boxer branca. Passo a língua em meus lábios e chego a salivar de vontade de tê-lo em minha boca e não enrolo para isso.

Abaixo sua cueca e o pau salta, livre e delicioso. Eu o seguro com uma das mãos e vou fazendo movimentos de vai e vem, completamente hipnotizada nas veias e no tamanho que lateja em minha palma.

Ouço seu suspiro e quando ergo a cabeça para vê-lo, seu olhar está preso no teto como se estivesse se concentrando.

Faço uma leve pressão na cabeça de seu membro, fazendo com que solte um gemido. Ele olha para mim e eu o levo para minha boca, vendo-o ir ao limite.

Seus olhos se fecham e eu passo a língua por todo seu comprimento. Sinto sua mão se enrolar em meus cabelos, indicando a velocidade. Faço uma pressão com a língua quando sinto bater em minha garganta.

Seu pau parece crescer de tamanho dentro de minha boca e eu começo a chupar em uma velocidade maior, engolindo-o quase todo. Em algumas vezes ele segura minha cabeça com tudo o que consigo dentro aguentar, roubando meu ar por alguns segundos.

Quando olho para ele, seu cabelo está uma completa bagunça e seus olhos estão com um azul selvagem que o faz ficar ainda mais lindo. Seus lábios entreabertos, soltando gemidos baixos.

— Porra, Rebeca! Porra!

Ele me puxa para cima com brutalidade e eu gemo com isso. Nem tenho tempo para raciocinar já que me pega no colo e me coloca sentada na bancada de mármore onde guardo minhas maquiagens e me beija com força.

Esse lado rude de Theo está mexendo ainda mais comigo.

Minha boceta está latejando, antecipando o momento em que o terei dentro de mim.

— Por favor... — imploro em sua boca.

Theo morde meu lábio inferior e puxa com os dentes. Ele começa a tirar meu short e eu levanto um pouco a bunda para ajudá-lo, levando junto a minha calcinha.

Jogo minha cabeça para trás, com os olhos fechados, sentindo apenas seus beijos e lambidas descendo pelas partes que estão descobertas. De repente, sua língua lambe minha boceta de cima a baixo me fazendo tremer e perder a força nos braços que seguravam meu corpo inclinado.

Seguro seus cabelos, esfregando minha boceta em seu rosto enquanto ele me castiga com sua língua. Sinto quando ele passa suavemente os dentes em meu clitóris para em seguida me chupar com força.

— Theo... Por favor...

Sinto quando ele enfia dois dedos em mim e eu não consigo segurar o gemido alto. O homem trabalha em uma sintonia perfeita com seus dedos e língua e logo estou me desmanchando.

— Caralho, Theo!

CAPÍTULO 17

Rebeca

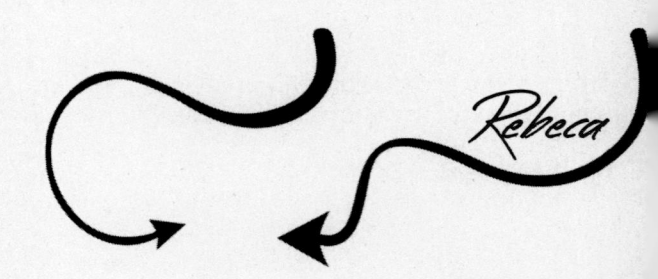

Ainda sentindo meu corpo mole pelo orgasmo que acabei de ter, Theo me ergue e anda em direção à cama para me deitar gentilmente.

Observo-o tirando a camisa polo azul e respiro fundo assim que vejo suas tatuagens. Claro que eu sabia que ele tinha várias pelo corpo, mas é a primeira vez que o vejo com o dorso nu. Tem uma tribal que começa no braço e termina no peito direito, e outra no braço esquerdo; ambas quase chegam aos punhos. São várias tatuagens juntas ocupando o braço inteiro.

Desço meu olhar para o peitoral largo e forte, sinto mais tesão vendo os três gomos na sua barriga, mordo o lábio inferior para reprimir os gemidos que saem involuntariamente só com a visão dele sem camisa.

— Gostando do que vê?

Eu encontro seus olhos nublados de desejo em mim, sorrio para ele que passa uma das mãos pela barriga.

— Na verdade, estou amando a visão.

Fico de joelhos na cama, tiro minha camiseta e a parte de cima do biquíni, ficando nua.

Ele logo se aproxima deitando em cima de mim, passo minhas mãos em seu peito indo até suas costas e desço até sua bunda, sentindo que se arrepia com meu toque. Ele morde de leve meu queixo e desce para meus seios me fazendo soltar um gritinho de susto. Passa a língua e depois chupa meu bico que já está duro, enquanto massageia o outro.

— Você é a coisa mais linda que já vi na vida — ele diz, rouco, e começa a morder, lamber e passar a barba na minha pele.

Enrolo as pernas em sua cintura e abro meus olhos na expectativa de logo senti-lo dentro de mim, mas ele para seus movimentos e me olha nos olhos.

— Eu quis você desde o dia que a vi naquele hospital. Todos esses dias que passamos juntos foram somente a prova de que você já é minha e, depois de hoje, eu estou pegando sem direito a volta.

Assim ele me preenche de uma vez me fazendo arfar com o movimento inesperado, gemo e o arranho nas costas. Ele geme roucamente ao meu ouvido.

Ele sai lentamente e depois entra de novo, forte. Eu gemo sem parar com seus movimentos. A excitação e o prazer que eu estou sentindo são de enlouquecer.

— Ah... Theo, por favor! Mais forte.

Atendendo ao meu pedido ele vai e vem, entrando em mim com uma força avassaladora.

Theo coloca a mão na minha boceta e começa a massagear meu clitóris, reviro meus olhos com a sensação.

— Fica de quatro para mim — pede, rouco, e com a voz sexy. Eu me viro empinando traseiro e colo minha cabeça no colchão para ele ter acesso total. — Preciso dizer, baby, sua bunda é uma visão maravilhosa.

Ele me dá um tapa me fazendo arfar, logo acaricia o lugar onde está com a ardência pelo tapa. Levo minha mão ao meu clitóris, buscando minha libertação, mas sou interrompida por Theo.

— Esse trabalho é meu — diz me dando beijos nas costas. — Eu estou no controle.

Theo estoca com rápidos e fortes movimentos de vai e vem me fazendo gritar.

Eu adoro ser fodida nessa posição e o controle que ele exerce sobre mim nesse momento me deixa apavorada e ao mesmo tempo excitada. Theo se curva um pouco colocando a mão no meu clitóris voltando a massageá-lo e eu abro ainda mais minhas pernas para dar total liberdade.

— Theo... Eu... não vou... aguentar assim... — digo arfando e totalmente envolvida no meu prazer.

— Aguenta, baby, eu estou apenas começando.

Eu sabia que Theo era bom de cama, mas nunca imaginei que seria bruto e estou amando essa versão dele.

Colocando-me de lado, ele deita atrás de mim. Levo uma das pernas para o ar para dar liberdade à sua mão, que brinca com minha boceta me deixando louca. Sinto mordidas e chupões em meu pescoço. Sua outra mão apertando meus seios ao mesmo tempo com a sensação de estar molhada.

Neste momento não sou dona do meu corpo, ele me tem a sua mercê. Agarro o travesseiro com força, incapaz de suportar o movimento do seu quadril, o pau dele entra e sai em uma velocidade rápida. Eu me contorço. Theo está me fodendo com força. Sinto o prazer dele, mas meu corpo está chegando ao limite. Solto um grito e depois de mais algumas estocadas ele sai de de mim e começa a bombeá-lo rápido e logo sinto seu gozo quente sendo jorrado em cima da minha boceta.

Caímos um do lado do outro na cama, respirando forte.

— Isso foi melhor do que imaginei.

Olho para ele que está me encarando, sério.

Fico sem saber em como agir, pois, eu sempre vestia a roupa e ia embora depois de gozar, mas por algum motivo eu não quero me levantar daqui, não quero me afastar dele. Minha vontade é me agarrar a ele e, depois de descansar, montar em cima...

Mas que porra de pensamentos são esses, Rebeca?! Concentre-se, volte a si!

A confusão define minha cabeça agora.

— Karen não é nada para mim além de funcionária. — Saio dos meus pensamentos para escutar calada tudo que ele tem a dizer. — Eu não a amo, eu não a quero. Você é a única na minha vida, na minha cabeça, no meu coração e agora na minha cama. Rebeca, olhe para mim.

Engulo em seco, meu coração está disparado por ouvir essas palavras. Eu gostei de ouvi-las, agora, admitir isso é outra coisa. Olho para ele e respiro fundo, de novo. Sinto-me quente somente por ter seu olhar intenso em mim.

— Você pode sair por aí batendo no peito que não temos nada, mas não pode me acusar de não ser verdadeiro com você e comigo mesmo.

— Acho que preciso de um banho.

Tento me levantar, mas ele me segura pela cintura.

— Nós precisamos de um banho. — Ele se levanta me puxando em direção ao banheiro. Rebolo ainda mais minha bunda porque sei que os olhos dele estão nos meus movimentos. — Diaba, filha da puta!

Quando passo pela porta do banheiro, sorrio com seu murmúrio. Ligo o registro do chuveiro e sinto Theo às minhas costas. Passando as mãos pela minha cintura, ele pega o sabonete líquido colocando na esponja e começa a passar pelo meu corpo.

— Desse jeito não vamos mais sair desse quarto — falo com a voz carregada de tesão; nem parece que acabamos de ter um sexo selvagem, pois já me sinto pronta para outra rodada.

— O que foi? Não está aguentando mais?

Filho da puta. Se ele pensa que eu vou correr agora que o tenho completo está muito enganado. Viro, ficando de frente para ele, e tomo a esponja da sua mão.

— Eu esperei muito por esse momento, agora pretendo ficar assim o resto da noite.

Beijo seus lábios de forma lenta enquanto suas mãos passeiam pelo meu corpo.

Depois de nos lavar, voltamos para o quarto e mais uma vez eu não sei o que estou fazendo por ainda querer estar grudada nele.

Theo vai até sua roupa jogada no chão e eu fico escorada no batente da porta, com a toalha enrolada no corpo, vendo-o de costas e a visão da bunda durinha me faz ficar quente. Ele coloca a cueca e minha vontade é de deitá-lo na cama e montá-lo.

— Precisamos conversar. — Ele olha para mim, sério, com as mãos na cintura.

— Oh, sim! Precisamos falar sobre o fato de você ter perdido o jogo. — Começo a rir e logo me animo com a cara que a Ceci vai fazer quando eu contar que ela estava errada todo esse tempo sobre os cinco encontros, mal posso esperar pra tirar sarro daquela carinha.

— Nunca foi um jogo e eu deixei isso claro para você — ele fala rispidamente, interrompendo meu riso.

— Eu sei, você disse! Mas é que não deixa de ser uma vitória para mim. Não deixo o sarcasmo de lado.

Theo

— Nunca foi um jogo e eu deixei isso claro pra você.
Tento não deixar transparecer minha raiva por ouvi-la falar assim do que acabamos de ter.

— Eu sei, você disse! Mas é que não deixa de ser uma vitória para mim.
Respiro fundo, estou chateado com ela e não quero ter de brigar mais.

— Olha só, Rebeca, primeira coisa sobre nós. Isso não é um jogo, nunca foi. Passamos as últimas semanas juntos, aproveitando sem sexo. Vai me dizer que você não gostou de tudo que fizemos e conversamos.

Ela engole seco e caminha até seu *closet* em silêncio. Ainda de cueca vou atrás dela e estaco no lugar quando a vejo pelada passando as pernas na calcinha minúscula de renda vermelha. Ela me olha de lado e dá um sorriso e, claro, que meu pau dá logo sinal de vida novamente, mas eu não vou me deixar levar pelas loucuras dela.

Viro as costas e volto para perto da cama. Depois de alguns minutos ela volta vestindo um minishort de seda vermelho e um top branco. Minha ereção é evidente e a diaba não tira o olhar do meu pau.

— Meus olhos estão mais em cima, Rebeca.
Ela sorri e passa a me encarar com o olhar de pura luxúria.

— Eu sei que você quer um relacionamento supersério, com flores, encontros e noites dormindo de conchinhas, porém eu nunca prometi isso. Eu sei que não é um jogo Theo — ela diz, séria. — Eu também gostei de estar com você em tudo que fizemos, por isso quero propor algo.

Semicerro os olhos para ela, porque eu sinto que não vem coisa boa por aí.

— Eu quero continuar isso que estamos tendo, mas nada de rótulos. Vamos continuar saindo e nos vendo. — Ela aponta o dedo para mim, fitando-me. — Não somos namorados. Mantenha seu ciúme para você e, outra coisa, mantenha a cadela ruiva distante.

Dou um sorriso de lado pela forma como se referiu a Karen. Será que minha diaba está com ciúmes? Acredito que estamos progredindo.

— E, só para constar, não estou com ciúmes. Só não quero ficar com fama de chifruda. — Ela chega perto de mim e em um movimento rápido puxa meu cabelo, curvando-me para que fique à sua altura. — Príncipe, príncipe... Só dois jogam este jogo. Se você pisar na bola uma vez será o fim de jogo mais lindo que você terá na história.

Ela me solta e se afasta um pouco.

— Espera aí! Você está me dizendo que vamos continuar saindo, mas sem dar nome ao que temos e que eu tenho de ficar longe da Karen?

Isso está saindo melhor do que eu esperava.

— Pegar ou largar. — Ela cruza os braços e arqueia uma das sobrancelhas.

— Fechado!

Quase não consigo terminar de falar porque ela pula no meu colo e me beija. Minha diaba está com desejos e eu sou o único a saciá-los.

— Senta na cama... — Beca pede, ofegante, e rápido como um vento tiro a cueca permitindo que meu pau duro como uma rocha salte livre; sento-me e logo ela monta em mim, passando os braços ao redor do meu pescoço.

— Diaba é um bom apelido para você — digo num murmúrio ao seu ouvido.

Rebeca dá um sorriso e rebola no meu pau. Sinto sua boceta molhada e me pergunto em que momento ela conseguiu tirar a roupa.

— Preciso sentar em você, eu quis isso desde a primeira vez em que o vi.

Ela se levanta um pouco e desce devagar no meu pau que está babando. Solto um suspiro pela lentidão dos seus movimentos, quando já estou todo dentro ela me dá um sorriso travesso e ele acaba de entrar para a lista de coisas mais lindas que já vi na vida. Coloco as mãos na sua bunda e começo a conduzir seu sobe e desce, ela solta um gemido e joga a cabeça para trás.

— Deita, eu preciso de você deitado.

Saio dela e me deito no meio da cama, ela vem e passa as pernas pelos meus quadris e desce rápido no meu pau me fazendo soltar um gemido alto.

— Porra, Rebeca! Gostosa!

Ainda sorrindo, ela começa a cavalgar em meu pau como uma verdadeira amazona. Seus movimentos são rápidos e eu a deixo fazer o que quiser para seu próprio prazer. A diaba joga a cabeça para trás e seus cabelos castanhos caem em ondas e chacoalham no ritmo que ela impõe.

— Merda! Acho... que... estou... no céu — Ela diz com voz entrecortada, dou alguns tapas na sua bunda e a safada rebola mais ainda.

— Isso, gostosa! Rebola no meu pau.

Seus peitos duros e empinados me dão água na boca. Passo meu braço pela sua cintura, inclinando-a o suficiente para abocanhá-los.

— Ah... Theo, que delícia!

Chupo seus peitos e, porra, essa mulher é minha ruína.

— Goza, baby! Quero sentir essa sua boceta apertando meu pau.

Aumento mais o sobe e desce do seu corpo no meu e logo sinto meu pau sendo apertado dentro dela. Entre gemidos altos e murmúrios ela chega ao seu orgasmo chamando meu nome e isso é meu fim, gozo dentro dela.

Ainda estou nela, ela ainda está deitada em cima de mim e eu tenho certeza de que estou com meu sorriso bobo de lado.

Ela levanta a cabeça ficando cara a cara comigo, seus olhos de um verde intenso me olham com medo. Nesse momento eu entendo que, ao aceitar ainda continuar, comigo ela está saindo da sua zona de conforto.

— Você não vai se arrepender — digo vendo que engole seco.

— Nada de rótulos e, quando eu precisar de espaço, quero que me dê.

Eu assinto.

Ainda olhando um para o outro, nós nos assustamos com a campainha tocando. Ela se levanta rápido, vestindo um robe e desce. Visto minha cueca, a bermuda e, antes que eu tenha tempo de vestir a camisa, escuto vozes alteradas no andar de baixo e saio às pressas. Desço as escadas e dou de cara com uma Cecília completamente bêbada apoiada em Beca, Mike e Matteo rindo como hienas na sala.

Quando me veem descendo as escadas, eles se entreolham e ficam sérios.

— Porra, Theo! — Mike coloca as mãos na cabeça. — Não acredito que você não guardou esse pau e perdeu a aposta.

— Eu não acredito que vocês transaram! — Cecília parece perceber e se levanta, fulminando Beca com os olhos.

— Pois é, Ceci, parece que eu ganhei essa. — Beca dá de ombros e sua amiga cai sentada no sofá.

— Primeiro, sou grandinho para fazer o que quiser. Segundo, vamos embora e deixar as meninas descansarem. — Dou o aviso e os dois bobocas que estão com braços cruzados, olhando para mim com sorrisos idiotas no rosto se despedem das meninas e vão embora.

Aproximo-me do motivo da minha felicidade.

— Amanhã eu ligo, descanse. — Dou um rápido selinho nela e olho para Ceci deitada no sofá, já dormindo.

— Ok! Vou cuidar de uma bêbada que está fedendo mais que um gambá.

Saio da casa de Beca e sinto que, mais do que nunca, eu a tenho. Respiro fundo e encaro os dois bobocas.

CAPÍTULO 18

Theo

Sinto o sol queimando minhas costas e percebo que não fechei a cortina quando cheguei ontem à noite.

Estou pensando nos acontecimentos entre mim e Beca. Viro-me e só de me lembrar dela rebolando em cima de mim, meu pau dá sinal de vida. Eu queria dizer que é apenas uma ereção matinal, mas estava sem sexo a um bom tempo e ter uma diaba ao meu lado me provocando não foi fácil.

Quando a vi dançando com aquele idiota eu só via sangue na minha frente e parti para cima dele. Nem sabia que existia um lado homem das cavernas em mim, porque por dentro eu gritava que ela era minha e eu não a dividiria. Meu lado racional se foi junto com meu autocontrole. Parece que Rebeca está me mudando também.

Levanto, tomo banho e faço minha higiene. Saio para comer algo e paparicar um pouco Ana.

— Bom dia! — Talissa está sentada no sofá com Ana rindo no seu colo, ela já está com quase três meses.

— Bom dia! Que sorriso idiota é esse na cara?

Ela me olha rindo e talvez eu esteja, sim, com um sorriso no rosto. Julguem-me.

— Eu estou sempre com um sorriso na cara. — Dou um beijo na cabeça dela pegando Ana no colo que me dá um lindo sorriso banguela.

A cada dia que passa ela fica mais parecida com a mãe, olhos azuis e cabelos castanhos.

— Eu fiz café. Enquanto toma, pode me contar por que está assim. Estou com saudades de conversar com meu irmão.

— Está carente, hum... — digo para provocá-la e ela mostra a língua para mim.

— Segure-a um pouco, por favor!

Eu me sento com Ana e fico com ela no meu colo até Talissa voltar com uma caneca de café puro.

— Deixe-me adivinhar, enfim você transou com a Dra. Diaba — ela diz rindo e é impossível não sorrir.
— Sim, e essa é uma conversa que não terei com você.
— Qual é? Já sou grande e mãe! Como você pensa que Ana foi parar na minha barriga?
Faço uma careta, não quero imaginar minha irmã transando.
— Poupe-me, Talissa! Não quero ficar horrorizado o dia todo.
Ana solta alguns sons engraçados e sorri.
— Só quero vê-lo feliz, irmão. Você merece.
— Obrigado, eu também desejo o mesmo para você! Desculpe ter ficado meio ausente nos últimos dias.
— Estou ótima — ela diz com um sorriso que não chega aos olhos.
— Por que você não sai um pouco? Os seguranças que contratei já estão à sua disposição. Eu fico com Ana, o que me diz?
— Digo que vou deixar para outro dia. Ana ainda está mamando no peito, não vou me separar dela por enquanto.
— Percebo que ela quer ir.
— Então, vamos os três, vão se arrumar. Vou chamar o segurança e preparar o carro com a cadeirinha.
Ela se levanta num pulo, sorrindo, pega Ana do meu colo e corre para o quarto.
— Que cena feliz!
Levo as mãos ao peito pelo susto que levei.
— Porra, Mike! Sabia que essa casa não é sua?
— Ah, deixa disso! Vim falar sobre o que você fez ontem. Que bonito, Theo, deixando o mini Theo comandar a situação!
Fecho o semblante para ele que tem um sorriso no rosto, às vezes acredito que ele tem quinze anos de idade.
— À merda com esse papo! Mini é o seu pau!
Ele sorri e passa para a cozinha se servindo de café, senta ao meu lado no sofá e me encara.
— O que foi? — pergunta, dando de ombros.
— Em qual momento eu disse para você se sentir em casa?
— Também amo você, cara! Agora, vamos ao que interessa. — Ele fica sério e eu respiro fundo, sabendo o que vem merda pela frente. — Valeu a pena esperar a diaba?
— Eu não vou conversar com você sobre minhas transas com ela — falo, ríspido, e ele arqueia as sobrancelhas com um sorriso no rosto.
— Ok! Não fale.
— Olha só quem está aqui! — Talissa aparece arrumada junto de Ana.
— Oi, maninha! — Ele se levanta, beija Talissa na cabeça e pega Ana.
Eu olho sem acreditar no que vejo, esse folgado está tomando conta até da minha irmã e sobrinha.
— Está bem, vamos nessa! — Eu me levanto pegando Ana do colo dele.
— Aonde vamos? — Ele me olha sorrindo pela sua pergunta.

— Preciso comprar algumas roupas e coisinhas para Ana. Vamos ao shopping, Theo? — Ela me pede e assim decidimos ir.

O segurança que contratei já está ao lado do carro, ele abre a porta para Talissa que entra no banco de trás e coloca Ana na cadeirinha, sento-me no banco da frente junto dele e Mike segue em seu próprio carro.

Por mais que moramos ao lado de um shopping, decidimos ir a outro onde tem mais opções de roupas infantis. depois de trinta minutos chegamos e andamos pelo local. Mike segura Ana enquanto Talissa parece uma criança, namorando as vitrines.

— Theo, vou rapidinho à essa loja — Ela avisa e entra, Mike e eu nos sentamos em frente.

— Você leva jeito com crianças, Mike. Por que não arruma um?

Ele começa a tossir e eu rapidamente tiro Ana dos seus braços.

— Vai se f... — Ele olha para Ana e eu arqueio a sobrancelha. — Você sabe o que eu quero dizer, estou bem do jeito que estou. Agora você logo arruma um, não é?

— Eu mal consigo conversar com Beca sobre namorar, imagina se eu chegar e falar que meu sonho é ser pai. É capaz de a mulher voltar para o Brasil no primeiro voo.

Ele cai na gargalhada e eu também.

As coisas entre mim e Beca estão começando a dar certo. Eu sei que tenho um longo caminho pela frente e bebês é um assunto que não está em pauta no momento.

— Hoje você falou com Matteo?

Ele olha por cima dos meus ombros e fecha a cara, sigo seu olhar e me levanto com Ana na mesma hora. A quatro passos de nós Benjamim nos fita com seu semblante fechado.

— O que vocês estão fazendo com minha filha? — ele pergunta e posso ver o quanto segura sua raiva.

— Não é da sua conta. Agora lembra que tem filha? Quando ela estava na barriga da mãe dela parecia que você não se importava, já que batia nela mesmo estando grávida. — Devolvo no seu tom, ele olha para os lados e na hora sei que está procurando Talissa.

— Onde ela está?

— Não é da sua conta. E, da última vez que chequei, vi que existe uma restrição que o impede de chegar perto dela. Fique. Longe. Da. Minha. Irmã! — Perco o meu controle e Ana começa a querer chorar. — Mike, pega a Ana — peço sem tirar os olhos de Benjamim.

— Tira as mãos da minha filha. — Ele tenta avançar em Mike e eu o empurro no chão. — Eu não vou admitir que esse idiota fique perto da minha filha, eu sou o pai dela e até hoje nem a peguei no colo.

— Você não pegou porque não é homem suficiente para isso.

Ele se levanta e entramos numa troca de socos, escuto os gritos de Talissa e o choro de Ana.

Quando me distraio olhando para elas, o filho da puta me acerta no supercílio. Revido e logo sinto mãos me puxando de cima dele.

— Theo, acalma-se! Controle-se, isso pode piorar a situação toda.
Mike tenta me segurar, os seguranças do shopping seguram Benjamim.
— Acabou para você! Está me ouvindo? Eu vou acabar com sua vida, Theo! — ele esbraveja xingamentos e ameaças.
— Você não pode fazer mais nada para me atingir, seu merda. Você já machucou minha irmã.
— Você vai me pagar, ouviu? Todos vocês!
Ainda escutando suas ameaças, pego Talissa que segura Ana nos braços e sigo rumo ao estacionamento.
— Theo, você está sangrando — ela me diz, chorando, estendendo a mão até o ferimento no supercílio e vejo o sangue escorrendo. Faço uma careta.
— Vamos para o hospital.
— Não, Talissa, eu vou ficar bem. Vamos para casa.
Abro a porta do carro, ela entra e eu fico do lado de fora para conversar com Mike. Coloco as mãos na cintura e respiro fundo.
— Você não pode socar o cara toda vez que o vir.
— Diz isso porque não é a sua irmã — rebato num murmúrio.
— Eu digo isso porque sou seu amigo e advogado, agora fica aí com essa carinha esfolada. Sorte sua que tem uma médica particular.
— Mike, eu não o quero perto delas, você tem de fazer alguma coisa.
Passo as mãos no cabelo e ando de um lado para o outro de tão agitado que estou.
— Eu vou pedir as fitas de gravação do shopping e provar que ele quebrou a medida de proteção, mas ele ainda pode ver Ana, sobre isso não posso fazer nada.
Pego meu celular e mando uma mensagem para Matteo.

Theo: *Encontrei Benjamin no shopping, eu estava com Talissa e Ana, nós dois brigamos.*
Você pode aumentar o monitoramento entorno da minha casa?

Matteo: *Deixe-me adivinhar... Você quebrou a cara dele?*
Vou ver o que posso fazer, aumente a segurança pessoal também.

— Eu vou nessa, cara. Depois conversamos. Juízo! — Mike se despede e eu entro no carro.
Sinto o sangue ainda escorrendo e o segurança, que descobri se chamar Júlio, me estende um lenço para estancar até que esteja no apartamento.
Quando chegamos, entro pela livraria e logo sinto a atenção de todos em mim. Vou direto para meu escritório e ao banheiro, lavar meu rosto. Movo os olhos para o lado e Karen está parada me olhando.
— O que aconteceu com você?
— Briguei com Benjamin — respondo com a cabeça apoiada no braço em cima da pia.
Ela se aproxima de mim e quando, sinto as mãos dela, me afasto.

— Olha, Karen, eu estou tendo um dia terrível. Por favor, vamos ser amigos! Eu já estou com outra pessoa.

Ela arregala os olhos e engole em seco. Xingo-me mentalmente por ter falado desse jeito com ela.

— Tudo bem! — Abaixa a cabeça e depois a levanta, olhando para mim com os olhos marejados. — Eu realmente fico feliz que esteja bem. Ainda posso continuar sendo sua amiga, não posso?

— Sim, pode, mas com respeito, ok? — Ela sorri e assente.

— Quer que eu traga alguma coisa? Parece que isso vai precisar de pontos.

— Não preciso de nada, só quero ficar sozinho.

Olhando para mim, ainda ressentida, ela se vai. Então, eu tiro a camisa suja de sangue e me sento no sofá.

Rebeca

Passo como um furacão pelas portas da livraria, olho para os lados e vejo a cadela ruiva me encarando de cara fechada. Eu até queria ir até ela para deixar algumas coisas claras, mas antes preciso ver o que o príncipe andou aprontando. Dou as costas para a cadela e vou até o caixa onde reconheço a atendente, acho que se chama Tina.

— Boa tarde! Theo está no escritório?

Ela olha para mim com um grande sorriso e assente, apontando para o escritório dele. Agradeço e ando até lá sentindo os olhos da cobra ruiva. Ainda não me decidi se a chamo de cadela ou cobra.

Entro sem bater. Ele levanta a cabeça que estava apoiada no encosto do sofá e me olha meio confuso.

— Eu juro que quando o babaca do Mike me ligou e disse que você estava precisando de atendimento médico porque estava todo quebrado, pensei que fosse brincadeira. — Entro e fecho a porta me aproximando dele. — O que aconteceu com você?

— Eu briguei com o ex da Talissa... Ai! — ele geme de dor porque eu coloco a mão no corte em seu supercílio.

— Bancando o boxeador, príncipe? — indago arqueando a sobrancelha, fazendo-o sorrir.

— Mike que ligou?

— Sim, a lavadeira dentro dele não perderia a chance de me ligar e fazer fofoca.

Ele me encara, confuso.

— Lavadeira? — questiona.

— É, lavadeira, fofoqueira. — Suspiro sentando ao lado dele. — No Brasil temos esse apelido para pessoas que não conseguem manter a língua dentro da boca.

Ele cai na gargalhada.

— Definitivamente esse apelido é ótimo para ele.

— Olha só para você, Theo! Esse machucado vai precisar de pontos. E onde está sua camisa?

Olho para trás do sofá e logo a avisto atirada ao chão, completamente ensanguentada.

— Eu tirei para estancar o sangue. Não quis subir agora para não assustar Talissa.

Passo a mão em seu rosto e ele fecha os olhos. Não sei como controlar a vontade que sinto de sempre querer tocá-lo, a sensação é maravilhosa.

— Eu vou pegar minha bolsa no carro e já volto. — Levanto-me e ele me puxa para seu colo.

— Eu estou bem. Talvez um beijo ajude ou, quem sabe, uma *sentada* também — ele diz isso passando a mão pela minha perna e, quando chega à minha bunda, aperta.

Mordo o lábio inferior e minha calcinha já está molhada.

— Adorarei fazer isso, mas antes darei uns pontos nesse corte. — Levanto sob seus protestos e sigo para meu carro estacionado em frente à livraria.

Pego minha maleta de primeiros socorros e, quando entro de volta, a cadela ruiva para à minha frente me olhando dos pés à cabeça.

— Você é a namorada do Theo? — pergunta tentando não parecer estar com raiva e posso dizer que falha miseravelmente.

— Não que seja da sua conta... — Devolvo o olhar de desdém e me aproximo, ficando cara a cara com ela. — Mas vou facilitar as coisas para você. Eu não sou a namorada dele, porque eu não preciso de rótulos, mas, para sua informação, ele não está disponível. Pelo menos por enquanto.

Dou um sorriso que, com certeza, não chega aos meus olhos e ela me encara com raiva.

— Ele é meu! Nós ainda temos muita coisa para conversar, e então, seja lá o que você quer dele, fique longe. — Ela semicerra os olhos e minha vontade é de dar na cara dela.

— Sabe, Karen? Eu não sou mulher de brigar por homem, mas esse em questão não quer você. — Aproximo do ouvido dela e sussurro: — Então, é melhor você não entrar no meu caminho ou passarei por cima de você.

Passo por ela trombando em seu ombro e me sinto ótima.

Nada melhor do que colocar a cadela em seu devido lugar.

— Theo... — Entro no escritório e não o encontro. — Theo?

Ele sai do banheiro coçando a cabeça e me lançando um daqueles sorrisos que adoro, de lado. Parece uma criança que acabou de fazer arte.

— Minha cara está péssima!

— Sim, está. Agora senta, cuidarei de você e depois você cuidará de mim.

Sorrio maliciosamente para ele.

Ele senta no sofá e eu apronto todo material necessário para dar dois pontos no corte, quando termino coloco as luvas, levanto eu olhar para ele que está concentrado em mim. Abaixo o olhar para sua barriga trincada e não resisto em provocá-lo. Monto nele colocando cada perna em um lado da sua cintura e ele prende o fôlego.

— É assim que você dá ponto em seus pacientes? — pergunta, divertido.

— Não, mas você é um paciente especial. Agora, fica quieto!

Começo a fazer meu trabalho. Aplico uma anestesia local e, quando estou quase terminando, percebo que ele tem os olhos nos meus peitos, sorrio com a cara que ele faz quando os roço no nariz dele.

— Pronto! — Eu o fito ainda montada nele. — Agora quer me contar o que acontece com você que toda vez que vê o ex da sua irmã parte para cima dele?

Ele respira fundo e encosta a cabeça no encosto do sofá.

— Ele é um idiota e obcecado pela Talissa. Ele é agressivo demais e tenho medo do que pode fazer se pegá-la sozinha. — Ele engole seco e volta a me olhar nos olhos. — Eu amo minha irmã e se ele encostar um dedo nela de novo, sou capaz de matá-lo, Rebeca.

Faço um carinho no cabelo dele.

— Ela vai ficar bem... Agora, eu preciso de ajuda. — Chego perto do ouvido dele e mordo de leve. — Minha calcinha está molhada.

Theo respira fundo, passa os braços em minha cintura me apertando um pouco e me beija, sua língua pede passagem e eu dou. O beijo é carnal, eu gemo e rebolo em seu colo sentindo o quanto ele está excitado.

— Sabe que você fica linda nessa roupa de médica?

Dou um sorriso safado para ele.

— Eu prefiro ficar sem nada.

Saio do seu colo e fico de frente para ele, em pé, então tiro lentamente minha blusa branca deixando a mostra meu sutiã branco de renda.

Luxúria, isso é que o olhar de Theo transmite e eu me aqueço ainda mais só com a expectativa de tê-lo dentro de mim.

— Tira essa calça e fica de calcinha para mim — ele pede com a voz rouca. Eu abaixo, tiro meu tênis e tiro lentamente minha calça ficando apenas de calcinha e sutiã, dou um sorriso sexy e uma voltinha. Ele geme e se levanta para dar um tapa na minha bunda. — Deita no sofá.

A voz de comando me arrepia. Theo pode ser um príncipe, ter seu lado quieto e reservado, mas na cama é tão ou mais selvagem que eu. É quase como se ele deixasse uma fera sair só nesses momentos e isso me excita. Deito no sofá de três lugares, ele se ajoelha no chão e passa o nariz na minha calcinha me arrepiando e solto um suspiro. Ele sorri e coloca um pedaço de pano de lado e sem aviso passa na língua no meu clitóris e não aguento segurar o gemido alto. Que se foda onde estamos!

— Silêncio ou eu paro. — Ele sorri e sei que está me provocando.

Volta a passar a língua e mordo os lábios, sinto quando ele começa a me chupar. Meu corpo vibra com cada toque das suas mãos que passeiam pelo meu corpo enquanto isso. Ele se levanta deixando sua ereção evidente.

— Theo...

Tomamos um susto quando a cadela ruiva surge no escritório. Ela entrou sem bater e agora está me fuzilando com os olhos.

Theo ainda sem camisa vira para ela e, quando os seus olhos caem para o corpo dele, eu não consigo conter a raiva que sinto. Mesmo estando de calcinha e sutiã eu me levanto e me coloco na frente de Theo, que sinto ficar tenso.
— Posso ajudar? — pergunto cruzando os braços.

CAPÍTULO 19

Theo

A situação não podia ser mais constrangedora. Rebeca de braços cruzados vestida somente com um conjunto branco de calcinha e sutiã à minha frente, fuzilando Karen que nos olha com os olhos arregalados.

Talvez eu já esteja pagando meus pecados agora.

— Desculpem-me! Eu não sabia que vocês estavam... ocupados!

— Conta outra! Como você entra sem bater, garota? — Beca rebate e, quando dá um passo à frente, eu a seguro pela cintura com um aperto forte.

— Karen, você pode, por favor, nos dar licença? — Ela me encara e depois olha para as minhas mãos na cintura de Beca.

— É... Bonitinha, precisamos terminar o que você interrompeu. — Aperto as mãos na cintura de Beca para ela ficar quieta.

— É por causa dela que você não quer voltar comigo?

— O quê?!

Não sei de onde Rebeca tira forças, mas se desvencilha do meu aperto e se vira para mim com os olhos cheios de fúria.

— Beca, por favor! — Tento fazer com que ela não surte. — Karen, por favor, me dê licença! Depois eu converso com você.

— Dá para sair daqui agora, garota? — Beca grita e Karen dá um passo para frente.

— Você não manda aqui, eu não vou sair.

Ela mal termina de falar e Beca avança em cima dela, Karen cai no chão com o impacto do empurrão e Rebeca senta sobre ela, dando um tapa em sua cara. Apresso-me para tirá-la de cima de uma Karen vermelha com a marca da mão de Beca na bochecha.

— Sua desgraçada! Você me machucou. Olha, Theo, o que ela fez comigo!

Os gritos chamam a atenção de Tina e logo Talissa e ela aparecem, a cena é um tanto quanto embaraçosa. Beca está respirando fundo e se contorcendo nos meus braços e gritando como uma louca.

— Tina, leva a Karen daqui, por favor!

Ela a tira daqui ainda sob alguns protestos.

Talissa olha para mim, rindo, e fecha a porta deixando nós três no escritório.

— Solte-me, Theo! — Beca me dá uma cotovelada na barriga me fazendo arfar e se desvencilha do meu aperto.

— Dra. Fontes, calma!

Ela olha para Talissa e depois para mim, ainda meio incerta sobre o que fazer. Começa a catar suas roupas no chão e entra no banheiro batendo a porta.

Suspiro e me jogo no sofá.

— Theodoro, sendo pivô de brigas de mulheres. Quem diria? — Sabia que Talissa soltaria uma de suas preciosidades. Rio sem humor para sua piadinha. — O que aconteceu aqui?

— Eu estou me perguntando isso há alguns minutos.

Beca sai me fuzilando com os olhos e, quando olha para Talissa, suaviza a expressão.

— Olá, Talissa! — cumprimenta, meio incerta. — Desculpe pelo show, mas é que a cadela ruiva me tirou do sério.

Talissa cai na gargalhando, levando-me a rir também.

— Para ser bem sincera, doutora, você é minha heroína. Aqui entre nós, nunca fui muito fã da... cadela ruiva.

Reviro meus olhos com esse comentário.

— Está bem! — Levanto e vou ao banheiro.

Depois de passar água no rosto, reparo que meus braços estão todos arranhados, como se eu tivesse brigado com uma gata; no caso, foi com uma diaba. Abro um sorriso de lado, porque percebi que sem se dar conta, Beca mostrou que sente ciúmes de mim. Isso me enche de esperanças de, enfim, estar conseguindo domar minha fera.

Quando saio do banheiro me surpreendo com Beca e Talissa conversando animadamente, parecem duas amigas de infância.

— Bem, vou subir e eu aceito o convite, Beca.

— Que convite? — pergunto arqueando as sobrancelhas.

— Eu a convidei para almoçar na minha casa. Se quiser, pode ir também.

Não consigo segurar mais uma vez o sorriso idiota que sei que está no meu rosto.

— Podemos combinar para sábado, vai ser bom sair de casa.

— Você vai amar. Ceci e Ayla estarão lá e vamos adorar mimar Ana.

Elas se abraçam e Talissa se vai me dando um aceno.

— Rebeca. — Ela me olha e nem parece que estava sorrindo alguns segundos atrás. — Precisamos conversar. Eu sinto muito por toda essa situação.

— Não, olha... Eu não vou repetir o que falei ontem. Não sei o que me deu para brigar assim, mas para ser sincera, nunca gostei dessa cadela.

— Eu vou conversar com ela e pedir que nos deixe em paz. Karen vai entender, mas quero deixar claro que eu não tenho nada com ela.

— Nós não estamos namorando, Theo. Você não precisa me dar satisfação.

Fico chateado com sua fala, mas infelizmente é a nossa realidade e eu me permiti ficar assim só para estar com ela.

— Mas eu quero.

Beca assente.

— Bem... Preciso ir! Vou voltar para o hospital. — Ela pega suas coisas e eu faço menção de acompanhá-la. — Você não vai sair assim, Theo! Vista a porra de uma camisa.

— Se não a conhecesse pensaria que está com ciúmes.

Ela semicerra os olhos e se vai sem dizer mais nada.

✦

No final do expediente da *Traveling* chamo Karen para conversar em meu escritório. Não posso mais adiar, ela precisa aceitar que acabou ou não poderá continuar trabalhando aqui.

— Você me chamou, Theo?

Saio dos meus pensamentos e a encaro à porta, os braços cruzados no peito e a marca do tapa que ganhou no rosto.

— Entre, Karen.

Ela entra e se senta na cadeira que está à frente da minha mesa.

— Precisamos conversar, Karen. O que aconteceu hoje não pode voltar a acontecer. — Olho para ela, sério.

— Perdoe-me, Theo! Eu perdi a cabeça. Aquela va... — Fecho meu semblante sabendo o que ela falaria e vendo minha reação ela se cala e engole seco. — Bem, o fato é que ela me provocou. Ela disse que você está indisponível *por enquanto*. É isso mesmo que você quer? Ficar com uma pessoa que só o quer por um tempo?

Mesmo sem saber, Karen atinge o meu pior medo em relação à Beca; o de lutar e depois, quando ela estiver satisfeita, ser jogado de lado.

— A minha relação com Rebeca não lhe diz respeito, Karen — digo, ríspido, e suspiro. — Olha! O que tivemos foi bom enquanto durou, mas nós dois sabemos que não daria . Acabou, Karen.

— Eu ainda amo você! Sei que faz mais de um ano que nos separamos, mas mesmo assim você ainda me procurava.

Só de lembrar que meses atrás eu tive uma recaída, em um momento de carência e procurei Karen para uma noite de sexo, sinto vontade de me matar.

— Você precisa entender que as coisas mudaram. Nós dois não temos volta, você precisa aceitar isso. Eu estou seguindo em frente, Karen. Rebeca é quem eu quero e não vou deixar que você estrague isso.

— Tudo bem! Mais uma vez, perdoe-me! Eu me deixei levar — ela sussurra.

— Eu gosto de você, Karen. — Ela levanta a cabeça e me fita. — Como seu amigo. E é em nome dessa amizade que você continuará trabalhando na cafeteria, mas eu não vou mais admitir o que aconteceu hoje.

Ela assente e sai sem dizer mais nada.

Subo para casão apartamento, tomo banho e mando uma mensagem para a diaba, ela responde que está de plantão e que não pode sair.

— O que está fazendo? — Talissa entra no meu quarto sem bater e se joga deitada ao meu lado.

— Tentando esquecer esse dia de merda.

— Vem ver um filme comigo, anda!

— Onde está a educação que a mamãe lhe deu? Não vai pedir "por favor"?

Ela me encara com um sorriso sarcástico.

— Olha só! Lembrou que tem mãe, filho desnaturado! Já contou para ela que o bebê dela está namorando?

Merda, se eu falar uma coisa dessas, ela pega o primeiro voo de Boston para Santa Mônica. Minha mãe não perderia a chance de inspecionar Beca.

— Para, nós não estamos namorando... Ainda. — Ela sorri olhando para mim. — Não vou falar nada por enquanto, mas, quando estivermos firmes, eu ligo.

— Mamãe gostará dela — Talissa diz e suspira, percebo que algo a incomoda.

— O que você tem?

— Eu não quero que brigue com Benjamim toda vez que o ver.

— Penso que chegou a hora de você me contar tudo, Talissa. — Com os olhos assustados ela desvia do meu olhar. — Eu preciso saber de tudo e não o pouco que você me contou.

Ergo seu queixo fazendo e vejo o medo, a tristeza e a vergonha em seu olhar. Depois de um suspiro ela abaixa a cabeça.

— Tudo começou quando nos casamos. — Fecho os olhos e tento segurar a raiva. — Na nossa lua de mel, quando fomos para o Havaí, ele ficou com ciúmes de um dos hóspedes do hotel. Segundo ele, o cara estava me olhando demais e a culpa era minha porque eu estava na piscina somente de biquíni.

Ela se senta apoiando as costas na cabeceira da cama e junta as pernas próximo ao peito.

— Ele... Ele bateu em você na sua lua de mel? — pergunto com a voz meio falha, pela primeira vez eu estou vendo o quanto aquele homem machucou minha irmã.

— Si... Sim. Sabe? Ele me fazia acreditar que a culpa era minha, que eu o provocava ou provocava os olhares dos homens e por um tempo eu acreditei realmente nisso. — Ela fecha os olhos e deixa as lágrimas rolarem. — Eu pensei que fossem por minha culpa os tapas, os puxões no cabelo, os socos...

Ouvir minha irmã contar tudo isso é como se algo se quebrasse dentro de mim, ela era uma menina alegre que sonhava em ser modelo até se apaixonar por aquele desgraçado. No começo nós tentamos avisar e até queríamos que ela fosse para Boston morar com nossa mãe, mas o filho da puta já conseguia manipulá-la e aos poucos ela foi se afastando dos amigos e da família.

— Não precisa falar se não quiser. — Eu me sento ao seu lado e a trago para deitar com a cabeça em meu colo. — Perdoe-me por não ter sabido o que fazer para ter feito você enxergar a verdade.

— Eu precisava passar por isso — ela diz entre soluços. — Eu o coloquei acima de mim e das minhas escolhas e ele me pisou e humilhou. Mas ele não me destruiu, porque quando eu descobri que estava grávida, entendi que precisava ser forte... Eu precisava lutar pela minha filha e foi quando ele começou a me prender em casa.

— Como você fugiu? — Passo a mão em seus cabelos, acariciando-os.

— Eu esperei a oportunidade certa. Naquele dia Benjamin deixou a porta para o porão destrancada, eu desci e vi a caixa de energia. Já havia tentado de tudo e nada dava certo, então arriscar mais uma vez era tudo que eu tinha. Eu me lembrei de quando o papai ficava na garagem mexendo nos seus carros e eu bisbilhotando em volta, quando e ele me dizia para nunca jogar nada de metal na caixa de energia.

Suspirei e meus olhos se encheram de lágrimas. Meu pai nos amava muito, se ele estivesse vivo jamais a deixaria passar por tudo isso.

— Eu vi uma cadeira de metal enferrujada, peguei e consegui jogar e acertar a caixa de energia. Subi e vi que as câmeras estavam desligadas e a tranca do alarme da porta também.

Ela se levantou do meu colo e me olhou com um sorriso de vitória.

— Corri pela rua, Theo, feito uma louca até achar o primeiro táxi e chegar aqui.

Eu a puxei para um abraço e juntos choramos. Ainda me lembrava da menina mimada que era, eu sempre a protegia apesar de ela sempre aprontar para cima de mim. Hoje minha irmã está aqui, contando tudo que ela passou e mesmo assim ainda tem os olhos cheios de esperanças.

— Vamos ao filme! — Talissa se desvencilha do meu abraço enxugando as lágrimas.

— Vamos.

Saímos rumo à sala e, enquanto ela fazia pipoca, escolhi um filme de comédia para vermos.

Escuto o barulho do elevador e suspiro, fechando os olhos; Mike.

— Olá, família! — Ele aparece no meu campo de visão e Matteo vem logo atrás.

— Boa noite! — Matteo diz sem jeito. — Eu tentei ligar antes, mas Mike tinha a senha para o elevador e disse que não tinha problema.

— Oi, meninos! — Talissa aparece com um balde de pipoca.

— Vamos ver um filme, topam? — pergunto.

— Ah, cara! Vamos jogar cartas, programa masculino.

Suspiro com o comentário do Mike.
— Ei, eu estou aqui. — Minha irmã o fuzila com os olhos.
— Foi mal, Talissa, mas você é nossa irmãzinha mais nova.
— Está bem, vou dar uma olhada para ver se Ana ainda dorme e vamos jogar poker. Espero que tenham trazido dinheiro para perder. — Ela sai, divertida.
— Belo corte! — Matteo diz indicando meu machucado no supercílio. — Mike me contou tudo, eu vou cuidar para ter uma patrulha constante aqui.
— Obrigado!
Depois de várias rodadas de poker, e um Mike puto por Talissa estar ganhando, entramos no assunto Rebeca. Para o meu desespero, Talissa contou a cena de Beca de calcinha e sutiã batendo em Karen. Os dois bobocas caíram na gargalhada.
— Deixe-me ver se entendi. A dia... Digo, Rebeca não se intimidou e foi para cima dela com tudo? — Matteo está incrédulo e eu só posso rir, afinal, minha diaba mostrou que sente ciúmes de mim e isso é algo a se comemorar.
— Oh, cara, eu daria tudo pra ver isso. Quando liguei para ela, pensei que apareceria e somente daria a você um chá de boceta.
— Mike, cala a boca! — Talissa diz rindo e logo todos caem na gargalhada com o comentário de Mike.
— Eu fiquei assustado. Quando percebi, Rebeca já estava em cima de Karen.
— Mas, enfim, o que importa é que a Karen agora sabe seu lugar e duvido que ela se meta com Beca.
O comentário de Talissa me anima, espero realmente que elas não se peguem todas as vezes que se virem.
— Pelo jeito ela agora tem uma defensora.
Olho para minha irmã depois do comentário de Mike.
— Sim, ela tem. — Talissa mostra a língua para ele. — Além do mais, eu fui convidada para almoçar na casa delas esse final de semana.
— Uh... Almoço na casa das três mosqueteiras! — Matteo quem comenta.
— Eu estou dentro.
— Não está dentro é nada, Mike. Você não vai! Além do mais, Cecília é capaz de matá-lo, vocês dois não podem ficar juntos. — Tento convencê-lo a não ir, mas conhecendo-o do jeito que conheço, ele vai de qualquer jeito.
— Cara, nós quatro somos uma família também. Olha só para nós, três mosqueteiros contra o trio de médicas doidas.
Como pode Mike ser assim? Às vezes penso que a mãe dele o deixou cair e bater a cabeça.
— Ei... E eu não faço parte da família, não? — Talissa pergunta, emburrada.
— Claro que faz, Talissa! Você é a mascote.
Matteo cai na gargalhada juntamente comigo.

— Mas, falando sério — Matteo chama a atenção ainda meio ofegante de tanto rir —, eu só conheço realmente duas desse trio. Será que finalmente vou conhecer a Dra. Bacelar de verdade?

Percebo o interesse dele por Ayla. Olho para Mike que me encara com o olhar de quem também percebeu.

— Qual é? Vocês estão querendo fechar casais, é isso? Eu não vou ficar sobrando — Talissa diz, rindo.

Mike faz uma careta e Matteo abre um sorrisinho.

— Não quero fechar casais coisa nenhuma. Eu quero distância daquele projeto de pigmeu que é Cecília.

— Para, Mike, até parece! Nós vimos a tensão sexual que existe entre vocês dois. Vai me dizer que não está a fim da loirinha?

Mike se levanta calado e se senta no sofá. Nós nos viramos da mesa para olhá-lo.

— O que foi, Mike? Peguei no seu calo? — Matteo cutuca, rindo.

Ele nos olha com um sorrisinho de lado e suspira.

— Sua cara é de quem vai aprontar — digo me levantando e indo sentar perto dele, logo sou seguido por Matteo e Talissa.

— Eu estou com um plano de pegar aquela princesinha.

Ele nos mostra um olhar ardiloso, travesso.

— Quantos anos você tem, Mike? Dez? — Talissa indaga, incrédula.

Mal sabe ela que eu vivo fazendo essa pergunta para ele.

— Por que eu tenho a certeza de que isso vai da merda? — Matteo murmura.

— Está na cara que vai — respondo.

— Não vai, não! Eu vou a esse almoço como membro da família que sou e lá eu a provocarei de todos os jeitos, até irmos conhecer o quarto dela.

— Aposto cem paus que ele vai quebrar a cara — diz Talissa, séria.

— Duzentos que ela vai bater nele — Matteo diz.

— Trezentos que ele vai voltar para casa chupando dedo. — Aumento a aposta.

— Quinhentos que eu conseguirei transar com ela — Mike fala com um sorriso de vencedor.

— Depois, nós mulheres que somos complicadas. Depois dessa eu vou dormir. Boa noite! — Talissa se despede e vai para o quarto junto de Ana.

Depois de mais algumas horas de conversa os babacas vão embora e eu vou direto para meu quarto, mandar uma mensagem para Beca.

Theo: *Verei você antes do almoço de sábado?*

Tomo um banho frio para acalmar meu pau, que pulsa só de imaginar Rebeca ao meu lado. Quando saio do banho, abro a resposta dela.

Diabinha: *Difícil, estou com muitas consultas.*
Marcadas. E um plantão para terminar.
P.S. Estou molhada...

Solto um gemido baixo. Ela sabe como tirar a paz de um homem.

Theo: *Vejo você no sábado. Arrume tempo para ficarmos juntos. Boa noite!*

Diabinha: *Arrumarei tempo para ficar trancada com você em uma quarto, príncipe. Boa noite!*

 Suspiro e ando até o quarto de Talissa, enquanto Ana dorme tranquila em seu berço. Encosto no batente da porta e cruzo os braços para observar Talissa, que também dorme serenamente. A confissão de tudo que ela passou ainda está na minha cabeça. Eu passei a noite toda tentando bloquear o desejo de ir atrás daquele filho da puta e matá-lo.
 Olhando para Talissa agora, faço uma promessa a mim mesmo, a de não falhar com ela e Ana nunca mais.

CAPÍTULO 20

Rebeca

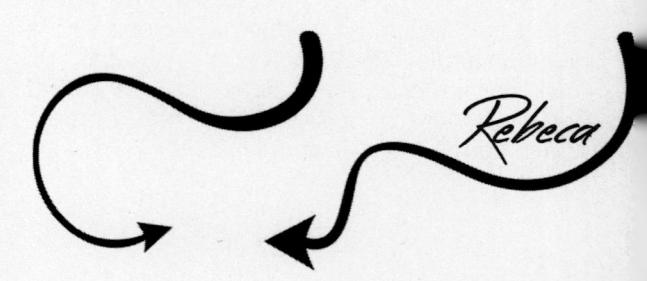

Para fechar a semana com chave de ouro nada melhor que um almoço aqui em casa com os amigos.

Ayla quase me matou por ter marcado em cima da hora sem avisar, ela adora manter tudo sob controle e organizar.

— Dá para parar de pensar naquele *"quatro olhos"* e me ajudar aqui? — Cecília vem da cozinha trazendo uma bandeja com queijos e salaminhos cortados.

— Por que está tão nervosa? Você adora esse tipo de confraternização. — Pego a bandeja e coloco na mesa perto da piscina onde já tem uma variedade de patês, torradas, azeitonas e batata chips.

O tempo até hoje está agradável, não está muito frio. Talvez me arrisque a dar um mergulho.

— Deve ser porque vou encontrar aquele advogado do diabo, isso não me agrada.

— Não agrada porque você está a fim dele e não admite. Ele é um cara legal, Ceci. É amigo do Theo e claro eu gosto dele, tem hora que é um babaca, mas posso aguentar. Já aturo você há anos. — Ela me lança um olhar matador. — Só o deixe de lado ou, se achar que deve, deixe por cima. — Faço um comentário de duplo sentido, ela revira os olhos e finge não me ouvir.

— Eu estou com Miguel, Beca. Quando você vai aceitar isso?

— Até parece! Será que não percebe que quando você está perto de Mike a tensão sexual entre vocês é gritante?

— A única coisa que eu sei é que ele é um criação. Agora pare com esse papo e vem ajudar a Ayla na cozinha.

Reviro meus olhos e a sigo. Agradeço aos céus por Ayla saber cozinhar, porque eu sei o básico para não morrer de fome e Ceci menos que isso ainda.

— Está com um cheiro maravilhoso, Aylinha.

— Será que eles vão gostar? Não sei se fiz uma escolha certa fazendo feijão tropeiro.

— Claro que fez! Vamos mostrar para esse povo o que é comida de verdade — Ceci diz com a boca cheia, provavelmente de queijo.

— Não aguento mais comer aspargos e purê, eles precisam saber o que é uma comida decente, Ayla.

Ela se anima com meu comentário e volta a mexer na panela. Começo a cortar os ingredientes para ajudá-la.

— Vou aproveitar e subir para tomar um banho, depois que eu vier e você vai, Beca. — Ceci fala correndo escada acima.

Depois de alguns minutos cortando couve, que foi extremamente difícil de achar aqui, percebo os olhares que Ayla me lança enquanto mexe nas panelas.

— Pode dizer, Ayla. — Levanto uma sobrancelha esperando a bomba.

— Há quanto tempo você está com Theo?

Suspiro, sabendo exatamente aonde ela quer chegar.

— Quase um mês, e não estamos namorando. Isso está mais para amigos com benefícios. Ele é legal, inteligente, realmente adora ler e, porra! É sexy pra caralho vê-lo sentado com aqueles óculos e sem camisa, lendo.

Fecho meus olhos quando percebo que acabei falando demais. Isso, para Ayla, já é motivo para marcar casamento.

— Você está gostando dele e ainda não percebeu.

— Ah, Ayla! Só porque o cara é sexy e transa bem? Está tudo sob controle!

Pelo menos é o que eu espero.

Depois de uma hora as meninas e eu já estamos prontas, assim como a comida. A campainha toca e vou logo abrir a porta. Suspiro e dou um sorriso para uma Ana vestida com um vestidinho rosa e laço da mesma cor na cabeça, ela está no colo de Theo e, caramba, senti até uma coceirinha no útero.

Mas que porra é essa, Rebeca?! Controle-se!

Meu cérebro tenta, mas com essa imagem fica difícil.

— Sejam bem-vindos! — Abro espaço para Theo passar, logo atrás vem Talissa.

— Amei essa saia! — ela me diz e eu sorrio.

Escolhi uma saia imita couro verde-musgo e um cropped branco, ela é perfeita para o que vou fazer mais tarde com o irmão dela.

— Obrigada, você também está linda! Vou apresentá-la às minhas amigas, vem! — Lanço um olhar para Theo que me fita de baixo a cima. — Elas estão lá fora.

Depois de fazer as apresentações de Ana e Talissa para as meninas, puxo Theo para a sala e ele me segue meio sem jeito pelas risadas que elas deram. Quando estamos já perto do sofá ele me vira de frente e passa as mãos na minha cintura, puxando-me para um beijo.

— Trouxe algo para você — ele diz sem jeito, com seu modo tímido, dando-me um sorriso lindo mostrando os caninos afiados que ele possui. *Sexy pra caralho*!

— E exatamente por que estou ganhando um presente? — Cruzo os braços e semicerro os olhos.

— Porque o presente é para nós dois. — Ele pega a ponta de uma mecha do meu cabelo e enrola no seu dedo, encarando-me.

Mordo o canto da boca e o seu olhar segue esse movimento.

— Então, estamos jogando de novo em...

— Não, definitivamente não estamos. Mas é uma coisa que quero que use e se lembre de mim.

— Ei, vocês dois, parem de fazer sexo na sala!

Olho para Ceci e reviro os olhos vendo que ao lado dela está o babaconildo.

— Alguém tem de transar nessa casa, não é, Miguel? — indago com o sarcasmo escorrendo como veneno e Ceci me fuzila com os olhos.

— Estou contente com o que eu tenho, Dra. Fontes — ele responde passando a mão pela cintura de Ceci.

— Quero ver até quando — murmuro e percebo que Theo escutou e me olha sem entender. — Theo, este é Miguel Rivera, o cirurgião do hospital. Atualmente está brincando de namoro adolescente com Ceci.

Theo encara Miguel de cima a baixo que faz o mesmo, depois de quase medirem o tamanho dos paus, algo que definitivamente o príncipe ganharia, ele estende a mão e o cumprimenta.

— Prazer em conhecer você!

— O prazer é meu! Não sabia que a doutora estava namorando — diz o embuste me olhando, claramente me cutucando.

— E não estou, mas isso também não é da sua conta.

— Beca, pelo amor de Deus! Pare de atacá-lo — Ceci pede e se afasta com o idiota.

— O que foi que eu perdi? — Theo pergunta de braços cruzados.

— Ele é um idiota, aproveitador. Preocupo-me com a Ceci, ele não parece ser boa pessoa.

— Não sou ninguém para julgar, mas também não gostei dele.

— Mudando de assunto. — Aproximo-me dele e passo meus braços por seu pescoço. — Quero o presente, agora.

— Theo... — Talissa aparece ao nosso lado com Ana.

Reviro os olhos, será que não se pode mais das uns amassos nessa casa, meu Deus?

— Agora é minha vez de segurar essa bolinha branca. — Pego Ana nos braços e saio andando pela casa enquanto Theo e Talissa conversam com Ayla.

A campainha toca e me aproximo para atender.

— Wow... Quanto tempo eu dormi? Vocês já têm filhos?

— Entre, Mike, antes que eu retire o convite estendido a você.
Ele passa por mim com um sorrisinho amarelo e dá um beijo na Ana.
— Então... Onde está todo mundo?
— Na piscina. Vem comigo.
Antes que possamos dar dois passos, Ceci aparece de mãos dadas com Miguel. Fito Mike que está sério, olhando a cena.
— Quem é o cara? — ele pergunta sem nem desviar o olhar dos dois.
— Miguel, ele topou sair com ela e passar pelos cinco encontros. — Continuo reparando na forma como Mike os olha, ele engole seco.
— Eles já têm quantos encontros?
— Isso eu não sei dizer, mas, se quer saber, prefiro você.
Ele vira para mim e dá um sorrisinho de lado.
— É por isso que eu sempre digo para Theo que você é uma anja.
Como pode ser cara de pau?!
— Vamos lá! Olhar para eles me dá ânsia de vômito.
Passamos sem falar nada com o casal açúcar, Ceci lança um olhar mortal para Mike, que sorri feito uma hiena.
— Começaram a festa sem mim? — Mike diz abrindo os braços, indo de encontro a Theo e as meninas que estão sentados nos sofás da área de descanso da piscina.
— Na verdade, nem sentimos sua falta — Theo fala se levantando e vindo até mim.
Percebo o olhar intenso que ele me lança enquanto seguro Ana. Mike se senta ao lado de Talissa enquanto Ayla se levanta para buscar algo.
— Sua casa é linda, Beca! Estou pensando seriamente em me mudar para uma quando eu estiver segura.
— Você está sempre segura, Talissa. Se quiser podemos ver algo que Ana e você gostem e se sintam à vontade — Theo responde.
— Mike, vai ficar encarando o casal açúcar até quando? — provoco.
— Talvez você precise saber que Mike está com um plano maluco de pegar sua amiga hoje. Mas, pelo jeito, ele vai sair daqui chupando dedo — Talissa diz animadamente, zombando de Mike.
— Bem que eu adoraria, mas desiste! Ela só tem olhos para o babaconildo.
— Matteo não vem? — Theo quem pergunta a Mike.
— Não, ele teve de ficar em casa com Asher. E ainda está com problemas com a louca da Valerie.
— Não sabia que ele era casado — digo, surpresa.
— Mas ele não é. Só vive um relacionamento complicado com a ex-namorada doida — Theo responde e pega Ana do meu colo.
Logo Miguel e Ceci se juntam a nós, na roda, para conversar com todo mundo.
Mike fuzilava Miguel e eu estava me divertindo com as caretas que Ceci fazia quando percebia. Falamos sobre as culturas do Brasil e um pouco dos nossos pais, mas eu não mencionei minha mãe. Graças a Deus, ninguém perguntou sobre ela. Talissa era só sorrisos, conversando com todos e fiquei

feliz de ver o quanto ela se entrosou. Depois do que Theo contou o que ela viveu, fiquei ainda mais feliz de estar ao lado dela para ajudar no que precisasse.

— Onde está Ayla? — Ceci pergunta e nem tenho tempo de responder por que Ayla aparece; logo atrás dela vem Gabe.

— Porra, não pode ser! — Olho para Mike, que fica pálido encarando Gabe, e fico sem saber o porquê dessa reação. Ele olha pra Theo que também o encara. — Theo, vem cá.

Mike puxa Theo e sai andando para o outro lado da piscina.

— Olá, todos! — Gabe cumprimenta e se junta a nós.

Ainda percebo que Mike e Theo conversam, afastados, olhando para nós a todo o momento. Levanto e ando para onde estão.

— O que deu em vocês dois? — pergunto cruzando os braços.

— De onde vocês conhecem Gabe Davis? — Mike pergunta, semicerrando os olhos.

— Ele foi transferido há pouco tempo para o hospital, é cirurgião plástico. Mas por que pergunta? Devo me preocupar?

— Ele é ex-cunhado de Matteo e, pelo que sei, os dois não se dão bem — Mike responde e troca um olhar com Theo; reviro os olhos para os dois.

— Só porque Matteo não gosta dele não significa que ele não seja gente boa — ralho com eles.

— Você também não gosta da Karen... — Theo murmura olhando para o chão e depois levanta a cabeça e me dá um sorrisinho.

— Ui! Essa doeu. — Mike faz drama, colocando a mão no peito.

Fuzilo Theo com os olhos e ele também não desvia seu olhar.

— Você quer mesmo ter essa conversa, agora? — pergunto, furiosa.

— Não, mas só coloquei um ponto! Não é porque você não gosta da Karen que significa que ela não seja gente boa.

O filho da puta está usando minhas palavras contra mim!

— Está legal! Vamos deixar para brigar outro dia, porque o casal açúcar está vindo — Mike sussurra e nós três nos viramos para Ceci e Miguel que já estão próximos.

— Por que da reunião secreta? — Ceci pergunta olhando para nós.

— Só estávamos conversando. Você sabia que Gabe é ex-cunhado de Matteo? — pergunto a ela.

— Nem imaginava. Que mundo pequeno, não?

— Muito pequeno! Aliás, peço licença, eu vou ficar perto de Talissa. — Mike sai às pressas se juntando a Ayla, Gabe e Talissa.

— Posso pegá-la? — Ceci pede a Theo que entrega Ana que está quase dormindo.

— Vem, Theo! Vamos dizer olá para Gabe. — Puxo Theo e trombo por querer em Miguel; *e daí que sou cricri*?

— Não gostei dele — Theo murmura enquanto andamos.

— E daí? Eu não gostei da Karen — retruco.

Quando chegamos perto, Gabe se levanta com Ayla.

— Oi, furacão! — ele me chama pelo apelido que Ayla me colocou e todos no hospital já me tratam assim.
— Oi, Gabe! Você demorou! — Eu o abraço e, quando me solto, encontro o olhar de Theo nas mãos dele em minhas costas. — Gabe, esse é Theo Bittencourt. Theo esse é Gabe Davis, mas você já sabe.
Eles se cumprimentam com um aperto de mãos.
— Então você está trabalhando com as meninas, Gabe? — Mike pergunta sem deixar o tom de descaso de lado.
Ayla olha para mim meio perdida e eu sussurro que depois conversamos.
— Sim, mudei de hospital e acabei conhecendo todas elas, principalmente, Ayla. — Ele sorri para ela que retribui o sorriso.
— E como está sua irmã?
— Mike, pare! Deixe-o em paz! — peço antes que isso fique sério, porque as tretas só são legais quando eu começo.
— O que foi que perdi nessa conversa? — Ayla se manifesta.
Nesse momento, Ceci e Miguel se juntam a nós.
— Mike é amigo do ex-marido da minha irmã. O fato é que Matteo e eu não nos damos bem — Gabe responde e vê Ayla me olhar de lado.
— Está legal, chega disso! Vamos almoçar — chamo todos para a sala de jantar, preparada por Ceci. Nós nos acomodamos à grande mesa redonda. Eu me sentei entre Theo e Talissa e não pude conter o riso quando vi que Ceci estava entre Mike e Miguel.
— Qual é a graça, Beca? — Ayla me pergunta.
— Parece que Ceci está prestes a formar um trisal.
Quando termino de dizer isso a mesa logo se transforma em risos. Ceci, que estava bebendo água, logo se engasga e começa a tossir ficando vermelha. Mike me encara de olhos semicerrados e eu sorrio para ele. Miguel está calado, sério, olhando para Ceci enquanto Theo, Talissa, Ayla e Gabe riem sem parar.
— Você está muito engraçadinha hoje, Dra. Diaba. Parece que meu amigo vem comparecendo como deve.
— Mike, está escorrendo no canto da sua boca. Aqui. — Passo a mão no canto dos lábios, simulando limpar o batom.
— O quê? — ele pergunta passando a mão sobre a própria boca.
— A inveja — digo sorrindo, sarcástica.
— O que deu em você hoje? — Ceci quem diz.
— Vamos ser sinceros, gente! Esse almoço está melhor do que casos de família.
Eles sorriem e Ayla aparece com uma travessa com feijão tropeiro.
— Hoje vocês vão provar uma das melhores comidas que existem no Brasil — ela diz com um sorriso satisfeito depois de colocar a travessa na mesa.
— Não sei o que é, mas tem um cheiro incrível — fala Theo, chegando carão rosto perto da travessa.

— Isso se chama feijão tropeiro. Os ingredientes são: ovos, linguiça calabresa, bacon, torresmo, farinha e couve. — Depois de Ceci listar o que usou, Theo logo ataca a comida colocando em seu prato.

— Não vai se servir, Mike? — pergunto.

— Primeiro vou deixar que Gabe e Miguel comam. Vai que algo não faça bem aos dois... Antes eles do que eu!

— Depois dessa, você não vai comer minha comida — Ayla retruca, divertida.

— Desculpe-me, Ayla, mas como vocês falam... A esperança é a última que morre.

— Cala boca e come, Mike! — Talissa ordena, rindo; ela aproveita que Ana está dormindo no carrinho na sala de estar e está muito mais à vontade.

Theo coloca a primeira colherada na boca e todos ficam olhando para ele.

— Porra, Ayla! Isso está muito bom! — Ele solta um elogio de boca cheia, fazendo Ayla sorrir de orelha a orelha.

Depois disso, os meninos começam a comer, todos rasgando elogios para a comida da minha amiga.

— Se Ceci cozinhar assim, vou precisar aumentar os exercícios físicos — Miguel diz passando a mão no ombro dela.

— Oh, então você não vai precisar fazer mais exercícios, porque Ceci sabe o essencial para não passar fome — Ayla responde fazendo todos rirem.

— Eu cozinho o necessário. Ainda bem que temos Ayla.

— Você não cozinha, Beca? — Talissa me pergunta.

— Deus me livre! Sou como Ceci, sei fazer o que preciso para não passar fome. Ayla é a *chef* de cozinha.

— Estou feito então — Gabe diz sorrindo, olhando para Ayla.

Depois de muitas conversas, terminamos de almoçar e voltamos para a área da piscina.

— Acho que vou entrar nessa piscina. — Mike se levanta e começa a tirar a camisa, logo Theo e Gabe o acompanham pulando na piscina com as crianças.

— Você não vai nadar, Miguel? — pergunto para ver se o chiclete solta de Ceci um pouco.

— Ok, entendi! As mulheres querem ficar sozinhas.

— Seria bom — respondo, sarcástica.

Ele se levanta e segue na direção dos meninos. Olho para Ceci que me encara com uma carranca.

— Será que você pode parar de tratar Mike mal?

— É mais forte que eu — respondo dando de ombros.

— Admirando a vista, Ayla? — Talissa pergunta, fazendo Ayla tirar os olhos de Gabe e focar em nós.

— Só estou pensando no porquê de Gabe não ter me contado que é tio de Asher.

— Esse mundo é muito pequeno.

— Asher é um menino incrível — Talissa diz sorrindo.
— Você o conhece?
Percebo que Ayla fica ainda mais eufórica com a informação.
— Sim, Matteo o levou à livraria uns dias atrás e eu fiquei com ele por um tempo, brincando com Ana. Ele adora ficar perto dela.
— Você criou uma afeição por esse menino, não é, Ayla? — Ceci pergunta.
Depois de um suspiro, Ayla endireita o corpo e nos fita.
— Eu não sei explicar o que é, mas eu me apeguei a ele. É um grande senso de proteção e um sentimento diferente que parece fazer o coração expandir e querer transbordar. Penso nele todos os dias.
— Por que você não pede a Benício para combinarem de se encontrar? — pergunto sentindo o quanto ela está envolvida com aquele menino.
— Matteo é um cara legal, tenho certeza de que ele não vai se importar de você ver Asher mais vezes — Talissa comenta.
Somos interrompidas pelos gritos entre Mike e Miguel. Nós nos levantamos às pressas e corremos na direção deles.
— O que está acontecendo? — Ceci chega perto, colocando a mão no peito do Miguel, Mike segue o gesto com um olhar assassino sem dizer nada.
— A princesinha veio defender o almofadinha? — ele pergunta com tom sarcástico.
— Mike, fica quieto — Theo murmura.
Ayla puxa Gabe para mais perto dela e de Talissa.
— Eu não preciso que ela me defenda. Fica longe dela, ouviu? — Miguel aponta o dedo na cara do Mike e logo depois a confusão recomeça.
Mike dá um soco no rosto dele, fazendo Cecília soltar um grito de susto, e eles trocam socos até Theo e Gabe separá-los.
— Parem com isso, pelo amor de Deus! — grito, fazendo todos olharem para mim. — Ceci leva o babaconildo daqui, vá tentar dar um jeito no estrago que Mike fez. — Ela assente pegando Miguel pelo braço. Ele me fuzila com o olhar fazendo Theo rosnar. — Deixa, Theo, cara feia para mim é fome — digo mostrando a língua para o idiota.
Ayla busca um kit de primeiros socorros para ajudar Mike que tem um corte no canto da boca.
— O que deu em você? — Theo pergunta a ele.
— Esse cara não me agrada — ele suspira e se levanta. — Para mim, já deu. Vou embora!
— Você pode me deixar em casa? Quero dar banho na Ana e descansar também. Assim Theo pode ficar com Beca mais tempo.
— Não precisa, Talissa. Aqui vocês podem ficar à vontade. — Tento convencê-la a ficar mais um pouco.
— Não, prefiro ir. E vocês dois precisam ficar sozinhos. Pensam que eu não percebi os olhares trocados, não é?
— Droga — Theo murmura ficando vermelho.

— Vamos, Talissa, eu a deixo em casa.

Mike se despede de nós, mas, antes de eles saírem, Ayla volta com o kit e cuida do ferimento em sua boca com ele resmungando que não precisava. Minha amiga não o deixa sair até finalizar, depois de terminarem ele se vai com Talissa.

Logo Ayla e Gabe somem pela casa, deixando-me sozinha com Theo que abre um sorriso já sabendo o que eu tenho em mente.

CAPÍTULO 21

Rebeca

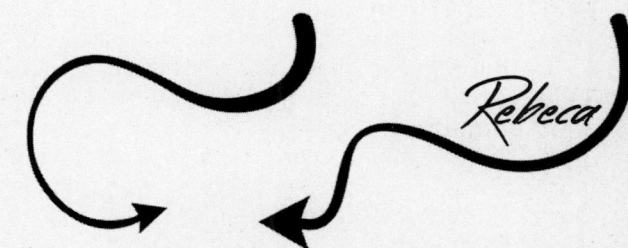

Theo me encara por um tempo e me sinto desconfortável com a sensação de paz que seu olhar me transmite. Por mais que eu não queira admitir, ele está mexendo comigo, mas eu ainda não me sinto pronta para terminar o que temos, não ainda.

— Por que está me olhando assim? — Ele sorri de lado e passa as mãos na minha cintura me puxando para mais perto.

Como já é noite, o vento frio sopra e me arrepio com o calor do seu corpo quente.

— Eu vou entregar seu presente agora.

— Até que enfim! Já estava pensando que esse presente viria só no meu aniversário. — Termino de dizer e me arrependo no mesmo instante.

Eu não queria falar do meu aniversário. É um dia triste, que me traz lembranças lindas, porém dolorosas.

— Garanto que para seu aniversário farei algo mais especial.

Theo distribui beijos pelo meu pescoço, depois me deixa sentada no sofá ainda na área da piscina. Ele anda em direção à sala, onde deixou uma sacola quando chegou. Coloco mais vinho na taça e bebo de uma vez. Todo meu corpo já reconhece os toques de Theo, ele consegue me deixar em chamas em poucos segundos e eu adoro isso.

— Pronto!

Saio dos meus pensamentos para encarar um Theo com um sorriso aberto à minha frente, segurando uma caixa preta com um grande laço vermelho em cima. Arqueio minha sobrancelha para o embrulho.

— O que é isso? — Eu o pego ainda sentada e logo Theo se senta ao meu lado.

— Só abre. Se eu falar, deixa de ser surpresa.

Abro a caixa e me surpreendo. Esse é de longe o presente mais sexy que já ganhei. Olho para Theo e seus olhos estão nublados de desejo, ele agora não tem um sorriso, porque tenho certeza de que na sua mente ele está me imaginando vestida nessa lingerie.

— Ele é perfeito!

Passo a mão pelo *body* vermelho completamente sexy, rendado, de alças finas que terminam nos seios formando um decote em V, uma fita passa pela barriga que ficará completamente exposta e na parte debaixo a calcinha fio–dental, linda e bem atrativa.

— Quando vi no manequim eu só consegui imaginar você dentro dela. Com certeza, vermelho é a sua cor.

Ele sorri meio sem graça e, porra, é a coisa mais linda! Passo a língua pelos meus lábios e ele acompanha com o olhar nublado de desejo.

Aproximo-me dele e me sento em seu colo com as pernas uma de cada lado. Minha saia sobe com o movimento e, como imã, suas mãos vão para meu bumbum já exposto. Eu lhe dou um sorriso e ataco sua boca. O beijo não é lento, sim, rápido, regado a passadas de mãos pelos nossos corpos, porque nesse momento nossas necessidades são evidentes e envolvem a nós dois pelados.

— Aqui, não... — Ele para o beijo, ofegante, rebolo no seu corpo e ele solta um grunhido.

— Aqui, sim...

Volto a beijá-lo e rebolo ainda mais, suas palmas na minha cintura me apertam com força, desço uma das mãos e passo por dentro da sua camisa sentindo seu corpo arrepiar com meu toque. Arranho seu peito de leve, fazendo-o gemer. Ele para nosso beijo de novo e me olha nos olhos e nesse momento percebo que eu estou ferrada.

Eu não posso ficar mais sem ele. Eu não posso e não quero, mas jamais vou admitir isso em voz alta. Levanto desajeitada e, sem querer bato, na garrafa que estava no braço do sofá, derramando vinho na roupa dele.

— Ai... – Ele geme um pouco. — Isso está gelado!

— Desculpe-me! — Aproximo-me dele tirando sua camisa. — Perdoe-me mesmo! Eu vou colocar na máquina e, antes de você ir embora, vão estar limpas.

— Rebeca... Calma, fica tranquila.

Tranquila é algo que não fico há muito tempo.

Eu não me reconheço, essa necessidade de estar com ele me deixa louca. Olho para os lados e peço para ele tirar suas roupas ficando de cueca. Theo assente e tira. Eu pego as peças e vou rumo à lavanderia ainda sem encará-lo.

Eu não sou mais dona do meu corpo, ele é.

Entro na área de serviço e avisto a máquina. Coloco sua roupa dentro e suspiro pesado. Theo me vira do avesso, naquela cara de bom moço no fundo só existe pura malícia.

Estou perdida nos meus pensamentos e logo sinto mãos me abraçando por trás. Theo cola seu corpo no meu e faz uma trilha de beijos no meu pescoço, arrepiando-me.

— Você estava demorando. Vim saber o que houve!

— Eu só estava aqui esperando meu fogo apagar sozinho já que você não quer ajudar. — Viro de frente olhando nos olhos dele, que tem um sorriso de lado.

— Beca, quem disse que não quero apagar esse seu fogo? Você não imagina o quanto eu quero, mas antes preciso aumentá-lo ainda mais.

Theo me encara com os olhos nublados de desejo e eu me sinto em chamas com esse olhar.

— Você ainda não entendeu, não é? — pergunta e eu franzo o cenho, sem entender. — Eu estou estragando você, Beca. Estragando para qualquer outro homem, estou mostrando a você que comigo não precisa de mais nada. Eu posso ser um apaixonado por livros, ser taxado como nerd por isso, mas eu sou um homem com vontades e tesão. Tesão esse que só aumenta por você, mas eu quero mais do que sexo. Você é minha, Rebeca.

Ele desce uma das mãos que estava na minha cintura até a entrada da minha calcinha. Logo enfia seus dedos em minha boceta e solto um gemido baixo, jogando a cabeça para trás.

— Você está tão molhada! — Ele diz roucamente ao meu ouvido. — Eu vou deixar você em chamas, Rebeca.

Solto um grito de susto quando ele me pega e me coloca sentada em cima da máquina de lavar. Theo se abaixa, para arrancar minha saia e calcinha, deixando-me completamente exposta para ele. Eu realmente me sinto em chamas. Ele me dá um olhar de luxúria antes de cair de boca em mim, chupando-me fortemente e eu apenas me concentro nas sensações que sinto.

Quando chega ao meu clitóris, e ali começa a passar a língua devagar fazendo uma quase tortura, meus gemidos vão aumentando enquanto ele abre mais ainda minhas pernas. Eu logo as seguro para facilitar.

Theo me chupa forte e sinto sua língua entrando em meu buraco, levo uma de minhas mãos ao seu cabelo puxando forte.

— Ah... Theo... — Ele tira a língua e volta a chupar meu clitóris e em poucos segundos eu explodo em um orgasmo forte e alucinante.

Ele continua com a boca na minha intimidade, sugando cada gota do meu líquido e é a cena mais excitante que já vi. O olhar faminto de Theo em mim me deixa ainda mais mole. Ele se levanta e me beija; mais um dos beijos selvagens.

— Eu preciso ter seu pau dentro de mim, Theo... — digo num resmungo.

— E você terá!

Theo

A cada gemido que Rebeca solta meu pau parece crescer ainda mais. O modo como ela se entrega quando fazemos sexo é maravilhoso. Beca não nega fogo e posso afirmar que isso é uma coisa que nunca falta a ela.

Tiro minha cueca, ficando pelado na lavanderia. Ela logo tira seu cropped, ficando nua. Suas bochechas estão vermelhas e seus lábios inchados pelos beijos e orgasmos que ela acabou de ter. é a visão mais sexy e excitante. Eu a ajudo a descer e a coloco com as mãos apoiadas na máquina de lavar, de costas para mim. Quando olho para baixo, encontro sua bunda empinada e meu pau pulsa com o reconhecimento. Desfiro um tapa ali, fazendo Rebeca arfar e soltar um suspiro logo em seguida.

Estico minhas mãos para pegar minha carteira em cima da secadora ao lado e tiro às presas um preservativo. Beca solta um riso baixo pela rapidez com que coloco a camisinha.

Passo a mão em sua intimidade e mordo o lábio.

— Já molhada para mim, Beca... — Não dou tempo de ela responder, penetro-a sem aviso, fazendo com que solte um gemido que, com certeza, Ayla e Ceci devem ter ouvido.

— Porra... — Suspira pesado e, ofegante, diz: — Você é tão grande!

Coloco as mãos em sua cintura e começo a me mover devagar, dou uma mordida na ponta da sua orelha e suspiro; estar dentro dela é o paraíso.

— Preciso ir rápido, amor.

Ela assente e eu acelero os movimentos de vai e vem, forte e duro, como eu sei que ela gosta. No momento, acabei de descobrir que também gosto. Tudo que se escuta é o barulho dos nossos corpos se chocando e dos gemidos que ela solta sem pudor algum.

— Ahhhh... Porra! Você será meu fim! — ela declara, ofegante, e eu não paro para dar um tapa na sua bunda. — Theo... Mais forte... Ahhhh...

Como se fosse possível, acelero os movimentos, obrigando-a a se segurar na máquina ainda mais e seus gemidos fazem o sangue da minha cabeça descer para meu pau.

Grudo suas costas no meu peito e coloco uma das mãos no seu seio, fazendo-a soltar um palavrão. Belisco seu mamilo já sensível e é o seu fim, sinto quando ela aperta meu pau e sei que irá gozar.

— Goze, amor! Vem para mim... — Seguro seu cabelo com força e ela logo estremece, suas pernas ficam bambas e depois de mais duas estocadas eu urro também me libertando.

— Isso fica cada vez melhor! — Ainda respirando forte ela diz.

Saio dela e tiro a camisinha. Beca aponta para uma lixeira, depois de amarrar eu a descarto. Viro para ela e meu peito se aquece, o coração dispara. com a visão dela, nua da cabeça aos pés, os cabelos selvagens e um sorriso lindo no rosto.

Acabo de perceber que eu já amo Rebeca.

— Vamos subir, precisamos de um banho.

Ela pega duas toalhas e estende uma para mim. Depois de nos cobrirmos, atravessamos a sala em direção ao seu quarto e faço uma oração para não topar com nenhuma das meninas pelo caminho.

Quando entramos no seu quarto, fecho a porta e me viro para já encontrá-la nua, olhando profundamente para mim, suspiro pesado.

Como ser forte diante dela?

— Banho, Rebeca! Não me olhe assim.
— Banho de banheira então.
Assinto e a sigo para o banheiro. Beca coloca a banheira para encher, eu a vejo jogar alguns sais de banho e reconheço seu cheiro do dia a dia, flores do campo...
— Quando é seu aniversário? — Percebo que ela para de jogar os sais na água e fica tensa.
— Dia 11 do mês que vem. — Engole seco e abaixa a cabeça, eu saio da porta e vou até ela.
— Eu disse algo?
— Não... Só não gosto de comemorar meu aniversário.
Olho dentro dos seus olhos e vejo que esse assunto a machuca.
— Vem, vamos entrar.
Entro e estendo a mão para que ela entre também, sentamos em lados opostos e logo eu pego seus pés e começo a massageá-los. Beca solta um suspiro como uma gata manhosa e sorrio por esse pensamento.
Após alguns minutos de silêncio e muita massagem, eu sinto que ela está menos tensa e aprecio a vista que estou tendo.
Com a cabeça encostada na borda da banheira e de olhos fechados, ela está completamente relaxada e à vontade com minha presença. E são momentos assim que me fazem acreditar que estamos no caminho certo no nosso relacionamento.
Como se sentisse meu olhar, ela levanta a cabeça e me encara com os olhos brilhando. Só consigo pensar no quanto eu estou me apaixonando por ela e correndo o risco de ser enxotado a qualquer momento, mas é um risco que estou disposto a correr.
— Por que Mike e Miguel brigaram? — ela pergunta com as sobrancelhas arqueadas.
— Miguel comentou que Cecília já é jogo ganho. — Percebo que fica vermelha e continuo: — Segundo ele, logo a terá. Abre aspas... — Faço o gesto com as mãos para dar ênfase no que vou dizer a seguir. — "Logo estarei entre suas pernas."
O olhar de Beca é fatal nesse momento e me deixaria excitado, se eu não estivesse preocupado com ela indo fazer alguma besteira.
— Mike ficou puto pelas palavras de Miguel e disse que, no final, seria ele quem ficaria com a princesinha. O resto você viu.
— Preciso contar algo sobre Ceci — diz, séria, e suspira antes de continuar: — Cecília ainda é virgem.
Arregalo os olhos e busco algum sinal de riso no seu rosto, porque isso só pode ser brincadeira.
— Você está brincando, não está? — pergunto rindo e, quando percebo que ela ainda está séria, sei que é verdade. — Mas... Como...?
— Simples, ela ainda é virgem. — Dá de ombros e agora tudo faz sentido, a história dos cinco encontros e as provocações de Beca contra ela.
— Porra... Está aí uma coisa que não se vê todos os dias.
Ela sorri, divertida.

— Eu a perturbo sempre que posso. Isso foi uma escolha dela, não posso fazer nada, mas me preocupo, sabe? E Miguel não me inspira confiança. — Beca me fita, novamente séria. — Ela e Ayla sempre esperam o melhor das pessoas e eu sou a que sempre está com um pé atrás, esperando o pior.

— E por que você sempre espera o pior? — Ainda estamos um de frente para o outro na banheira e me sinto confortável para começar a ter conversas mais sérias com ela.

— Porque é isso que as pessoas fazem, Theo. Elas chegam, conquistam sua confiança e depois provam que você estava errado ao confiar.

— Quem a ouve falando assim até pensa que você já foi quebrada.

— Não precisa ter sido magoada para saber quão filha da puta uma pessoa pode ser — ela responde, firme. — Agora, eu tive uma ideia.

— E que tipo de ideia você teve?

Beca sorri, maquiavélica.

— Eu acredito que Mike e Ceci combinam e eu sempre considerei Miguel um imbecil. — Seu sorriso de lado lhe dá um ar de sapeca e isso me deixa ainda mais louco por ela. — Preciso que você me ajude a juntá-los.

— Você está doida? — pergunto, incrédulo. — Estamos falando de Mike e Cecília. Eles se odeiam. Não podem nem ficar um minuto ao lado um do outro que começam a se atacar.

— Que nada príncipe! Isso é tesão reprimido. Eles se atraem, só não sabem disso ainda e eu vou dar um empurrãozinho.

Reviro os olhos porque isso não vai dar certo, mas já notei que quando ela coloca uma coisa na cabeça não há nada que tire.

— Vem, vamos sair! Antes que fiquemos como dois velhinhos enrugados.

Ela solta uma gargalhada gostosa.

Quando voltamos para o quarto, Beca vai em direção ao seu *closet* e volta usando um conjunto de short e blusa preto de cetim, sexy para caralho.

— Eu não quero trombar com as meninas, então você pode, por favor, pegar minhas roupas?

— Eu adoraria a cena de você trombando com elas. Provavelmente Ceci tiraria sarro da sua cara e Ayla ficaria tão constrangida que evitaria você pelos próximos anos. — Sorrio com seu comentário. — Já volto!

Beca sai me deixando sozinho. Observo seu quarto e como tudo é tão a cara dela.

— Voltei...

Pego minhas roupas e visto na sua frente, ela não desvia nem por um momento o olhar do meu corpo.

— Hora de ir...

Ela assente e descemos as escadas de mãos dadas. Sinto-me como um adolescente indo embora da casa dos pais da namorada escondido, no meio da noite.

Quando chegamos à porta ela me fita e eu a encaro, o silêncio é confortável, porque eu vejo nos seus olhos o quanto está se entregando a mim a cada dia que passa.

— Que dia... — ela diz com um sorriso de malícia.
— Mal vejo a hora de vir você naquela lingerie.
— Quem é você e o que fez com meu príncipe? — pergunta rindo e creio que nem percebe que me chamou de seu. Sorrio internamente com essa percepção.
— Acredito que é convívio com certa diaba...
— Não se esqueça! Amanhã, assim que eu sair do hospital eu vou para a livraria e ligo para Ceci, e você para o Mike.

Beca ainda insiste nesse plano maluco e mesmo considerando que isso não vai dar certo, concordo porque eu simplesmente não consigo dizer não para ela.

CAPÍTULO 22

Cecília - Princesa

Falta pouco para acabar meu plantão aqui no hospital. Estou doida para ir para casa, deitar na minha cama e dormir já que à noite marquei de sair com Miguel.

Já estamos juntos há algum tempo e acredito que agora chegou o momento de dar o próximo passo no nosso relacionamento.

Sou interrompida dos meus devaneios quando sou chamada. Sigo até o andar da emergência.

— Olivia, alguém bipou para mim? — pergunto a uma das enfermeiras do setor.

— Sim, Dra. Cunha, precisamos de um parecer da psicologia para uma paciente que tentou suicídio.

— Quem é a paciente? Qual leito? — pergunto olhando o prontuário.

— Ela se chama Josephine e está no leito 15.

— Ok! Obrigada, Olivia! Já vou até lá.

Em seu prontuário consta que ela tem apenas quinze anos, o que me choca mais ainda por ter tentado um suicídio. Ainda, segundo o prontuário, ela tentou cortar os pulsos depois que o namorado terminou o namoro.

Sigo para o quarto onde a paciente se encontra para conversar com ela.

— Josephine? Sou a Dra. Cunha. Como você está?

Após sair da consulta com Jô, assim que ela gosta de ser chamada, caminho para o vestiário para trocar de roupa para ir embora.

A Psicologia sempre foi meu sonho de criança, sempre gostei de ouvir e de aconselhar as pessoas ao meu redor, mas ser psicóloga em um hospital do porte do *Dignity Health - California Hospital Medical Center* é uma loucura. Todos os dias eu converso com pacientes que estão lutando pela vida, com familiares que estão emocionalmente instáveis e médicos que se veem um pouco sem direção quando perdem seus pacientes.

— Olá, moça bonita! — Olho para trás e vejo Miguel vindo em minha direção. Ele me dá um beijo casto nos lábios. — Tudo certo para mais tarde, meu amor?

— Está, sim, nós nos vemos a... — Nem terminei minha frase e meu celular começa a tocar; é Beca me ligando. *O que essa doida quer, meu Deus?* — Preciso atender. Eu ligo para você, está bem?

— Está bem, boneca. Até mais tarde! Estou louco para ter um momento sozinho com você, aqui nesse hospital parece impossível ver minha namorada.

Miguel mais uma vez me beija castamente nos lábios e vai embora. Fico admirando meu lindo neurocirurgião indo e meu celular volta a tocar.

— Oi, Beca! — digo atendendo ao telefone.
— *Cecília!* — Beca berra do outro lado. — *O que você fará à noite? Foda-se, não quero saber! Pode desmarcar. Nós sairemos! Aylinha, você e eu. Precisamos de uma noite de meninas.*
— Eu tinha um encontro com Miguel — aviso.
— *Ah, não! Pode desmarcar com o babaconildo, ops... Com Miguel.*

Beca e sua implicância com Miguel, não sei de onde surgiu tanto ranço da parte dela.

— Está bem, eu desmarco. — Dou-me por convencida. Sei que Beca não pararia de me importunar se dissesse não para ela. — *Nós vamos onde? Por favor, não me diga que para uma boate.*

Hoje eu realmente não quero agitação. Se for para trocar a noite com meu namorado, que seja por algo leve e tranquilo.

— *Não, princesinha, nós iremos ao shopping. Eu preciso comprar lingerie.*
Eita porra! Theo vai se dar bem.
— Ok, furacão! Também preciso de umas lingeries, as minhas estão bastante velhas.
— *Hummm... Pretendendo dar, não é, safada?* — debocha.
— Ai, Beca, só você mesmo! — digo, rindo da minha amiga. — *Onde a encontro? Em casa?*
— Não, amiga, estou indo à livraria, falar com Theo. Pode me encontrar lá?
— *Vai ver seu "quatro olhos" gostoso, não vai?*

Beca realmente está se entregando a esse relacionamento com Theo.

— *Quero muito mais do que ver.* — Ela ri. — *Quero fazer outro teste na mesa dele.*

Cara de pau! Só a Furacão mesmo.

— Ok! Ok! Não preciso dos detalhes — falo fingindo ânsia de vômito. — Eu só vou até em casa e a encontro daqui a pouco na livraria, ok?
— *Tudo bem, princesa! Beijos, amo você!*
— Também amo você, Beca!

Encerro a ligação e termino meu caminho até o vestiário.

Já em casa, tomo um banho rápido e coloco um vestido soltinho, florido. Chamo carro pelo aplicativo, o motorista está a três minutos de casa. Pego minha bolsa e retoco o batom, mas antes de sair resolvo mandar uma mensagem para Miguel avisando que mais tarde não poderemos sair.

Ceci: *Oi, tenho de desmarcar hoje. Rebeca intimou Ayla e eu para irmos ao shopping com ela. Podemos nos ver outro dia? Beijos.*

Nem espero resposta, pois sei que ele quase não mexe no celular quando está no hospital.
Espero o Uber já à porta de casa.
— Boa tarde! — cumprimenta o motorista.
— Boa tarde! — respondo educadamente.
O caminho até a *Traveling* é rápido, só noto que chegamos quando o motorista para em frente à livraria. Despeço-me depois de pagá-lo.
O bom de Beca ter marcado de nos encontrarmos aqui é que aproveito e compro uns livros que estou querendo. Não me canso de vir aqui. Na verdade, não me canso de ir à livraria nenhuma, sinto-me em paz no meio dos livros.
Assim que entro na *Traveling* não vejo nem Beca nem Theo em lugar algum, eles devem estar em outro canto ou fazendo outras coisas. Começo a rir só de pensar no que a maluca da minha amiga pode estar fazendo agora.
Aproveitando que não estão aqui e vou escolher uns livros. Cumprimento Tina, e sigo para a parte dos romances.
"*Orgulho e Preconceito.*" Eu amo esse livro! Mr. Darcy é um dos meus *crushes* literários e Elizabeth Bennet é atemporal. Ela é tudo que eu quero ser como mulher.
Eu costumo dizer que sou eclética quanto aos meus livros, que curto de tudo um pouco, mas meu gênero favorito ainda é o erótico.
O quê? Eu sou virgem, não Santa.
— Aí... — digo quando esbarro em alguém. Estava tão distraída que não vi que tinha uma pessoa perto de mim. — Perdoe-me, eu... Ah, não! Você, de novo?! — pergunto quando o vejo.
Não acredito que esse advogadozinho mequetrefe está aqui.
— Olá, para você também, doutora! Se é que posso chamá-la assim. Acredito que Psicologia nem pode ser tida como medicina.
Imbecil! Filho de uma boa mãe! Infeliz!
— Melhor do que ser um advogado porta de cadeia, você não acha, não? — desdenho. — Aliás, desconhecia que você sabia ler.
— Para minha raiva ele começa rir.
— Sei fazer muito mais do que somente ler. Vim aqui atrás do meu livro favorito, se você quer saber.
— Hum, e qual é seu livro favorito? — pergunto.
— O Kama Sutra.

Ele começa a gargalhar como se a sua piada fosse engraçada e eu reviro os olhos.

— Você não é muito convencido, não? Sabe o que dizem, não sabe? Quem muito fala, pouco faz.

— Eu já fiz um convite para vir conhecer meus dotes sexuais, mas a doutora tende a ser medrosa. — Sinto sua ironia quando fala "doutora". — Já disse que se você quiser, posso levá-la para algum motel e fodê-la.

— Ah, desculpe-me por decepcionar, mas não dou para qualquer um. Sou bem seletiva — minto, ele não precisa saber que sou virgem. — Aliás, você progrediu. Na última vez você me chamou para um banheiro, agora já estamos no motel.

— Pois é, eu gosto de progredir. E, se você fosse tão seletiva, já tinha me levado para sua cama. Eu a foderia tão gostoso que você, Dra. Cunha, andaria por aí menos amargurada — ele diz bem próximo do meu ouvido para que somente eu possa ouvir suas insinuações.

Que ódio desse filho da puta!

— Quem disse que ando amargurada, seu ogro? — Afasto-me dele. — Eu não gosto de você, simples assim. Você é arrogante, sem noção e se considera a última bolacha do pacote.

— A última, não, a última sempre vem quebrada. Eu sou a primeira que é sempre perfeita.

Reviro os olhos. *Desgraçado!*

— Aliás, estive pensando em você esses dias. Agora, vendo você com esse exemplar de *Orgulho e Preconceito*, cheguei à minha conclusão — ele fala com aquele sorrisinho arrogante no rosto.

— Ah, é? Qual conclusão? — pergunto com indiferença; ou tentando parecer indiferente, ainda não sei.

— Você é virgem ou frustrada sexualmente.

Que filho de uma mãe!

— Sinto muito, mas você errou. Nem um nem outro — minto descaradamente — Eu tenho um namorado, ele é lindo, gostoso, neurocirurgião e fode muito bem.

— Pelo que eu sei, vocês ainda estão naquela de cinco encontros. Então, é impossível você saber se ele fode bem, não é?

Maldita hora que Rebeca foi contar para Theo da minha regra.

— Por isso que estou me candidatando para dar a você uma boa noite de prazer — debocha.

Que idiota!

— Não sei se você sabe, mas minha vida sexual não é da sua conta. — Tenho de sair de perto desse homem, não me reconheço perto do Mike, ele me irrita em um nível... — Bem, foi um desprazer ver você, mas já tenho de ir.

Eu me viro pronta para ir embora, mas, para onde? Tenho de esperar Beca. Eu vou matar minha melhor amiga!

— Eu sei que você está esperando sua amiga, eu estou esperando Theo. Acredito que eles vão demorar um pouco — diz vindo logo atrás.

— Então, por favor, espera longe de mim! — grito e escuto um "Shhhh" de Tina para mim, murmuro um "perdoe-me" de volta.

— Não, eu estou muito bem aqui — diz ele, ainda me seguindo, então zomba: — Sabe? É ótimo ficar perto de você.

Infeliz...

— Sabe? Você é um idiota, pau no cu, que ninguém suporta. Então, por que não morre para dar uma desocupada no espaço? — pergunto em português, já que o idiota não faz ideia do que eu falei.

— O pau no cu seria meu pau no seu cu? — pergunta ele, na cara dura.

Oi?! Mike me entendeu?!

— Você fala português? — pergunto literalmente berrando.

E escuto outro "Shhhh" da Tina.

— Sim, princesinha. Português, alemão, italiano e francês.

Ah, tá, obrigada! E eu aqui, só no inglês mesmo.

— Tanto faz! — Eu me faço de indiferente. — Se me der licença, vou esperar por minha amiga lá fora.

Quando estou prestes a sair, Mike me puxa de volta para si e me prende em uma parede com seu corpo grande e forte. Sinto seu cheiro muito, muito próximo de mim.

— Tem como me soltar, filho de Lúcifer?

Ele ri.

Puta que pariu esse homem rindo é uma perdição! *Foco, Cecília, foco!*

— Filho de Lúcifer? Gostei desse apelido.

— Está bem! Agora, tem como me soltar? — Tento me desvencilhar, mas ele chega mais perto, quase colando sua boca na minha.

— Sabe, princesinha? Eu quero beijar você — diz chegando mais perto.

O cheiro dele é a coisa mais gostosa que eu já senti.

Ele não faria isso. Ou faria?

— Eu o morderia. — Tento virar o rosto, mas ele está tão perto.

Ai meu Deus!

— Duvido. Você também quer que eu a beije. Sua respiração está ofegante, suas pupilas estão dilatadas. Você me quer, Cecília. Seu corpo está respondendo ao meu toque e isso é delicioso. — Sua voz sai rouca e baixa.

Sem que eu espere, ele se abaixa e me beija segurando meu corpo contra o seu, movimentando os lábios para fazer o beijo acontecer.

Sou pega no susto e, como um passe de mágica, ele faz todos os meus neurônios pararem, uma vez que eu estou estática sentindo a maciez dos seus lábios nos meus.

Abro minha boca e ele penetra nela com a língua, tudo parece explodir de uma maneira visceral. Como se fizesse sentido nós estarmos aqui, assim. Como se ele ter me beijado fosse, enfim, o que meu corpo sempre necessitou.

Tudo dentro de mim revira e eu abro mais minha boca, dando a Mike liberdade para aprofundar esse beijo. E ele faz. Segura minha nuca possessivamente, mas ao mesmo tempo suave, e abocanha meus lábios com fome, gemendo enquanto me deixa mole em seus braços. Sinto que esse beijo é errado, mas ao mesmo tempo tão certo.

Cecília, sua doida, isso não pode acontecer. Minha mente me alerta, mas não consigo resistir, eu não sou imune a esse deus tatuado.

Quando o beijo termina, eu percebo o que eu fiz.

Esse filho de uma puta me beijou. Ele realmente me beijou. Não acredito!

E esse olhar de triunfo que ele me dá está me irritando.

Eu vou matar esse filho da mãe.

— Por que diabos você me beijou, seu satã? — grito e acredito que agora toda essa livraria pode me ouvir. — Nunca mais me beije, seu nojento! Filho de Lúcifer! Seu ogro, seu... Seu...

A raiva é tanta que nem sei o que falar, começo a jogar em cima dele todos os livros que estão perto de mim.

— Pare, sua maluca! — Mike ordena se desvencilhando, mas eu não obedeço e jogo mais e mais livros nesse infeliz.

Theo que me perdoe por estar estragando seus preciosos livros.

Capítulo 23

Quando Rebeca me contou o plano de fazer Mike e Cecília ficarem a sós, eu sabia que era uma péssima ideia.

Cecília, além de ser virgem — coisa que me custa a acreditar até hoje —, odeia meu amigo. E ele, por sua vez, sempre consegue se superar nas suas babaquices.

Agora estou aqui no meu escritório tentando ler, sentado no sofá, enquanto Beca está sentada à minha mesa mandando alguns emails. Não consigo parar de fitá-la, concentrada no computador. Descobri que ela tem uma mania: enquanto pensa morde os lábios, e a forma como franze o cenho sempre que lê algo que provavelmente não entendeu bem é linda.

Analiso mais uma vez cada traço e memorizo. Aposto que estou com um sorriso bobo no rosto, mas quem liga?

— Posso sentir seu olhar, príncipe. — Ela tira os olhos no computador e me olha com um sorriso zombeteiro.

— Não posso me conter.

Ela se levanta e vem andando em minha direção.

Ainda bem que hoje seu humor está bom, porque, quando ela chegou e viu Karen, meu sangue gelou. Pensei que de Karen não passaria pelo olhar matador que Beca direcionou a ela, mas, assim que me viu, minha diaba mostrou um sorriso e saiu me arrastando para dentro do escritório.

Ela se senta ao meu lado pegando o livro que tenho nas mãos.

— O que está lendo?

— Nada que não possa ler depois. — Puxei-a para meu colo e ela passa os braços pelo meu pescoço. — Estava pensando em passarmos um final de semana na minha casa do lago.

Ela franze o cenho me encarando com aqueles lindos olhos verdes.

— Seria perfeito, mas preciso me organizar para poder tirar uns dias de folga.

— Sem pressa, podíamos ficar três ou quatro dias. Quem sabe? — Ela assente e boceja. Eu sorrio pela carinha de manha que ela faz. — Não dormiu bem? — pergunto fazendo um cafuné no seu cabelo, fazendo com que relaxe o corpo no meu colo.

— Acordei muito cedo e a parte da manhã foi bem intensa no hospital.

— Você tem de voltar? — questiono e ela se aconchega mais ainda com minhas carícias.

— Não. Hoje não tenho mais nada agendado, mas preciso ir ao shopping de qualquer forma.

— Posso ir com você quando esse seu plano maluco chegar ao fim.

Ela solta uma gargalhada me fazendo rir também.

— Vai dar certo, você vai ver.

— Vem, deita aqui. — Sento na ponta do sofá e ela se deita com a cabeça na minha perna, aconchegando-se. Percebo o quanto ela está cansada.

Volto a ler e ela logo dorme profundamente.

Depois de alguns minutos de silêncio, escuto um barulho no lado de fora da minha sala. Beca desperta meio grogue e, quando escutamos o barulho de novo, levantamos rapidamente.

Com certeza o plano deu errado e Cecília está nesse momento matando Mike enforcado.

Devagar e sem fazer barulho, abro a porta e meu queixo cai com o que vejo. Rebeca passa por debaixo do meu braço para ver o que está acontecendo, então sorri do seu jeito diabólico.

Cecília e Mike estão se beijando, ele a prensa à parede e ela está longe de não estar gostando do beijo. Porém, o silêncio dura pouco. Logo eles param de se beijar e ela começa a gritar, histérica, e a jogar livros nele. Meu coração quase para vendo meus exemplares sendo jogados no imbecil do Mike.

Rebeca sai correndo para perto da amiga e eu vou logo atrás.

— Chega Ceci, para! — Beca tira um livro da mão dela que estava pronto para ser arremessado.

— Esse filhote de Lúcifer... Ele... Ele... — Ela está tão ofegante que nem consegue terminar de falar.

— Vai me dizer que não gostou? — Mike, que parece não ter amor a vida diz, passa a mão nos lábios com um sorriso de lado.

— Cala a boca, seu imbecil! — ela grita e agora temos uma plateia, porque muitos curiosos aparecem para olhar o motivo dos gritos. Karen e Tina se aproximam.

— Ceci, chega! Tenta se controlar — Beca pede e a amiga a escuta, graças a Deus!

Mike e Ceci trocam um olhar mortal. Ela vai andando em direção à saída e Beca corre atrás dela.

— Vem comigo.

Puxo Mike para o escritório e vejo Tina e Karen dispersando os curiosos que estavam assistindo toda a cena. Fecho a porta e me sento ao lado dele no sofá.

— Eu beijei aquela louca — murmura e olho para ele de lado, Mike está com o olhar distante.

— Cara, eu vou falar uma coisa e você não vai acreditar.

Ele me olha e suspira.

— Vai, manda! Nada do que você disser pode me fazer não acreditar.

— Não tem um jeito simples de falar, então lá vai... Cecília ainda é virgem.

Mike se levanta me olhando, incrédulo, e arregala os olhos.

— Você está de brincadeira, não está? — Encaro-o com seriedade e ele solta um suspiro, depois começa a gargalhar. — Porra, ela é mesmo virgem! Como uma pessoa ainda é virgem hoje em dia depois dos dezoito anos?

— Uma mulher que está esperando o cara certo, Mike.

— Theo, ela é *virgem*! — Dá ênfase no final me divertindo com sua cara de incredulidade.

— Sim, ela é. Por isso quero que entenda que Cecília não é para você, mesmo Rebeca pensando o contrário.

— Aquele imbecil do Miguel sabe disso?

— Eu não sei, mas agora até que faz sentido a coisa dos cinco encontros.

— Eu vou matá-lo, Theo. Se ele tocar nela, eu vou matá-lo.

Semicerro os olhos e me levanto devagar ficando cara a cara com ele.

— Não estou entendo você, Mike. Por que ele não pode tocar nela? Por acaso está interessado realmente em Cecília?

Ele me encara, sério, e engole seco.

— Ela será minha, aquele idiota não vai ficar com o que é meu!

— Wow... Calma aí, Romeu! Você está esquecendo que ela não o suporta?

Quando ele vai responder a porta se abre e Beca passa por ela com um sorriso zombeteiro em direção ao meu amigo

— Mike... Mike... Mike, que coisa! Beijando donzelas perdidas em corredores de livrarias — Ela diz, sarcástica, divertindo-me.

— Beijei mesmo e, se soubesse o que sei agora, teria carregado para meu apartamento.

Beca me encara e percebe que já contei sobre a virgindade de Ceci.

— Calma aí, homem das cavernas! — Ela chega perto dele e, mesmo sendo muito mais baixa, o encara de cabeça erguida e aponta o dedo no peito dele. — Se você ousar usar isso contra ela, eu o mato. Se você tentar alguma gracinha que a faça chorar, eu o mato! Quero que você lembre bem, Mike, Cecília não é somente minha amiga, ela é minha família. Por mais que eu goste de você, se bancar o engraçadinho com ela terá de se haver comigo e pode apostar que você não vai gostar disso — ela diz num fôlego, usando um tom ameaçador e me deixando excitado.

Puta merda, essa mulher é sexy para caralho!

— Entendido, capitã — ele zomba na cara dela; com certeza, medo da morte ele não tem. — Se estamos resolvidos, tenho de ir. Isso foi intenso demais.

Ele me cumprimenta e, quando está prestes a deixar a sala, Beca o chama e ele olha para trás.

— Se não for para ser o homem íntegro que eu sei que você é, mantenha suas mãos fora da calcinha dela.

Mike sorri de lado e vai sem dizer nada.

Olho para Beca que está sorrindo para mim.

— Então, ainda pensa que eles darão certo? — pergunto.

— Oh, vai por mim! Sim, eu penso que eles darão certo em algum momento. Agora vamos, preciso ir ao shopping pegar meu jaleco novo e quero comprar um presente para Ana.

Saímos da livraria rumo ao shopping ao lado sob o olhar atento de Karen.

No início estava meio desconfortável por andar ao lado de Beca sem estar de mãos dadas, mas após uns minutos a peguei pelos dedos e, surpreendentemente, ela não recusou me fazendo suspirar aliviado. Por incrível que pareça, percebo o quanto ela é simples e prática nas compras, não é do tipo que fica horas e horas decidindo algo. Ela tem sempre uma opinião e sabe o que quer.

Passamos em uma loja de lingerie e, para meu desespero, ela estava pegando alguns conjuntos bem sexy e me lançando sorrisos de lado.

— Você definitivamente ama lingerie — afirmo suspirando com o conjunto azul-marinho rendado que ela tem nas mãos.

Só de imaginar aquela bunda arrebitada dentro dessa calcinha meu pau se anima.

— Sim, eu amo! — Ela se aproxima como se fosse me contar algo que ninguém pode escutar. — Eu meio que tenho uma compulsão por lingerie, eu tenho algumas que ainda nem usei. Ceci fica possessa comigo, ela diz que isso é uma doença, eu digo que sou prevenida.

— Não posso deixar de concordar com você. Vou adorar rasgar cada conjunto só para ver um novo na próxima vez.

Ela sorri e, depois de pagar pelos conjuntos que me farão perder o sono, passamos para pegar seus jalecos personalizados e compramos vários vestidos para Ana.

Sorrio com o pensamento de que estamos fazendo sem perceber um programa de casal, andando de mãos dadas no shopping, fazendo compras e planos para o próximo final de semana na casa do lago e com isso a certeza de que vamos ficar bem e juntos me aquece.

Rebeca

Após horas e horas andando pelo shopping, decidimos sentar para comer alguma coisa. Opto por frango frito e faço uma careta para o sushi que Theo pede; se tem algo que eu odeio, é isso.

— Vou ao banheiro, volto já! — Ele se levanta, logo me dá um beijo na testa e se vai.

Eu o observo andar atraindo olhares nada discretos das mulheres ao redor. Não posso nem julgá-las, eu também não consigo ficar sem olhar. Meu príncipe é um deus grego.

Rebeca, toma juízo! Isso é só um rolo, não se apegue. Minha mente tenta me alertar, mas neste momento é em vão.

Eu já não me imagino sem ele.

— Olá! — Saio dos meus devaneios e olho para a pessoa que me cumprimentou, quando me recordo de onde eu conheço, cerro os punhos.

— O que você quer? — Eu me levanto e cruzo os braços, encarando Benjamim.

— Opa! — Ele levanta as mãos e sorri de lado. — Desculpe-me por atrapalhá-la em seu descanso, doutora, mas eu me lembrei de você e quis vir cumprimentar.

— Já cumprimentou. Agora, dê o fora de perto de mim.

Ele levanta as sobrancelhas e olha para trás como se estivesse procurando alguém.

— Está sozinha?

— Não é da sua conta. — Ele dá um passo à frente para chegar mais perto de mim. — E se der mais um passo, você vai ficar sem as pernas porque eu vou quebrá-las.

— Uau! Você é mesmo uma mulher quente. Pena estar com o cara errado. Aquele Theo nerdzinho não é homem para você.

Ainda de braços cruzados, e tentando entender como esse idiota sabe que estou com Theo, vejo o mesmo saindo do banheiro. Quando se dá conta de com quem estou conversando, ele fica vermelho e vem como um foguete em nossa direção.

— Você vai apanhar em 3... 2... — Não termino de contar e Theo o puxa pelo braço para longe de mim.

Sorrio com minha certeza de que ele não deixaria Benjamim sem um olho roxo. Ele dá um passo para trás e Theo está bufando como um touro. Aproximo-me e passo as mãos pela cintura dele, fazendo com que olhe para mim.

— Vamos embora, ele não vale a pena — peço com a voz doce e ele suspira passando a mãos pelos meus ombros, levando-me para mais perto.

— Theo, parece que enfim você encontrou uma mulher de verdade... — Benjamin tenta provocá-lo.

— Fica longe ou dessa vez eu realmente mato você — Theo retruca e me aperta mais ainda em seus braços.

— Ela é linda! Fiquei sabendo que é do Brasil. — Ele me olha dos pés à cabeça e meu estômago embrulha só com esse olhar nojento em cima de mim. — Dizem que as brasileiras são as melhores para foder.

Theo tenta ir para cima dele, mas eu me coloco na frente e peço para se acalmar. Ele olha para mim e se afasta um pouco.

Chego perto do infeliz do Benjamim e com toda minha força acerto um soco em seu nariz. Ele solta um grito de dor e logo o sangue escorre.

— Sua puta, olha o que você me fez!

— Da próxima vez que se aproximar de mim, você ficará sem seu pau — aviso e saio andando, puxando um Theo em choque para fora do shopping.

Sinto os olhares de todos em cima de mim e dou de ombros. Meu pai sempre me ensinou como me defender e hora ou outra eu sempre uso o que aprendi.

Entramos a passos rápidos na livraria, indo direto para o elevador para irmos ao apartamento de Theo. Ele me mostra a senha para fazê-lo subir. Mais dois minutos e estamos sentados no sofá, rindo da cara de Benjamim depois de ter levado um baita soco.

— Essa é minha garota! — ele diz sorrindo e eu só consigo focar no quanto eu amei essa coisa de *minha garota*.

— Ele bem que mereceu.

— Minha vontade é matá-lo, mas infelizmente não posso.

— Vamos falar de coisas boas. Eu estava pensando, não podemos ir para a casa do lago por estes dias. Eu tinha me esquecido de que terei de estudar o caso de uma paciente.

— Tudo bem! Assim que você estiver mais sossegada do serviço, nós vamos. — Ele sorri e me puxa para mais perto.

Logo estamos indo para seu quarto e ficamos deitados, ele lendo um livro e me fazendo cafuné e eu assistindo a Grey's Anatomy.

Ele disse que não é fã da série e eu retruquei, dizendo que não posso confiar em uma pessoa que não gosta de Meredith Grey. Com isso caímos em uma longa discussão sobre os motivos para amar a série e os motivos para odiar.

No final, resolvi tirar a roupa e ficar pelada na frente dele, que se calou no mesmo instante.

CAPÍTULO 24

Benjamin - Ceo

De longe observo o Theo imbecil passear de mãos dadas com a médica que fez o parto da minha mulher, meu sangue ferve só de vê-lo tão tranquilo. Esse mauricinho não me deixa pegar de volta minhas meninas, mas isso não vai ficar assim, ele vai ter o que merece em breve.

Quando Theo se afasta para ir ao banheiro, tenho minha chance de me aproximar da médica gostosa.

Quem sabe Karen esteja errada? Ela me procurou alguns dias atrás pedindo ajuda para voltar com Theo em troca de me ajudar a ter acesso a Talissa e, enfim, à minha filha. Ela nunca me enganou com aquele jeito meigo. A ruiva é uma verdadeira serpente e não deixaria passar a oportunidade de ficar de vez com Theo e com a conta milionária dele. Porque, se tem algo que ela gosta, é de dinheiro. Por isso nunca largou o osso quando Theo terminou com ela, quando olha para ele só enxerga cifras; eu usarei isso ao meu favor.

— Olá! — cumprimento-a, seco, e lhe lanço um sorriso sedutor.

— O que você quer? — responde fazendo um bico e se levantando.

Observo seu corpo e ela até que é gostosinha.

— Opa! — Levanto as mãos em sinal de rendição. — Desculpe-me por atrapalhá-la em seu descanso, doutora, mas eu me lembrei de você e quis vir cumprimentar.

Ela me lança um olhar que poderia me deixar com medo se eu temesse algo.

— Já cumprimentou. Agora, dê o fora de perto de mim.

Olho para trás para ver se Theo já está no nosso campo de visão. Quanto mais eu juntar provas de que ele é agressivo, mais perto estarei de ter Ana comigo.

— Está sozinha? — Mesmo sabendo que não, finjo-me de bobo.

— Não é da sua conta.

— Uau! Você é mesmo uma mulher quente. Pena estar com o cara errado, aquele Theo nerdzinho não é homem para você.

— Você vai apanhar em 3... 2...

Antes que ela termine sou puxado pelo braço com brutalidade para longe.

— Theo, parece que enfim você encontrou uma mulher de verdade... — Tento provocá-lo, ele se deixa levar muito fácil.

— Fica longe ou dessa vez eu realmente mato você.

E aí está tudo que eu precisava.

Olho ao redor e existem várias testemunhas que poderão comprovar que ele começou a me agredir e logo em seguida me ameaçou.

— Ela é linda! Fiquei sabendo que é do Brasil, dizem que as brasileiras são as melhores para foder.

Quando ele tenta avançar para cima de mim é contido pela doutora que logo em seguida se aproxima me fazendo abaixar a guarda.

Eu só não contava que a cadela me acertaria em cheio no nariz.

— Sua puta, olha o que você me fez! — grito com a desgraçada quando vejo o sangue escorrendo.

Ela murmura algo que não consigo entender e sai andando com o filho da puta. Escolho a saída contrária para ir embora, apertando bem o nariz para conter o sangue que jorra sem parar.

Essa vadia vai me pagar! Vai ser um prazer adestrar essa cadela, quando eu tiver minha chance.

Chego a casa e mando uma mensagem para Karen contando o que aconteceu e ela me responde que eles chegaram sorrindo. Espero realmente que eles continuem rindo enquanto podem, porque quando eu colocar em prática o que quero, eles chorarão amargamente.

Percebo uma correspondência no chão, então me abaixo para pegar e não acredito no que leio. Essa porra só pode ser brincadeira!

Aquele advogado filho da puta conseguiu uma restrição. Eu não posso mais ver minha mulher nem minha filha sem um policial por perto.

Eu vou matá-los!

Em um acesso de fúria, quebro todos os móveis da sala de estar que aquela infeliz gastou uma fortuna para decorar. Isso terá volta. Pegarei minha filha de volta e, de quebra, tirarei aquela Rebeca vagabunda de Theo.

Ela vai aprender como se comportar como uma mulher de verdade. Mansa e submissa como tem de ser.

Observo a nojenta chegar de mãos dadas com Theo, os dois estão só sorrisos.

Toda vez que vejo aquela vadia perto de Theo, minha vontade é de matá-la.

Eu odeio esse sorrisinho de vitória que ela lança para mim. Mal sabe que o que é dela está guardado.

Desde que fiz um trato com Benjamim estamos articulando para separá-los e também para ele ter de volta a mimada da Talissa e a catarrenta da filha deles.

Eu não vou falhar. Eu avisei que saísse do meu caminho e ela não me ouviu, então sofrerá as consequências.

Theo é meu e sempre vai ser.

Ele é meu passe para uma vida sem miséria. Foi ele quem cuidou de mim antes e, quando terminou alegando que não sentia mais amor, sim, amizade eu pensei que seria coisa rápida. Até estávamos indo bem, antes de essa vadia aparecer. Então eu vi bem diante dos meus olhos Theo se envolver com ela. Mas para tê-lo de volta eu sou capaz de tudo, até de matar. Por isso, prepare-se vadia Fontes, pois seu fim está próximo!

Eu vou me manter quieta e dócil por um tempo até ter minha chance de acabar com esse relacionamento. Enquanto isso, eu mostrarei para o Theo imbecil que eu sou a única que merece estar ao lado dele. Quando perceber isso, e voltar rastejando aos meus pés, pisarei nele um pouco para que aprenda.

CAPÍTULO 25

Rebeca

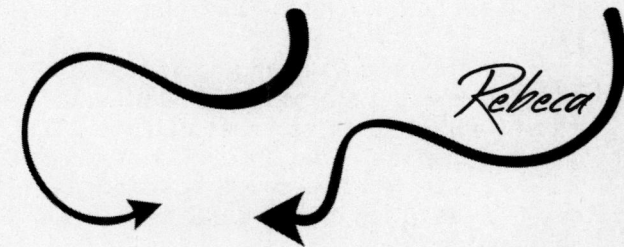

Depois de três semanas caóticas, estamos seguindo para a casa do lago. Pensei que não conseguiria vir por ter pegado uma gripe terrível há uma semana e ficar de cama. Entre muitos remédios e dores, enfim estou nova em folha. Theo foi meu salvador. Com Ana e Talissa na casa da mãe de ambos, eu acabei ficando com ele durante esse tempo doente e me senti mimada como nunca.

Meu pai acabou me ligando por chamada de vídeo. Como ele percebeu o local diferente, eu comentei que estava na casa de um amigo. Justamente nessa hora, meu "amigo" apareceu. Theo, como o príncipe que é, ficou conversando com meu pai por horas e os dois se deram bem.

Foi aí que meu subconsciente deu o aviso: *é hora de acabar, está ficando sério demais*. Então decidi passar esses dias ao lado dele para, quando retornarmos, eu terminar o que temos. Por mais que eu goste dele, muito, não quero me prender. Meu espírito é livre demais.

Chamem-me de medrosa e eu direi que é mentira.

Depois de duas horas de estrada, Theo para o carro em frente a uma casa enorme. Suspiro com a paisagem.

— É lindo... — elogio num murmúrio.

Theo sorri e sai do carro, eu faço o mesmo logo depois. Andamos e paramos em frente à casa de dois andares, de madeira rústica e janelas enormes em todas as paredes. Ela possui uma varanda que a rodeia, construída acima do lago, com vários sofás, redes e muitas plantas.

Ela me arremete ao paraíso, porque eu me sinto em paz, tranquila. Saio dos meus pensamentos quando Theo me pega pela mão. Ele anda fazendo isso ultimamente, tocando em mim de várias formas com carinho, e por mais que meu corpo aqueça com estes pequenos gestos, eu não posso mais me deixar levar; isso tem de acabar. Vou aproveitar tudo ao lado dele nesses dias e aí será o fim.

Andamos em direção à entrada da casa e, meu Deus, por dentro é ainda mais bonita!

A luz natural que entra pelas janelas deixa o espaço aconchegante. Ando até a sala e me sento no sofá marrom, grande e aconchegante, percebendo que Theo me encara sorrindo.

— Eu sabia que você amaria esse lugar. — Ele se senta ao meu lado.

— Eu amei! Olha só para essa casa, para esse lago.

Levanto, empolgada, e ando até a varanda que dá vista para o lago. O pôr do sol está no início. Caramba, se não é uma das vistas mais lindas que já vi!

Sinto Theo me abraçando por trás e beijando o topo da minha cabeça.

— Quando eu era pequeno adorava vir para cá, mas depois que meu pai morreu foram raras as vezes que vim. Talissa nem passa perto, ela é uma garota da cidade — ele diz com um sarcasmo que eu não perco.

— Apesar de amar muita agitação, tem horas em que gosto de lugares assim e esse momento é muito bem-vindo. Eu estava exausta da maratona de plantões.

Ele me aperta mais ainda ao seu corpo me fazendo pensar no quanto esse abraço vem sendo o lugar em que mais quero estar.

Ficamos parados por um tempo, apreciando o pôr do sol. O silêncio é algo confortante e aproveitei para tentar acalmar meus sentimentos confusos.

— Vem, vou mostrar o quarto.

Primeiro ele apresenta a cozinha estilo americana, branca.

Subimos e passamos por cinco portas, até ele entrar em uma delas. O quarto é espaçoso, com uma cama de casal enorme, todo decorado de branco e tons claros; como todo o resto da casa. Ele me leva até o banheiro, onde tem uma banheira linda.

— Isso tudo é lindo, só de pensar que vamos ficar três dias aqui, sozinhos, minhas pernas ficam bambas.

Ele solta uma gargalhada me fazendo rir também.

— Calma, vai dar tempo de fazermos muitas coisas nesses dias. Você quer tomar um banho agora, enquanto eu preparo um lanche? Já está quase na hora do jantar.

— Vem, vamos tomar banho!

Não dou chance para recusa, pegando-o pela camisa e arrastando até o banheiro.

Tomamos um banho fazendo carícias um no outro e trocando vários beijos, mas só. Desde que fiquei gripada, Theo está fugindo de mim como se estivesse com medo de me quebrar. Sem querer de novo me pego pensando em uma forma de terminar com ele, mas logo deixo isso de lado para focar na visão dele de cueca boxer preta.

Meu príncipe! Porra, Rebeca, foco! Isso tem de acabar, você sabe disso.

Meus pensamentos ainda me deixarão doida.

Comemos sentados à uma mesa na varanda, vendo a lua cheia e o céu estrelado. Mesmo já sendo noite, o tempo é fresco.

— O que vamos fazer amanhã? Já estou animada — especulo, empolgada para poder ver mais por aí.

— Estava pensando em levar você para uma caminhada no final da tarde, quero mostrar um lugar incrível.

— E durante o dia?

— Vamos aproveitar aqui, almoçar e nadar um pouco para depois sairmos antes do pôr do sol. — Concordo com a cabeça, ainda empolgada — Por que você não me disse que amanhã é seu aniversário?

Tiro meu olhar da lua cheia e o encaro com olhos arregalados.

— Eu não gosto de comemorar meu aniversário.

Desvio meu olhar do seu, sinto seu toque em minha mão fazendo carícias como se estivesse me incentivando a dizer mais.

— A última lembrança que tenho da minha mãe é do meu aniversário de treze anos. — Sem desviar meu olhar do céu estrelado, continuo: — Era um domingo, à tarde. Meus pais, os pais da Ceci e da Ayla estavam reunidos na nossa casa. Eu sempre fui difícil de lidar e naquele dia eu estava terrível.

Sorrio, triste, e sinto meus olhos marejados.

— Eu queria ter ganhado uma boneca igual a que Ceci tinha, mas eu não ganhei. Lembro que fiquei tão frustrada quando percebi que não ganharia o que queria que eu desejei que minha mãe morresse por ter me negado aquilo. Eu joguei longe o jogo de tabuleiros que ela havia me dado e sai correndo para meu quarto gritando que a odiava e que queria minha boneca. — Encaro Theo que está calado e atento a tudo que eu digo. — Eu nem precisava de uma boneca, Theo...

A frase saiu como um sussurro doloroso me quebrando em lágrimas e logo sinto braços fortes me abraçando.

— Você era uma criança, amor! Não foi por maldade, não deixe isso a afetar mais. — Ele me solta do abraço e coloca as mãos no meu rosto para que eu o encare. — Só a forma como você menciona sua mãe diz o quanto você a amava. Rebeca, não torne um martírio ter recordações com ela. Não foi sua culpa, foi um acidente.

Suas palavras confortam e eu acabo o abraçando.

— Eu preciso dormir. — Afasto-me limpando o rosto cheio de lágrimas.

— Vamos subir e ter uma boa noite de sono. Amanhã é um novo dia e temos muito que fazer.

Acordamos cedo e, depois de um café da manhã reforçado, saímos para que eu conhecesse tudo ao redor. Estou encantada com o que vejo. A paisagem e a calmaria daqui são tudo que eu estou precisando.

Observo Theo acendendo a churrasqueira. Ele está sem camisa e a visão me faz babar. Eu já esquadrinhei cada parte do seu corpo, conheço cada tatuagem nele e eu as amo. Ele me lança um sorriso enorme e eu engulo seco, será que reagirá bem quando eu disser que não podemos mais ficar juntos?

Ele sabia que isso não duraria, eu sempre deixei claro que não sou para relacionamentos sérios. Eu amei tudo que tivemos, mas eu não posso me entregar assim, por isso é melhor acabar antes que fique impossível.

Já não é impossível?

Meu subconsciente anda me pregando peças e eu me sinto perdida.

— Vem, enquanto a carne assa vamos nadar.

Eu me levanto da rede, tiro meu short e os olhos dele refletem o desejo que sente por mim. Estou usando um dos meus minúsculos biquínis, esse é rosa com borboletas azuis e é fio-dental. Sorrio, viro de costas e escuto um gemido.

— Você testa minha sanidade.

Dou um grito quando ele me dá um tapa na bunda.

— Ei... Quando foi que você ficou tão abusado? — pergunto, sarcástica.

— Desde o dia em que você entrou na minha vida. — Ele se aproxima passando as mãos na minha cintura, arrepiando-me e sussurra ao meu ouvido: — Diaba.

— Vamos nadar ou vou ajoelhar e chupar você aqui mesmo.

Saio andando e escuto um "porra" de longe. Eu me jogo no lago, a água está morna. Logo Theo também se junta a mim e ficamos nadando e brincando como dois adolescentes.

Quando ele sai da água para olhar o que está assando, eu me sento em uma das espreguiçadeiras ao sol. Dou uma boa olhada para os lados e, mesmo sabendo que estamos a quilômetros de distância de algum vizinho mais próximo, confiro. Quando termino a inspeção, tiro a parte de cima do meu biquíni. Alguns podem dizer que quero provocar meu príncipe, eu direi que não quero ficar com marquinha.

Meus pensamentos são interrompidos quando uma sombra se forma acima de mim, tiro os óculos escuros e encaro duas íris azuis que me devoram.

— Perdeu alguma coisa? — pergunto passando a língua nos lábios de forma lenta.

— Perdi minha sanidade, mas já faz tempo — ele responde com a voz rouca, carregada de desejo e se senta na espreguiçadeira.

Não tenho tempo de responder porque ele abocanha um dos meus seios e coloca a mão no outro, começando a massageá-lo. Arfo, sentindo a quentura da sua boca na minha pele ainda gelada por causa da água do lago. Ele troca de seio e eu suspiro. Mordendo, lambendo e chupando, Theo me faz ver estrelas. Gemo alto sem tirar os olhos de seus movimentos.

Como se percebesse meu olhar, ele me encara sem parar de chupar meus seios e isso é o suficiente para que as comportas se abriam no meio de minhas pernas. Passo a mão no seu pau e o sinto pulsar com meu toque. Abaixo o short e a cueca o suficiente para colocar sua ereção para fora. Ele está duro como pedra e apontado para cima.

Sem quebrar o contato visual com seus lindos olhos azuis, começo a bombear seu pau, rápido. Nesses momentos somos uma bagunça de gemidos. Quando ele geme e tira a boca dos meus peitos, suspirando, coloco a boca em seu pau, levando-o até a garganta. O gemido alto é minha deixa para continuar os movimentos de sucção.

— Amor, se você não parar agora, eu vou gozar na sua boca.

Sem dar chance para se afastar, continuo os movimentos e logo ele urra e seus jatos quentes jorram dentro da minha boca. Eu engulo tudo sem tirar os olhos de seu rosto.

Seus olhos fechados e a boca entreaberta são uma visão quente, mas quando ele me encara eu sei que já perdi uma batalha.

Não vai ser fácil acabar com tudo que temos.

Nós nos recompomos e seguimos rumo à mesa para o almoço.

Não sei dizer o porquê, mas me sinto estranha. Meu coração está apertado e por dentro eu já sinto falta dele ao mesmo tempo em que sei que devemos terminar.

Olho para ele, comendo distraído. Quando sente meu olhar sobre ele, Theo me encara e sorri. Suspiro e posso jurar que sinto meu coração se partindo. Antes dele, as únicas pessoas com as quais eu me importava eram minhas duas amigas e meu pai. Agora estou aqui, pensando em uma maneira de terminar sem que ele fique tão chateado.

Theo é movido pela emoção, é sentimental, romântico e muito persistente. Acredito que no início ele vai sofrer, mas logo perceberá que nós nunca tivemos uma chance real, não quando eu tenho aversão a relacionamentos.

Sem querer, penso no que ele fará e logo o imaginando com Karen, arregalo os olhos e aperto os punhos. Aquela cadela desgraçada vai cair matando em cima do meu príncipe.

— Rebeca! — Eu me assusto quando ele estala os dedos na frente do meu rosto. Olho em sua direção ainda meio aérea. — Está tudo bem? Você está segurando o garfo com tanta força que parece que quer entortá-lo.

— Sim, estou! Estava pensando... Caso você não tivesse me conhecido, enfim seria vencido pela insistência da cadela ruiva?

Ele me fita em silêncio por alguns segundos e depois cai na gargalhada. Ainda estou séria, tentando achar alguma graça na minha pergunta. Ele para de gargalhar e me olha com um sorriso capaz de derreter qualquer calcinha.

— Beca, o que eu tive com Karen acabou faz tempo. Nem que fosse a última mulher do mundo eu voltaria para ela, eu só a enxergo como a boa amiga que é.

— A amiga que é doida para abrir as pernas para você. De novo. — Eu me assusto quando as palavras saem da minha boca rapidamente.

— Ela pode até querer, mas eu só tenho olhos para quem não quer abrir seu coração para mim!

E porra, eu poderia ter ficado sem essa.

Suspiro pesado e desvio meu olhar do seu.

— Eu estou satisfeita.

Arrasto meu prato de comida para frente para tentar mudar de assunto.

— Então, vamos descansar. Mais tarde vou levar você para o lugar que falei.

Subimos para o quarto e escovamos os dentes ao mesmo tempo, em frente ao espelho no banheiro. Sinto-me estranha e a cada momento que ele me olha nos olhos fica mais difícil traçar um plano para acabar com tudo.

Deitamos na enorme cama de casal e ele me abraça por trás, dando um beijo em minha nuca, arrepiando meu corpo. Eu me aconchego no calor dos seus braços jurando a mim mesma que será a última vez.

— Você está estranha — ele sussurra ao meu ouvido.

— Só estou cansada, meu corpo parece estar melhorando da gripe somente agora — respondo baixinho me aninhando ainda mais no seu braço, como se fosse possível.

Gripe, carinho, meus sentimentos e Theo. Estes são meus pensamentos conflitantes antes de cair no sono.

Sinto beijos quentes em meu pescoço e nem preciso abrir os olhos para saber que Theo está tentando me acordar.

Nos dias em que fiquei em sua casa, ele descobriu que adoro dormir até tarde e eu acabei descobrindo que ele tem prazer em me acordar.

— Acorda dorminhoca — ele sussurra ao meu ouvido me dando mais um beijo na nuca e logo em seguida uma mordida.

— Theo, deixe-me dormir — peço fazendo manha.

— Depois, agora vamos! Vou mostrar um lugar incrível.

Eu me levanto e percebo que ele já está pronto, veste roupas leves e tênis o que me indica que iremos caminhar. Peço que me espere alguns minutos e, depois de também colocar roupas de caminhada, saímos pouco antes do fim da tarde.

— Para onde vamos?

— Você vai ver. Não é longe, é uma caminhada de vinte minutos.

Andamos por uma trilha reta, logo depois subimos algumas rochas. Eu me sinto ofegante enquanto Theo parece nem suar, ele pega na minha mão me ajudando a subir um caminho íngreme.

— Vo... Você mentiu para mim — digo, ofegante e cansada.

— Deixe de ser sedentária, Beca! — Ele responde rindo.

— Você disse vinte minutos, espertinho.

— Estamos chegando, vai valer a pena.

Andamos mais alguns bons dez minutos e, quando estou prestes a matar Theo, esqueço tudo que faria ao ter a visão mais linda que já vi na vida.

Estamos em frente a uma enorme caverna e, como o sol já se pôs, a lua que ainda está nascendo faz refletir sua luz na água cristalina que há La dentro. É um show essa vista!

— Eu...
— Eu disse que valeria a pena.
Ele pega minha mão, empolgado, e entramos na caverna. Ainda estou admirando tudo ao redor, quando percebo que ele está de cueca entrando na água.
— Não tem perigo? Aqui está deserto.
— Aqui ainda é parte da propriedade da minha família. Não se preocupe, estamos seguros.
Sem pensar duas vezes tiro minha roupa ficando apenas de calcinha e sutiã, coloco meus pés na água azul por causa da luz refletida da lua e nado até Theo. Eu me surpreendo quando percebo que a água bate em meus seios.
— Isso aqui é lindo! — Passo minhas mãos pelo seu pescoço e sorrio. — Obrigada por ter me trazido!
Ele aperta minha cintura me levando para mais perto.
— Quando a convidei para vir aqui eu logo nos imaginei tendo essa visão da lua, de tudo... — Ele me olha intensamente nos olhos me fazendo encarar suas íris dilatadas que, com o reflexo azul da água, ganham mais vida.
— Você está me deixando confusa... — confesso num murmúrio, incerta sobre minhas reações.
Ele segura minha cabeça com suas duas mãos e chega mais perto do meu rosto.
— Esquece tudo, Beca. Esquece o mundo lá fora e foca no agora. Eu quero você desde o dia em que a vi naquele hospital, você é louca e eu estou fora de mim. Porque eu por inteiro amo você por inteiro, amo suas curvas e as suas extremidades, todas as suas imperfeições perfeitas. Entregue-se a mim por completo, Rebeca, e eu vou me entregar a você por completo. Você é meu fim e o meu começo. Eu descobri que eu não posso mais esperar, antes de você eu era somente um homem, agora eu sou um homem apaixonado que dorme e acorda feliz por saber que tem a mulher mais linda, talentosa e sexy ao seu lado.
Eu estou sem palavras, sinto meus olhos se encherem de lágrimas e percebo que os dele também estão lacrimejando. O que já está surpreendentemente bom de ouvir, ficou ainda melhor quando ele citou o trecho de uma de minhas músicas preferidas; *All of Me*, de John Legend. O príncipe soube usar direitinho essa informação.
— Eu amo você, meu amor!
Dizendo isso ele toma meus lábios em um beijo cheio de promessas.

CAPÍTULO 26

Theo

Hoje, quando acordei, eu sabia que tudo seria diferente. Eu passei o dia tentando achar as palavras certas para dizer a ela quando chegasse a hora. As últimas semanas só me fizeram ter certeza de que eu amo essa diaba.

Beca passou alguns dias em minha casa, quando esteve doente. Em um deles ela estava queimando na febre, ainda assim calma, enquanto eu estava desesperado como um filho da puta com medo de ser algo sério. Ayla foi vê-la e disse que era somente uma gripe forte, mas nada mudou o sentimento de proteção e preocupação que me atingiu com força. Beca estava indefesa e muito manhosa, claro, mas não pude deixar de mimá-la como ela merece.

Tive o prazer de conhecer seu pai e a surpresa me atingiu quando ele conversou comigo em um inglês fluente. Rebeca ficou calada ao meu lado, vendo minha interação com o Sr. Fontes. Quando ele disse que gostou de mim e que me esperava no Brasil, não pude deixar de me animar, porque se para ela existe alguém importante, além das meninas, esse é o é o pai. E agora, tendo sua bênção para um futuro namoro, para mim está ótimo.

Todas as noites em que ela dormia serenamente nos meus braços eu ficava velando seu sono, sorrindo feito um bobo apaixonado. Passei dias criando coragem para dizer as palavras que eu sei que mudarão completamente nossa relação.

A aversão de Beca a relacionamentos pode fazê-la recuar e se afastar de mim, porém eu não podia mais esperar. Eu estava sufocado, precisava contar a ela que isso que sinto é verdadeiro, sincero. Agora aqui estou, beijando Beca intensamente depois de confessar meus sentimentos.

Quando tento aprofundar o beijo, ela se afasta bruscamente e sai nadando de volta para a beira do riacho. Eu a chamo, mas ela não me olha enquanto se levanta colocando o short rapidamente. Antes que eu chegue

perto, ela corre em disparada para a saída e eu, ainda molhado e de cueca, saio feito um louco logo atrás.
— Beca... Rebeca, espera!
Rebeca para ainda de costas para mim e, quando se vira, vejo o rosto banhado de lágrimas que ela logo passa a mão, tentando secá-las. Quando percebo que Beca vai cair, eu a alcanço amparando-a. Então me lembro do seu tique nervoso, enquanto ando com ela desacordada em meus braços até onde estão minhas roupas e a coloco deitada da melhor maneira possível.
Olho ao redor. A noite já caiu completamente, mas, apesar de ter trazido alguns biscoitos e água, não podemos passar mais tempo aqui; morreríamos de frio durante a madrugada. Quando estou quase seco, visto minhas roupas e a cubro com sua blusa, isso parece despertá-la. Beca me encara ainda com os olhos sonolentos.
— Fica calma! Você desmaiou e nós precisamos voltar para casa. Consegue andar sozinha?
Ainda me encarando ela apenas assente e eu a ajudo a se levantar. Andamos o caminho de volta em total silêncio, a lanterna era a única iluminação, mas eu conhecia aquele trecho muito bem para não me perder.
Enquanto caminhava, minha cabeça estava um turbilhão de emoções. Como esperado, ela não recebeu bem minha declaração e agora seu silêncio está me sufocando.
Quando enfim chegamos, ela entra apressada seguindo em direção ao quarto e eu fico sem saber como agir. Decido dar um tempo para que fique sozinha enquanto preparo algo para comermos.
Queria poder não sentir a frustração e o medo, porém é só isso que sinto.
Preparo dois sanduíches e suco de laranja. Quando estou prestes a chamá-la, Beca aparece com os cabelos molhados e seu perfume pós-banho.
— E... Eu...
— Não diz nada, Beca, não agora! Eu fiz um lanche para você, ainda é seu aniversário, então vou tomar um banho enquanto você come e volto com seu presente.
Não deixo que ela responda e subo as escadas para tomar meu banho.
Debaixo do chuveiro, coloco meus pensamentos em ordem. Sinto meu coração apertado e a sensação de perda é inevitável, tento prolongar o máximo meu banho para não ter de encará-la, mas quando saio do banheiro me surpreendo com Beca sentada na cama usando a lingerie vermelha que eu dei no dia do almoço. Seus cabelos estão soltos, caindo em ondas e ela tem a postura ereta.
Depois de nos encararmos por segundos que pareceram horas, ela se levanta e caminha até estar à minha frente. Em seus olhos eu enxergo o quanto está confusa, mas também vejo e sinto seu desejo por mim. E Deus sabe o quanto eu queria que não fosse só desejo, sim, também amor.
— Eu... Preciso confessar algo.
Ainda sendo encarado eu a vejo respirar fundo e engolir seco.

— Eu não posso prometer nada do que você merece, talvez nunca possa — murmura como se não tivesse certeza de suas palavras —, mas eu adoro estar com você. Quando estamos juntos, eu me sinto bem, em paz. Desculpe-me, mas eu não posso prometer nada mais do que o hoje. Eu não me encaixo bem na sua vida Theo, meu perfil de só querer momentos não combina com seu jeito calmo e romântico.

Beca levanta as mãos e começa a fazer carícias em meu rosto.

— Então, se você aceitar, Theo, viveremos o hoje, o aqui, o agora. Porque é a única certeza que temos.

Dizendo isso ela se afasta sem perder o contato visual e, descendo lentamente as alças finas da lingerie pelos braços, ela tira tudo ficando nua à minha frente.

— Eu não sei se... — Sou interrompido quando ela encosta um dedo nos meus lábios, silenciando-me.

— Aqui e agora. Vem pegar de mim o que você quer *agora*, Theo.

Selo seu pedido com um beijo selvagem. Invado sua boca com minha língua de forma rude, mas depois me vem a consciência de que no momento o que mais quero é ser amado, então, ao invés de fazer algo duro e bruto eu vou pegar seu amor.

Fazer amor com minha diaba.

Afasto-me um pouco nos guiando até a cama, no processo a toalha em minha cintura cai me deixando nu também. Olho para ela e suspiro.

Beca é a mulher mais perfeita que já vi nesse mundo, quando ela me olha eu sinto meu corpo aquecer e meu coração disparar.

Eu começo beijando seu pescoço e dando mordidas de leve, sentindo que se arrepia com minhas carícias. Desço um pouco e dou um beijo em cada um de seus seios lindos, mas Deus sabe que hoje eu quero fazer amor com Rebeca pela primeira vez. Hoje eu vou cumprir minha promessa e adorar cada parte do seu corpo e amá-la do jeito que ela merece.

Continuo minha expedição pelo seu corpo, mordendo, chupando e lambendo. Recebo em troca os gemidos roucos que ela solta.

Eu a amo, então nada nesse mundo vai acabar o que temos.

Minha urgência de estar dentro dela não me permite fazer preliminares, eu me sinto em chamas e ela está molhada e pronta para me receber. Eu a penetro devagar e suspiro. Beca arfa deixando no ar um gemido rouco quando eu estou todo dentro. Coloco-me cara a cara com Beca e ela sorri. Dou estocadas devagar, sem tirar os olhos dela que me devolve o mesmo olhar.

Nesse momento somos duas pessoas apaixonadas se amando, vou um pouco mais fundo fazendo-a gemer alto. Beijo sua boca sem perder o ritmo das estocadas, mas isso ainda não é o bastante. Coloco-a de lado e me deito por trás, penetrando-a rapidamente, coloco uma das mãos para massagear o clitóris já inchado. Viro sua cabeça para trás e a beijo com urgência.

Beca ainda não sabe, mas isso é o amor na forma pura, meu corpo foi feito para manter o dela aquecido, e sei que já a estraguei para qualquer outro homem. Posso estar sendo possessivo nesse momento, mas isso que temos é perfeito e ela também sabe.

— The... Theo... — ela geme me chamando enquanto a coloco para sentar no meu pau.

— Vem, amor! Vem sentar, vem...

Ela geme fazendo aquele encaixe perfeito dos nossos corpos. Chupo seus seios que quicam na minha cara e ela logo solta um palavrão.

— Não pa... para... Ahhhh!

Eu abraço sua cintura, prendendo-a mais ao meu corpo e estoco com força fazendo com que grite como uma louca. Dou uns tapas em sua bunda e ela rebola, para meu delírio.

— Amor... — Solto um grunhido porque eu não vou aguentar muito tempo.

Como se soubesse o que eu diria, ela rebola mais. Quando sinto as paredes da sua boceta contraindo e me apertando, eu urro e gozo como nunca.

Com ela ainda em cima de mim, o único barulho que escutamos é o de nossas respirações, passo as mãos nos seus cabelos que estão uma bagunça e colados nas costas suadas.

Rebeca levanta a cabeça e me encara com um olhar estranho quase como se fosse uma despedida.

— Tudo bem?

Ela assente e devagar sai de cima de mim, rolando para o lado.

— Vamos aproveitar tudo aqui. Quando voltarmos para a casa, nós conversaremos, ok? — ela murmura com o olhar no teto e, sem escolha, concordo.

Levanto e pego uma cueca para me vestir, pego o embrulho de presente e sigo até ela. Quando vê a caixinha que tenho em minhas mãos, ela arregala os olhos me fazendo sorrir.

— Calma, não é um anel! — aviso em tom de brincadeira mesmo que no fundo fosse tudo que eu queria.

Ela senta se encostando à cabeceira da cama, usando o lençol branco para tampar sua nudez. Eu lhe entrego a caixinha e ela pega, hesitante.

— Obrigada, não precisava! — Ela sorri e abre a caixinha de veludo preto.

Beca fica encantada, olhando para o colar que está dentro. É prata com um pingente de esmeralda que, quando vi, a única coisa que consegui pensar era na cor dos olhos dela.

— Eu decidi dar um colar para combinar com esse anel que você nunca tira. — Aponto para o que está em sua mão esquerda, no dedo anelar.

— Eu ganhei esse anel quando me formei. Foi Felipe, irmão mais velho da Ayla, quem me deu. Ele também deu um para Ceci em sua formatura e um colar para Ayla na vez dela.

— E devo me preocupar com esse Felipe?

Beca cai na gargalhada com meu comentário.

— Eca! — Ela faz uma careta. — Theo, Felipe é como meu irmão apesar de ter a mesma idade que eu. E ele é um idiota!

Sorrio com seu comentário. Beca pega o colar e logo o coloca.

— Como ficou? — pergunta, passando a mão pelo objeto.

— Não tinha como não ficar perfeito.

Dito isso, como se fosse um imã ela vem para cima de mim para mais uma rodada de amor. E foi assim durante toda a madrugada. Estávamos insaciáveis e estreamos cada canto daquela casa, inclusive da varanda, tendo a lua como única testemunha de que eu estava louco por aquela mulher.

Rebeca

Abro os olhos e encaro o Theo, que ainda dorme. Meu coração dispara quando me lembro de sua declaração, aquelas três palavras têm o poder de me desestabilizar.

Eu vi no olhar dele o quanto elas eram verdadeiras, mas o medo é maior que eu.

Meu pai sempre me disse que tinha orgulho da mulher forte que me tornei, só que se ele visse o quanto eu estou sendo covarde com Theo ficaria decepcionado. Eu me conheço bem e por isso sei que, uma hora ou outra, vou magoá-lo profundamente. Não sei lidar bem com sentimentos, o fato de eu ter desmaiado é a prova disso. Theo é perfeito demais e, apesar de no momento eu não estar sentindo falta de baladas e uma vida mais agitada, eu sei que passará e acabará se chocando com a realidade dele.

Levanto devagar para não acordá-lo e vou ao banheiro fazer minhas necessidades matinais. Quando saio, Theo ainda dorme. Decido fazer um café da manhã reforçado, porque essa noite nós dois abusamos realmente do sexo. Minha intimidade está ardida e dolorida, mas é uma dor que adoro.

Quando termino de descer a escada, escuto um barulho de celular. Corro para procurar entre as almofadas no chão da sala e encontro o celular de Theo tocando. Reviro os olhos ao ver o nome da Karen no visor.

— Alô! — Atendi mesmo, *foda-se a cadela ruiva!*

— *Não quero falar com você! Preciso conversar com Theo.*

— Olha que interessante, Karen! Ele não pode atender, então se for algo urgente pode dizer para mim e eu passo seu recado.

Ela suspira do outro lado da linha e eu sorrio por isso.

— *Ele precisa voltar, Benjamim foi preso e Talissa está surtando.*

Perco meu sorriso nesse momento só de pensar que aquele imbecil possa ter feito algo contra Talissa.

— O que aconteceu? — pergunto já preocupada.

— *Aí você está querendo demais. Passe meu recado* — diz e desliga na minha cara.

A cadela desligou na minha cara!

Jogo o celular no sofá e suspiro já imaginando o quanto isso vai fazer com que Theo surte antes das 10h da manhã. E, como se pressentisse que algo não está certo, quando me viro eu o vejo descendo a escada só de cueca branca da Calvin Klein.

Está tudo bem, Universo! Obrigada por esfregar na minha cara que não terei sexo matutino!

— O que foi? — ele pergunta com a voz rouca de sono, coçando o cabelo.

— Theo, você pode só não surtar, por favor? — digo sorrindo para ver se assim já vou acalmando-o.

Ele coloca as mãos na cintura e me encara, sério.

Eu juro que tentei não notar sua ereção, mas foi impossível.

— Rebeca, meus olhos estão mais acima. — Saindo do meu transe olhando aquele caminho de felicidade escondido atrás da peça branca, eu olho nos olhos deles. Theo sorri. — Agora, diga o que foi que aconteceu.

— A cadela ruiva ligou e parece que Benjamim foi preso e Talissa está muito nervosa.

Ele arregala os olhos e lá vem...

— Porra!

— Calma, não surte! Vai vestir uma calça pelo amor da minha sanidade enquanto eu ligo para Mike.

— Deixe qu...

— Só vai, Theo, eu já estou ligando — interrompo. Ele assente e sobe às pressas.

Depois de dois minutos o fofoqueiro atende à ligação.

— *Caralho, você não está em lua de mel ou sei lá o quê?* — A voz de sono dele me faz sorrir.

— Bom dia para você também, Mike!

Escuto um farfalhar dos lençóis e um xingamento.

— *Você já está até atendendo às ligações do celular dele. Meu soldado foi abatido de vez.*

— Tecnicamente, eu que estou ligando. — Sorrio, mas logo lembro a razão da minha ligação. — Mike, a cadela ruiva ligou e disse que Benjamin foi preso. O que houve?

— *Sim, ele foi preso ontem à noite. Não quis ligar para Theo, porque sabia que ele estava querendo aproveitar uns dias com você.*

— E o que houve para ele ter sido preso? Ele... Ele não fez nada contra Talissa, não é?

— *Não, ele não fez. Matteo o pegou em um parque, bem próximo da Talissa. Ou seja, ele infligiu a ordem de restrição que o proíbe de se aproximar dela.*

Suspiro de alívio.

— Então, está tudo bem?

— *Sim, está. Podem voltar a foder como coelhos* — recomenda, fazendo com que eu caia na gargalhada.

— Pode deixar. Vou falar com Theo. Obrigada, Mike!

Desligo o telefone e subo, quando chego ao quarto encontro nossas malas prontas e um Theo se vestindo.

— Já arrumei nossas coisas. O que Mike disse?

Sorrio e me encosto ao batente da porta. Esse jeito protetor dele é lindo.

— Elas estão ótimas! O babaca infligiu a ordem de restrição quando tentou chegar perto dela no parque, mas parece que Matteo estava lá e o prendeu em flagrante. — Eu me aproximo dele e abraço sua cintura. — Calma, respira. Vai ficar tudo bem.

Ele suspira pesadamente e me abraça também, encosto a cabeça no seu peito e escuto seu coração batendo disparado.

— Como você soube? — Depois de calmo ele me pergunta sem me soltar do abraço.

— A cadela ruiva ligou para seu celular. — Afasto-me um pouco para olhá-lo. — Eu atendi, espero que não seja um problema.

— Não é. Eu não tenho nada a esconder.

Assinto e olho para nossas malas em cima da cama. Meu coração aperta, porque sei que o próximo passo começa agora.

— Já que está tudo arrumado, por mim, podemos ir embora agora.

— Tem certeza?

— Sim, tenho! Você confere se sua irmã está bem e eu mato a saudade das meninas.

Após um café da manhã animado, um banho com muito sexo, duas horas depois me vejo entrando no carro para voltar para Santa Mônica.

Voltar à realidade e encarar o fato de que esse lance acabou.

Olho para Theo que está dirigindo distraído e suspiro.

Acabou, é o fim.

CAPÍTULO 27

Rebeca

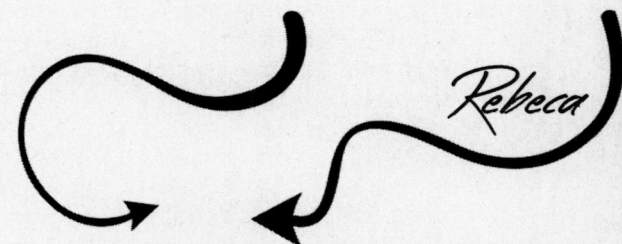

Abro a porta de casa e dou de cara com Ceci e Ayla sentadas no sofá, lendo, cada uma um livro. Quando elas levantam a cabeça e me encaram, não consigo mais conter as lágrimas que lutei para segurar nesses dois dias. Elas se assustam e vêm me abraçar perguntando o que aconteceu e, por mais que eu queira dizer, não consigo. Os soluços, os gritos de desespero são mais fortes que eu.

Ceci me conduz para se sentar no sofá enquanto Ayla corre em direção à cozinha.

— Beca... Beca, calma! Respira. — Olho para Ceci que me olha assustada, talvez porque eu nunca tenha caído em uma crise de choro há anos.

Ayla aparece com um copo de água nas mãos, pego e bebo goles pequenos, respirando fundo. Olho para minhas amigas, as pessoas nas quais mais confio no mundo e me conhecem perfeitamente bem, e mesmo assim não tenho coragem de dizer que sou uma covarde e que não posso mais continuar aquilo que tenho com Theo.

Ayla anda de um lado para outro na minha frente roendo as unhas e Ceci me encara, calada, esperando que eu diga algo.

— Ele disse que me ama — conto num murmúrio e posso escutar os xingamentos de ambas.

— Oh, merda... Merda mesmo! — Ayla diz, ainda andando de um lado para o outro.

— Isso é bom, não é? — Ceci me pergunta, meio incerta.

— E... Eu... Eu... desmaiei.

— Oh, merda... Merda mesmo! — E de novo Ayla prageja, sempre a roer as unhas.

— Normal. Isso nós já imaginávamos. Agora vamos para a parte do porquê de você chegar aos prantos.

Olho para Ceci depois de ouvi-la e meus olhos se enchem de lágrimas novamente.

— Não posso, Ceci, eu não consigo! Eu sempre deixei claro que não conseguiria manter um relacionamento. Por mais que eu goste dele ou que me sinta bem com ele, não sirvo para o que ele quer.

— Oh, merda... Merda mesmo!

— Ayla, dá pra calar a porra da boca e sentar, pelo amor de Deus?! — Perco o controle e grito, fazendo com que ela arregale os olhos e me arrependo no mesmo instante. Eu nunca tinha gritado com Ayla antes. — Me perdoa! — Mal termino de dizer e volto a chorar. — Olha só como eu estou chorando à toa. Mas que merda!

— Beca, eu te conheço e sei que você já tem um plano. Então, por favor, compartilhe com a gente.

— Ceci... Ceci, eu vou terminar com ele.

— Oh...

— Se você terminar essa frase eu juro que vou te matar, Ayla!

Ela olha para mim, sorrindo de lado e se senta me deixando no meio das duas.

— Sabe? Ter um relacionamento sério com ele talvez não seja tão difícil. Ele vem se mostrando tão tranquilo e, caralho, Beca! Ele atura você e suas cinco personalidades em um único só dia — Ceci diz.

— Ele também cuidou de você — Ayla relembra.

— Teve a coisa toda do bar e do Sean, ele bem que ficou puto aquele dia — Ceci comenta.

Levanto fazendo as duas calarem a boca no mesmo instante.

— Qual a parte sobre eu não conseguir não ficou clara? Hã? Eu não vou voltar atrás, acabou para ele.

Elas se olham e depois se levantam e me dão um abraço apertado, que eu aceito. Acabamos nos deitando no tapete felpudo, fitando o grande lustre da sala.

— Talvez ele entenda.

— Não sei, Ayla, ele parece amar muito a Beca.

— Por isso mesmo tenho que acabar de vez com isso, foi longe demais.

— E foi só isso que aconteceu nesses dois dias?

Olho para Ayla que me fez a pergunta.

— Foi lindo, sabe... Nós nadamos, eu conheci um pouco das montanhas e fizemos sexo como coelhos em todos os cantos da casa, da varanda...

— Informação demais, Rebeca — Ceci suspira.

— Pelo menos eu transo — replico, sarcástica.

— Talvez eu transe também.

Ayla e eu levantamos as cabeças e encaramos Cecília depois dessa fala.

— Ai meu Deus! Diz que você não teve sua primeira vez com Miguel! — grito já pensando em maneiras lentas de matar o filho da puta.

— Não, eu não transei, mas é algo que ando pensando.

— Ceci, por favor, não faça isso! Não com ele.
— Ayla tem razão, Cecília, você já tocou tanto disco, pode continuar tocando mais um pouco — digo rindo, fazendo Ayla cair na gargalhada e Ceci revirar os olhos.
— Você não tem jeito mesmo, não é, Rebeca? — Ela me fuzila com os olhos.
— Não — respondo com um sorriso enorme.
— Falando sério, quando é que você vai falar com Theo?
— Não sei, Aylinha. Vou ver o melhor momento, mas dessa semana não passa.
Ficamos conversando durante horas, confesso que estava morrendo de saudade delas, mas mesmo me sentindo bem em casa meu pensamento ainda estava em como farei para falar e, o principal, se terei coragem.
Despeço-me das meninas alegando cansaço e subo para meu quarto, olho a mensagem de Theo no celular dizendo que chegou bem e que Ana e Talissa estão ótimas e que tudo não passou de um susto. Mando um emoji de joinha e desligo a Internet. Deito e acabo dormindo em poucos minutos.

— Parece até que ela está em coma.
— Para, Ceci! Ela só está cansada.
Nem preciso abrir os olhos para saber que Ayla e Ceci estão no meu quarto, elas não conseguem ser silenciosas.
— Beca, acorda! — Ayla pede num sussurro.
Eu me viro e abro os olhos devagar, encarando Ceci e ela.
— O que foi? — pergunto com minha voz ainda rouca por causa do sono.
— Já é noite, você precisa comer algo.
— Tá bom, eu já desço.
Ceci se senta na cama, próxima de mim e me fita.
— Pode dizer, Cecília, seja lá o que estiver pensando — autorizo fazendo com que ela abra um sorriso.
— Beca, qual a possibilidade de você aceitar o que Theo quer?
— Ah, não! Não vou responder a isso. Por favor, chega! Depois conversamos.
Ela assente e, com Ayla, sai me deixando sozinha com meus pensamentos. Pego meu celular e o ligo. Vendo várias mensagens e ligações perdidas do Theo, decido retornar a ligação, depois de quatro toques ele me atende.
— *Oi, sumida!*
— Só estava dormindo, cheguei bem cansada. Você me ligou, está tudo bem?
— *Sim, está, mas Talissa resolveu passar um tempo em Boston. Decidi ir com ela para ajudar com as bagagens e ver minha mãe.*
— Faz bem, ela precisa do irmão!
Ele fica em silêncio por um minuto e eu também.

— *Devo ficar uma semana fora.*
— Sim, eu entendo! Curta bem sua família.
— *Rebeca, eu sei que as coisas devem mudar depois de tudo que aconteceu, mas saiba que eu estarei sempre aqui por você.*
— Eu sei e agradeço por isso. Só vá e curta sua família. Quando chegar, nós nos veremos. Boa noite, príncipe, e boa viagem!
— *Obrigado, até mais!*

Desligo e suspiro, talvez esse tempo afastados seja o que precisamos para começar a nos distanciar. Depois de tomar um bom banho, desço e encontro minhas garotas comendo na cozinha.
— Olha ela aí! — Ayla diz, animada.
— Por que a empolgação?
— Felipe me mandou mensagem! Talvez ele venha nos ver em breve.
— Ou seja, estamos fritas. Ele vai agir como irmão mais velho e ditar ordens — Ceci diz rindo e eu a acompanho.
— Felipe sendo Felipe, não é? — pergunto, sarcástica.
— Nada de contarem sobre Gabe para ele.
Encaro Ayla e semicerro os olhos.
— E por que não devemos contar? — especulo, desconfiada.
— Porque o que tenho com ele não é algo sério e vocês sabem. Felipe vai agir como meu pai e fazer um interrogatório.
Caímos na gargalhada fazendo Ayla ficar vermelha.
— Theo vai ficar uma semana fora — anuncio num murmúrio e elas olham para mim, atentas.
— Por quê? — Ceci pergunta.
— Ele vai acompanhar Talissa até Boston, parece que ela quer ficar de vez com a mãe.
— Isso vai ser bom para você, assim ganha tempo — Ayla diz colocando a mão em cima da minha.
— Sim, Beca, talvez isso seja o que vocês dois precisam e ele tenha resolvido ir. Como foi tudo confuso para você, para ele também não deve ter sido fácil.
— Vamos mudar de assunto?

Theo

Deixei Beca em sua casa sentindo meu coração apertado. Dei um beijo nela e, no fundo, parecia que estávamos nos despedindo.
Ela olhou para mim com aqueles olhos verdes intensos e eu soube ali que nada mais seria como antes e que ela estava lutando contra o que sente.
A verdade é que eu me senti mal em ver o quanto Beca recusa meus sentimentos, sempre soube que nada com ela seria fácil, mas vê-la correndo de mim depois de eu ter me declarado me quebrou de muitas maneiras. Isso porque, quando estamos juntos, eu sinto o quanto ela me quer e toda vez que digo a palavra relacionamento ela muda a postura.

Pensei que ela amadureceria com o tempo, mas depois desses meses eu vi que não é possível.

Entro na livraria segurando minha pequena mala e dou de cara com Karen.

— Bom dia! — Ela me olha com um grande sorriso e por um momento eu a comparo a Beca.

Seria pedir demais que Rebeca me amasse como eu sei que Karen me ama?

— Bom dia! — respondo num murmúrio; Tina logo vem até mim e me abraça. — Como está tudo por aqui?

— Está tudo perfeitamente bem, menino! E como foi a viagem, descansou?

— Sim, Tina, eu descansei bastante.

— Fico feliz que tenha conseguido, Theo. E sinto muito por ter atrapalhado, mas eu considerei que você precisava saber o que estava acontecendo.

— Tudo bem, Karen. Obrigado!

— Tomei um susto quando aquela lá atendeu...

Não deixo que ela termine a fala e saio andando, olho para o lado e percebo que Tina me acompanha, calada.

— Eu vou subir, Tina, daqui a pouco eu desço.

— Menino, Theo... Você parece triste, aconteceu alguma coisa?

Tina é uma grande amiga da família há anos e me conhece desde que eu tenho dezoito anos. Nós sempre tivemos uma grande amizade e me conhecendo tão bem, dela eu não posso esconder o quanto estou chateado.

— Aconteceram várias coisas, mas não quero falar sobre isso aqui. — Indico com a cabeça a direção de Karen, que está parada olhando para nós de longe.

— Eu entendo, menino! Não se preocupe, eu cuido de tudo aqui. Vá arrumar sua vida, Theo.

Eu a abraço e entro no elevador para subir para meu apartamento.

As portas se abrem e, quando levanto a cabeça, encontro Talissa e Ana me esperando com um sorriso enorme.

— Olha só, o titio chegou! — Talissa diz para Ana que logo se agita quando me vê.

Largo a mala e corro para pegar minha princesa.

— Que saudade eu senti da minha bolinha!

Depois de beijar Ana, olho para minha irmã que está com um sorriso lindo.

— Tudo bem? — pergunto.

— Sim, está! Benjamin está preso e, apesar de ele poder sair, já fico aliviada de saber que agora não pode chegar perto de nós.

— Vai dar tudo certo.

— Como foi lá? Ainda está tudo tão bonito quanto me lembro?

— Sim, ainda está tudo perfeito. — Eu me sento no sofá com Ana nos braços.

— Bem, já que está aqui quero comunicar uma coisa.

Ela se senta na mesinha à minha frente e eu coloco Ana no chão; desde que começou a engatinhar ela não para quieta.

— Estou ouvindo.

— Vou passar um tempo na casa da mamãe.

— Mas, por quê? Eu sei que andei meio ausente com você esses dias, mas prometo dar um jeito.

— Não tem nada a ver com você! Eu preciso colocar meus pensamentos em ordem e também sinto saudade da mamãe. Eu devo isso a ela, depois de tanto tempo afastada — diz, cabisbaixa, porque na época em que se casou com Benjamin ele a fez se afastar de toda a família e isso fez com que minha mãe sofresse.

— E quando você pretende ir?

— Amanhã cedo, já comprei a passagem.

— Nossa... Mas já?

— Por que você não vem comigo? A Sra. Bittencourt vai amar ter você com ela alguns dias. Chame Beca, ela vai gostar conhecer nossa mãe.

Suspiro com a menção à Rebeca e aquele aperto no peito se intensifica.

— Eu creio que vou com você, sim, mas Beca não pode ir, você sabe! Ela trabalha e acabou de voltar de uma folga! — Tento não deixar transparecer que eu não estou bem em relação a ela, tenho certeza que falar sobre isso vai doer mais ainda. Talissa me encara e murmura que "tudo bem". — Agora vou tomar um banho e descer à livraria para conversar com Tina sobre esses dias fora. Enquanto isso, você compra uma passagem para mim, por favor! E não conta para mamãe que eu estou indo! Quero fazer uma surpresa.

— Ela vai pirar.

— Eu tenho certeza de que sim. — Saio rindo pelo comentário, entro no meu quarto e perco o sorriso de vez.

Não me reconheço mais, sinto-me triste e mais cansado do que nunca. Decidi ir para Boston para dar um tempo e espaço para Beca, porque sinto que ela precisará.

Tiro as roupas e vou rumo ao banheiro para tomar um banho. Quando a água morna cai sobre meu corpo, suspiro e me lembro de ontem à noite, quando beijei seu corpo e fiz amor com ela. A sensação de que era a última vez não me abandona e isso me desmonta mais ainda. Quando percebo, estou chorando embaixo do chuveiro, os soluços se tornam altos e o medo de perdê-la me domina.

Eu nunca amei alguém assim, mas sinto que é o momento de me afastar e deixá-la tomar a decisão que mudará nossas vidas.

Depois do banho, e de ter falado com Beca — inclusive, sobre minha viagem —, mando mensagem chamando Mike e Matteo para conversarmos. O babaca do Mike diz que está em um bar aqui perto e é onde marcamos de nos encontrarmos.

Saio do meu quarto e, quando estou prestes a entrar no elevador, Talissa me chama.

— Vai sair?
— Vou ver os dois idiotas, eles estão com saudades. — Dou um sorriso de lado a fazendo cair na gargalhada.
— Vocês não têm jeito!
— Faz um favor para mim, joga algumas peças de roupa dentro de uma mala maior da que eu acabei de usar. O que você colocar, estará ótimo!
Entro no elevador, escutando-a gritar:
— Vou encher de calcinhas, seu folgado!
Somente Talissa para me fazer rir hoje.
Saio direto na garagem, quando abro a porta do carro logo sinto o perfume que tanto amo. O cheiro da Beca está impregnado em todo canto que ando; em casa, no escritório e no carro.
Dirijo e rapidamente chego ao bar. De longe já vejo Mike e Matteo sentados, conversando.
— Olha só quem voltou! — Matteo é o primeiro a me ver.
— Oi, príncipe! Fiquei sabendo que você estava fodendo que nem coelho — Mike diz, rindo.
— Olá, moças! Não vou falar sobre minha vida sexual, Mike, por mais que você queira aprender como usar um pau.
Matteo solta uma gargalhada, Mike me mostra o dedo do meio. O garçom se aproxima e eu peço água com gás e limão e os meninos outra rodada de cerveja.
— Então, como foi a lua de mel? — Matteo pergunta com um sorriso de lado.
— Tirando a parte em que eu me declarei, foi bom.
Mal termino de dizer e Mike se engasga, ficando vermelho.
— Porra, Mike! Jogou cerveja em mim. — Matteo pega um guardanapo para se limpar e eu suspiro, esperando Mike começar com as gracinhas.
— Que porra você fez, Theodoro? — ele grita chamando a atenção de todos a nossa volta.
— Eu levei Beca para a caverna da lua, lembra-se dela? — Ele assente e eu continuo: — Quando estávamos lá, eu acabei me declarando — murmuro e encaro os dois que me olham ainda em silêncio.
— E... — Matteo me incentiva a continuar.
— E ela saiu da água feito uma louca e desmaiou.
— Uau!
— Uau porra nenhuma, Matteo! Theo, você ficou louco, cara? Declarar-se para a diaba assim.
— E queria que eu fizesse o quê, Mike? Eu a amo, caralho! Só não pensei que ela fosse receber tão mal.
Conto tudo para eles, que me ouvem atentamente. Quando termino, silêncio é tudo que eu tenho.
— E agora? — Mike pergunta.
— Agora eu preciso ir para Boston ver minha mãe e, quando eu chegar, verei o que acontece.

— Beca é uma mulher decidida, Theo, dê tempo a ela e logo perceberá que vocês dois são ótimos juntos.
— Aquela diaba não tinha o direito de deixá-lo assim. Olha só para você, com essa carinha de cachorro sem dono — Mike diz sério me fazendo rir.
— Cala a boca, Mike!
— Não calo! Olha só, você precisa sair! Conhecer uma pessoa nova e deixar aquela peste com ciúmes.
— Não caia na lábia dele — Matteo murmura.
— Eu não vou ficar com outra, coisa nenhuma. Vou para Boston esfriar a cabeça e, quando eu voltar, verei como as coisas ficarão.
— Theo... — Olho para Mike. — Você vai ficar bem?
Engulo seco e a vontade de chorar vem, mas me seguro.
— Sim, vou ficar.
Espero mesmo ficar bem.

CAPÍTULO 28

Rebeca

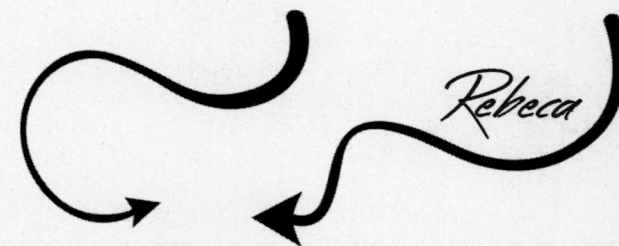

Há dois dias eu não converso com Theo, desde que foi para Boston. Acredito que ele tenha sentido que eu preciso de espaço, preciso colocar os sentimentos e pensamentos em ordem, mas a saudade que sinto dele está quase me consumindo.

Eu sabia que tudo mudaria depois do que aconteceu naquele lago. Apesar de ter percebido que ele ficou magoado com minhas ações, Theo precisa entender que nosso tempo já deu e esse seu afastamento veio a calhar.

— Bom dia, Dra. Fontes! — Eu me assusto com o cumprimento de Guilherme Martin, o novo interno na Obstetrícia.

— Bom dia, Guilherme! Você vai me acompanhar hoje?

— Sim, eu vou! Estarei com a melhor.

Guilherme me dá um sorriso sedutor, se não estivesse tão confusa eu cairia matando em cima dele. Moreno, alto, corpo atlético, mas infelizmente não sinto qualquer atração física por ele.

Ele não é Theo!

Suspiro com esse pensamento. Aquele filho da puta não sai da minha cabeça.

— Então, vamos às visitas, quero que preste atenção nos prontuários e como conduzo os casos. Se fizer tudo direitinho, deixarei que você conduza sozinho a cesariana de hoje à tarde.

— Bem que me disseram que é uma ótima professora. Vai ser um prazer trabalhar com você!

Durante duas horas fizemos visitas aos pacientes do andar da obstetrícia, dando alta e fazendo consultas.

A todo o momento pegava os olhares de Guilherme em mim, passamos horas agradáveis trabalhando e às vezes conferia o celular para checar se havia alguma mensagem de Theo, mas em todas elas a frustração de não ter nada me tomava.

— Beca, vamos almoçar? — Encontro Ayla no corredor indo em direção ao refeitório.

— Pensei que ninguém fosse me chamar — digo sorrindo.

— Se eu soubesse que já queria dar uma pausa, já teria chamado. — Guilherme que estava ao meu lado, calado até então, se manifesta.

— Tudo bem, Guilherme, fica para a próxima! Vou almoçar com Ayla e depois nos encontramos, para a cesariana.

Ele assente e Ayla e eu seguimos em direção ao refeitório.

— Ele está caidinho por você.

— Sim, está — respondo, desanimada.

— Só isso? Não vai se vangloriar e dizer quando vai pegar o bonitinho? — Ayla questiona me segurando pelo braço e me encarando atentamente.

Eu me desvencilho do seu toque e suspiro.

— Não, Ayla, eu não vou falar nada porque não tenho nada a dizer. Ele é bonitinho, mas...

— Ele não é Theo — ela completa antes de mim.

— Ayla, eu preciso acabar o que seja lá que tenho com ele. Eu sou uma devassa, mas sou consciente.

— Beca, tem certeza de que você realmente vai terminar com Theo? Olha só seu estado, há dois dias tem andado calada e pensativa. Estamos preocupadas com você.

Droga, como fugir do assunto quando suas amigas a conhecem perfeitamente?! Como dizer a elas que eu não sei o que fazer e que a saudade daquele idiota está me matando.

— Ayla, eu estou bem. Só que sei o quanto ele vai ficar magoado quando eu contar. Apesar de tudo, não queria magoá-lo.

— Você precisa ter certeza, Rebeca, porque pode não ter volta.

— Eu sei, a Vakaren está só esperando uma brecha para cair matando em cima dele.

Logo Ceci e Miguel se juntaram a nós para o almoço. Só de olhar para a cara do babaconildo me dava vontade de vomitar, mas por Ceci eu sou obrigada a aturar. Dei graças a Deus quando ele saiu por estar sendo chamado na emergência.

— Você poderia pelo menos disfarçar seu ranço, Beca.

Fuzilo Ceci com os olhos pelo comentário.

— Claro que não! Já sou obrigada a aturar, não posso mudar minha cara de ranço. — Ayla sorri ao meu lado, deixando Ceci vermelha. Um dos meus passatempos preferidos é irritar Cecília. — Hoje, podemos ir àquela pizzaria que abriu perto de casa?

Faço o convite, porque não quero ficar sozinha para não pensar em coisas que não devia.

— Aí, vamos! — Ayla aceita toda animada.

— Não posso, vou sair com Miguel. Ele disse que me levaria em um lugar especial.

Encaro Ceci, séria.

— Tudo bem, mas só me prometa manter a pequena Ceci longe do pequeno Miguel.

Ayla cai na gargalhada e até mesmo Ceci não consegue se manter séria e acaba rindo também.

— Oh, meu Deus, Furacão! Você é uma peste! — Ayla diz em meio às gargalhadas.

— Deixe-a, Ayla. Ela precisa extravasar a frustração de estar sem sexo.

— Eu não estou tanto tempo sem sexo — retruco.

— Nos últimos meses você só fez sexo com Theo. Quando foi a última vez que ficou com outro cara? — Ceci me pergunta e eu tento buscar qual foi o último e nem consigo me lembrar, a não ser o beijo que dei em Sam, no bar.

— Está vendo... — Ela sorri de lado. — Você está caidinha pelo Theo e só não quer assumir.

— Pare, Ceci! — Ayla pede colocando a mão em cima da dela.

— Não paro.

— Nós combinamos de sermos exclusivos, só isso. — Dou de ombros tentando me esquivar da pergunta.

— Então, já que você vai terminar, eu proponho um desafio. — Ceci sorri, diabólica, porque sabe que eu não sou de fugir de um bom desafio.

— Pode mandar.

— Chega, para as duas. Vocês não vão fazer isso. — Ayla olha para mim, séria. — Rebeca, não faça nada que possa se arrepender.

— Deixe que ela fale, Ayla. Fica tranquila. — Olho para Ceci sorrindo e libero que mande o que tem a dizer.

— Desafio você a ficar com seu interno, hoje. — Arregalo os olhos para ela tentando entender como sabe que ele está a fim de mim. Como se lesse meus pensamentos, ela me responde logo em seguida: — Todo mundo do hospital sabe que Guilherme está de olho em você, ele não fez questão de esconder isso.

— Não faça isso, Beca.

— Aceito.

— Ah, porra! Isso vai dar merda! — Ayla se levanta, brava, e sai deixando Ceci e eu rindo do seu comportamento.

— Eu estava brincando, Beca, não precisa fazer isso! Além do mais, eu gosto do Theo e torço por vocês.

— Mas eu vou fazer, chegou a hora de virar essa página.

Ela assente ainda meio em dúvida e eu mantenho o foco de pegar o interno bonitinho hoje, retornar à ativa é tudo que eu preciso para voltar a ser a mesma de antes.

Chego a casa com as meninas e subo em direção ao meu quarto para me arrumar. Depois do almoço, chamei o bonitinho para se juntar a mim na pizzaria. Ayla disse que não iria mais porque não queria assistir eu fazendo outra burrada, ainda mais depois de ter comentado que tenho a impressão de estar sendo vigiada. Hoje, depois que auxiliei Guilherme, saí para tomar um café na porta do hospital e tive essa impressão, até senti um calafrio e acabei entrando às pressas.

Tomo um banho rápido e decido colocar algo mais simples, macacão verde curto com mangas compridas. Deixo meus cabelos soltos e passo somente uma base no rosto.

— Beca... — Através do espelho vejo Ceci entrar no meu quarto. — Você não precisa fazer isso.

— Eu sei que não preciso, mas eu quero. — Dou-lhe um sorriso reconfortante.

— Sabe, Theo é uma ótima pessoa e ele lhe faz bem. Dê uma chance a vocês dois, Beca. Seus pais foram felizes e está tudo bem, as pessoas morrem.

Engulo em seco olhando para Ceci ainda através do espelho, ela sabe que está entrando num assunto que é meu ponto fraco.

— Ceci, eu não estou fazendo nada de errado. Theo sempre soube que eu não seria capaz de estar em algo sério. Fui verdadeira com ele e agora estou sendo verdadeira comigo mesma.

Viro para ela e lhe dou um abraço apertado. Quando nos soltamos, Ceci segura minhas mãos, fazendo carinho.

— Para ser bom o amor precisa somar e Theo é sua soma. Espero que você não demore a perceber isso. Cada um tem suas escolhas, Beca. Por favor, faça a coisa certa!

— Ceci, eu vou viver e ele vai seguir em frente. Na verdade, já deve estar seguindo. Nem me mandou mensagem ou ligou. Acho que, enfim, nós dois percebemos que não dá mais ao mesmo tempo.

Ela assente e sai sem dizer nada me deixando com um nó na garganta. Meu celular começa a tocar em cima da cama e me vejo correndo na esperança de que seja Theo. Novamente me sinto frustrada quando o nome de Guilherme aparece no visor.

— Alô.

— *Oi, então, já cheguei. Estou aqui à porta.*

— Ah, sim! Já estou pronta. Saio em um minuto.

Desligo a ligação, pego minha bolsa e desço. Encontro Ayla ao pé da escada de braços cruzados, encarando-me.

— O que foi? — pergunto, considerando engraçada a cara de brava que ela tenta mostrar.

— Você não pode fazer isso. Você gosta do Theo. Rebeca não faça besteiras.

— Ayla, em algum momento não fiz besteiras? Você me conhece, eu sempre faço. — Dou de ombros e sorrio. — Vai ficar tudo bem, amiga!

Dou-lhe um beijo na bochecha e dou tchau para Ceci que me olha da cozinha.

Ando em direção ao carro de Guilherme que está encostado no capô, de braços cruzados.
— Você está linda!
Sempre a mesma ladainha!
— Obrigada! Nós podemos ir andando, a pizzaria fica logo virando a esquina.

Andamos lado a lado para o local e a sensação de estar sendo vigiada novamente aparece. Sem parar de andar, olho para os lados e para trás para ver se vejo alguém.
— Está procurando algo? — Viro para Guilherme que está com a porta de vidro do restaurante aberta, sinalizando para que eu entre.
— Não, só estava reparando o lugar.

Entro no restaurante com ele me acompanhando, sentamo-nos à uma mesa com uma parede de vidro ao lado com bela vista para as casas do bairro. Com a aproximação do garçom, fizemos o pedido de uma das pizzas da casa com bastante queijo e logo fomos servidos com vinho tinto.
— Pensei que a Ayla fosse vir com Gabe!
— Ela não quis vir, precisava resolver algumas coisas — minto e desvio os olhos do seu olhar intenso em mim.

Estava confiante de que nada poderia acontecer entre mim e Guilherme, mas estava completamente enganada. A aflição no peito, a sensação de estar sendo seguida e a consciência pesando por considerar que estou fazendo algo errado está me matando.

Suspiro e decido admirar a vista linda das casas do bairro, as árvores balançando, o movimento das crianças brincando no parquinho próximo, e algo me chama atenção. Há alguém atrás do tronco enorme da árvore à entrada para cá, tento focar mais e ver se reconheço, mas o local sem luz não me ajuda muito.
— Então, Dra. Fontes, qual é a sua história?

Volto minha atenção para Guilherme que pega a taça cheia de vinho e toma um gole generoso.
— Não tenho muito a dizer... Sou do Brasil e resolvi vir para outro país depois de formada.
— Você é uma médica brilhante. Todos vivem comentando o quanto é dedicada.

Sorrio sem graça, em vez de me paquerar o idiota está é puxando meu saco.
— Obrigada! Mas, e você, mudou de hospital no meio da sua residência. Não considerou arriscado?
— Eu estava insatisfeito com a direção de onde estava, queria o melhor hospital e quando eu ouvi falar da implacável obstetra do *Dignity Health* decidi que continuaria fazendo minha residência lá. Depois que conheci você, vi que fiz a coisa certa.

O nosso pedido chega e comemos em um silêncio bem-vindo. Quero terminar rápido, ir embora o quanto antes e fingir que eu não cometi essa besteira. De vez em quando, levanto meu olhar para Guilherme e o pego me encarando, sério.

Quando enfim terminamos, insisto para que ele peça a conta alegando cansaço. Depois de uma pequena discussão, rachamos a conta.

— Você é muito teimosa — ele diz, rindo, enquanto andamos de volta para minha casa.

— Sim, eu sou! — Retribuo o sorriso. — Mas, em minha defesa, quase sempre estou certa.

Andamos por alguns minutos e, quando estamos quase perto de casa, ele para e me olha intensamente.

— Desculpe-me por isso! — pede passando seu braço firmemente pela minha cintura e me beijando sem dizer mais nada.

Foi um selinho não tão rápido quanto eu gostaria por ter sido pega desprevenida. Desfaço-me do contato o mais rápido que posso e, ainda movida pela raiva, acerto um tapa estralado na sua cara.

— Nunca mais faça isso! Qual é a sua? Por acaso eu autorizei que você me tocasse? — pergunto, ríspida.

Guilherme passa uma das mãos na bochecha onde já se percebe a vermelhidão.

— Você aceitou sair comigo, qual o problema de me recompensar?

Arregalo os olhos, incrédula pela sua fala. Como é possível que nos dias de hoje ainda existam homens babacas assim. Fuzilo-o com os olhos e ele me lança um sorriso de lado ainda passando a mão no rosto.

— Não é porque uma mulher aceita sair com um cara que significa que ele tem o direito de tocá-la sem seu consentimento. Uma mulher ser simpática com um homem não significa que ela está dando em cima dele. Aprenda uma coisa, pessoas como você se dizem homens, mas na verdade são moleques que pensam que podem fazer o que bem entendem. Então, Guilherme, escute bem porque não vou repetir... Nunca mais toque em mim ou em qualquer outra mulher sem o consentimento dela. Caso contrário, você vai ver o inferno na Terra, porque eu vou fazer questão de mostrar o que atitudes como essa têm consequências irreparáveis.

Sem lhe dar a chance de dizer mais nada, saio marchando rumo a minha casa.

Meu coração está disparado, meus olhos se enchem de água.

Droga, Rebeca, não chore! Você não teve culpa.

Quando enfim passo pela porta de casa, suspiro aliviada. Passo a mão em minha boca e só de imaginar os lábios do Guilherme nos meus, meu estômago se revira e corro para o banheiro social perto da sala.

Em segundos, tudo que comi no jantar vai para o vaso. Levanto, lavo a boca e, assim que abro a porta do banheiro, eu me deparo com Ayla e Cecília que estão com os olhos arregalados.

— O que você tem? — Ayla pergunta, preocupada, passando a mão na minha testa para ver se estou com febre; reviro os olhos para ela.

— Estou bem, só fiquei com nojo pelo que aconteceu.

— E o que aconteceu? — Ceci murmura, cruzando os braços.

Encosto as costas na porta aberta do banheiro e fecho os olhos.
— Guilherme me roubou um beijo e eu lhe dei um tapa na cara por isso.
As duas caem na gargalhada. Sem querer que o assunto renda, saio rumo ao meu quarto e posso escutar seus passos e risadas enquanto me acompanham.
— Gabe me deve cinquenta pratas.
Sento na minha cama e olho, incrédula, para Ayla.
— Você apostou com Gabe sobre mim? — Arregalo os olhos, porque ela me lança um sorriso de quem aprontou. — Onde está minha amiga e o que você fez com ela?
— Qual é, Beca? Estava na cara que esse encontro acabaria em furada. Gabe me disse que você cairia matando em cima de Guilherme e eu a conheço bem o suficiente para saber que você não faria nada.
— Dá pra acreditar na minha monstrinha criando asas e voando? — Ceci a provoca.
Suspiro, derrotada. Eu não me reconheço mais, nunca em minha vida eu imaginei que ficaria com a sensação de que estou fazendo algo errado em relação aos meus sentimentos.
Theo bagunçou minha vida e minha cabeça.
— O que eu quero saber é por que você vomitou.
Encaro Ceci depois de sua pergunta.
— Eu fiquei com nojo. Não queria ser beijada, ainda mais por ele.
— Beca... Tem certeza de que foi só isso? — Olho Ayla que parece querer falar algo. — Quero dizer... Você andou ficando muito com Theo. Vocês se preveniram?
Depois de escutar sua pergunta, procuro nas minhas memórias todas as vezes em que fiz sexo com Theo nos últimos dias e só de imaginar minha intimidade pulsa de saudade de tudo que fizemos.
— Eu tomo remédio, gente, e...
Arregalo os olhos e encaro as duas que estão tensas à minha frente, devolvendo meu olhar.
— Rebeca, como você se esqueceu de que estava tomando antibióticos? Você é uma médica, caralho! — Ceci explode, chocada com a percepção da situação.
— Calma! Muita calma, mesmo. Eu viajei e não usamos preservativo e só tem dois dias que cheguei. Não tem como eu já estar grávida — suspiro, aliviada.
Não tem como, repito para mim.
— Mas, existe essa possibilidade, não existe? — Ayla pergunta, senta-se ao meu lado e passa a mão com carinho nas minhas costas.
— Não, não existe essa possibilidade, Ayla — respondo querendo ser convincente, mas com a troca de olhares entre Ceci e ela sei que não deu certo.
Ceci também se senta na cama, no meu outro lado.

— Independente de estar ou não, estamos com você. Mas precisa conversar com Theo e resolver sua situação. E não se esqueça de contar a possibilidade de estar grávida.

— Qual a parte do eu não estou grávida você não entendeu?

— E eu acredito em Papai Noel — ela diz, sarcástica.

Acabo ficando em silêncio porque eu sei que nada que eu disser será suficiente para mudar de assunto. Enquanto as duas discutem minha possível gravidez, meu coração se aperta. Penso em mil possibilidades e em nenhuma delas me imagino grávida, seria muita falta de sorte; além de que minha vida mudaria completamente. Um bebê me ligaria a Theo para sempre.

— Vamos deixar que ela descanse, Ceci.

Desperto dos meus pensamentos quando Ayla se levanta e sai puxando Ceci.

Tiro minhas roupas, ficando apenas de calcinha e sutiã e me deito para tentar dormir e esquecer que este dia existiu.

Reviro de um lado para o outro e nada de o sono vir. Olho para o relógio e já passa da meia-noite. Num impulso, vencida pela saudade, eu pego o telefone e ligo para Theo, mas quando volto a mim e percebo que isso é uma idiotice tento desligar. Antes que isso aconteça, ele atende roucamente, provavelmente porque estava dormindo.

Só de escutá-lo é o suficiente para meu coração acelerar. Fecho os olhos tentando conter as lágrimas que nem sei dizer por que já estão rolando pelo meu rosto.

— *Tudo bem?* — ele pergunta com voz rouca.

— Tudo, sim. Desculpe a hora, é que estou de plantão e resolvi ligar para saber como está tudo por aí — minto e tento não demonstrar minha ansiedade em saber quando ele volta.

— *Estou bem! Quer dizer... Minha mãe está querendo me engordar com tanta comida que anda me fazendo comer, mas ainda estou firme em negar a maioria.* — Sorrio com seu comentário. — *Talissa está ótima, anda mais tranquila e à vontade aqui. Por mais que, para mim, seja difícil ter de voltar sozinho, para ela ficar aqui pode ser ótimo.*

— E você sabe quando volta? — pergunto num murmúrio.

— *Vou resolver algumas coisas com mamãe e devo voltar em três ou quatro dias.* — Ficamos alguns segundos em silêncio, enfim ele fala: — *Estou com saudades, Rebeca.*

Suspiro e me sinto feliz, porque eu também estou com saudades dele.

— Eu também estou, mas curta sua família. Preciso desligar!

— *Certo. Bom trabalho, amor!*

— Beijos!

Ao desligar a ligação, as lágrimas rolam sem parar. Só de ouvir sua voz meu coração acelerou, como continuar negando que eu estou com saudades? Que estou gostando dele e que ele já está impregnado em cada célula do meu corpo e que, sim, ele me estragou para outros homens?

Cubro a cabeça com o travesseiro para abafar meus soluços e num descontrole total eu grito de desespero. Sinto a cama se afundando e encaro minhas amigas, que olham para mim, preocupadas, mas a voz não sai.

Eu passei quase a minha vida toda gritando aos quatro ventos que eu não me envolveria sério e eu estava bem, vivendo em minha bolha até Theodoro me tirar dela. Mas o medo que eu sinto desse sentimento me faz falhar e errar quando preciso ser decidida e forte.

Ceci e Ayla apenas me abraçam sem dizer nada e durante minutos eu choro copiosamente.

— Eu o amo — assumo entre soluços —, mas eu estou com medo! Eu estou com medo disso que estou sentindo porque eu sempre estrago tudo com meu jeito de ser e eu não quero estragar nada entre nós dois, mas se eu decidir ficar com ele eu sei que vou falhar.

— É melhor tentar e viver com a certeza de que você fez o que pôde, do que não tentar e viver se perguntando como poderia ter sido. Você é uma mulher forte e decidida, Beca. — Ayla se senta continua tentando me consolar. — Você é a pessoa mais obstinada e lutadora que eu conheço. E daí que você passou anos dizendo que não se apaixonaria? Aconteceu, Rebeca, e está tudo bem! Vocês dois foram feitos um para outro, vocês se completam mesmo nas suas falhas.

As palavras de Ayla me fazem chorar mais ainda. Eu preciso voltar a ser o que eu era, preciso ser forte e não covarde. Se eu o amo, preciso dizer isso a ele mesmo com medo.

— Ayla está certa. — Ceci me fita dizendo: — Você não percebeu o quanto fica mais feliz ao lado dele? Podem dizer que Theo é seu oposto, Rebeca, mas mesmo tão diferentes foram feitos um para o outro. Se vocês tentarem e não der certo, também está tudo bem! Pelo menos você tentou e Ayla e eu vamos estar aqui para juntar os caquinhos do seu coração, caso precise.

— Eu amo vocês! Obrigada por estarem comigo sempre! Eu vou tentar. Assim que Theo chegar, eu vou falar com ele.

Aliviadas pela minha decisão, elas sorriem e voltam a se deitar ao meu lado. Mais calma, e com os pensamentos em ordem, tomo a decisão mais difícil e ao mesmo tempo mais fácil da minha vida.

Vou me abrir para Theo e dizer o quanto eu o amo.

CAPÍTULO 29

Theo

Cheguei a Boston há três dias, angustiado com a situação que deixei em Santa Mônica. A dona dos meus pensamentos, sentimentos e coração, pelo jeito não vai ceder e talvez eu tenha de me preparar para o pior.

Apesar da sua ligação de ontem de madrugada, e de ter sentido que estava um pouco estranha, eu sei que ela vai terminar tudo assim que eu voltar e talvez eu não seja capaz de passar por cima do meu coração magoado e correr atrás dela.

— Eu conheço esse suspiro, mocinho. — Olho para trás seguindo a voz da minha mãe, que está encostada no batente da porta com um sorriso de lado e braços cruzados.

— Isso porque você é minha mãe — retruco sendo sarcástico, fazendo com que sorria mais ainda e venha se sentar ao meu lado no sofá na varanda.

— Sabe? Desde que você era criança e pegou Talissa no colo pela primeira vez eu vi seus olhos brilharem de alegria. E com o passar do tempo você foi crescendo e se tornando um homem maravilhoso, filho. — Ela me encara, séria, e continua: — Uma das suas principais características é não conseguir esconder seu sofrimento, Theo. Lembro do dia em que sua irmã caiu da bicicleta e você se culpou por semanas só porque não a segurou firme. Você sofreu tanto vendo sua irmã com os machucados que fazia de tudo para ela e nem percebeu que era usado para fazer seus deveres de casa.

Sorrio com a lembrança e olho para a rua à nossa frente.

— E aonde exatamente você quer chegar com isso?

Colocando as mãos em cima da minha, ela me lança um olhar de quem já sabe de tudo.

— Não tem de segurar tudo o tempo todo, amor. Se você está triste ou magoado, precisa dizer.

— Não sou mais uma criança, mãe. — Eu a fito, sorrindo. — Eu não vou ficar falando por aí o quanto Beca me deixou magoado por praticamente ter rejeitado meu amor.

— Você é um homem como poucos. É honesto, carinhoso e tem um coração enorme. Se ela não o quiser, não será você quem sairá perdendo.

— Você não a conhece. Rebeca é incrível, mãe. Ela é uma médica excelente, que ama o que faz e se doa como nunca vi antes. Quando não está no trabalho, ela é companheira para tudo, está sempre disposta a ajudar, é proativa e tem sempre uma opinião para tudo. — Sorrio tentando disfarçar minha tristeza. — Mas também é teimosa como uma mula. Como Mike gosta de dizer, a mulher é uma diaba.

Minha diaba.

— Você a ama de verdade, não é? — Minha mãe me encara, engulo seco e suspiro.

— Mais do que deveria.

Aquela diaba me enfeitiçou e agora eu só penso em como somos bons juntos.

— E o que você vai fazer quando voltar?

— Vou encontrá-la e esperar o pé na bunda que vou receber.

— Como tem tanta certeza disso?

— Quando o assunto é relacionamento sério, aquela diaba se transforma. Queria entender seus motivos para não querer, mas a verdade é que eu não entendo.

— Você não pode julgá-la, Theodoro! — Brava, ela me repreende. — Você não está na cabeça nem no coração dela para saber o que se passa! Pelo que você disse, e o que Talissa comentou, Beca parece ser uma mulher incrível que pode estar só com medo. Ela está em outro país, longe dos pais e é normal sentir receio de começar algo com alguém tão intenso quanto você.

— Pai... — digo e vejo o vinco se formar na sua testa. — A mãe dela morreu quando Beca estava com treze anos e desde então ela é criada só pelo pai. Cresceu junto de Ayla e de Cecília. Você precisa vê-las, elas parecem irmãs trigêmeas siamesas.

— Olha só para você, meu amor! Está apaixonado por uma mulher incrível. Vou dar um conselho de mãe... Arrume suas coisas e não fuja mais. Vá embora e, se for para levar um pé na bunda, leve, mas não desista, porque se você fizer isso vai se arrepender pelo resto da sua vida.

— Eu não posso ir, mãe, vou resolver a coisa toda da escritura dos imóveis para a senhora.

Ela se levanta colocando as mãos na cintura e me olhando, séria.

— Theodoro Bittencourt, faça suas malas! Você está voltando para Santa Mônica, hoje, para se acertar com minha futura nora e só voltará aqui com ela ao seu lado para eu conhecê-la.

Caio na gargalhada pelo tom usado. Ela costumava falar desse jeito para me dar broncas quando eu tinha dez anos de idade.

— As coisas não são tão fáceis, mãe. — Tento fazê-la mudar de ideia, caso contrário ela mesma arrumará minhas coisas e me mandará embora.
— Não são mesmo e é por isso que você está voltando, até logo!
Dizendo isso ela me dá as costas e marcha para dentro de casa, deixando-me sozinho, rindo desse seu atrevimento.
Mas talvez, e só talvez, ela esteja certa. Não posso desistir tão fácil da mulher que eu amo, e não vou. Vai ser um caminho mais árduo, mas eu creio que consigo amansar a fera.
Quem sabe se eu usar a minha amizade com o pai dela dê algum resultado? E foda-se se isso for golpe baixo! Beca não facilitou para mim, eu que não vou facilitar.
Levanto e entro direto na cozinha onde eu tenho a vista completa da casa por causa do nosso clássico modelo americana. Talissa me encara do sofá onde está cochichando com minha mãe e sorrio, vendo Ana engatinhando próximo a elas.
— Onde está a vovó? — pergunto.
Minha avó Mary, por parte de mãe, é uma figura e desde a morte do meu pai juntamente com minha mãe ela decidiu deixar a agitação de Santa Mônica e voltar para sua terra natal. Ultimamente ela anda mais cansada do que o normal para seus oitenta e seis anos de idade.
— Foi descansar um pouco — Talissa responde e, quando me vê subindo as escadas, se levanta e me alcança. — Eu tive de contar, você está péssimo se quer saber.
Suspiro, derrotado, contra nossa mãe e ela eu nunca terei chances de vencer uma discussão.
— Tudo bem! Ela me expulsou, estou voltando hoje.
Entro no meu quarto e começo a juntar algumas coisas dentro da mala, sob o olhar da minha irmã.
— Você vai conseguir fazer com que vocês dois se acertem. — Aproximando-se de mim ela coloca a mão em meu ombro e eu lhe dou mais atenção. — Você é um homem incrível, só vá com calma e tenha paciência com ela.
— Paciência é meu sobrenome — retruco com um sorriso de lado.
— Ansioso é seu sobrenome, idiota! — Ela me dá um tapa no peito e sai, deixando que eu termine de arrumar tudo.

Depois de três horas estou no portão de embarque do aeroporto para voltar para casa. Olho para trás acenando para as mulheres da minha vida.
Eu sinto que estou sendo precipitado e que deveria ficar, mas me permito pelo menos uma vez na vida fazer algo sem planejar. Estou cruzando literalmente o país novamente depois de setenta e duas horas só para tentar salvar algo que talvez já tenha perdido.
Desço do táxi em frente à livraria e a encontro fechada. Olho para o relógio e já passa das 11h da noite. Depois de seis horas dentro de um

avião tudo que preciso é de um bom banho. Pego meu celular tentado a ligar para o Mike, mas acabo desistindo. Se bem conheço aquele idiota, ele deve estar enterrado na boceta de alguma iludida por aí.

Uso o elevador da garagem que sempre fica aberta, depois de digitar a senha, ele começa a subir. Pelo celular olho as câmeras de segurança instaladas dentro de casa depois que Talissa veio morar comigo. Confiro a sala, a cozinha, o corredor, e tudo parece ok. Quando as portas de metal se abrem, saio no hall deixando minha mala ali mesmo e vou para meu quarto.

Ainda inquieto e sem saber o que fazer, mando uma mensagem para Matteo dizendo que estou em casa. Ele responde que passará por aqui já que está sem sono e na delegacia ainda. Tomo um banho rápido e, quando estou na cozinha preparando um sanduíche, escuto as portas do elevador se abrindo.

— Olha quem voltou! Estava com saudades de nós, não estava?

Encaro Matteo com um sorriso.

— Você não sabe o quanto, mas o sarcasmo não combina com você, sim, com Mike. — Ele cai na gargalhada e se senta no sofá. Da cozinha, pergunto: — Água ou vinho?

— Café, e o mais forte que você tiver — ele murmura.

Preparo duas canecas grandes de café e levo para a sala. Depois de sentar de frente para ele, suspiro tendo sua total atenção.

— Eu não vou desistir de Beca — digo seriamente. — Não enquanto eu não tiver certeza de que ela não me quer.

— E qual vai ser sua atitude? Ela sabe que você já está de volta?

Desvio meu olhar dele e olho a vista que tenho da cidade.

— Eu acho que vou fazer uma surpresa amanhã, indo até o hospital. Ela me ligou esses dias e eu senti que estava estranha, minha esperança é que esteja com tanta saudade quanto eu. — Volto a encará-lo. — Meu plano é beijar Beca sempre que perceber que está pensando o que não deve, porque quando aquela cabeça começa a pensar... Meu amigo, sempre sobra para mim. E quando ela perceber, nós já estaremos juntos por anos.

— Você está disposto a aceitar o que ela pode oferecer? — Ele faz a pergunta e na mesma hora meu coração aperta.

Não sei se posso lidar por muito tempo somente com as migalhas que ela me der, mas eu tenho certeza de que quero correr o risco.

— Eu estou disposto a tentar sermos o que éramos antes da viagem para São Francisco — respondo sem deixar de mostrar o quanto estou incomodado com o que está por vir.

— E também está disposto a não dar certo e ter de admitir, Theo? — Ele me encara, sério e eu devolvo meu olhar sem ter resposta certa para sua pergunta.

— Não sei — respondo e abaixo a cabeça.

— Mudando totalmente de assunto... Benjamim foi fichado e o advogado dele tentou pagar fiança, mas o juiz negou. Ele ficará preso por um bom tempo.

— Pelo menos uma notícia boa. Você acredita que ele tem chances de sair rápido?

— Poucas, mas existe. Só tome cuidado caso ele saia antes que passe a raiva que ele parece sentir de você. Quando eu o prendi, o cara parecia fora de si. Ele o culpa por Talissa estar se separando dele.

— Vou ficar bem, não se preocupe. — Ele assente. — Tem visto Mike?

— Sim, eu o vi ontem com Natasha. Parece que eles estão se pegando para valer. Quem sabe nosso garoto tome jeito? — diz com um sorriso zombeteiro.

— Eu duvido. A mulher que prender Mike terá que ser canonizada, porque terá feito um milagre.

Caímos na gargalhada e me permito, por algumas horas, tirar todos os problemas da cabeça.

Com o sol já quente saio do elevador privativo direto na livraria e de cara trombo em Karen, que fica surpresa quando me vê.

— Não sabia que já tinha voltado — ela comenta com um sorriso enorme no rosto.

— Cheguei ontem à noite, preciso resolver alguns problemas — digo.

Quando estou prestes a sair de perto, ela segura meu braço e me fita por alguns segundos.

— Ela não o merece, logo você vai entender isso, e sou eu quem estará aqui por você.

Eu me desvencilho do seu toque com gentileza, encarando-a.

— Não pode me esperar para sempre, Karen. Nunca poderei dar o amor que deseja e você merece mais que migalhas.

— Para mim, parecem migalhas o que você anda recebendo da doutora.

E lá está, a porra do meu ponto fraco! Parece que todos já perceberam a batalha que eu ando travando com Rebeca.

— Você não sabe o que está falando — respondo, sendo rude. — Preciso ir.

Caminho rumo à saída, não antes de cumprimentar Tina que presenciou toda a cena.

No meu carro, dirijo feito um louco para a casa de Beca e depois de vinte longos minutos, estaciono à sua porta.

Prestes a sair do carro, meu celular vibra anunciando uma mensagem. Eu a abro mesmo com o remetente sendo desconhecido e, quando vejo a imagem, meu mundo desaba. Respirando fundo, ouso dizer que seria capaz de matar alguém só por estar na minha frente nesse momento.

Vejo Rebeca beijando outro homem bem próximo da sua casa com data de três dias atrás, horas antes de ela me ligar.

Reunindo todo meu autocontrole, que está por um fio, saio do carro batendo a porta. Cego de raiva, ciúmes e mágoa eu me vejo apertando a campainha freneticamente.

As portas se abrem e encaro seriamente Cecília, que está com os olhos arregalados.

— O que foi? O que aconteceu? — ela pergunta me olhando de cima a baixo.

— Onde está Rebeca? — Tento controlar meu tom, mas quando percebo falei alterado, fazendo Ceci tomar um susto.

— Ei, o que foi isso?

Levanto a cabeça e fito uma diaba em forma de mulher bem atrás de Cecília, fuzilando-me com o olhar.

Eu realmente espero que ela esteja pronta para uma briga.

Rebeca não quis minha melhor versão, então que soubesse lidar com meu pior lado.

CAPÍTULO 30

Rebeca

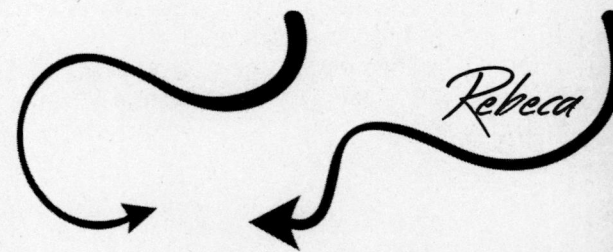

Encaro um Theo espumando de raiva à porta da minha casa. A forma como ele falou com Ceci me fez querer matá-lo.

Quem ele pensa que é?

— O que pensa que está fazendo?

Ele não responde e entra, passando por Ceci feito um furacão, chegando perto de mim e nos deixando cara a cara. Por ser muito mais alto, ele se curva para me encarar e seu olhar está como nunca vi antes; seus olhos transmitem pura raiva.

— Eu deveria fazer esta mesma pergunta para você.

O modo como diz me deixa de olhos arregalados. Ele nunca agiu assim.

— Qual é seu problema?! Você some por dias e agora aparece aqui, falando alto e sendo grosseiro. — Eu o encaro usando o mesmo tom.

— Você é meu problema.

Fico confusa com suas palavras e ele parece perceber, porque se afasta e puxa o celular do bolso. Quando coloca o aparelho à minha frente, perco o ar.

É uma foto da noite em que Guilherme me beijou e, pelo visto, a pessoa que enviou se esqueceu de dizer que eu dei um tapa por aquele ato.

— Contra provas não há argumentos, não é mesmo, Rebeca? — indaga, sarcástico.

— Você está mesmo acreditando nisso, não é? — Ainda que eu saiba a resposta me arrisco a perguntar.

— Se eu estou acreditando?

Ele usa um tom alto e de novo me enfrenta, chegando bem perto de mim. Meus olhos se enchem de lágrimas, vendo o olhar frio que ele me lança. Meu príncipe não é mais o mesmo.

— Sim, eu estou acreditando — confirma diz com um rosnado. — Eu a deixei aqui com a esperança de que tivesse tempo para pensar nas coisas com clareza, mas qual foi minha surpresa ao ver essa imagem, *Rebeca*! — ele grita meu nome na minha cara.

— Não grite comigo, seu imbecil! — Revido no mesmo tom e agora somos uma bagunça.

A fúria acaba me domina nesse momento. Tento me afastar, porém ele me segura pelo braço. Eu me desvencilho do seu toque passando por Ceci quase correndo, subo as escadas rumo ao meu quarto com Theo gritando por mim logo atrás. Passo pela porta e logo ele me acompanha, batendo-a com toda força.

— Você não tem o direito de chegar aqui assim, ouviu?

— Onde foi que eu errei com você, Rebeca? — pergunta aos gritos.

— Você é um idiota, se quer saber! Como pode acreditar assim, sem saber o que aconteceu?

Quando me calo, ele começa a rir como se eu acabasse de dizer uma piada.

— Então me diz o que aconteceu. Ou melhor, diz que você não estava na rua da sua casa beijando outro cara e horas depois me ligou dizendo que estava com saudade.

— Se você pensa que eu sou capaz disso, então você não me conhece de verdade.

— Você é egoísta. Eu sempre estive ao seu lado, eu cuidei de você até mesmo quando eu não estava bem — diz apontando o dedo para mim. — Você não tem coração, Rebeca! Você só tem a porra de uma boceta e pensa que a vida se resume a sexo.

— Eu nunca menti para você. Sempre disse que eu não sou para relacionamento. Você que ficava me pressionando a todo o momento para dizer meus sentimentos. Eu posso não ter dito o que você queria ouvir, mas eu o respeitei, seu filho da puta!

— Pelo jeito você gosta de gemer chamando meu nome, mas me dizer seus sentimentos não é capaz.

Sem medir as consequências estalo um tapa na cara dele, Theo passa a mão no rosto e me olha com fúria.

— Eu gemi mesmo, você pensou o quê? Que eu iria me deixar levar por isso? Que eu ficaria para cima e para baixo suspirando por você e dizendo eu o amo a todo instante? Eu não sou a porra da Karen, eu não sou assim! — grito sem me importar que as meninas possam estar ouvindo lá de baixo.

— Você não é a Karen, mas adora brigar com ela por sempre estar ao meu lado.

— Você é um babaca, ela quer estar na sua cama.

— Então, ela não é diferente de você porque você também só queria estar na minha cama. — Ele se aproxima ficando cara a cara comigo. Respiro fundo, meu corpo treme e sinto que vou desmaiar a qualquer momento. — Eu a quis na minha vida, cumpri cada promessa de amar cada parte do seu corpo, de amar seu coração, mas você não quis, Rebeca.

— Eu não preciso de você.

— Talvez eu também ache alguém para foder. Aliás, nem preciso ir muito longe, Karen pode resolver esse problema.

Não contenho a fúria e parto para cima dele acertando tapas em seu peito e ele tenta me segurar.

— Seu cretino! Desde o início era ela quem você queria. — Continuo acertando tapas nele. — Eu odeio você, Theo! Eu odeio você!

Ele segura meus pulsos me fazendo encará-lo.

— Eu amo você, Rebeca, mas pode ter certeza de que eu vou arrancar isso que eu sinto porque não me faz bem. E se não me faz bem, não ale a pena.

Theo me solta e sai batendo a porta.

Sem conseguir me controlar, solto um grito de dor e raiva, porque eu o amo também, mas eu não consegui dizer porque fiquei com raiva por ele não ter confiado em mim. Sinto-me fraca.

Olho para a porta se abrindo e, antes de tudo ficar preto, eu vejo Ayla e Ceci passarem por ela.

Abro os olhos lentamente, ainda um pouco tonta, e olho ao redor. Percebo que estou no hospital, suspiro quando tomo consciência da briga feia que tive com Theo. Meu coração está apertado e eu me sinto uma bagunça emocional.

A porta se abre devagar e Ayla e Ceci entram com olhos vermelhos e inchados.

— Oi de volta! — Ceci me cumprimenta com um sorriso, mas seu rosto vermelho denuncia o quanto ela chorou.

Elas se aproximam de mim e cada uma me beija na testa.

— Quanto tempo eu fiquei desacordada?

Vejo que se entreolham, parecendo meio incertas.

— Algumas horas... — Ayla responde dando um sorriso que não chega aos olhos. — Quando entramos no quarto, assim que Theo saiu, vimos você desmaiando. Por sorte Gabe estava me esperando para sair e ele a carregou para o carro. Nós a trouxemos o mais rápido que pudemos.

Balanço a cabeça concordando e fecho os olhos ainda sentindo como se meu coração tivesse sido arrancado do peito. Lembro do olhar de fúria que Theo me lançou e soluço, tentando conter as lágrimas.

Mas que merda, Rebeca! Controle-se!

— Calma, Beca! Por favor, você não pode se alterar — Ceci me acalenta.

— Eu não tive culpa — digo entre soluços, sem conseguir me conter. — Ele recebeu uma foto do beijo que Guilherme me deu e me atacou. Quando percebi, eu também havia falado coisas horríveis. — Ayla me olha com pesar e começa a chorar comigo, então Ceci se junta ao bonde de choronas. — Mas que merda, eu não consigo parar de chorar!

Fico brava fazendo as duas rirem em meio às lágrimas.

— Nós duas precisamos contar uma coisa. — Fito Ayla já esperando o pior. — Só peço que você se acalme.

Engulo seco vendo a tensão se formando entre as duas.

— Quando chegou aqui, eu pedi a Sophia que fizesse exames em você. — Ayla hesita e olha para Ceci como se quisesse sua aprovação.

— E... Eu... Eu estou bem? — murmuro com medo.

— Você está grávida, Beca!

Arfo com a frase de Cecília. Neste momento, posso sentir cada pulsação do meu coração.

Troco olhares incertos com ambas tentando achar algo que indique que é uma brincadeira.

— Está de cinco semanas. Você já estava grávida quando ficou na casa de Theo por causa da gripe e quando foi para a casa do lago.

Eu não sei o que dizer, não sei o que fazer.

Volto aos dias que se antecederam a isso e me lembro de estar sempre na correria com plantões e de ter tomado algumas pílulas em horas erradas e, *talvez, eu tenha deixado passar dois dais sem tomá-las.*

Porra, Rebeca!

— Oh, meu Deus, eu estou ferrada! — É o que consigo pronunciar e ambas caem na gargalhada em meio às lágrimas.

— Sim, Beca! Parece que Theo tem um superesperma e você andou falhando nas pílulas — responde Ceci, sarcástica como sempre.

Deito a cabeça no travesseiro e fito o teto. Como pude não perceber que estava grávida todo esse tempo? Fecho os olhos e me lembro da bagunça que está minha vida. Como vou chegar para Theo depois de tudo que dissemos, contar que estou grávida e que eu o amo sem parecer forçado?

— Nós estaremos com você. — Ayla pega minha mão e deposita um beijo nela.

— Seu pai vai pirar.

Ah, porra! Meu pai vai pegar o primeiro avião para cá assim que souber e não me surpreenderia se os meus tios, os pais de Ceci e Ayla, também viessem. Olho para Ceci que foi quem disse e semicerro os olhos.

— Você contou para sua mãe? — pergunto torcendo para que a resposta seja uma negativa.

— Claro que não!

— Cecília e Ayla. — Olho para ambas severamente. — Não quero que digam a ninguém até eu contar para Theo e ver como vou resolver toda essa bagunça.

— Claro que não vamos contar.

A porta se abre e, Sophia, a outra ginecologista do hospital, passa por ela com um sorriso radiante no rosto.

— Olha só você! — ela diz, vindo me abraçar. — Grávida! Uma mini Dra. Fontes, quem sabe?

Fico tensa com sua fala, eu ainda estou tentando digerir tudo isso. Ela se afasta do abraço e olha algumas coisas no *tablet*, mudando seu semblante completamente.

— Vamos lá, Dra. Fontes, de médica para a médica mãe. Está com a pressão alterada! Você sabe que ainda é cedo, mas precisa tomar cuidado para não deixá-la pior, caso contrário... Não preciso lembrá-la dos riscos. — Ela me encara e eu engulo em seco, sei bem dos riscos de uma gravidez com pressão alta. — Então, a partir de hoje eu serei sua médica e estarei de olho em você junto de Ceci e Ayla.

Ela sorri para as meninas que estão ao meu lado com sorrisos bobos.

— Você fez uma ultrassonografia? — pergunto e ela assente.

— Fiz uma ultrassonografia transvaginal, você está de cinco semanas. Então vamos à lista, apesar de você conhecê-la bem — ela diz e eu reviro os olhos para todo esse protocolo, até parece que eu já não o seguia ou saiba de cor.

Também sabia dos riscos de engravidar e olha no que deu. Merda!

— Nada de pegar peso, evite a todo custo se estressar, apesar de eu considerar isso um pouco difícil para você, mas tenha em mente que sua pressão está alterada, repouso e cuide da alimentação. Já deixei com as meninas as vitaminas necessárias.

— Pode deixar, Sophia, ela fará tudo isso e da alimentação dela eu mesma cuidarei — Ayla assegura se levantando com um sorriso no rosto.

Sophia sai depois de se despedir e Ceci e Ayla a acompanham para cuidar da minha alta.

Sozinha, eu me permito pensar nessa loucura toda.

Grávida!

Eu estou grávida, o pai do meu bebê me odeia e à essa hora deve estar enfiado no meio das pernas da Vakaren. Procuro uma saída para essa confusão e me pergunto como aquela foto foi parar nas mãos de Theo e nada me vem à cabeça. Passo a mão na barriga ainda chapada, mas que em breve estará enorme, e meus olhos de novo se enchem de lágrimas. Pelo menos posso culpar os malditos hormônios da gravidez.

— Rebeca?

Fico tensa quando escuto meu nome sendo chamado e levanto o olhar para ver Matteo à porta do quarto que estava aberta. Rapidamente tiro minhas mãos da barriga, mas percebo ser tarde demais porque é para onde ele está olhando nesse momento.

— Olá! — respondo me sentando na cama.

— O que aconteceu? — Ele entra e me encara.

— Eu tive uma reação alérgica a frutos do mar — minto na cara dura e sinto o peso do seu olhar sobre mim, pelo jeito ele percebeu que é mentira.

— Entendo. — Olha para minha barriga e depois me encara. — Eu soube o que aconteceu com vocês, sinto muito!

Claro que à essa altura todos já devem estar sabendo e me crucificando.

— Não sinta, Matteo! Porque eu não beijei aquele cara. Quer dizer, nós fomos comer pizza e nada mais. Quando estávamos voltando, ele simplesmente me agarrou e me beijou. Eu recuei e acertei um tapa nele, mas parece que a pessoa que tirou a foto e a enviou mandou somente a parte que lhe convinha.

— Você pensa que foi armado? — Ele me olha semicerrando os olhos.
— Sim. Naquele mesmo dia eu senti que estava sendo seguida e quando estava na pizzaria pensei que tinha alguém me olhando de longe.
Suspiro, derrotada. Eu sei bem quem seria capaz disso, mas no momento preciso cuidar de mim e do meu bebê para depois ir atrás da cadela ruiva.
— Vou ver se posso fazer alguma coisa.
— O que você faz aqui? — Tento mudar seu foco, seu olhar está entre minha barriga e meus olhos; como se ele soubesse que estou mentindo.
— Um amigo da polícia foi baleado e vim fazer uma visita.
Após alguns minutos de conversa, e eu confirmando que estou bem, ele se despede e eu rezo para que tenha caído na minha mentira. Levanto e no banheiro visto minhas roupas, saio e Ayla está sentada na cama me esperando.
Seu olhar me diz o que talvez ela não tenha coragem de falar: que eu estou ferrada.
Theo me odeia e meu pai vai surtar.
— Podemos ir. Ceci vai ficar, porque tem algumas consultas.
— Ok!
Percebendo que não estou querendo conversa, ela se cala e lado a lado nós saímos do quarto rumo ao estacionamento.
Em todo caminho tento encontrar maneiras de conseguir conversar com Theo, eu não posso mais agir por impulso, preciso pensar no meu bebê e no quanto pode ser ruim ter outra discussão como a última que tivemos.
Talvez eu deixe que ele esfrie a cabeça por uns dias até que eu possa descobrir quem enviou aquela foto e se Guilherme tem algo a ver com isso.
Paro de andar e Ayla me olha, preocupada.
— Está sentindo algo?
— Não, estou bem. Mas, Ayla, eu tenho de fazer uma coisa e preciso da sua ajuda.
Passando a mão na testa, um gesto que ela faz sempre que está nervosa, Ayla olha para os lados se certificando de que não tem ninguém nos ouvindo como se eu estivesse pronta para lhe contar um crime.
— O que foi?
— Eu preciso saber como ele recebeu aquela foto! — Ela suspira pesado.
— Tenho de conversar com Guilherme. É muita coincidência, Ayla, a forma com que ele me beijou do nada.
— Você não pode se alterar. Deixe isso para depois, Rebeca. — Ela olha novamente para os lados e depois me encara com o semblante sério. — Você está grávida, qual é a parte de que sua gravidez está no início e que não está bem você não entendeu?
— Por favor, me ajuda! Eu só vou conversar com ele e tentar encaixar todos os fatos.
— Se eu perceber que você vai se alterar na conversa, Rebeca, eu te puxo pelos cabelos daqui — ela promete me arrancando uma gargalhada.
— Você anda muito agressiva — brinco, pegando-a pelo braço e seguindo para a enfermaria, onde provavelmente aquele idiota deve estar.

— Qual é o plano?

Olho para Ayla depois de sua pergunta e lhe dou um sorriso sarcástico.

— Bater primeiro, fazer as perguntas certas depois.

Viramos no corredor e logo encontro meu alvo fazendo algumas anotações junto de uma enfermeira, eu me aproximo em passos firmes e, quando ele nota minha aproximação, não deixa de mostrar o quanto está tenso.

É bom que fique tenso mesmo, filho da puta!

— Isso não vai acabar bem!

Sorrio abertamente com o comentário da minha amiga ao meu lado.

— Olá, Guilherme! — cumprimento gentilmente.

— Olá, doutoras!

— Podemos conversar? Rapidinho, ali. — Aponto para um quarto que percebi estar vazio, ele assente e entramos os três. Ayla passa por último e fecha a porta. Fico cara a cara com ele e, olhando em seus olhos, pergunto:

— Quem mandou que me beijasse naquela noite?

Ele me olha, confuso, e depois muda a direção do olhar para Ayla.

— Não sei do que você está falando.

— Por que você me beijou, Guilherme? Por que você fez aquilo mesmo sabendo que eu não estava a fim?

Ele sorri de lado, aproximando-se um pouco mais de mim. Logo fico em alerta.

— Eu beijei você porque era o mínimo que poderia me dar depois de ter ficado de cara fechada o jantar inteiro.

Cega pela raiva, eu me aproximo ainda mais dele e lhe dou uma joelhada em seu pênis, fazendo com que arfasse de dor.

— Filha da puta! — ele rosna, abaixado.

— Chegue perto de mim de novo e eu acabo com sua carreira.

Sem dar chances de ele dizer mais nada, saio andando firme com Ayla rindo ao meu lado. Isso não está nada certo, algo me diz que aquela Vakaren está por trás disso.

E se isso se confirmar, eu vou deixar aquela branquela vermelha de tantos tapas.

Theo

Acordo sentindo meu estômago embrulhar. Minha boca esta seca, a dor de cabeça denuncia que meu dia hoje vai continuar sendo uma merda.

O cheiro de álcool no meu quarto é forte. Eu me sento na cama olhando ao redor, para a destruição que fiz ontem à noite depois de sair da casa daquela diaba.

Muitas horas antes...

— Uma dose de uísque, por favor! — Olho ao redor do bar em que me peguei entrando ainda meio incerto, prestes a fazer algo que não faço desde a adolescência.

Preciso beber algo forte para tentar tirar da cabeça tudo o que foi dito naquele maldito quarto.

No caminho para cá mandei mensagem para Matteo e Mike pedindo para me encontrarem aqui, acredito que se eu ficar sozinho, cometerei uma loucura.

O garçom deposita à minha frente um copo com a dose âmbar e ao lado quatro cubos de gelo, respiro fundo e bebo de uma vez o líquido.

— Nossa! — Nem preciso me virar para saber que é Mike. Ele se senta ao meu lado na mesa seguido por Matteo que está trocando olhares entre mim e o copo vazio.

— O que aconteceu? — São raras as vezes em que Mike fica sério, geralmente isso acontece só quando o filho da puta está trabalhando e nesse momento ele está sério, porque sabe que a merda foi grande. O garçom surge oferecendo outra dose e quando eu o peço para deixar a garrafa os dois idiotas arregalam os olhos.

— Está legal. O que foi que aconteceu, Theo?

Tiro meu celular do bolso depois de beber outra dose, dessa vez a segunda rodada desce rasgando. Ainda em silêncio jogo o aparelho com a foto à mostra e Mike, quando vê, é o primeiro a se manifestar.

— Aquela diaba está com outro? — pergunta com raiva.

Começo a contar tudo que aconteceu, cada palavra dita por ambos e como a foto chegou, eles me escutam em silêncio e hora ou outra trocam olhares.

— Você tem certeza de que ela está com esse cara?

Semicerro os olhos para Matteo com sua pergunta.

— Ela não negou nada! — respondo com desgosto.

— Filha da puta! Como Rebeca pode fazer isso com você? Olha só essa carinha de príncipe! — Mike diz passando a mão no meu rosto e eu lhe acerto um tapa nos dedos.

— Mike, deixe-me, porra! Eu só quero esquecer que eu amo aquela mulher. Eu fiz de tudo por ela, quis aceitá-la do jeito que ela é e olha o que recebo em troca.

— Isso está mal contado, Theo. Você não está pensando com clareza! Como essa foto veio parar no seu celular? Quem a mandou?

As perguntas do Matteo são insignificantes para mim neste momento, porque o que sinto e penso agora é só na minha dor. Chegam de se colocar em segundo plano.

Bebo mais duas doses de uísque enquanto eles tentam me convencer a não fazer nenhuma burrada, quando dou por mim estou completamente bêbado e sendo amparado por Mike; Matteo precisou ir porque um amigo policial foi baleado e ele precisava vê-lo.

— Theo, ajude-me, caralho!

Mike está praticamente me carregando para seu carro. Não consigo dizer nada, imagens de Beca beijando outro cara, tirando a roupa e fazendo sexo com outro passam na minha cabeça me deixando completamente fodido.

O caminho até meu apartamento é feito em total silêncio, acredito que Mike percebeu o quanto eu preciso disso agora. Com sua ajuda entro na garagem e subo pelo elevador, assim que saio sigo para a cozinha à procura de vinho.

— Vai beber mais ainda, filho da puta?

Ele me lança um sorriso sarcástico e eu mostro o dedo do meio para ele. Com uma taça cheia me sento no sofá e suspiro.

— Dá para acreditar? Ela me disse que estragaria as coisas, Mike! Que ela não era mulher de relacionamento sério e eu, idiota, pensei que poderia entrar naquele coração de pedra.

Ele se senta ao meu lado tirando seu paletó e a gravata.

— Theo, vocês dois eram perfeitos juntos. Eu também estou sem acreditar que ela tenha feito isso com você.

— Eu amo aquela diaba, Mike!

— Meu amigo, você está fodido. — Ele me dá tapinhas nas costas. — O que quer fazer? Hoje é seu dia, vamos beber até cair ou, quem sabe, procurar algumas bocetas para nos enterrar nelas? Quem sabe assim você esquece aquela que não pode mais ser pronunciada.

— Hoje eu só quero beber, mas amanhã podemos sair.

Bebo como nunca antes.

Horas depois, sou arrastado para o banheiro do meu quarto pelo Mike, que está sóbrio.

— Eu não vou dar banho em você, filho da puta, e é melhor você tirar sozinho essa sua roupa.

Encostado à parede do banheiro tiro meus sapatos enquanto Mike liga o registro do chuveiro. Tento tirar minhas roupas e acabo me enrolando na blusa em cabeça.

— Mi... Mike... Mike, ajuda! Caralho!

Xingando até minha quarta geração ele me ajuda a tirar a blusa e logo se abaixa para me ajudar a tirar minha calça.

— Se esse pau ficar duro, Theodoro, eu vou cortá-lo e deixar você sangrando até a morte, seu fodido.

— Você não faz meu tipo e eu estou bêbado, não cego.

Acabo rindo como um trouxa da situação em que me encontro, de cueca, porque meu amigo ficou com medo de ver meu pau. Entro debaixo da água gelada.

— Vai, seu fodido! Está pensando que é fácil encher a cara? Amanhã você será um novo homem, isso eu garanto.

Quando saio do banheiro, eu me sento na poltrona de frente para minha cama e analiso a foto de nós dois juntos que coloquei quando ela estava passando uns dias aqui. Em um momento de raiva, pego o porta-retratos e jogo na parede. Quando Mike segura meus braços, gritando para eu parar,

percebo que acabei revirando meus livros e a poltrona onde que estive sentado.
— Porra!
Eu me sento na cama e choro, sem ter a menor vergonha por estar na frente do meu amigo.
— Vai ficar tudo bem, cara! Quem perdeu foi ela.
— Por que ela fez isso comigo, Mike? Por quê?
Soluço ainda sentindo meu peito apertado e a sensação de perda, porque foi isso que aconteceu hoje. Acordei pensando que minha vida enfim se resolveria, que eu ganharia uma chance de ir devagar e acabei o dia perdendo a mulher que eu amo.

Atualmente...

Depois de chorar como um menino debaixo do chuveiro, eu me arrumo e desço para cuidar da livraria. Com tudo que andou acontecendo eu acabei me descuidando das filiais e até mesmo da sede.
Sem cumprimentar ninguém, saio do elevador direto para meu escritório. Afundo minha cabeça no trabalho, algumas vezes me pego pensando em como nos machucamos em tudo isso.
Rebeca sempre deixou claro que faria algo para me machucar, e eu não deveria estar surpreso. Mas o amor não machuca, sim, a traição, o desprezo e a mentira. O que dissemos um ao outro ontem foi a prova de que não estamos prontos para assumir nada.
Largo os papéis de vez em cima da mesa e me sento no sofá, passo as mãos no rosto, frustrado. Meus pensamentos são interrompidos quando alguém bate à porta.
— Oi! — Os cabelos ruivos de Karen são a primeira coisa que vejo.
— Pode entrar. Aconteceu alguma coisa?
Ela entra e se senta ao meu lado. Seu cabelo está solto e ela usa uma calça preta justa, além da blusa branca que é o uniforme da cafeteria.
— Eu queria saber como você está. Vi que você entrou aqui faz horas, está tudo bem?
Olho fundo nos olhos dela e vejo a sinceridade neles. Na ânsia por sentir algo que não seja dor, sem que ela espere, eu a beijo. Minha língua pede passagem e ela logo me recebe, mas, antes que possa dar continuidade, eu me levanto às pressas.
— Perdoe-me, Karen! Isso não podia ter acontecido.
Burro, é isso que eu sou por me deixar levar assim.
Não é ela quem você quer. Não é ela quem você deseja.
— Tudo bem, eu gostei.
Viro para olhá-la e ela está vermelha, ofegante, e nos olhos tem um brilho de esperança a qual eu não posso corresponder.
— Não, isso não pode se repetir. — Eu me viro ficando cara a cara com ela. — Eu amo outra mulher e estou passando por um momento confuso agora, mas isso não muda o fato de que nós acabamos.

— Eu estarei sempre aqui por você.

Somos interrompidos por Matteo que entra sem bater à porta. Quando ele percebe o clima tenso, semicerra os olhos.

— Desculpem, não queria interromper.

— Tudo bem, cara. Karen, obrigado por tudo! Pode voltar ao trabalho.

Sem esconder a decepção, ela assente e passa rápido por Matteo sem olhá-lo. Por sua vez, por alguns segundos ele olha para a porta por onde ela passou, disperso.

— Eu estou aqui.

Ouvindo minha voz, Matteo parece sair dos seus pensamentos e se senta no sofá.

— Theo, ontem eu fui ao hospital depois que sai do bar. — Ele me olha atentamente, ponderando nas palavras. — E Beca estava lá, internada.

Meu coração acelera com a informação, recordo-me do momento da nossa discussão e uma pontada de culpa me atinge, mas eu não vou ceder a isso, acabou.

— Deve ter desmaiado, ela sempre desmaia quando a coisa fica feia.

Levanto do sofá e ando até as janelas de vidro e fito a vista da praia, coloco as mãos nos bolsos, tenso.

— Tem certeza de que ela não estava com nenhum problema de saúde? Fora esses desmaios? — A pergunta dele me faz virar e olhá-lo.

— Que eu saiba, não.

Engulo em seco especulando se devo fazer a pergunta. Olhando nos meus olhos, meu amigo parece entender o que eu quero saber.

— Ela estava pálida e, quando me viu, disse que teve uma reação alérgica.

Porra! Minha vontade é de correr até Beca, colocá-la deitada na cama e cuidar dela até esquecermos tudo que foi dito, mas isso é impossível. Assim como o futuro ainda não nos pertence, tudo que quebrou no passado não tem volta. E foi o que fizemos, nós nos quebramos naquela discussão, uma parte de mim ficou ali e tenho certeza que dela também.

— Só posso desejar melhoras — Falo, ríspido, e me viro de costas para ele novamente.

— Sabe? Às vezes a verdade está na nossa frente, meu caro, mas estamos tão envolvidos em nossa dor que não percebemos que as coisas podem não ser o que parecem. Theo, Rebeca pode ter todos os defeitos do mundo, mas no pouco tempo que a conheço, aquela mulher se mostrou leal aos seus sentimentos.

Sinto sua mão apertar meu ombro e fecho os olhos.

— Você pode estar machucado agora, mas quando a dor passar um pouco perceberá que talvez ela esteja falando a verdade e poderá ser tarde demais.

— Eu sei o que eu vi. Você também viu e, caso não tenha escutado o que eu disse ontem, ela nem sequer negou. Então me diz como acreditar ou me apegar à possibilidade de não ser verdade.

— Nem tudo é o que parece, vai por mim.

Depois de Matteo ir embora volto minha atenção para o trabalho. Já passa de 1h quando saio para o almoço, mas ainda sem ânimo e fome prefiro dar uma caminhada pela praia e espairecer.

Ando na calçada me desvencilhando de algumas pessoas que estão andando de bicicleta, compro uma água de coco e me sento na areia de frente para o mar. Apesar do horário o tempo ainda não está totalmente quente, o vento frio vem me trazendo um arrepio.

Ela conseguiu.

Ela conseguiu entrar no meu coração e fazer um estrago que vai demorar a ser reparado. Permito-me sentir o vento, fecho os olhos e esvazio a cabeça de todos os pensamentos.

— Preciso falar com você.

Ainda de olhos fechados, suspiro porque ela não pode estar atrás de mim.

Que porra!

— Só vai embora e me deixe — respondo sem olhar para trás, porque eu sei que se eu a olhar talvez eu me perca mais ainda.

— Você pode pensar o que quiser de mim, eu não me importo, mas preciso falar com você. Urgente!

Eu me levanto ainda de costas e me viro para encará-la. Surpreendo-me ao ver quão pálida ela está, por um momento fraquejo diante de seu estado, mas logo a foto me vem à mente e eu fecho a cara.

— Eu não quero, Rebeca, eu não quero mais nada que venha de você.

Ela levanta o olhar e empina o nariz.

— Você vai me ouvir.

— Não, eu não vou. Sabe, tenho mais o que fazer do que ficar conversando com você.

Saio andando, deixando-a, mas logo sinto suas mãos circularem meus braços para me virarem bruscamente.

— Theo, eu...

— Não, você vai me escutar. Eu fodi a Karen a noite toda!

Ouvindo minha fala Beca me solta rapidamente e seus olhos se enchem de lagrimas, por um momento acredito ter visto a decepção passar pelos seus olhos. Apesar de estar mentindo, o prazer de ver que isso a magoou é bom, porque eu estou machucado e se de alguma maneira eu posso fazer com que sinta o que me fez, talvez ela veja quão ruim foi e que não temos volta.

— Assim que eu saí da sua casa, Rebeca, eu a peguei nos meus braços e a fodi como ela sempre gostou. Chega de exclusividade, não é? — pergunto, sarcástico, fazendo Beca engolir seco e a porra do seu olhar de novo me desmonta.

Antes de eu voltar atrás e admitir que tudo o que acabei de dizer é mentira, eu me viro e retorno para a livraria às pressas.

Sentado no sofá da minha casa desde a hora do meu encontro com Rebeca, sou vencido pela tristeza. Gostaria de não sentir pena de mim, mas me vendo nessa situação percebo como estou fodido.

Um coração partido não é algo que vai curar rápido. É complicado e demanda tempo, a ferida aberta precisa ser cuidada para que ao menos ela tenha uma dor aceitável.

Ver Rebeca com um semblante doente deveria me fazer se sentir melhor, porque foi ela quem plantou tudo isso para nós dois, mas no fundo eu estou mal. Até agora me custa acreditar que fui capaz de dizer aquela atrocidade a ela, mas infelizmente não é possível voltar atrás.

Minha mãe sempre diz que a decepção é como esquentar um leite... Se você não cuidar, o leite ferve e acaba entornando no fogão e aí você tem de fazer o processo de limpar a sujeira, lavar a caneca e novamente colocar o leite para esquentar. Porém, agora tomando o cuidado de sempre vigiar para que ele não ferva de novo. Eu deixei as coisas ferverem e me deixei levar pelo sentimento sem me atentar a todos os sinais que ela me dava. Agora eu preciso limpar aos poucos tudo que ainda resta dela em mim.

Com a garrafa de vodca na mão, bebo mais um gole no gargalo. O barulho do elevador anuncia que alguém chegou para me tirar da minha paz.

— Cara, eu já vi gente na merda, mas você está se superando — Mike diz acendendo as luzes da sala.

— Só me deixe, Mike!

Não sinto vontade de conversar, quero e preciso ficar sozinho.

— Você, precisa reagir. Eu sei que ainda está cedo e que provavelmente vai doer muito mais tempo, mas você não pode deixar que isso o mude — Ele fala, sério. — Olhe para você, Theodoro! Você não é assim, não bebe e não fica deprimido. Quando as coisas ficam difíceis, você sempre é o primeiro a ter uma solução.

— Eu disse a ela que transei com Karen — solto de uma vez num murmúrio, fazendo Mike arregalar os olhos em choque.

— Quando a viu? — ele pergunta se sentando à minha frente na mesinha de centro.

— Eu fui à praia para esfriar a cabeça e ela apareceu lá.

Bebo mais um gole. Meus olhos vermelhos de tanto chorar estão ardendo.

— Certo, isso é bom! Olho por olho, não é o que dizem!

Mike sorri dando de ombros, o elevador anuncia a chegada de mais alguém e minha vontade é correr para meu quarto e me trancar. Matteo aparece no meu campo de visão carregando um engradado com cerveja e sacolas de *fast food*.

— Noite dos homens — anuncia sorrindo e fingindo não ver minha cara de irritado.

— Por acaso vocês dois viraram minhas babás? — pergunto me levantando e pegando uma das sacolas que ele trouxe e colocou na ilha da cozinha.

— Só estamos preocupados com você, seu ingrato.

Reviro os olhos para o drama de Mike.

— Theo disse à Diaba que fodeu com Karen — Mike conta a nova para Matteo que me olha sem acreditar.

— Porra, Theo! Eu disse que ontem ela estava no hospital e parecia mal e você fala isso para ela! — ele resmunga me fazendo ficar pior do que estou; Beca realmente parecia mal.

— O que ela tem? — Mike pergunta com as sobrancelhas franzidas.

— Beca disse que era uma infecção do estômago, mas estava bem pálida.

Escuto Matteo repetir o que me disse e suspiro.

Nós nos sentamos ao redor da ilha, comemos e conversamos sobre o dia a dia deles, permito-me ser somente um bom ouvinte. Sei que meus amigos estão tentando fazer com que eu me sinta melhor e eu os agradeço por isso, mas tudo que preciso agora é ficar sozinho.

CAPÍTULO 31

Rebeca

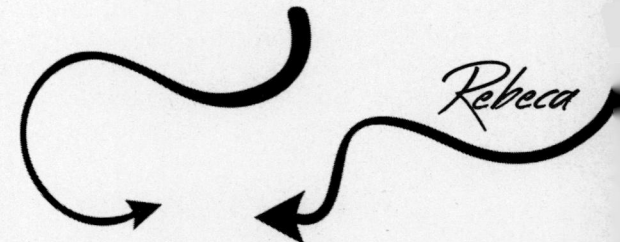

— *Dra. Fontes, por favor, comparecer na emergência.*

Mal termino de lavar minha boca depois de mais uma sessão de vômitos quando sou chamada na emergência.

Dias de merda é o que estou tendo.

Ayla e Ceci ficam a todo tempo atrás de mim com olhares de preocupação. Sophia, que antes eu achava legal e agora odeio, fica me perturbando para que me cuide melhor pelo fato de eu estar com hiperemese gravídica; o que me torna presença constante no banheiro para vomitar. Por não conseguir me alimentar direito ando fraca, a perda de peso está evidente e estou desidratada.

Saio do banheiro ainda me sentindo enjoada e desço dois lances de escadas até a emergência, aparentemente andar de elevador piora minhas náuseas.

— Bom dia, docinhos! — cumprimento às enfermeiras do andar e pergunto qual é a urgência.

Uma delas aponta para um canto e, quando meu olhar segue seu dedo eu suspiro, derrotada. Por um mísero momento pensei que pudesse ser Theo, mas desde que ele me disse que voltou com a Vakaren eu não o vi mais e isso já faz uma semana. Uma maldita semana que ando tendo.

Eu me aproximo de Matteo que está me olhando sério.

— O que você precisa? — Tento não soar ríspida porque ele não tem nada a ver com meus problemas.

— Você parece doente. — Não foi uma pergunta, sim, uma afirmação e tudo que eu menos quero nesse momento é que isso chegue aos ouvidos do príncipe babaca.

— Ando cansada — minto. — Trabalhando muito, sabe como é.

Dou de ombros. Ele me convida para tomar um café na barraquinha ao lado de fora do hospital.

Com nossos cafés em mãos nós nos sentamos em um banco próximo dali, ainda calados. Tento não focar no cheiro do café porque essa merda está me fazendo ficar enjoada de novo.

— Então... — Ele me olha como se estivesse esperando que eu diga algo.

— Então, diga-me você — retruco desviando do seu olhar e olhando para a rua.

— Queria saber quando você vai enfrentar toda essa merda e contar para ele que você não beijou o cara e não o traiu.

— Isso não vai acontecer — murmuro sem olhá-lo.

— Sabe, Beca? Sou uma pessoa que gosta de observar as coisas e sabe o que eu estou vendo durante esses dias em que estão separados? — ele pergunta. Nem respondo, e ele assim mesmo ele volta a falar: — Que vocês dois se amam e que estão claramente sofrendo e machucados com tudo que aconteceu, mas são orgulhosos demais para darem o braço a torcer.

— Não, Matteo, eu fui atrás dele e ele me disse que tinha fodido com Vakaren e pronto. Eu não tenho mais nada para falar com ele. Talvez no futuro, quem sabe?

— Como assim, no futuro?

— Esquece!

Suspiro fundo. Matteo percebe que algo não está bem comigo, mas, antes que eu possa falar algo eu me viro para o lado e acabo vomitando de novo. Ele se levanta me perguntando se estou bem e eu não consigo falar nada, os jatos de vômito saem constantes e Matteo apenas segura meus cabelos. Quando termino, ele me estende uma garrafa de água com um olhar preocupado.

Merda!

— Há quanto tempo, Rebeca?

Ele me olha com os olhos arregalados e eu tento achar uma saída para escapar dessa conversa. Quando vejo Ceci marchando em nossa direção, fico aliviada.

— Que porra, Beca! Eu estava preocupada com você. — Ela chega se sentando ao meu lado e, olhando com fúria para Matteo, avisa: — Escute bem, eu não tenho nada contra você, mas se veio aqui falar alguma coisa do filho da puta do Theo, pode dar meia-volta e ir embora.

— Eu só vim ver como Beca estava — ele retruca ainda com os olhos em mim.

— Ela vai ficar bem! Agora, faz um favor... Fale para Theo que se ele chegar perto da Beca, falar com ela ou fizer mal a ela, ele terá que se mudar de país, porque se não eu vou achá-lo e acabar com ele.

Sorrio com Ceci no seu modo pinscher brava. Ela é muito mais baixa que Matteo e o encara quase que de igual para igual.

— Preciso ir, Matteo, até mais.

Eu me levanto e saio andando. Logo Ceci passa o braço pelo meu ombro, abraçando-me até entrarmos no hospital.

— Acho que ele suspeita de algo — falo, incerta.

Claro que eu não vou esconder meu estado do Theo, mas eu quero estar melhor dos vômitos e com a aparência mais sadia. Meu emocional abalado está cobrando o preço nessa gravidez.

— Melhor ainda, quero ver aquele projeto de babaca vir correndo para você, com o rabo entre as pernas. Se pudesse, eu o mataria.

— Você está muito agressiva, Ceci — comento, sarcástica, e ela revira os olhos.

— Ele não quis ouvi-la, Beca, então não a merece.

Meus olhos se enchem de lágrimas e abaixo a cabeça.

— Eu tive culpa, Ceci. Fui eu quem disse que não queria relacionamento. Fui eu que virei as costas para ele.

— E não acha que está pagando um preço alto demais por isso? — Ela indaga com raiva. — Você está grávida, lidando com tudo isso sozinha, Rebeca. Aquele filho da puta nem esperou seu lugar esfriar e já colocou a puta ruiva no seu lugar. Se você quer saber, ele não a merece, não merece vocês dois — diz colocando a mão na minha barriga.

— Eu não posso esconder minha gravidez dele, Theo tem direito de saber.

Levanto a cabeça e limpo as lágrimas teimosas que insistem em cair.

— E você não vai. Só dê mais um tempo a si mesma, e ainda não se esqueça de que você tem de se alimentar. Pensa que eu não percebi que anda fingindo que come?

Faço uma careta pelo seu comentário, está sendo difícil me alimentar. Tudo que quero é deitar e dormir, talvez hibernar feito um urso.

— Achei vocês! — Olhamos para Ayla que tem um sorriso no rosto e uma vasilha na mão. — Trouxe seu almoço, Beca. Eu fiz alguns legumes no vapor.

O sorriso amarelo que ela me dá me faz ficar mal por recusar, mas simplesmente não consigo comer.

— Obrigada, Ayla! — Eu me levanto pegando a vasilha de suas mãos.

— O que aconteceu? Você parece triste.

Ela troca um olhar com Ceci que se levanta e conta que Matteo veio conversar comigo.

— Eu vou matar aquele idiota do Theo!

Assusto-me com o descontrole de Ayla, geralmente ela é a mais sensata e tranquila de nos três.

— Entra na fila, Ayla — Ceci retruca com o semblante fechado.

— Tá legal, vocês duas! Chega disso, eu só preciso tentar comer isso aqui e não vomitar nas próximas duas horas. Esqueçam esse assunto por enquanto — peço, rindo para as duas.

Elas vêm sendo meu porto seguro nesses dias. As malucas não se aguentaram e já compraram algumas roupinhas com cores neutras para meu bebê, que ainda nem sei o sexo.

Deixando as duas conversando, vou para meu consultório e, enfim, me sinto aliviada por estar sozinha. Sento-me na cadeira e, como venho fazendo nesses dias, acabo sendo vencida pelas lágrimas. Choro por estar me sentindo insegura com uma gravidez que não planejei; choro, porque não sei o que fazer para contar a Theo; choro, porque eu sinto tanta falta dele e tudo que eu mais queria era que estivesse comigo nesse momento, apoiando-me. Porém, a dor maior é saber que ele agora provavelmente deve estar feliz com a cadela ruiva.

Tento comer um pouco e fico feliz por engolir alguns legumes que Ayla fez, mas meu sossego dura pouco, porque alguém bate à porta. Quando eu mando que entre, Guilherme com toda sua cara de pau aparece, incerto sobre chegar perto ou não.

Ainda não ficou claro para mim se ele tem algo a ver com isso, então preferi deixar o assunto de lado. Mesmo porque, eu não estou em condições de saúde para brigar.

— Diga o que você quer — falo, irritada.
— Só preciso que a doutora assine a alta de uma paciente.
Ele estende os papéis, bruscamente os arranco de suas mãos.
— Eu vou ler e, assim que terminar meu almoço, examinarei a paciente para dar a alta.
— Eu já fiz isso, ela está bem.
— Infelizmente, eu não posso confiar em você, então não força. Sinta-se feliz por ainda está trabalhando nesse hospital depois do que fez.

Guilherme arregala os olhos e fica pálido, mas logo assente e sai rapidamente da minha frente. Esperto!

Meu celular toca e olho o visor não reconhecendo o número. Ainda desconfiada, atendo.

— Alô!
— *Oi, Rebeca! Sou eu, Tina.*
Merda, o que deu nesse povo hoje? Todos querem me testar?
— Oi, Tina! Como você está? Aconteceu alguma coisa? — Minha voz falha no final, mesmo sem que seja minha intenção.
— *Rebeca, eu não queria me intrometer no que seja lá que esteja acontecendo com Theo e você, mas eu acredito que você precisa vir vê-lo.*
Meu coração acelera, será que aconteceu algo com ele?
— O que está acontecendo, Tina?
— *Ele anda bebendo muito.* — Isso me deixa surpresa. — *Além disso, não trabalha direito, anda disperso e vive pelos cantos com os olhos inchados, Rebeca.*

Suspiro e fecho os olhos, meu coração nesse momento bate como se eu tivesse acabado de correr uma maratona. Será que ele está sofrendo também?

— Não sei o que fazer, Tina. Também não estou bem, penso que precisamos de um tempo até que chegue o momento certo de sentarmos e conversarmos.
— *Eu vi esse menino crescer e, se tem algo que sempre me deixou feliz, foi o fato de sempre estar disposto a ajudar as pessoas e estar sempre com um*

sorriso lindo. — Ela faz uma pausa e depois continua: — *Há dias ele não sorri, eu estou preocupada.*
 — Eu vou ver o que posso fazer, Tina. Se era só isso, eu preciso desligar — aviso controlando a voz e minhas lágrimas.
 — *Obrigada, Rebeca!*
 Quando desligo, mil pensamentos passam em minha cabeça e nada que seja realmente lógico.
 Droga, eu estou uma confusão!

Theo

 Mais uma vez olho para o relógio e já passa das 4h da tarde, olho também ao redor e meu escritório está uma bagunça. Mas como arrumar o que está fora se por dentro eu me sinto um caos? Há mágoa, tristeza, dúvida e, o pior dos sentimentos, saudade. Analiso meus últimos dias e tudo que fiz foi beber e chorar pelos cantos como um bebê. Nada tira a tristeza, nada substitui a vontade de estar com aquela diaba.
 Ontem Karen esteve no meu apartamento e bebemos juntos, depois de muita insistência dela. Muitas vezes passou pela minha cabeça o sentimento de estar traindo Beca e da mesma forma que o pensamento vinha ele ia embora com a lembrança daquela maldita foto que eu ainda luto para esquecer. A companhia de Karen e dos meninos são bem-vindas, mas quando estou só é quando me permito cair em lágrimas.
 — Desfaz essa carinha de cachorro sem dono.
 Fecho os olhos e sorrio, mais uma vez Mike entra no meu escritório sem ao menos bater à porra da porta.
 — O que você quer?
 — Meu amigo de volta — ele responde, sério. — Você está uma merda, Theodoro! Se continuar assim, vou ligar para sua mãe. Tenho certeza de que a Sra. Bittencourt vai adorar vir de Boston e chutar sua bunda.
 — Nem pense nisso! — Eu o fito de cara fechada.
 — Eu só quero você bem, cara!
 — Eu sei, Mike. Só preciso de um tempo. Logo tudo se ajeita.
 — Você tem ficado longe da Karen, não é? — ele pergunta semicerrando os olhos.
 — Ontem eu bebi com ela lá em cima, não foi nada demais...
 Mal tenho tempo de completar minha fala e a porta se abre bruscamente para que Ayla passe por ela feito um furacão. Qual é o problema dessas mulheres?
 Pela primeira vez me assusto com o semblante sério dela, o seu olhar brilha de raiva.
 — O que foi isso? — pergunto calmamente.
 Mike se levanta e coloca as mãos nos bolsos, calado.
 — Isso sou eu avisando para ficar longe da Beca.

— Eu não a vejo já faz uns dias, mas isso você já deve saber — retruco rispidamente.

— O que eu sei é que ela não o traiu. Que aquela situação foi uma armação e que agora minha amiga está pagando um preço alto demais! — ela grita comigo e eu me pergunto que preço seria esse.

— Como assim, alto demais? — Mike pergunta, curioso.

Vejo Ayla vacilar olhando para ele, mas logo ela me encara e diz com firmeza.

— Ela não está bem e é só isso que você precisa saber, seu babaca. Foi você quem a machucou. Fica longe dela, Theo. Se acontecer alguma coisa com minha amiga, se o estado emocional dela piorar por sua culpa de novo... — Ela se aproxima colocando as duas mãos na mesa e olhando cara a cara. — Você é quem vai perder, porque o remorso vai corroê-lo para sempre.

Mas que porra é essa? Do que ela está falando?

— Calminha aí, Ayla! Ele não fez nada — Mike tenta argumentar.

— Nada? Ele não fez nada, não é? — Ela o fuzila com os olhos, fazendo com que ele se afaste. — Esse idiota disse na cara dela que transou com aquela vagabunda da Karen. — Ela se vira para mim e continua com as palavras duras: — Você não tem noção do que fez com Beca ao dizer isso, então... Fica. Longe. Da. Minha. Amiga!

Quando termina Ayla sai do mesmo jeito que entrou no escritório, feito um furacão.

— Maluquice pega! Essas médicas são doidas para caralho! — Mike diz rindo e eu só consigo pensar no que está acontecendo com Rebeca.

— Mike... — Ele olha para mim, ainda rindo. — Preciso saber o que foi que aconteceu com Rebeca. Ayla não disse toda a verdade.

— Também notei. O que você quer que eu faça?

— Sei lá, Mike! Vai à casa dela ou ao hospital! Lembra do dia em que Matteo disse que ela estava internada e parecia pálida? Comece por aí.

— Certo, eu faço. Mas pare de beber, filho da puta, ou eu ligo para a Sra. Bittencourt.

Ele sai me deixando sozinho, com a cabeça a mil. O que será que está acontecendo? E por que a Ayla disse que eu me arrependeria? Porra de situação filha da puta! Reviso algumas notas fiscais e encerro meu dia no escritório. Quando estou próximo ao elevador para subir, Karen vem sorrindo com uma garrafa de vinho na mão.

— Até que enfim eu o encontrei! — Ela estende a garrafa para mim. — Vamos beber, só hoje. Amanhã eu o levarei àquele restaurante que falei ontem. Você vai amar e se distrair bastante.

Karen vem tentando ser uma boa amiga nesses dias e, por mais que Mike diga para eu me afastar, ela tem me ajudado.

— Vamos subir e beber um pouco, mas hoje preciso dormir cedo.

Ela assente e entramos no elevador.

Já no meu apartamento, eu a deixo na cozinha e vou tomar um banho. Quando volto, ela está sentada no sofá vendo TV, pego a taça de vinho que já está cheia e me junto a ela.

— O que vamos comer? — ela pergunta olhando para mim.

Suspiro porque sei exatamente o que ela quer que eu faça.

— Eu sabia que você me colocaria para cozinhar.

Karen se levanta me puxando.

— Vem, Theo! Estou com saudades de comer o filé que você faz e não se esqueça de colocar aquele molho de tangerina.

— Você não mudou nada, Karen, continua comendo por dois.

Ela me dá um soco no braço, rindo.

Fazendo nosso jantar, um aperto no peito acaba me tirando do foco. E de novo Beca vem à minha mente. As palavras de Ayla estão martelando na minha cabeça e a preocupação de que Beca esteja com alguma doença grave se torna latente.

— Toma!

Pego um copo cheio com um drink que Karen me ofereceu e vou bebericando enquanto finalizo a comida.

— Tudo pronto. Vem comer, comilona!

Ela me dá um sorriso e um soco por minha implicância.

Sentamos nos bancos altos da ilha para comer e, entre sorrisos e muitas bebidas, eu decido que é hora de encerrar a noite. Minha cabeça dói um pouco e minha visão fica turva, olho para Karen e percebo que tem algo errado.

Estou vendo duas Karens. Foda, bebi demais!

— Vem, eu ajudo você a se deitar.

Aceito a ajuda dela e seguimos para meu quarto. Entro no banheiro e me sento na borda da banheira, Karen se aproxima mais, ficando entre minhas pernas. Ainda meio tonto, sinto carícias por debaixo da minha blusa e quando ergo o olhar, meu coração acelera de felicidade; íris verdes me encaram profundamente.

— Eu senti tanto a sua falta... — confidencio à minha diaba.

Acaricio seu rosto, e ela me dá um sorriso largo.

— Vai ficar tudo bem — sussurra e me beija com intensidade, mas foi diferente e como se eu estivesse acordando de um frenesi, abro os olhos e me afasto rápido de Karen.

— Não... Não, Karen! Não podemos!

Eu me levanto meio zonzo e desisto de tomar banho. Vou cambaleando até minha cama, sento e passo as mãos no rosto, exasperado.

— Só deite e relaxe, Theo. Eu vou cuidar de você esta noite. — Ela se senta ao meu lado.

— Eu não queria falar isso para você, mas eu sinto falta dela, Karen. Meu coração parece que foi arrancado do meu peito desde o dia em que eu vi aquela maldita foto.

Ela me faz deitar e como se eu fosse uma criança começa a tirar meus sapatos e meias, depois me ajuda a puxar a camiseta pela cabeça.

— Só dê tempo, sou eu que estou aqui agora.
Eu devia negar a sua ajuda e correr para os braços da minha diaba, mas meu orgulho — coisa que nunca tive antes — me impede de fazer tal coisa!
— Vai doer, mas vai passar — dizendo isso a mim mesmo, fecho os olhos e me permito sonhar com dias melhores.

CAPÍTULO 32

Rebeca

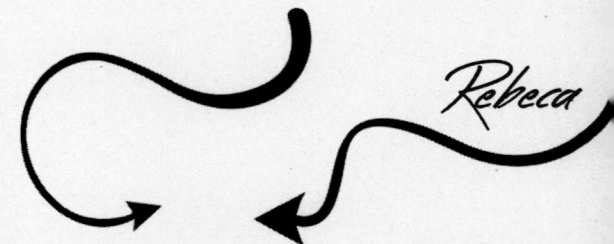

Abro os olhos e confiro o relógio à minha frente: 6h39 da manhã. Saio da cama e corro para o banheiro, tomo banho e me arrumo, desço as escadas trombando com Ayla e Ceci que chegam do hospital.

— Bom dia! — cumprimento indo em direção à cozinha em busca de leite bem gelado para aliviar as náuseas.

— Já de pé? Aonde você vai? — Ceci pergunta, vindo para perto.

Olho para ambas que estão caladas me observando. Suspiro e, depois de tomar metade do leite, respondo:

— Vou atrás dele. — Ambas arregalam os olhos para minha resposta.

— Mas à essa hora? E por que tem de ser hoje?

Sorrio pela preocupação de Ayla.

— Eu preciso passar na farmácia antes de ir para a casa dele, vou aproveitar que hoje é feriado e me sentar um pouco na praia antes de tomar coragem.

— Você, não precisa ir até ele. — Ceci me dá um abraço dizendo: — Não acha melhor ligar e pedir para que ele venha até aqui?

— E se você passar mal andando por aí, sozinha? Rebeca Fontes, você não pode se alterar — Ayla diz, brava, fazendo-me sorrir. — Vou ligar para Sophia e pedir que a interne até meu sobrinho nascer se aquele filho da puta te fizer chorar de novo.

— Ficará tudo bem meninas! Agora eu preciso ir. — Dou-lhes beijos e saio.

O dia está um pouco frio e fico aliviada por ter escolhido uma calça jeans escura, uma regata e por cima um sobretudo vermelho.

Pego um táxi e, com a cidade quase deserta por causa do feriado, consigo chegar à livraria em vinte minutos. Analiso o enorme prédio à minha frente fazendo minha respiração se tornar mais rápida. Eu dormi com

a decisão de hoje vir conversar com Theo, de contar como tudo realmente aconteceu com Guilherme e com sorte não deixar que surtasse com a gravidez.
Eu não posso falhar.
Coloco as mãos na minha barriga e meus olhos se enchem de lágrimas por causa da insegurança.
Como a livraria ainda está fechada eu ando até a porta da garagem que eu sei que sempre está aberta, fico feliz quando vejo que o carro dele está na garagem. Ando até o elevador e depois de digitar o código ele se fecha, o tempo até chegar à cobertura é de um minuto, mas parece que agora está se tornando horas.
Quando as portas se abrem meu coração parece que vai sair pela boca, suspiro longamente e saio, olho para os lados e me surpreendo por Theo ainda não estar de pé, geralmente ele acorda bem cedo e fica lendo os jornais como um velho rabugento. Um barulho de chuveiro no banheiro social chama minha atenção, aproximo-me da porta e bato de leve.
— Theo... — chamo baixinho, mas sei que foi o suficiente para ser ouvida, pois o chuveiro é desligado.
Tomando toda coragem do mundo e sem esperar mais nada, abro meu coração.
— Theo... Eu sei que está aí e provavelmente não quer me ver, então eu acredito que assim fica melhor. — Antes de falar mais, meus olhos já estão nublados de lágrimas. — Eu nunca quis um relacionamento, Theo! Eu me bastava. Eu sempre disse a mim mesma que não precisava me apegar, não tinha necessidade de sentir, mas aí... Aí eu o conheci.
Sorrio com a lembrança da primeira vez que nos vimos.
— Estava sentado ao lado de Mike com seus olhos intensos em mim, eu deveria saber que eu jamais seria a mesma depois daquele dia. A forma como você se entregou e me tomou para você, desconcertou-me e ao mesmo tempo fez com que eu sentisse, com que quisesse, Theo.
Soluço e enxugo as lágrimas com as costas da mão.
— Eu quero que me perdoe por tudo o que eu fiz a você... Eu fui covarde e assumo isso. Eu fiquei com medo de sentir, de sentir... amor. Theo, eu amo você — murmuro e respiro fundo tentando manter o controle, pela primeira vez me sinto exposta e eu quero estar, eu quero que ele me queira, eu quero que ele me veja, que ele veja meu amor.
— Eu o amei desde a primeira vez em que o vi. Foi amor à primeira vista, agora eu sei disso. Eu quero meu príncipe de volta, ouviu. Eu quero você para mim e juro que vou tentar ser o que você quer que eu seja. Você entrou na minha vida e agora eu só penso em finais de semana grudados em você, deitada no seu sofá ao seu lado, com você lendo e eu vendo um dos meus filmes de terror que você odeia... Ouviu? Eu quero nós dois.
Quando escuto o barulho da porta se abrindo, o alívio toma todo meu corpo, e a saudade me fez suspirar. Mas, meu coração se quebra em mil

pedaços quando vejo que é Karen quem a abre. Eu paraliso, perco a fala. Ela me olha com um sorriso largo.

— Sinto muito, Beca! Foi tocante tudo que você disse, até me deu vontade de chorar — ela fala, fingindo secar lágrimas no rosto, e eu ainda estou paralisada com a cena. — Mas você devia ter entendido que não tinha chances. Ele é meu.

Engulo seco e dou uns passos para trás, para me afastar.

— Sabe... Essa semana foi maravilhosa. Nós voltamos ao que éramos antes de você aparecer. E obrigada por cuidar do que é meu por um tempo, mas acabou para você querida.

Eu a olho de cima a baixo vendo que está usando somente uma toalha e nada mais, sigo olhando ao redor tentando achar algo que me faça acreditar que é mentira. Saio a passos largos em direção ao quarto, abro a porta sem bater e paraliso ao ver Theo dormindo serenamente, nu. Ao redor da cama vejo as roupas dela misturadas com as dele e meu estômago embrulha. Dou meia-volta e, quando volto à sala, vejo o sorriso triunfante de Karen.

— Xeque-mate para você, vadia! — Ela dá a jogada final fazendo com que eu me quebre em soluços.

Tremendo e com os olhos nublados de lágrimas, aperto o botão para descer e antes que as portas se fechem a vejo acenando.

Respira! Respira, Rebeca...

Saio correndo do elevador na garagem, quando passo pelo portão solto um gemido de dor, mas é impossível saber onde dói mais. Sufocada, quebrada e perdida é assim que me sinto.

Ando em direção ao ponto de táxi na esquina e, quando passo pelas portas ainda fechadas da livraria, tudo acontece rápido demais.

Alguém me puxa tampando minha boca com um pano com cheiro forte.

— Shhhh... Shhhh... Shhhh... Quietinha, Beca! — Estremeço com a voz de Benjamim e me agito no seu aperto ao redor do meu corpo. — Eu só quero conversar, quero um papo legal. Então sem gritos, ok, gracinha? Porque se você for uma menina má como eu sei que é, suas duas amigas pagarão o preço por isso.

O medo me toma, Ceci e Ayla são tudo para mim. Eu daria minha vida por elas.

Por fim, o aperto no meu nariz se torna maior e eu sei que estou perdendo os sentidos. Antes que tudo se apague, eu rezo para que alguém perceba que Benjamim está solto.

CAPÍTULO 33

Matteo

Rejeito mais uma ligação de Valerie enquanto entro da delegacia, ela tem me ligado desde a hora que eu saí de casa e eu não estou nem um pouco a fim de entrar em outra discussão com ela. Pelo menos consigo evitar até chegar a casa. Na delegacia, em serviço, é onde consigo ter paz e não pretendo mudar isso hoje.

Estou arrumando as coisas na minha mesa e uma voz grossa chama a minha atenção.

— King.

Ergo a cabeça e reconheço Noah, sócio de Mike na advocacia. Nós nos conhecemos quando Mike nos arrastou para uma de suas noites de farra.

— E aí, Noah, como está? — cumprimentamo-nos tocando os punhos.

— Tudo certo e com você?

— Na mesma bagunça de sempre. — Dou de ombros. — Faz tempo que não nos encontramos. O que anda fazendo?

— Trabalho, festas, mulheres e mais trabalho. — Ele ri e eu sorrio para ele. — Vamos marcar de sair para beber. Mike está enchendo meu saco faz dias para sair com ele.

— É só me mandar uma mensagem avisando onde. Se eu não estiver trabalhando ou com Ash, vou sim. — Percebo que ele olha ao redor procurando por algo e decido perguntar: — Precisa de ajuda?

— Vim trazer alguns papéis para um amigo e estou voltando para o escritório. Mike está trabalhando em um caso da irmã de um amigo dele e o cara estava preso, mas ele foi solto há dois dias. Preciso ver como vamos proceder daqui em diante — Ele diz, tranquilo, mas meu corpo fica tenso entrando em estado de alerta.

— O caso da Talissa?

Ele assente. *Merda!*

Pego meu celular já discando o número de Theo, coloco na orelha e ouço os toques, mas ele não me atende. Tento de novo e mais três tentativas sem sucesso. Noah me encara, curioso com minha reação; provavelmente notando o quanto fiquei nervoso com essa informação.

— Você avisou alguém, Noah?

— Não avisei ainda, deveria? Estava esperando encontrar Mike agora de manhã para contar.

— Vou tentar falar com ele agora. Preciso avisar Theo e Talissa. Esse homem não deveria ser solto, porra! — Aperto os punhos tentando controlar a raiva que vai tomando conta de mim e tento ligar mais uma vez. — Preciso ir, Noah.

Saio em disparada sem nem esperar por uma resposta dele. Pelo caminho, deixo uma mensagem para Theo.

Matteo: *Theo, porra, atende!*
Preciso falar com você.

Entro no carro e disco o número de Mike, conecto no *Bluetooth* e saio o mais rápido que posso para a casa de Theo.

Estou sentindo que vai dar merda. Meus sentidos estão todos em alerta, minha cabeça não para de girar pensando em tudo que pode acontecer se eu estiver realmente certo. Preciso estar preparado para proceder em qualquer situação.

— *Você não está trabalhando, porra? São 10h da manhã, Matteo, vai tomar no cu!*

— Mike, Benjamin foi solto há dois dias.

— *Aí, caralho!* — Ouço um farfalhar de lençóis e ele parece despertar. — *Você acredita que ele pode tentar alguma coisa?*

— Tenho certeza, Mike. Esse desgraçado vai fazer alguma merda e Theo ainda não sabe. — Tento pensar no que fazer enquanto dirijo. — Mike, preciso que você vá à casa das meninas e veja como Rebeca está. Leve as três para a casa do Theo, estou indo para lá. Ele não está atendendo ao telefone.

— *Está certo! Só vou me trocar e já chego lá.*

Desligo já irritado com o trânsito. Esse horário é péssimo para quem tem pressa. Perco uns quinze minutos parado em um engarrafamento e nesse tempo tento ligar mais algumas vezes para Theo.

Eu não entendo como soltaram esse filho da puta tão rápido. Ele já se mostrou perigoso e que não liga para a porra da medida protetiva. Com a raiva que ele estava quando o prendi no parque, ele não vai pensar duas vezes antes de fazer alguma coisa para se vingar de Theo.

Depois de mais alguns minutos estaciono em frente à livraria, antes de descer confiro minha arma no cós da minha calça e a escondo com a camiseta preta e jaqueta de couro. Desço depois de pegar meu celular. Parado junto ao carro, olho ao redor procurando qualquer mínimo movimento que seja suspeito, mas as poucas pessoas andando despreocupadas na calçada parecem nem se dar conta da vida ao redor.

Caminho em direção à porta e paro quando algo no chão chama a minha atenção, agacho pegando o anel prateado com duas serpentes desenhadas uma pedra de esmeralda no meio. Tento me lembrar de onde o conheço e relembro que pertence a Rebeca; já tinha reparado que ela não tira esse anel, porque estava com ele todas as vezes em que a vi. Novamente olho ao redor e, antes de me levantar, percebo um carro estacionar e noto que é o do Mike.

Ele desce e logo Cecília salta do banco da frente, não consigo reparar muito nela porque logo a porta de trás é aberta e uma perna bronzeada vai para fora e logo outra.

Tudo parece acontecer em câmera lenta, enquanto ela vai saindo do carro meus olhos vão subindo por seu corpo pequeno e que parece tão frágil. Suas pernas são curtas, mas tão sexy que meu primeiro pensamento ao olhar é que seria deliciosamente prazeroso passar minha língua por elas. Seus seios estão destacados em uma blusinha que parece um pijama de seda que combina perfeitamente com o short curto. É inevitável salivar diante da visão completa de suas pernas e seus seios em um bronzeado perfeito.

Os cabelos longos e escuros estão soltos, emoldurando seu rosto tão delicado quanto seu corpo.

Mas o que me faz perder o ar e sentir como se um soco tivesse sido desferido no meu estômago são seus olhos castanhos — que à luz do sol parecem quase verdes —, cheios de lágrimas que descem sem parar por seu rosto. A ponta do seu nariz está vermelha e ela passa a mão no rosto tentando limpá-las e porra... Até os gestos dela parecem delicados e calmos. O mundo parece ter parado enquanto a observo, parada, tentando abraçar o próprio corpo, parecendo tão desamparada quanto a amiga. Os traços do seu rosto são tão angelicais que me fazem pensar que chega a ser pecado pensar nela como estou pensando nesse momento ou como pensei depois que a vi no hospital.

Porra, a mulher parece um anjo!

Percebo que as duas não param de se entreolharem, desesperadas e tremem a cada olhar trocado. Elas estão devastadas e assustadas, mas contato visual me diz que tem algo que, provavelmente, só elas sabem. E eu fico ainda mais em alerta.

Cecília está tão transtornada que nem ao menos consegue parar quieta, suas pernas estão tremendo, algo que parece ser um tique, e ela morde o lábio, olhando sempre ao redor ou para Ayla.

Volto minha atenção para o carro esperando ver Rebeca descer, mas quando Ayla fecha a porta indicando que mais ninguém vai sair dali eu já sei que fodeu. Levanto rapidamente com os pensamentos fervilhando.

Porra, deu merda!

— O que aconteceu, cara? — Mike questiona, parado à minha frente.

Coloco as mãos no bolso da calça, escondendo o anel e tento manter o semblante o mais neutro possível para não assustar ainda mais as meninas.

— Sobe com elas que eu já estou indo.

Ele assente e vira para as meninas que estão nos olhando. As duas em momento algum me olham nos olhos e eu estreito os meus para Cecília, que é com quem já troquei mais palavras do que com Ayla.

Mike sobe e logo Ayla vai atrás dele, deixando para trás o rastro do seu perfume doce, inspiro o cheiro querendo guardar na lembrança para quando estiver mais calmo me lembrar dele.

Cecília vai passar por mim, mas eu seguro seu braço fazendo com que pare. Ela suspira e ergue o olhar para mim e mais lágrimas caem dos seus olhos.

— Cecília, tem alguma coisa que eu precise saber? — questiono sem soltá-la, sério.

Ela olha para onde os outros dois já sumiram e suspira.

— Beca está grávida — murmura.

— Porra! — praguejo, passo a mão em meus cabelos. Volto a olhar para ela. — Logo eu subo.

Ela sobe quase correndo e ouço um soluço vindo da direção que ela seguiu.

Porra é pior do que eu pensei. Eu realmente espero estar errado e que nada tenha acontecido, mas infelizmente eu não tinha errado nem uma vez nesses meus anos na polícia.

Entro na livraria e vejo Tina mexendo no caixa, vou até ela que se assusta com a minha aproximação.

— Matteo, bom dia! Theo ainda não desceu.

— Bom dia, Tina! Preciso ver a câmera de segurança da frente da livraria, é urgente.

Consigo ver em seus olhos a pergunta silenciosa, mas não tenho mais tempo para perder explicando, por isso assim que ela sai em direção ao escritório do Theo, eu a sigo. Depois de me mostrar o computado onde consigo ver as filmagens, sento na cadeira e começo a voltar tentando achar qualquer coisa que pareça suspeito.

Voltando algumas vezes, consigo ver Rebeca entrando em direção ao apartamento e depois de um tempo saindo, ela está parada na calçada quando um homem alto, com um moletom escuro e de touca cobrindo seu rosto a puxa por trás e a arrasta.

— Caralho! — praguejo e dou um soco na mesa.

A raiva e a adrenalina correm como brasa líquida em meu sangue. Preciso pensar rápido e agir o quanto antes, porque não sabemos do que esse filho da puta é capaz e isso me deixa com mais raiva ainda.

Pego meu celular e ligo direto para o Capitão McGregory que após três toques me atende.

— *King, precisa de algo?*

— Capitão, preciso de uma equipe para um caso de sequestro — peço com urgência.

Sei que ele pedirá explicação, mas enquanto a ouve ele já pode ir adiantando as coisas.

— *Explique o que está acontecendo, King.*

Ao fundo da ligação posso ouvir passos e vozes.

— A namorada de um amigo meu foi sequestrada por um homem que eu mesmo já havia prendido. Ele foi solto há dois dias, mesmo apresentando perigo, e não informaram a ninguém. Hoje recebi a notícia e vim contar para esse amigo e, assim que percebi que algo estaria errado, fui atrás das câmeras e vi o homem levando a moça. Preciso que seja rápido, senhor.

— *Não me diga como fazer meu serviço, King. Já estou enviando uma equipe para ajudá-lo, se precisar de algo mais, basta me ligar.*

— Ok, obrigado senhor!

Antes de desligar ouço o homem gritando ordens para alguém.

Em caso de sequestro cada segundo é preciso, por isso subo correndo para o apartamento e encontro todos na sala. Paro um pouco afastado, olhando para eles, passo os olhos ao redor procurando algum indício de que Rebeca esteve por aqui.

Cecília está sentada no sofá com Ayla encostada nela e as duas choram silenciosamente, Mike anda de um lado para o outro parecendo nervoso.

Mexo no anel que ainda está guardado em meu bolso e tento pensar em como vou dar a notícia para eles. As meninas ficarão ainda mais arrasadas, mas não faço ideia de como vai ser a reação do Theo.

Ele já está sofrendo demais com o término dos dois, passando por dias ruins e não sei como esse estresse todo vai pesar ainda mais para ele. Quando ele aparece na sala, seu semblante é cansado, seus olhos estão fundos e com marcas arroxeadas ao redor. Sua cara de ressaca me faz suspirar.

Aproximo-me e todos olham para mim, engulo em seco e respiro fundo antes de dar a notícia.

— Preciso que vocês mantenham a calma.

Um soluço alto chama a minha atenção para o sofá e vejo Ayla curvada sob suas pernas chorando desesperadamente. Minha vontade é de abraçá-la para acalmar seu coração, mas preciso manter o foco no meu serviço que é achar Beca com seu bebê e trazê-los para a casa. Tiro o anel do meu bolso e estico meu braço mostrando para todos.

— Benjamin levou Rebeca.

CAPÍTULO 34

Deslizo meus dedos sobre seu rosto, focando nos seus lindos olhos verdes que me hipnotizam, uma onda eletrizante me invade fazendo meu pau pulsar, deixando-me louco para me afundar em sua boceta. Seus olhos brilham mostrando que me deseja tanto quanto eu a desejo.

Eu a quero, eu a desejo, quero meter meu pau até o fundo nessa boceta gostosa.

— Eu quero você, Ceci! Quero afundar meu pau até o talo em você. — Ela geme baixinho se remexendo. — Eu vou beijar você, vou comer você e estará perdida para qualquer outro homem — digo baixinho.

Ela me fita com seus olhos verdes que são minha perdição.

— Mike, eu... — Não deixo que complete a frase e tomo sua boca em um beijo, chupando sua língua, querendo me fundir a ela.

Escuto ao fundo meu celular tocando, sinto como se Cecília se afastasse. Não quero me afastar dela, aqui está tão gostoso, mas meu celular não para de tocar. Quem quer que seja que está me ligando, insiste...

— Hum... Mike, desliga esse celular... — alguém ronrona ao meu lado que me faz despertar.

Olho em volta e vejo que estou em casa, tem um longo cabelo cacheado caindo sobre meu rosto, demoro a me situar sobre o que está acontecendo, eu estava sonhando com ela, mais uma vez sonhando com ela. Cecília ainda vai me deixar maluco. Passo a mão no rosto para acordar de vez e escuto novamente meu celular tocar.

— Nat... — chamo a morena. — Natasha, chega para lá, preciso pegar meu celular.

A mesma geme virando para o outro lado.

Confiro a hora e pego meu celular vendo várias chamadas não atendida do Matteo, quando estou discando para retornar, meu celular começa a tocar novamente e o nome do idiota brilha na tela.

— Você não está trabalhando, porra? São 10h da manhã, Matteo, vai tomar no cu!

— *Mike, Benjamin foi solto há dois dias.*

— Aí, caralho! — Dou um pulo da cama despertando na mesma hora. — Você acredita que ele pode tentar alguma coisa?

— Tenho certeza, Mike. — Porra. — Esse desgraçado vai fazer alguma merda e Theo ainda não sabe.

Tento pensar em todas as possibilidades que aquela peste do Benjamin pode aprontar. Nunca gostei daquele infeliz.

— Mike, preciso que você vá à casa das meninas e veja como Rebeca está. Leve as três para a casa do Theo, estou indo para lá. Ele não está atendendo ao telefone.

— Está certo! Só vou me trocar e já chego lá.

Desligo a chamada, direciono-me ao *closet* para me arrumar, pego uma calça jeans e uma camisa preta. Estou calcando meu sapato quando Nat chega.

— Aonde você vai?

— Preciso sair e você precisa ir embora — aviso.

— Mas eu pensei que você fosse passar o dia comigo.

Reviro os olhos.

— Natasha, já falei que não temos nada e que nunca teremos. Na verdade, creio que está na hora de isso que rola entre nós acabar.

— Mike, ontem você estava dentro de mim, duro por mim.

— Mas não estava com você na cabeça, não era por você que eu estava duro, em nenhum momento que gozei foi para você — digo sinceramente. — Mas agora, realmente eu tenho de sair, meus amigos precisam de mim.

Saio do quarto.

— Ah! — Eu me viro e fito a morena. — Quando sair, deixe a chave com Sidney que ele se encarrega de me entregar.

Saio em disparada ouvindo Natasha me xingar de tudo quanto é nome. Nunca prometi amor eterno a ninguém, muito menos a ela e o que disse é verdade. Ontem, em momento algum ela esteve em minha cabeça. Aquela loira maldita é quem estava em meus pensamentos, por mais que eu tentasse me concentrar nos cabelos escuros e no corpo voluptuoso que estava na minha cama, minha mente simplesmente se desligava dela para se concentrar àquela psicóloga maluca.

Dirijo em disparada para a casa das meninas, esse horário o trânsito está uma merda, mas graças a Deus moro perto delas. Estaciono o carro de qualquer jeito.

Bato à porta várias vezes, não demora muito e Ayla aparece.

— Mike! — Ela me fita estranhando minha presença. — O que faz aqui à essa hora?

— Olá, Dra. Anjinho! — digo seu apelido e ela sorri. — Posso entrar?

— Claro!

Entro na casa e logo vejo a dona dos meus sonhos mais impróprios descer a escada. Porra, ela está muito gostosa com esse *baby-doll* rosa, um short que mostra mais do que esconde, uma blusa que deixa o formato exato dos seus peitos perfeitamente contornados; eles não são grandes, mas são do tamanho certo para minhas mãos e boca.

P*orra!*

Meu pau ameaça querer acordar, mas logo me lembro do que vim fazer aqui.

— Bom dia, *Barbiezinha* — brinco.
— Bom dia, troglodita! — retruca.
— Meninas, preciso falar com Beca. Ela está?

Ayla olha para Ceci como se compartilhassem um segredo.

— Não, ela saiu. Foi à casa de Theo, ela precisava conversar com ele.
— Porra! — esbravejo.

Pego meu celular e começo a ligar para meu amigo. Ligo uma, duas, três, quatro vezes e nenhuma o filho da puta me atende.

— Mike, o que está acontecendo?

Ceci pergunta ao meu lado, fitando-me com os olhos verdes brilhando e algo se contorce dentro de mim. Respiro fundo, ignorando o que quer que seja isso.

— Benjamin foi solto. Matteo soube agora pela manhã e pediu para eu vir ver vocês, estamos tentando falar com Theo, e ele não atende.

— Merda... — Ceci murmura e sai. Quando volta está com seu celular em mãos ligando para alguém, Ayla fica desesperada andando de um lado para o outro murmurando alguma coisa inaudível. — O celular da Beca está desligado. Alguma coisa aconteceu com ela. Beca não desligaria o celular. Não no estado dela.

As duas trocam um olhar como se soubessem de alguma coisa que mais ninguém sabe.

— Vamos para casa do Theo e, se eles tiverem fodendo, eu mato eles. — Tento descontrair, mas algo me diz que alguma coisa não está certa nessa história.

Elas pegam suas bolsas e começam a sair em direção à porta.

— Vocês vão sair assim? — pergunto gesticulando para suas vestimentas.

— Assim como?

— De pijama — digo o óbvio, rangendo os dentes; só de imaginar outro homem vendo Cecília com essa roupa fico puto.

Eu nunca fui a porra de um homem ciumento e isso me irrita mais porque eu não sei o que é esse caralho agora.

— Sim, Mike, eu vou com essa roupa. Nossa melhor amiga está desaparecida, eu não vou me trocar — reponde e sai atrás de Ayla que veste um pijama tão ou até mais indecente que o dela.

Ayla entra na parte de trás do carro e fecha a porta, sobrando para Cecília se sentar na frente, comigo. Ayla está quieta e encolhida no canto e as lágrimas descem silenciosamente pelos seus olhos. Ceci não está diferente, parece perdida, sem rumo. Olho de relance para ela e coloco minha mão em sua coxa.

— Vai ficar tudo bem... — murmuro.

Saio em direção à casa do Theo o mais rápido que consigo, infringindo todas as leis de trânsito que possam existir. Continuo com as mãos nas pernas de Ceci só tirando para passar a marcha do carro, demoro dez minutos até estacionar em frente a livraria. Avisto Matteo abaixado, parecendo analisar alguma coisa.

— Mike! — Ayla chama minha atenção, viro e a fito. — Beca está grávida, ela saiu de casa para contar a Theo sobre o bebê.

— Porra! — Soco o volante, então respiro fundo, tentando me acalmar.

Saímos do carro, vejo Matteo fitar Ayla, que parece nem perceber meu amigo ali quase babando por ela. Ceci está muito nervosa sempre andando de um lado para o outro, tremendo de nervoso. Uma vontade de pegá-la no colo e garantir que tudo ficará bem toma conta de mim e eu fecho as mãos em punho para me controlar. Ayla não está diferente, também visivelmente abalada.

Porra, um bebê!

— O que aconteceu, cara? — pergunto para Matteo que tenta manter um semblante calmo, mas sei que tem alguma merda acontecendo.

— Sobe com elas que eu já estou indo.

Assinto e olho as meninas que em momento algum olharam nos olhos dele, entro no prédio e sou seguido por Ayla paramos perto do elevador e a fito, vendo o quanto ela está devastada.

— Vai ficar tudo bem Ayla, acalme-se!

— Eu estou com medo, Mike, muito medo. Beca é minha melhor amiga, eu não sei o que será de mim se alguma coisa acontecer a ela.

— Nada vai acontecer, Ayla, a diaba está bem.

— Parece que sabíamos, sabe? Nós pedimos para Beca esperar para vir aqui, mas ela queria tanto falar com ele que não nos ouviu.

Ceci chega depois de falar com Matteo.

Entramos no elevador e digito o código para casa do Theo, quando o elevador chega noto que tudo está muito silencioso, nem um gemido para mostrar que Beca está por aqui. Minhas esperanças de que eles estivessem se acertando vai por água abaixo.

— Theo! — grito quando entro no apartamento. — Theo, porra! Estamos aqui, veado!

Mais uma vez sem resposta.

— Meninas, eu irei até o quarto, ver se ele está lá. Sentem-se já volto.

Elas assentem e se sentam no sofá, perdidas em seus próprios pensamentos.

Sigo para o quarto do filho da mãe. A porta está fechada, bato uma, duas, três vezes e ninguém atende.

— Porra, Theo — murmuro. Abro a porta do quarto e vejo o filho da puta deitado, dormindo de cueca, parecendo destruído. — Theo! eu o sacudo e ele não acorda.

— Theo, seu filho da puta, acorda!

Nada.

— Theo, inferno! Eu vou jogar um copo de água na sua cara se você não acordar.

Ele geme e muda de posição.

Vejo um copo no aparador, pego o mesmo e sigo até o banheiro. Encho-o de água, volto para o quarto e o vejo na mesma posição. Não penso duas vezes e jogo a água nele e o assisto pular da cama na mesma hora.

— Porra, Mike! Seu filho da puta! — Range quando me vê.

— Seu pau no cu, todo mundo preocupado e você aqui, dormindo, idiota?

— Porra! Bebi muito ontem, estou cansado, caralho!

— Depois falamos da sua recente aptidão para virar alcoólatra. Agora, quero saber onde está Beca?

— E por que diabos a diaba estaria na minha casa? — pergunta coçando os olhos.

— Porque ela disse para as meninas que viria aqui, falar com você.

Escondo o motivo de Beca ter vindo aqui, não direi para ele que ela está grávida, isso é assunto deles.

— Ela não esteve aqui. Eu estive em casa a noite toda e acordei agora, com você jogando água em mim — fala mexendo em suas têmporas.

— Tem certeza? — pergunto.

— Claro, porra! Você pensa que não saberia se Rebeca tivesse vindo aqui? — indaga levantando e pegando uma calça que estava jogada ao chão.

Espero o príncipe se vestir para lhe dar a notícia.

— Theo, Beca sumiu. — Ele me fita, incrédulo. — E Benjamin está solto.

— Caralho, Mike!

— Matteo soube hoje, pediu para eu ir atrás das meninas. Ele tem certeza de que Benjamin irá aprontar, Theo. Ayla e Ceci estão na sala. Beca disse que viria aqui e, se você não a viu nem está com elas, onde a Beca está? — Faço a pergunta mais óbvia do mundo nesse momento.

— Eu não sei. Eu não me lembro de nada, Mike. Ontem, subi e comecei a beber com...

— Com quem, Theo?

— Com Karen, mas eu dei um fora nela.

— O que não é novidade — debocho, porque Karen não é confiável; aquela ali é pior que cobra cascavel.

— Pois é, mas eu estava tão bêbado que só me lembro de dizer para ela ir embora. Depois disso, é tudo um branco.

— Caralho, Theo, seu idiota! Vamos para sala conversar com as meninas e tentar descobrir onde sua mulher se meteu.

Digo já me virando para sair, mas ao lado da porta está uma calcinha vermelha. Eu me abaixo para pegar e fito o cara de cu do meu amigo.

— Que porra é essa, Theodoro? — pergunto e ele se assusta ao ver a peça na minha mão.

— Eu não sei de quem é isso.

— Ah, mas eu sei! Você deve ter trazido a cobra para cá e fodido com ela. Seu pau no cu! — Jogo a calcinha para ele.
— Mike, caralho, eu não fodi com ninguém! Eu me lembraria se meu pau estivesse entrado em algum lugar.
— Foda-se! Lave essa cara de quem está na merda e vem nos encontrar.
Falo e saio, dirigindo-me novamente para sala, as meninas estão sentadas, abraçadas, chorando. Ao me notarem se soltam e tentam enxugar as lágrimas.
— Beca está lá no quarto? — A loira feiticeira me pergunta com uma leve expressão de esperança.
Eu as fito tentando ganhar tempo, não sei como dizer que Beca realmente não está aqui.
— Não, mas Matteo já vem trazer notícias. Talvez ela tenha ido dar uma volta. — Tento reacender nelas a esperança.
Ambas choram silenciosamente, encolhidas no sofá. Começo a andar de um lado para o outro, não aguentando esperar Matteo com notícias.
Matteo aparece, com uma expressão que não sei decifrar. Ele passa seu olhar pela sala, parece tentar reconhecer se ela esteve por aqui.
Theo chega à sala, Matteo crava seu olhar nele, suspirando quando nota que o mesmo está numa ressaca fodida.
— Preciso que vocês mantenham a calma — diz Matteo.
Um soluço me faz olhar para Ayla que ainda chora, mas meu foco está na loira do lado dela, encolhida e chorando baixinho. Queria poder abraçá-la e não a soltar nunca mais. Cecília parece tão indefesa agora, tão pequena. Matteo tira um anel do bolso e estica o braço, mostrando para todos.
— Benjamin levou Rebeca.
Agora fodeu.

CAPÍTULO 35

Theo

Ainda tento digerir o que Matteo acabou de dizer, Benjamim pegou a mulher que eu amo bem debaixo do meu nariz. Engulo em seco e sinto meu corpo tremer com o medo latente.

Ele não vai poupá-la, não quando sabe o quanto é importante para mim.

— Shhhh... Calma Ayla.

Saio da escuridão em que me encontro e olho para Matteo abraçando Ayla, que está desesperada e aos prantos. Ao mesmo tempo em que Mike está beijando a testa de Cecília e logo em seguida lhe dá um abraço para tentar conter os soluços dela.

Minha Rebeca...

— O que ela veio fazer aqui? — Solto a pergunta num murmúrio, chamando a atenção de todos para mim.

Eles me olham visivelmente abalados, mas eu quero respostas e preciso ir atrás da minha mulher...

Minha mulher!

— Theo, Beca... Ela... — Cecília solta um soluço, então Mike volta a abraçá-la.

— Alguém pode me dizer o que ela fazia aqui à essa hora? — Tento soar calmo, mas meu coração está apertado, sinto-me fraco.

Ayla se aproxima com os olhos vermelhos e inchados por causa do choro.

— Um dia depois que vocês brigaram, ela... Ela descobriu que está grávida.

Ouvindo isso meu mundo desaba, perco as forças e caio sentado no sofá. Olho para todos que me encaram, Matteo se aproxima dizendo alguma coisa, mas não entendo porque minha mente está focada nas palavras de Ayla e tudo faz sentindo. No dia em que nos vimos na praia, Beca queria me dizer algo e eu não deixei, simplesmente ignorei e eu...

Fecho os olhos, tomando ciência do que eu disse para ela naquele dia.

"Eu fodi Karen a noite inteira."

Por mais que sua aparência denunciasse que ela não estava bem eu não me importei, estava tão focado na minha dor e queria feri-la do mesmo jeito.

— Meu filho...

Meus olhos se enchem de lágrimas e, sem perceber, soluço. Mike se aproxima e me abraça forte.

— Vai ficar tudo bem, cara! Eles vão ficar bem! — Ele tenta me consolar, saio do seu abraço e começo a andar de um lado para o outro.

O desespero toma conta de mim, o aperto no coração quase me deixa sem ar.

— É minha culpa — digo, ofegante. — Beca tentou me dizer e eu... Eu falhei com ela quando mais precisou de mim. Ela veio me falar e eu a humilhei, Mike. Porra!

Dou um soco na parede sentindo raiva e nojo de mim, imagens do olhar que ela me lançou naquele dia vem à minha mente, a decepção naquele olhar, a mágoa... Eu grito de raiva, dor e remorso.

Minha mulher e meu filho estão nas mãos de um psicopata.

— Theo, olha para mim. — Matteo aparece no meu campo de visão e coloca as mãos nos meus ombros. — Eles voltarão para você, amigo. Eu vou trazê-los sãos e salvos. Cara, se tem alguém forte, capaz de se cuidar nessa situação, é aquela mulher.

Eu tento acreditar nas suas palavras, mas o medo de perdê-los é mais forte.

— Ela está grávida, Matteo — digo ainda incerto.

— Sim, meu amigo! Você vai ser um ótimo pai. — Ele sorri e me dá um tapinha na bochecha. Depois leva o olhar para Ayla e Ceci que estão aos prantos, sentadas no sofá. — Ok, meninas, preciso que prestem atenção em mim e me respondam algumas coisas.

Elas assentem, incertas e desajeitadas. Mike se senta ao lado de Ceci e pega sua mão.

— Você precisa achá-la, por favor! — Ayla fala se desmanchando em lágrimas para Matteo, que se abaixou à sua frente.

— E eu vou. Agora preciso que me digam com que roupas ela estava quando saiu de casa.

Elas fazem as descrições de tudo para ele que anota e faz algumas perguntas a mais, quando Matteo se levanta falando que precisa descer e conversar com os policiais que estão lá embaixo esperando por ele, Cecília o segura pelo braço.

— O estado dela é delicado — ela reforça e logo seu olhar cai em cima de mim.

Eu me aproximo franzindo o cenho para ela.

— Como assim, Beca tem algum problema na gravidez? — Matteo faz a pergunta que eu não tenho coragem.

— Ela tem hiperemese gravídica — Cecília responde, olhando para mim.

— Fale a nossa língua, Ceci — Mike pede, aflito.

— Ela tem náuseas mais intensas que o normal, não somente pela manhã. Além de ficar tonta quando levanta, por isso ela está desidratada.

Fecho meus olhos para conter a fúria dentro de mim. Beca estava passando por tudo isso sozinha.

— Eu a forçava a comer nem que fosse um pouco, mas mesmo assim ela perdeu peso e está bem pálida — Ayla conta e se encolhe no sofá.

— Então, quer dizer que ela vomita mais que o normal e está desidratada. Quão ruim isso é? — Mike pergunta, olhando para Ceci.

— Beca pode desmaiar com mais frequência e, como está no início da gravidez, pode ter consequências. — Mal termina de dizer e volta a chorar.

Eu logo compreendo o que ela quis dizer: Beca e o bebê correm perigo.

— Entendi. — Matteo se levanta e me puxa para um canto.

Permaneço calado, a culpa e o remorso são um dos piores sentimentos do mundo, eles nos corroem.

— Preciso que você foque no que eu vou falar — diz Matteo, sério e duro. — Você instalou câmeras de segurança pela sua casa. Preciso que você as acesse para que eu cheque tudo.

No automático eu concordo, balançando a cabeça, e pego o *notebook*. Enquanto espero que conecte, observo Matteo conversando com alguém ao telefone, Mike de pé olhando a vista com as mãos nos bolsos e as meninas sentadas no sofá ainda chorando.

— Beca não me traiu, não é?

Minha pergunta sai incerta, porque agora, quando o medo é mais claro que minha mágoa, vejo o quanto eu a julguei errado. Ayla se levanta do sofá e se abaixa, ficando cara a cara comigo, e só agora percebo que Ceci e ela ainda estão de pijamas.

— Beca saiu com Guilherme depois de ser desafiada de brincadeira por Ceci. Mas ela não o beijou e nem estava tendo nada com ele. Na verdade, Guilherme a beijou de surpresa e quando ela entrou em casa foi direto para o banheiro, vomitar.

— Ela disse que era nojo, mas agora sabemos que foi por causa da gravidez — Ceci comenta ainda sentada.

— Nós não sabemos como aquela foto foi enviada para você, mas ela não o traiu. E, se quer saber, naquela mesma noite Beca chorou com saudades de você e nos disse que aceitaria ter um relacionamento.

Arregalo os olhos e prendo a respiração. Como eu pude ser tão cego quando a verdade estava na minha frente.

— Precisamos saber quem enviou aquela foto — Mike diz, andando de um lado para o outro.

Com o *notebook* aberto, abro as câmeras de segurança. Matteo se senta ao meu lado e, percebendo meu nervosismo, toma o aparelho das minhas mãos e clica na imagem da rua, de hoje de manhã. Beca não demora a aparecer entrando pelo portão da garagem. Passo a passo, vemos quando ela entra no elevador. Analiso as cenas e custo a acreditar no quanto ela está magra e com olheiras.

Eu sou um filho da puta por ter feito isso com ela.

Quando Beca sai na sala, olhando para os lados, e logo vai até o banheiro social. É nítido que ela bate à porta e começa a dizer algo. Todos me olham, mas eu estou focado naquela porta, pois não era eu naquele banheiro, disso tenho certeza.

— Você não se lembra de ter falado com ela? — Cecília me pergunta, brava.

— Não era eu ali, eu teria me lembrando — respondo focado nas imagens.

Beca continua falando e a cada minuto que não posso escutar minha aflição só aumenta. Quando ela se afasta e a porta se abre, todos arfam e eu fecho os olhos com força. Karen sai do banheiro, usando somente uma toalha. As duas discutem por alguns minutos e Beca sai em disparada para o corredor e imagino que ela tenha ido para meu quarto e me encontrado dormindo. Logo ela volta a escutar o que Karen diz e vai para o elevador.

— Vou matar aquela vagabunda! — Cecília sai rumo ao elevador e Mike corre para segurá-la.

— Calma, princesa! Temos de saber o que elas conversaram.

— Porra nenhuma, Mike! Solte-me, eu vou matar aquela cadela. — Ceci se debate nos braços do Mike.

Ainda me encontro paralisado com tudo. Eu não dormi com Karen, mas está claro que Rebeca acreditou nisso e, pela conversa das duas, ficou evidente que Karen não disse a verdade.

— Como você teve coragem? — Ayla pergunta para mim, falando baixo, com os olhos cheios de lágrimas. — Ela engoliu o orgulho e veio atrás de você, de novo, e a faz passar por uma humilhação dessas?

Ayla se levanta e começa a andar de um lado para o outro, passando as mãos pelos cabelos, nervosa.

— Eu não fiz nada com Karen. Ontem nós bebemos e quando eu dormi, ela deve ter dormido por aqui porque já era tarde.

— Chega! Chega de defender essa vagabunda! — Cecília ruge deixando todos de olhos arregalados. — Será que você não percebe que essa mulher não presta? Que ela está sempre pronta para dar um bote em você, como uma cobra? Porque é isso que ela é, uma cobra da pior espécie.

Tento pensar em palavras para dizer e talvez defender, mas me vem à mente que ontem Karen tentou se aproveitar da minha embriaguez para transar comigo e por sorte eu a rejeitei. Abaixo a cabeça sem ter o que dizer. Meu erro, minha culpa é tudo o que sei nesse momento.

Quando o barulho do elevador anuncia que alguém está saindo, todos nós olhamos para a porta com a esperança de ser Beca. As portas se abrem, um policial fardado sai e logo atrás dele Tina e, por último, Karen. E tudo acontece rápido. Assim que elevador se fecha atrás dela, Cecília a acerta com um tapa na cara.

— Sua vagabunda, a culpa é sua!

— Solte-me, eu vou acabar com ela, Matteo! — Ayla grita, debatendo-se nos braços do Matteo, que a segura fortemente.

Ceci e Karen estão aos tapas no chão, com Mike tentando separá-las.

— Cecília, solte-a, porra! — Mike grita, Tina tenta puxar Karen.

— A culpa é sua — Ceci diz e acerta outro tapa. — Sua! — Mais um tapa.

— Theo, socorro! — Karen grita por mim, mas eu me encontro estático com todos os acontecimentos, não sou capaz de me mexer.

Mike, Tina e o policial conseguem separá-las. As duas estão vermelhas e Karen tem marcas dos dedos de Ceci no rosto.

— Escuta bem, sua cadela. Se acontecer alguma coisa com Beca, eu vou matar você. Está me ouvindo?

— Cecília, controle-se, porra! — Mike a puxa pelo corredor, tirando-a da sala.

Meus olhos caem em Karen que está sendo amparada por Tina.

"*Ela não o merece e logo você vai entender isso, eu estarei aqui por você*"

— Foi você, não foi? — Karen olha para mim depois de escutar minha pergunta.

— Eu não fiz nada, Theo. — Ela se aproxima sem desviar os olhos dos meus. — Ela veio até mim, mas eu não sabia que Benjamim a pegaria.

Olho nos olhos dela tentando acreditar de novo em cada palavra.

— Foi você quem me enviou aquela foto, Karen — eu a acuso, fazendo com que arregale os olhos.

— Não fiz isso.

— Sim, você fez — afirmo. — Antes de eu sair naquele dia, você me disse que ela não me merecia e que logo eu entenderia. — Passo as mãos no cabelo, nervoso, e suspiro. — Meu Deus, como eu pude ser tão cego? Como?

— Eu disse aquilo porque é verdade. Ela nunca o mereceu.

— Sua falsa, está na cara que foi você. Nós sempre desconfiamos disso — fala Ayla, que estava escutando tudo calada, chamando a atenção de Karen para ela.

— Ele é meu. Aquela idiota não devia ter ficado no meu caminho — Karen retruca e, como se caísse em si sobre o que acabou de dizer, olha para mim com a boca aberta e olhos arregalados.

— Eu nunca fui seu, Karen. Nem quando nós namorávamos.

— Se Beca não tivesse aparecido, talvez nós pudéssemos ter tido uma chance.

— O que você disse para Beca? — Ayla pergunta se aproximando de nós com Matteo logo atrás.

Espero uma resposta, mas Karen fica calada, olhando para todos ao redor.

— Responda à pergunta da Ayla. O que você disse para Beca? — Matteo insiste, sério.

— Eu só disse que você estava dormindo — responde, olhando para mim —, e ela já foi até seu quarto. Quando viu que falei a verdade, saiu como uma louca.

— Então, se nós conseguirmos os áudios das câmeras de segurança será isso que vamos escutar? — Matteo pergunta.

Ele sabe que as câmeras não têm áudio, mas fico calado deixando que conduza essa situação.

– Eu... Eu... Eu...

— Não pode dizer, não é mesmo? Não pode dizer, porque você é uma falsa mentirosa do caralho! — Ayla diz com os olhos inflamados de raiva.

Eu me aproximo de Karen, ficando cara a cara com ela.

— Seja lá o que você tenha dito, eu vou descobrir. Agora, quero que você saia da minha casa — digo baixinho para que entenda e, depois de muito relutar, ela sai pisando duro.

Confiro o relógio e já se passa das 2h da tarde, sento no chão no canto da varanda, olhando a vista à minha frente. A cada hora que passa, aumenta a angústia. Nenhum telefonema ou sinal de onde aquele filho da puta possa estar. A ânsia de saber em que condições Beca está quase me sufoca.

Fecho os olhos e penso nos dias bons que tivemos na casa do lago e aqui. Eu me lembro do sorriso dela e uma lágrima escorre pelo meu rosto.

Eu não vou conseguir continuar firme. Medo, dor, remorso e a incerteza estão me dominando. Tento imaginar qual a reação dela quando descobriu a gravidez. Conhecendo-a como eu conheço, imagino que tenha surtado. Sem que eu perceba, mais lágrimas rolam e abaixo a cabeça.

Eu estou com medo.

— Ela saiu de casa decidida a se resolver com você. — Levanto a cabeça quando escuto as palavras da Ayla. — Ela teve dias de merda, mas hoje acordou sorrindo e decidida.

Começo a chorar sem controle de mim mesmo. Minha culpa, eu fiz isso a ela. Ayla se senta no chão, ao meu lado, e passa os pequenos braços pelos meus ombros.

— Precisamos que você tenha a cabeça no lugar, Beca precisa.

— A culpa disso tudo é minha. Você viu. Foi uma armação e eu me deixei levar, eu nunca fui assim, Ayla, e... Eu...

— Vocês dois foram cabeças-duras. O que precisamos é ter fé. Ela vai voltar para nós, ela tem de voltar — Ayla sussurra, embargada.

— Como foi? — pergunto e ela franze o cenho, sem entender. — Como foi quando ela descobriu que estava... grávida?

Ayla olha para mim e dá um pequeno sorriso.

— Beca surtou. — Foi Cecília quem respondeu e viramos nossos rostos para ela, está de braços cruzamos, olhando para nós. — Para falar a verdade, até que ela estava bem fofa chorando à toa e dormindo feito um urso.

Sorrio pelo comentário. Rebeca chorona é uma versão que eu queria ter visto. Ceci se senta ao meu lado me deixando no meio de ambas, Mike vem logo atrás e puxa uma cadeira se sentando perto de nós.

— Ela... Ela estava muito magoada por minha causa, não estava?
— Sim, estava. Na verdade, nós três.
— Nem percebemos isso naquele dia em que você veio aqui e quase derrubou tudo, Ayla — Mike comenta.
— Nem nessas horas você consegue falar sério, não é? — Ceci replica, revirando os olhos.
— Falou a pinscher que atacou Karen há algumas horas.
— Por favor, não comecem vocês dois — Ayla sussurra para ambos.

Mike se levanta e se agacha à minha frente, colocando a mão no meu ombro.

— Vai dar tudo certo, cara! Aquela diaba deve estar colocando fogo naquele imbecil e já, já volta para você. Agora vem comer algo e tomar um banho, tem de estar bem para quando Beca voltar.

Ele me puxa e eu vou calado. Passo por Matteo que se encontra ao telefone e troca um olhar comigo sem dizer nada. Eu me sento na bancada da cozinha e Tina coloca à minha frente um sanduíche, olhando para mim com lágrimas nos olhos.

— Ela vai ficar bem, menino — diz dando tapinhas na minha mão.
— Eu só quero que isso tudo acabe. Até agora Benjamin não entrou em contato. Ela está grávida, Tina, não sei se comeu ou se está sentindo alguma dor... Essa espera vai me matar.

Ela me dá um sorriso triste e eu baixo o olhar para sanduíche.

Não consigo... Não posso. Preciso dela.

— Cecília disse que vai entrar em contato com o pai da Beca no Brasil.
— Quanto tempo, Matteo? Quanto tempo até esse filho da puta entrar em contato? O que ele quer é me machucar e não vai poupá-la. Nós dois sabemos disso.
— O que eu sei é que você precisa se manter firme, eu prometi que a traria de volta. E eu cumpro minhas promessas — ele assegura e muda o olhar para algo às minhas costas.

Eu me viro para seguir seu olhar e vejo que está olhando para Ayla, que está sozinha na varanda, fitando o mar.

CAPÍTULO 36

O barulho das ondas quebrando na areia, apesar de um pouco distante, é o que está me mantendo calma agora. Pelo menos é isso que digo para mim há uns quarenta minutos, desde que vim para fora e deixei todos lá dentro.

Hoje o dia começou horrível e se estendeu, piorando a cada segundo. Não saber onde minha amiga está e o que está acontecendo com acaba comigo. Eu sinto um pedaço do meu coração se partir a cada segundo sem notícias dela e ver que Cecília está tão abalada quanto eu — ou até mais — está me deixando pior. Sem notícias de uma e sem conseguir consolar a outra.

Ouço passos se aproximando de onde estou e olho de soslaio. Vejo quando Matteo para ao meu lado, descansando os braços no parapeito da sacada. Ele solta um suspiro e eu giro minha cabeça para conseguir olhar melhor para ele, que também vira para mim, e nossos olhares ficam presos um no outro. Sinto um arrepio passar por todo meu corpo, meus pelos arrepiam e meu corpo estremecendo discretamente.

Seus olhos são tão azuis quanto o mar à nossa frente e todas as vezes em que olho para eles, sinto como se estivesse me afogando. Hoje ele tem me olhado com tanta suavidade que eu quase posso sentir fisicamente seu carinho e este é bem-vindo.

— Você sabe que eu vou trazer Beca para vocês, não sabe? — Ele questiona; ouvir sua voz me dizendo que vai trazer minha amiga quase faz com que eu queira me aconchegar nele.

Respiro fundo e volto a olhar para o mar. De manhã, quando Mike chegou falando que Benjamin tinha sido solto eu já senti que algo estava errado. Quando chegamos aqui, e Matteo falou que Beca tinha sido levada por ele, eu achei que teria um colapso, mas consegui me segurar.

Quando eu quis gritar, apenas chorei. Quando quis correr atrás dela, apenas chorei. Quando eu senti que não conseguia respirar com o medo apertando minhas entranhas, eu apenas chorei. Mas aí veio a filmagem e, quando a Karen entrou no apartamento, meu cérebro teve um curto. Quando percebi, Matteo me segurava, eu gritava e Cecília batia na cadela por nós duas.

Eu simplesmente surtei e, o pior, é que a pessoa que mais gostaria de me ver daquele jeito não estava ali.

— Eu sinto como se alguém estivesse com a mão enfiada dentro de mim, apertando e apertando mais meu coração. — Meus olhos inundam em lágrimas e eu volto a olhar para ele que continua com seu olhar em mim. — As duas são tudo que eu tenho de melhor. Eu tenho minha família e a amo com todo meu coração, mas Beca e Ceci... Elas são minha liberdade. São minhas asas para voar, entende?

— Você tem de se agarrar a esperança de que eu estou dando. Trarei Rebeca para vocês. — Ele estica seu braço até alcançar uma mecha do meu cabelo, colocando-a atrás da minha orelha. — Rebeca vai voltar para continuar virando a cabeça do meu amigo e o deixando maluco. Vai voltar para Cecília e para você, então continuarão sendo como as três mosqueteiras. Você só tem de ser forte, só tem de manter essa esperança, entende?

— Beca é nossa força. — Dou de ombros como se explicasse para ele porque me sinto tão fraca agora. — Só a traga de volta, ok?

Ele assente e, de repente, sou puxada contra seu corpo. Não ofereço o mínimo de resistência. É a segunda vez que ele me abraça hoje e eu gostei de como me senti na primeira.

Seus braços me apertam e eu sinto como meu corpo pequeno encaixa tão certo ali. Seu queixo está descansando na minha cabeça e eu afundo ainda mais meu rosto em seu peito, inalando seu cheiro que parece tão intenso e bruto; fazendo jus a ele. O tecido gelado do meu pijama aquece com o contato no seu corpo quente.

Um soluço vindo da sala irrompe o silêncio e eu nem preciso olhar para saber quem é e isso me faz soluçar e chorar junto com ela. Porque a dor delas sempre será a minha. Meu corpo se chacoalha contra o de Matteo que só aperta ainda mais seus braços ao meu redor e abaixa a cabeça para meu ouvido.

— Eu estou aqui. — Apesar de grave, sua voz sussurrada é suave ao meu ouvido. — Eu farei tudo que eu puder para trazê-la para vocês, ok? Confie em mim, por favor!

Tento me concentrar em suas palavras, mas a cada lágrima parece que o cansaço está abatendo sob meu corpo. Eu me sinto exausta por hoje, exausta de sentir esse medo, exausta de sentir como se eu estivesse andando às cegas e me sentir assim só me faz chorar mais e mais.

Dedos entram entre meus cabelos e acariciam meu couro cabeludo. Matteo me mantém presa firmemente e sussurra palavras tentando me confortar enquanto eu choro toda minha angústia.

Ao longe, ouço o barulho do elevador e também Mike reclamar com alguém sobre não ser hora, mas não me movo. Meu corpo parece estar enraizado no chão e meus braços ao redor de Matteo.

— Será que eu vim em hora ruim?

A voz de Gabe me faz fechar os olhos com mais força e quase me afundar ainda mais no peito do Matteo, como se pudesse me fundir a ele. Ainda não estou pronta para sair daqui, onde, pela segunda vez hoje, estou quase me sentindo tão calma quanto possível.

Mas sou arrancada brutalmente dos braços dele e, talvez para não me machucar, ele tenha me soltado facilmente; porque eu duvido que se ele realmente quisesse, Gabe me tiraria assim.

— Solta-a, porra! — ele ordena e quando eu olho para Matteo vejo que seu rosto está completamente impassível, mas seus olhos queimam de raiva. — Está se aproveitando de mocinhas indefesas agora, Matteo?

O sarcasmo escorre de suas palavras e Matteo dá um passo à frente, colocando seu rosto próximo de Gabe.

— Se você puxá-la novamente como fez agora, eu vou quebrar a porra da sua mão — ele ameaça baixinho, mas não é menos assustador. Os dois homens são enormes e quando eu olho para dentro não vejo ninguém que possa tirá-los de perto um do outro. — E quem está acostumado a se aproveitar de mocinhas inocentes é você. Ou não contou essa parte da sua vida para ela?

— Foda-se! Eu não quero você perto de Ayla.

— Como você vai me obrigar a não ficar perto dela? Porque eu não vou sair enquanto ela não pedir. E Ayla não pareceu querer se afastar de mim agora.

Um lado da boca de Matteo repuxa em um leve sorriso, quando ele vê que atingiu o ponto onde queria em Gabe.

— O que eu vi foi você se aproveitando de uma mulher com o emocional frágil...

— Chega, os dois! — Enfio-me entre eles, obrigando-os a se afastarem. Ergo a cabeça olhando para ambos, com as mãos na cintura. — Matteo não estava se aproveitando de ninguém, estava conversando comigo, comecei a chorar e ele me abraçou. Foi só isso, Gabe. Por favor, não transforme isso em algo sobre nós, porque não é.

Eu me sinto minúscula entre eles. Ambos respirando com força e se encarando como se fossem se matar. A raiva quase irradia do corpo deles diretamente para o meu. Eu me viro para Gabe e coloco as mãos em seu peito para ter sua atenção e consigo. Seus olhos azuis caem para os meus e ele segura meu pulso com um pouco de força, mantendo minhas mãos ali no lugar.

— Por favor, hoje não! Eu não estou bem, minha amiga está desaparecida e não consigo dar forças para a outra porque não tenho forças para nada. Só... — Respiro fundo e a raiva estampada em seus olhos não aplaca. — Você pode me ligar depois?

— Você não vai ficar aqui, Ayla. Não com esse merda — ele rosna com seu rosto muito perto do meu.

— Eu estou aqui pelas minhas amigas e pelo Theo. Eu não posso voltar para casa sem Beca, ok? — Minha voz embarga e novas lágrimas descem pelo meu rosto. — Não estava acontecendo nada e nem vai acontecer. Você precisa confiar em mim.

— Eu confio em você, princesa. — Sua voz de repente vem suave, mas seus olhos sobem para encontrar os de Matteo. — Não confio nesse desgraçado. Eu vejo como ele olha para você e considero bom ele se pôr no lugar dele, ficar longe de você e parar de olhá-la desse jeito.

Uma risada irônica sai de Matteo, mas não me viro para ele, apenas respiro fundo e empurro Gabe tentando levá-lo para a porta, mas ele para no limiar.

— Você pode me ligar depois?

— Eu não vou embora.

— Gabe, por favor... — choramingo. — Não é o momento para isso, está bem? Theo precisa de privacidade e nós precisamos manter a calma por aqui, nós precisamos só achar Beca. Depois eu irei para casa.

— Você não me quer aqui por causa dele?

— Para com isso... Esqueça-o! — falo um pouco mais alto e arregalo por isso. — Perdoe-me! Eu só preciso que entenda. Você está transformando uma coisa grave em outra sem sentido algum.

— Ok, ok... — ele diz baixinho e se aproxima colocando as duas mãos no meu rosto, roça sua boca na minha e repentinamente me sinto incomodada com essa atenção. Seu polegar acaricia minhas bochechas. — Eu vou para casa e ligo para você mais tarde. Desculpe-me por isso, está bem? Eu só não gosto de como ele a encara.

— Tudo bem! — respondo e Gabe sela nossos lábios, sua língua pede passagem, mas eu não deixo que aprofunde o beijo e dou um passo para trás me afastando dele.

Gabe se despede e eu fico parada, vendo-o sair em direção ao elevador. Mike aparece na sala e eu reviro os olhos, bufando. Ele faz uma careta para Gabe no momento em que as portas se fecham.

Não podia ter aparecido antes, palhaço?

Viro para Matteo e ele está me encarando com as sobrancelhas franzidas e os lábios em uma linha reta. Meu coração dá um salto em meu peito e minha boca seca de repente, passo a língua pelo meu lábio inferior e ele acompanha o movimento.

— Hum... É... — gaguejo, respiro fundo tentando ordenar os pensamentos. — Desc...

— Não faça isso! — Seu tom é de repreensão, mas seus olhos estão calmos agora. — Não se desculpe por isso. A culpa não é sua se ele é um babaca e tem medo da concorrência.

Arfo quando ele se aproxima de mim e eu tenho de erguer o rosto para olhar seus olhos. O tom azulado brilhando à luz da lua. Ele segura uma mecha do meu cabelo.

— Não deixe que ele fale assim com você outra vez. — Beija minha testa e se afasta. — Asher está com saudade. Quando Rebeca estiver de volta e tudo se ajeitar, você pode levá-lo para tomar sorvete.

A menção de Asher me faz sorrir e acalma meu coração.

— A mãe dele não vai ver problema nisso? — Ergo uma sobrancelha, questionando-o.

— Não quando o pai estiver junto. — Pisca para mim e se vai.

Fico ali parada, sorrindo para o nada, mas logo a realidade retorna e meu corpo estremece com o frio repentino que sinto.

Eu só preciso da minha furacão de volta.

CAPÍTULO 37

Rebeca

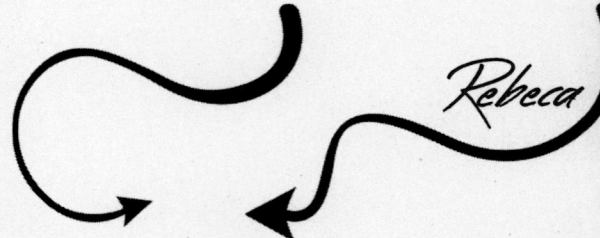

Minha cabeça dói.
"Sinto muito Beca, foi tocante tudo que você disse."
Minha boca está seca.
"Acabou para você, querida."
Meu estômago está embrulhado.
"Xeque-mate para você, vadia."
Abro os olhos tomando consciência de que Benjamim me pegou. Meu corpo está dolorido, sinto-me fraca. Olho ao redor e não consigo enxergar nada por causa da escuridão.

Por quanto tempo eu fiquei desacordada?

Tento me levantar, mas uma tontura me obriga a sentar novamente com as costas apoiadas na parede. Fecho os olhos e suspiro, preciso me acalmar. Coloco a mão na barriga e sinto o medo me dominar. Não posso ficar aqui.

Depois de ficar longos minutos sentada, tentando me acalmar, uma porta que eu não havia notado se abre e Benjamim entra com um sorriso no rosto.

— Boa noite para você, Bela Adormecida! — Ele se aproxima de mim e eu tento juntar forças para me afastar, mas não consigo. — Você dormiu durante o dia todo — ele diz se abaixando à minha frente.

Viro o rosto para não o olhar e ele segura meu queixo bruscamente.

— Nós dois sabemos que isso não vai acabar bem, não é? — indago, firme.

— Realmente. Theo vai chorar muito quando eu terminar com você.

Dizendo isso, Benjamin aproxima seu rosto do meu e eu tento virar. Quando percebo que a intenção dele é me beijar, cuspo na sua cara, e logo recebo um tapa no rosto.

— Você é uma malcriada, mas eu vou dar um jeito em você. Vou fazer o que deveria ter feito com Talissa desde o início.

— Deixe-me em paz!

Viro o rosto e seguro as lágrimas que insiste em sair. Sinto gosto de sangue na boca e meu estômago embrulha, sem demora acabo vomitando em cima dele.

— Sua puta suja, olha só o que você fez! Vai ficar sem comer hoje para aprender a ter modos.

Solto mais rajadas de vomito sem conseguir controlar e, quando percebo que estou sozinha, permito que as lágrimas caiam.

Penso em Ceci, Ayla, papai e em Theo. Será que eles estão me procurando? Será que já sabem que esse doente me sequestrou?

Dor... Fome... Sede... Medo...

É com isso em mente que acabo caindo no sono novamente.

Theo

Poucas foram as vezes em que me vi tão perdido. Olhar para meu apartamento com policiais para todos os lados, Cecília e Ayla encolhidas no sofá e um Mike sério e calado, faz com que entenda que esse momento é, sem dúvidas, algo que nunca vou esquecer. Um dia. Um dia que Benjamim sumiu com Rebeca, um dia sem notícias, um dia a mais sem ela e nosso bebê estarem em segurança. Encaro Matteo que acabou de chegar, ele olha para as meninas e depois vem para meu lado junto de Mike.

— Diz que você tem alguma pista.

Ele olha para mim e suspira.

— Nada ainda. Checamos todas as propriedades no nome dele e não encontramos nada. Ninguém o viu desde que foi preso.

— Benjamin não entrou em contato até agora. Será que ele pode estar levando Beca para longe?

Fico tenso com o comentário de Mike.

— A Polícia Rodoviária já está avisada, aeroportos, enfim... — Ele abaixa a cabeça e percebo que está preocupado.

— Ele já deveria ter entrado em contato se quisesse algo em troca — comento, atraindo a atenção dos dois.

— Ele só quer atingir você e está usando Beca para isso. Essa demora pode ser um bom sinal. Tenha paciência!

O bom de conhecer nossos amigos é saber quando eles estão mentindo, Matteo não me convenceu com sua fala.

Antes que eu tenha a oportunidade de falar algo, meu celular toca no meu bolso chamando a atenção de todos.

Atendo com os olhos focados em Matteo.

— Alô!

— *Bom dia, cunhado!*

Fecho os olhos com força para me controlar. É Benjamim.

— Onde ela está? — pergunto, ríspido; Matteo sussurra, pedindo que eu me acalmasse.

— Ela está ótima! Está bem aqui na minha frente. Diga um oi, Beca querida.

— Vai se ferrar! — Quando escuto esse sussurro ao fundo, meu coração aperta; Rebeca.

— Rebeca... Rebeca fala comigo, como voc...

— Ela está ótima, cunhado. Quer dizer, está bem fraquinha, acredita que ela está vomitando sem parar?

Escutar o sofrimento que ela está passando e a voz sarcástica dele me leva a fechar o punho com raiva.

— Eu vou matar você, Benjamim!

Ele cai na gargalhada no outro lado da linha e é nítido que Beca geme.

— A cada ameaça, é ela quem vai sofrer as consequências. Agora me escuta atentamente, Esqueça seu amigo policial, despiste-o e se junte a nós, cunhado. Você tirou minha mulher e minha filha de mim, eu vou tirar sua mulher de você, mas antes vou fazê-la sofrer, você tem uma hora, Theo, eu estou no lugar de onde ela nunca deveria ter saído — dizendo isso ele desliga a ligação.

Olho para Matteo que me pergunta o que ele disse.

— Ele disse que a fará sofrer, Matteo. Minha mulher grávida está nas mãos de um psicopata! — Perco o controle.

Respiro forte e ando de um lado para o outro tentando assimilar o que Benjamin quis dizer no final.

"Eu estou no lugar de onde ela nunca deveria ter saído."

"Eu estou no lugar de onde ela nunca deveria ter saído."

Matteo se afasta junto dos policiais me deixando ao lado de Mike.

— Eu conheço esse olhar — Mike garante me analisando. — O que foi que ele disse que o deixou assim? Ou melhor, aonde ele disse que é para você ir?

Olho para os lados para ter certeza de que os outros não estão me escutando.

— Eu acredito que sei onde ele está — sussurro.

— E por que não disse para Matteo?

— Ele está machucando Rebeca, eu escutei quando ela gemeu de dor.

Troco um olhar silencioso com Mike que assente. Ele sabe que quanto mais tempo eu demorar mais Benjamim a machucará.

— Qual é o plano? — ele pergunta olhando para todos ao redor.

— Distraia-os, eu direi que vou tomar um pouco de ar.

— Eu não deixarei que vá sozinho, filho da puta.

— Eu vou ficar bem, Mike.

— Onde ele está?

— Por que eu sinto que vocês estão me escondendo algo? — Matteo indaga baixinho, aproximando-se de nós dois.

Fecho os olhos e suspiro.

— Você é meu amigo, Matteo, mas aquela mulher é minha vida inteira. E o bebê que ela carrega é parte de mim. Ela está sofrendo e tenho certeza de que está machucada. Farei as coisas do meu jeito.

Ele me encara, sério, e depois olha para trás.

— Você não vai sozinho, eu vou com você.

— Eu também vou — Mike sussurra.

— Aonde vocês vão? — pergunta Cecília.

Viramos para encontrar Ceci e Ayla de braços cruzados nos encarando.

— Vamos fazer coisas de homens — Mike responde.

— Então, qualquer pessoa pode fazer, porque você não leva jeito para ser um — ela retruca e fecho os olhos, irritado.

— Foco porra! — Eles se calam e olham para mim. — Eu vou buscar minha mulher. Vocês duas vão ficar aqui e esperarem nossa ligação. Mike e Matteo vocês irão comigo, mas ficarão escondidos.

— Isso não vai dar certo — Matteo suspira.

— Ceci e eu vamos despistar os policiais. Só tragam Beca de volta para nós, por favor... — Ayla pede num sussurro e Matteo a encara, calado.

Que porra está acontecendo com esses dois?

Elas saem e vão para junto dos policiais, que estão com monitores e conversando entre si. Sem chamar muita atenção, Matteo, Mike e eu entramos no elevador e descemos. Ando às pressas rumo ao meu carro.

— Onde eles estão, Theo?

Olho para Matteo depois da sua pergunta.

— Na antiga casa dele, onde morava com minha irmã. Ela foi um presente de casamento da minha família para eles, está no nome da minha mãe. Ele prendia Talissa no porão e foi de lá que ela fugiu e veio até mim. Aquele fodido está lá com Beca.

Rebeca

— Muito bem! Creio que ele tenha entendido o recado e logo chegará para se juntar a nós. Então, vou fazer as honras.

Escuto as palavras de Benjamim, que fala olhando nos meus olhos. Apesar de estar fraca e no meu limite, não vou me render. Ele se abaixa me fitando com um sorriso que me dá nojo.

— Quando eu falar, você tem de abaixar a cabeça. Seja uma mulher obediente, eu disse que daria jeito em você.

— Mulheres como eu não abaixam a cabeça para homens como você.

Quando termino de dizer isso, ele me acerta um tapa no rosto fazendo com que eu caia no chão, mal tenho tempo de reagir e recebo uma série de socos e chutes.

— Mulheres! Sempre esse papinho de que mulheres merecem ser tratadas com carinho.

Ele segura um punhado do meu cabelo com força, obrigando-me a ficar cara a cara com ele. Eu mal o vejo por conta das lágrimas que nublam meus olhos, sinto como se meu corpo estivesse sido triturado.

— Mulheres foram feitas para serem submissas. Aquela Talissa vadia e você são frutas podres que precisam de corretivo.

Benjamin me joga no chão bruscamente e eu fico parada, fitando a porta por onde ele sai.

Deitada no chão frio, de bruços, sentindo dor e medo, eu choro de desespero. Eu me viro devagar para ficar de barriga para cima, com dificuldade me sento e me assusto com a quantidade de sangue que está manchando minha calça jeans.

— Não, por favor...! Por favor, meu bebê!

Tento me levantar, mas não tenho forças. Respiro fundo e me deito para não contrair o abdômen. O medo e o sangramento me levam a perceber que estou perdendo meu filho. Fecho os olhos e me permito cair na escuridão novamente.

❖

— Rebeca... Rebeca. — Abro os olhos com dificuldade após escutar meu nome sendo chamado, mas não tenho forças para me mexer, posso apenas escutar barulhos ali perto.

— Es... Estou aq... aqui — digo num murmúrio com a esperança de que alguém ou de que seja a ajuda de que eu preciso.

A porta é aberta bruscamente e choro aliviada quando vejo Mike passar por ela, vindo correndo até mim.

— Oh, meu Deus! O que aquele fodido fez com você, diaba. — Ele olha para mim, desesperado, e passa as mãos na cabeça. — Theo! Theo, socorro! Eu a encontrei! — ele grita e eu só choro, aliviada.

— Ajude-me, por favor! — peço num murmúrio sem conseguir me mexer. — Meu bebê, Mike. Meu... Meu bebê.

— Calma, diaba, vai ficar tudo bem! Diz o que devo fazer, por favor! Não quero machucar você.

Antes que eu diga algo, desvio o olhar e encaro a pessoa parada com os olhos arregalados e com lágrimas rolando pelo rosto; Theo. Ele se aproxima lentamente de mim e eu intensifico o choro. Eu não aguento mais.

Ele se abaixa, cola sua testa na minha e chora copiosamente.

— Perde-me, por favor! — ele pede em meio aos soluços.

— Nós precisamos levá-la para o hospital, cara.

Ele assente e, com todo cuidado do mundo, me levanta nos braços. Solto alguns gemidos de dor e sinto seu corpo ficar tenso.

— Theo... — falo baixinho entre gemidos de dor. — Nosso bebê. Eu...

— Eu sei amor, eu sei — ele diz andando comigo com cuidado, ainda chorando.

Fecho os olhos quando a claridade do dia vem em meu rosto, percebo carros de polícia ao redor e logo sinto Theo me colocando em uma maca.

Paramédicos começam meu atendimento sob o olhar atento de Theo em mim. Nossos olhos estão conectados em meio à dor física e emocional. Sinto um toque na barriga e urro de dor.

— Ela está grávida. Pelo amor de Deus, cuidado! — ele grita e eu tento me manter calma.

— Quantas semanas de gestação? — pergunta a paramédica logo que sinto o movimento da ambulância.

— Quase dez Semanas — sussurro. — Minha pressão é alta, estou tendo um sangramento, preciso de uma ultrassonografia para confirmar que meu bebê está bem.

Às presas, com ajuda de outro paramédico ela faz meu atendimento e sinto quando passa pelo meu abdômen o monitor de batimentos de gestante. Meu corpo fica tenso e eu não tiro os olhos da minha barriga, então olho para Theo está focado no aparelho que toca minha pele.

— Vai ficar tudo bem — ele me diz com um sorriso que não chega aos olhos.

Fecho os olhos e me concentro em respirar devagar, tentando não focar no olhar dele ao meu lado.

Concentre-se em seu bebê...

Sou retirada da ambulância e encaminhada às presas para dentro do hospital. Quando saímos do elevador, ainda deita encontro os olhares de Ceci e Ayla que vem gritando ao meu encontro.

— Beca, meu Deus! Vai ficar tudo bem — diz Ayla, que chora e pega na minha mão, na de Ceci e solta um soluço.

— E... Eu amo vocês! — respondo calmamente.

— Doutoras, precisamos examiná-la, rápido! — Sofia diz, séria, e juntamente com alguns médicos me levam para fazer exames.

Passo por Mike e Matteo que olham para mim com pesar. Olho para Theo, que está com lágrimas nos olhos, e viro o olhar.

CAPÍTULO 38

Theo

Paro o carro na esquina da casa onde eu sei que Benjamim está mantendo Rebeca.

— Vamos ao plano! — exclama Matteo, que logo me segura pelo braço ao perceber que pretendo sair em disparada.

— Sim, vamos. Entrarei lá e acabarei com a raça do infeliz, depois vou pegá-la.

— Nada disso, ele pode estar armado. Só siga o que devo falar e se mantenha vivo. —Suspiro e concordo balançando a cabeça. — Você vai primeiro. Benjamin deve estar vendo a rua pelas câmeras de segurança. Quando ele abrir o portão para que você entre, Mike e eu entraremos logo atrás. Theo, assim que passarmos pelo portão a prioridade é achar a Rebeca e sair logo em seguida.

— E o que eu faço? — pergunta Mike, encarando o amigo.

— Você toma conta de Theo, porque eu tenho a impressão de que ele não vai fazer nada disso. Eu mandarei nossa localização para o capitão e logo o reforço chegará.

Ando um pouco à frente deles. Assim que chego à frente da casa, toco o interfone; Mike e Matteo estão a pouca distância, abaixados. Automaticamente o portão abre e eles correm para entrar logo atrás de mim. Mike e eu corremos até a porta de entrada que se encontra aberta enquanto Matteo vai para outro lado. Quando passamos por ela, Benjamim em toda sua arrogância se encontra sentado no sofá com as pernas cruzadas e um sorriso sarcástico no rosto.

— Você não sabe seguir ordens, cunhado.

— E você não tem medo da morte, filho da puta! — Mike grita.

— Onde ela está? — pergunto me aproximando.

— Está bem. Eu creio. Digamos que ela se comportou mal e teve sua punição. Eu quero minha família de volta. Você tirou as tirou de mim, deveria ter mandado Talissa de volta assim que ela bateu à sua porta.

— É um doente se pensa que deixaria minha irmã se aproximar de você novamente depois de tudo que fez a ela. — Eu me aproximo mais um pouco e ele se levanta ficando cara a cara comigo.

Quando Benjamin mostra uma das mãos, percebo a arma apontada para minha barriga.

— Eu sempre a amei, mas ela veio com defeitos. Eu precisava corrigir isso. Sua irmã sempre foi minha, Theo. Desde nova e nós sabemos disso. Agora, mande esse seu amigo ficar parado onde está. Não queremos que você se machuque, certo?

— Eu vou acabar com você. Cada dor que você fez Talissa e Rebeca sentir, eu farei você sentir em dobro.

Matteo aparece por trás de Benjamim, prendendo-o pelos braços.

— Mike, ache Beca! — Ele grita para o amigo, que sai às pressas.

Matteo e eu entramos em uma luta corporal com Benjamim tentando desarmá-lo. Acerto um soco em seu estômago, ele se contrai largando a arma. Caído no chão, ele troca olhares entre mim e Matteo.

— Bravo, cunhado! Dessa vez você me surpreendeu.

— Theo, você tem cinco minutos... — Matteo avisa.

A raiva que dominava meu corpo antes não é nada compara à que sinto agora, com ele à minha frente. Entendendo rápido o que Matteo quis dizer, parto para cima de Benjamim. Acerto socos e mais socos na sua cara, a cada um deles eu me lembro de todos os relatos de Talissa sobre como vivia, lembro-me do sofrimento de Beca. Ele tenta se defender, mas a minha ira é mais forte, nesse momento deixo vir à tona um lado meu que nem eu pensei que existia.

— Theo... Theo, socorro! Eu a encontrei!

Paro meus movimentos e levanto a cabeça quando escuto os gritos de Mike, pedindo socorro em algum lugar.

— Vai, Theo, eu cuido dele.

Olho para Matteo e escuto barulhos de sirenes ao longe. Saio em disparada pelo corredor e, quando desço uma pequena escada, paro à porta. Sinto cada músculo do meu corpo tenso. A respiração parece que para e meus olhos se enchem de lágrimas. Rebeca está deitada no chão coberta de sangue no rosto, como se fossemos ímãs seu olhar encontra o meu e ele intensifica ainda mais o choro, mal percebo que estava andando lentamente até ela.

Eu me abaixo devagar e colo minha testa na dela, deixando o choro sair.

— Perdoe-me, por favor! — peço em meio aos meus soluços.

Mike coloca a mão no meu ombro dizendo que precisamos levá-la rápido para o hospital. Com cuidado eu a levanto em meus braços e fico tenso quando escuto os gemidos seus de dor. Beca tenta falar sobre nosso bebê e engolindo minha dor tento ser forte para nós dois.

Saio por onde entrei e passo por um Benjamim desacordado, rodeado por vários policiais. Quando chegamos ao portão, os paramédicos vieram correndo em nossa direção. A partir deste momento tudo é um borrão para mim.

Rebeca e eu dentro da ambulância... Rebeca sendo atendida... A paramédica com algum aparelho estranho tentando ouvir sinais do meu filho na barriga de Beca.

Eu olho tudo, calado, e com um medo filho da puta que me impede até mesmo de piscar. A culpa me corrói e a vergonha me toma.

Saímos da ambulância e subimos de elevador até o terceiro andar do hospital sem trocar qualquer outra palavra.

Quando saímos, Beca é levada às pressas para uma sala depois de trocar algumas palavras com as meninas. Eu me sento em uma cadeira distante, coloco as mãos no rosto e choro. Sinto mãos nos meus ombros e olho para cima, encarando meus amigos.

— O pior já passou, vai ficar tudo bem — Mike diz com um sorriso tenso.

— Você viu o que ele fez com ela? Mike, meu filho... Ele... — Fecho os olhos sem conseguir completar a frase.

— Theo, você precisa ser forte. Ela vai precisar.

Concordo com a fala de Matteo. Ayla e Ceci se juntam a nós se sentam ao meu lado e ficamos calados um bom tempo, vigiando a porta da sala onde levaram Rebeca. Às vezes Matteo recebia alguns telefonemas e trocava um olhar comigo, mas não dizia nada.

Duas horas depois uma médica se aproxima de nós, ela me olha e depois dirige um olhar para as meninas.

— Sofia, qual é a situação? — Ayla pergunta, incerta.

— O sangramento foi contido, mas Rebeca teve um deslocamento de placenta. — A médica suspira e continua: — Agora é uma gravidez de alto risco. Ela não pode fazer nenhum tipo de esforço, vou mantê-la aqui pelas próximas quarenta e oito horas e depois, em casa, as recomendações são muitas. — Ela nos olha com pesar e dá um sorriso confortante. — O pior já passou. Rebeca tomando os devidos cuidados e se alimentando bem vai dar tudo certo.

As meninas se abraçam e eu, enfim, suspiro, aliviado.

— Viu? Vai dar tudo certo — Matteo diz sorrindo.

— Vou ligar para tio Cristiano — Ceci diz, afastando-se e Mike vai atrás.

— Vamos cuidar deles. Eu vou fazê-la comer tanto que, no final, vai ser difícil de passar pela porta. Além disso, vou amarrá-la na cama. — Ayla tenta me confortar com as palavras.

— O que eu faço agora? — pergunto olhando para os dois. — Eu duvidei dela, disse coisas horríveis enquanto Beca estava certa e tentando dizer que estava grávida.

— Não seja precipitado. Ela foi atrás de você, não foi? — Ayla lembra.

— Mas não sei o que Karen disse a ela. E se Beca não quiser me ver? — Deixo meus medos virem à tona. — Eu quero Rebeca e nosso bebê comigo.

— Agora é hora da calma e da paciência. Beca precisa de todos bem para cuidar dela — Matteo responde sorrindo.

Abro a porta devagar e coloco a cabeça para dentro me certificando de que Beca está dormindo, entro e ando até estar ao seu lado na cama. Seu rosto está inchado e roxo por conta dos socos que o infeliz lhe deu, no pulso direito ela tem uma atadura e vários roxos ao longo dos braços. Sento-me na cadeira bem ao lado da cama e apoio os cotovelos nos meus joelhos, olho para Beca que dorme profundamente e um misto de alívio com medo toma conta de mim.

E se ela não me perdoar? Tiro uma mecha do seu cabelo do rosto e seguro a vontade de depositar um beijo em sua boca, eu não me sinto no direito nem de estar na presença dela. Uma vez eu disse que jamais a machucaria e olha só onde ela está por minha culpa!

— Até que demorou até que você viesse.

Saio dos meus pensamentos e vejo Ceci entrando no quarto.

— Eu não sabia se ela queria me ver, então esperei que dormisse.

— Vocês dois precisam conversar. Isso tudo que viveram nos últimos dias foi desesperador e traumático. — Ela me dá um sorriso tenso e olha para Beca.

— Você acredita que ela vai me perdoar um dia? — pergunto meio inserto.

— O que eu penso é que vocês se amam e merecem um tempo de paz, agora nós teremos um bebê para cuidar e proteger.

Ela anda até o outro lado da cama e faz um carinho na mão de Beca que está bem em cima da barriga.

— Eu contei meia-verdade para o pai dela. Disse que Beca sofreu um acidente, mas que já está tudo bem e que em breve ela entra em contato. Mas, se bem o conheço, à uma hora dessas ele já está se preparando junto dos pais da Ayla e os meus para virem para cá. Ela me encara, tensa. — Talvez seja melhor se preparar para enfrentar a fúria dele.

— Talvez ele seja o menor dos meus problemas. — Olhando para Beca, continuo: — Preciso resolver toda a bagunça que eu causei. Preciso ir atrás da Karen e saber o que Beca disse e o que ela fez.

— Você não precisa ir atrás e fazer perguntas para as quais você já sabe a resposta! Karen mentiu para você e para a Beca e por culpa dela vocês quase perderam o bebê.

Abaixo a cabeça, envergonhado! Por um lado, Ceci está certa, mas eu quero saber até que ponto fui manipulado. Saio do quarto, deixando-a com Beca. Quando estou andando rumo à cafeteria, topo com o cara da foto, que me olha e arregala os olhos.

Sem medir meus atos mais do que descontrolados, eu o pego pelo colarinho e o prenso na parede.

— Que mandou que beijasse Rebeca? Quem? — grito, chacoalhando-o, fazendo com que ele olhasse para os lados; talvez em busca de ajuda.

— Eu não sei do que você está falando — ele diz, incerto.

— Você sabia que tirariam aquela foto.

Eu o solto quando sinto alguém me puxando para trás.

— Ficou maluco, porra? O que deu em você hoje? — Matteo diz me contendo, sério.

Aponto para o cara a minha frente com ódio.

— Foi esse filho da puta que a beijou e causou tudo isso. Eu quero saber quem mandou que fizesse isso. — Tento partir para cima dele, mas Matteo me segura.

— Calma! Você já tem problemas suficientes. Deixe que eu resolva isso — fala me empurrando para longe.

— Sim, Theo, nós resolveremos isso para você — Mike aparece dizendo, calmo, mas quando chega próximo do homem que está parado vendo toda a cena, estende sua mão para um aperto.

— Prazer, sou Mike Carter — ele cumprimenta o filho da puta. — Qual é seu nome?

— Guilherme Martin.

— Mike! — rosno, irritado, qual é a dele? Vai convidar o cara para um chá agora?

— Sabe, Dr. Martin? Você trouxe muitos problemas para meu amigo Theo. — Ele aponta para mim. — Nós dois sabemos que aquilo foi uma armação, então eu sugiro que você diga quem pediu que fizesse aquilo. Porque eu vou adorar conversar com o diretor do hospital e contar tudo que aconteceu. Eu sou um advogado muito bom, sabe? Eu posso processar este hospital por vários motivos se você continuar trabalhando aqui. Então, vou fazer a pergunta que definirá seu destino. Quem mandou você fazer aquilo?

Um Guilherme fodido encara nós três ao seu redor, abaixa a cabeça e suspira.

— Foi uma amiga de uma conhecida! Karen. Ela me pagou um bom dinheiro para que eu investisse na Dra. Fontes e foi o que fiz. O beijo foi um bônus. — Quando ele termina de dizer, Mike o acerta em cheio com um soco.

— Ótimo! Agora, some da minha frente — ele ordena, sério, balançando a mão que usou E o cara sai às pressas.

— Theo e você são dois desmiolados que só sabem bater primeiro e perguntar depois — Matteo diz dando um suspiro e cruzando os braços.

— O policial aqui é você. Eu posso bater em quem eu quiser — Mike retruca com um sorriso sarcástico.

— Você queria um nome para isso tudo e agora você tem! O que vai fazer?

— Eu não posso bater na Karen — respondo para Matteo.

— Mas nós podemos e vamos — comenta Cecília.

Fecho os olhos e suspiro.

— Calminha aí, lutadora. Nem tamanho você tem — Mike observa e cai na gargalhada.

Ayla se aproxima ficando bem na frente do Matteo e cruza os braços.

— Karen merece um corretivo. Eu vou mostrar para ela que não se mexe com minha família.

Ambos trocam olhares e eu me pergunto o que foi que eu perdi nessa interação deles.
— Eu vou pegar a cadela ruiva. — Cecília sai andando e Mike a segura.
— Calma princesa. Não é assim, você pode ser processada.
— Eu vou ser presa por homicídio se você não me largar, agora — Ceci diz olhando para Mike com fúria.
Vejo Matteo e Ayla trocando olhares, Cecília e Mike quase se matando.
— Será que vocês podem focar em mim por um momento — falo suspirando.
— Vocês precisam cuidar da Beca — Matteo comenta.
— E vamos, mas a Vakaren não vai escapar — Cecília retruca.
— Vocês ficam com Beca agora. Eu vou conversar com Theo e Mike e já vamos lá. Eu preciso ainda tomar o depoimento da Beca. — Matteo olha para mim, tenso.
As meninas saem marchando contrariadas, deixando-nos a sós.
— O que você quer me falar, Matteo?
— Você ainda não me perguntou o que aconteceu com Benjamim.
Ele fala cruzando os braços.
— Porque eu só quero ver aquele filho da puta no dia em que ele for julgado e pegar prisão perpétua.
Ainda de braços cruzados ele me encara, sério, e revela:
— Ele está internado aqui.
Sustento seu olhar com raiva por ele ter colocado Benjamin logo no mesmo hospital em que Beca está.
— Como pode trazê-lo logo para cá? Eu não o quero perto da Rebeca. E se ele fizer alguma coisa?
— Ele não vai fazer nada, Theo. Porque está em coma.
— Wow... Espere aí! Você está dizendo que a surra que ele levou de Theo o deixou em coma? — Mike pergunta, incrédulo.
— Sim. Foi uma lesão grave e com os socos todos na cabeça ficou ainda pior. O médico disse que não sabe se ele acordará.
— Theo. — Olho para Mike e prevejo a piada que virá. — Seu filho da puta fodido, que porra de soco potente é esse?
— Vou usá-lo em você se continuar enchendo meu saco. — Mike aponta o dedo do meio para mim, rindo como uma hiena. — Eu vou responder algum processo?
— Não, porque pode ser considerado como legítima defesa. Fica tranquilo, eu não vou prender você.
— Claro que não, eu sou o advogado dele e um dos melhores, diga-se de passagem.
Começo a andar deixando Mike para trás falando suas besteiras.
— Ei, Theo! — Olho para trás quando ele me chama. — Vou fazer uma lista de algumas pessoas que eu preciso que você soque.
Filho da puta.
— Vai se foder, Mike! — respondo rindo.

Olho fixamente para a porta à minha frente. Estou criando coragem para entrar porque eu sei que Rebeca acordou e está com as meninas lá dentro. Faz um dia que ela foi resgatada e dois que não sei o que é dormir. Respiro fundo e abro a porta devagar, assim que a fecho atrás de mim meu foco está em Beca, sentada com as costas apoiadas nos travesseiros. Seu rosto continua com hematomas vermelhos e roxos. Ela me olha intensamente e depois desvia o olhar.

— Posso falar com você? — pergunto diretamente a ela que troca olhares com as meninas e depois assente com a cabeça.

Ayla e Ceci passam por mim exibindo sorrisos tensos. Talvez já seja um aviso de que eu estou fodido.

— Estou esperando. — E pela primeira vez ela me dirige a palavra. Seu tom amargurado me leva a engolir seco.

— Eu tinha uns planos de chegar aqui, pedir perdão e dizer que estava errado, mas tenho a impressão de que isso não vai ajudar em nada minha situação. — Ela tem o olhar na parede a sua frente enquanto eu estou sentado ao lado da sua cama. — Quando eu recebi a foto, estava indo até você para dizer que eu a queria de qualquer jeito! Mas eu perdi a cabeça quando a vi, disse e fiz coisas horríveis desde então.

— Diga, quando eu menti para você? — ela pergunta, e agora está me olhando nos olhos. — Fale em que momento eu fiz algo para que você desconfiasse de mim uma única vez?

— Eu...

— Eu nunca fiz, Theo. Fui sincera em todos os momentos e na primeira oportunidade você me feriu.

Ouvindo suas palavras, deixo as lágrimas descerem sem controle, porque no final ela está certa! Beca foi honesta e fiel. No final, fui eu quem a traiu, fui eu quem a machucou e quebrou.

— Perdoe-me, Beca! — peço com a cabeça baixa, envergonhado. — Eu passei dias horríveis sem você e não fiquei com Karen. Aliás, agora eu sei tudo que ela fez e eu sinto muito! Eu... Eu preciso do seu perdão.

— Enfim, você percebeu que ela não presta! Eu o perdoo, mas isso não significa que vamos voltar. Nós temos um bebê a caminho e não vou deixá-lo longe de tudo que for seu direito. Mas em mim, você não encosta mais.

Sua voz dura me deixa tenso.

— Como você se sente?

Beca olha para mim, confusa com a pergunta. Quando eu desço o olhar para sua barriga, entendimento aparece em seus olhos.

— Eu estou bem. Nós estamos bem — fala colocando a mão na barriga.

— Beca, eu... — Sem controle solto um soluço e abaixo a cabeça, chorando ao seu lado. Sinto sua mão fazendo um carinho no meu cabelo e levanto o rosto. — Eu pensei que fosse perder vocês. Eu fui ao inferno e voltei nesses dias. Eu amo você! Eu amo nosso filho!

Uma lágrima rola pelo seu rosto e ela enxuga.

— Já passou. Não se preocupe.

Somos interrompidos quando a porta se abre devagar e as meninas passam por ela seguidas por Matteo e Mike.

— Eu sei que não é uma boa hora, mas trouxemos presentes — Matteo diz, meio sem graça, segurando uma caixa parecida com a que Mike traz.

Mike e ele se aproximam e cada um lhe dá um beijo na testa, então entregam os presentes.

— Estou feliz por você e o bebê estarem bem — Matteo fala enquanto Beca abre seu embrulho.

Ela logo sorri quando tira um macacão amarelo com a frase: "cuidado, meu tio é policial".

— Hã... Olhem isso! — Ela vira a pequena roupa para as meninas que estão caladas, sentadas sorrindo.

— Está bem... Agora é a vez do meu. — Mike empurra Matteo para o lado fazendo todos rirem e Beca começa a abrir seu presente.

— Preciso ter medo, Mike? — ela pergunta.

— Claro que não! Eu serei o tio mais legal que essa criança vai ter. Mas se for menina, que Deus me ajude!

— Que ele nos ajude, você quer dizer — Matteo solta um grunhido, divertindo-me.

Beca levanta um macacão vermelho, solta uma gargalhada e depois geme de dor.

— Calma, Beca, você não pode se mexer assim! — Ayla levanta às pressas vindo até nós.

— Mike, seu filho da puta! — Beca olha para ele, rindo.

Na pequena roupa vermelha Mike mandou customizar a frase: "Minha mãe é uma diaba". Eu olho para ele com uma carranca e o safado sorri, sarcástico.

— Vou matar você, seu filho da puta — ameaço.

— Entra na fila — Cecília recomenda revirando os olhos.

— Olha só, parece que temos sala cheia! — Olhamos para a médica à porta que está com um sorriso. — Pronta para ter alta? — ela pergunta para Beca, que concorda com a cabeça.

Calados, todos nós escutamos as recomendações da médica e as medicações que ela precisa tomar. E eu fico tenso com todo o cuidado que teremos que ter para que nada de ruim aconteça com nosso bebê daqui para frente. Quando a médica sai, as meninas se entreolham e eu pergunto o que há de errado.

— Vamos precisar contratar alguém para tomar conta de você, Beca — Ayla fala e suspira.

— Ayla e eu temos horários loucos aqui no hospital e você vai precisar de alguém vinte e quatro horas à sua disposição.

— Não se preocupem, eu ficarei bem. — Beca sorri e olha para mim de um jeito que me deixa desconfortável. — Theo cuidará de mim e do nosso bebê — ela acrescenta com olhar no meu.

Arregalo os olhos, feliz por me querer perto e com medo por não saber o que ela pretende com isso.

CAPÍTULO 39

Rebeca

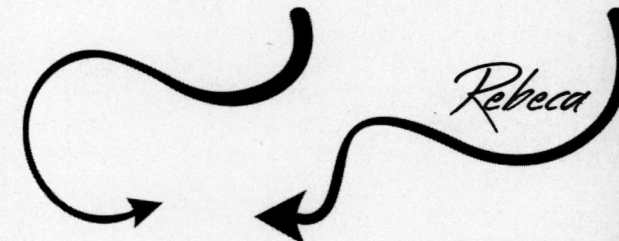

Acordar no hospital depois de tudo que eu passei nas mãos de Benjamim psicopata foi um alívio. Desde que cheguei a casa há quatro dias todos vêm me tratando como se eu fosse quebrar a qualquer momento. Cecília pensa que sou uma das suas pacientes e todo dia à noite vem ao meu quarto para uma sessão de terapia; da qual eu sei que não preciso. Não que eu não tenha ficado abalada com tudo que aconteceu, mas não chega ao ponto de eu precisar de uma psicóloga. Eu não posso mudar o que passei naquela casa, mas posso esquecer e olhar para o futuro, e o meu está crescendo dentro de mim.

Escuto a voz de Theo conversando com Ayla, provavelmente ela está escutando o que fazer hoje para o almoço; já que Ayla acredita que somente ela pode decidir o que eu tenho de comer. Theo está passando horas e horas comigo durante esses dias. Na cabeça de todos, ele apenas cuida de mim, mas Theo sabe que no fundo está pagando por tudo que me fez.

Não posso ser hipócrita e dizer que não o amo mais, foi difícil aceitar esse sentimento e seria quase impossível negar agora, mas nem por isso eu vou deixar de fazê-lo se arrepender. Eu sei que a culpa de não ter acreditado em mim o corrói por dentro.

— O que está fazendo em pé, Rebeca?!

Fecho os olhos respiro fundo tentando esconder o sorriso.

— Só estou esticando as pernas.

Eu e viro lentamente para Theo para vê-lo de bermuda jeans clara e uma camisa azul. Que tentação, meu Deus!

— Você está entediada, não é?

— E muito, mas eu sei que é preciso — falo e passo as mãos em meu ventre que com doze semanas ainda não se nota.

Ele olha com brilho nos olhos para minha barriga.

— Você quer ir para a sala? Podemos ver um filme ou aquela coisa chata de *Grey's Anatomy* — ele comenta meio sem jeito porque odeia a série.

Porém, o que me leva a sorrir é o fato de ele querer que eu desça, já umas das coisas que não posso fazer é descer escadas, então meu príncipe sempre me pega no colo e desce cada degrau com maior cuidado do mundo e é nesses momentos que meus hormônios de grávida se afloram. Sentir o cheiro dele perto faz com que eu deseje transar, coisa que não posso no momento, mas isso não significa que eu não vou aproveitar.

— Sim, estou com um pouco de fome.

Ele assente, vem para meu lado e me pega nos braços. Sinto um arrepio e suspiro. Ele desce as escadas e me coloca no sofá.

— Vou pegar uma fruta para você, se eu lhe der algo mais que isso Ayla me mata. — Ele faz uma careta e eu sorrio.

Ayla o ameaçou várias vezes sobre cuidar da minha alimentação quando ela não está por perto. Ele vai rumo à cozinha e eu o sigo com o olhar. É tudo tão estranho, estamos perto, mas ao mesmo tempo longe.

Como uma maçã e, antes mesmo que eu acabe, meu estômago embrulha.

— O que foi? — Ele me olha franzindo o cenho.

— Acho que vou vomitar.

Theo dá um pulo do sofá e me pega no colo subindo as escadas rumo ao meu quarto, corre comigo para o banheiro. Respiro fundo me segurando, assim que me coloco em frente ao vaso vomito sem parar por alguns minutos com Theo segurando meus cabelos e passando a mão nas minhas costas.

Quando termino tiro minha regata ficando com os seios de fora e olho de soslaio para Theo, ele respira fundo e engole seco. Sorrio de lado.

— Preciso de um banho! Acho que vou tomar banho na banheira. Você pode ligar para mim? — pergunto com a voz doce e ele a todo o momento tem o olhar fixo nos meus seios.

Como se estivesse saindo de um transe, ele sobre o olhar encontrando o meu e vai rumo à banheira enquanto lentamente me abaixo tirando meu short. Ele se vira notando que estou nua agora.

— Isso é uma tortura do caralho — murmura esfregando o olho.

Ando até a banheira e com sua ajuda entro na água morna. Theo se senta do outro lado, de frente para mim, assistindo atentamente a tudo que faço. Passo as mãos nos meus seios sentindo os bicos duros e suspiro de olhos fechados, lentamente desço uma das mãos para o meio das minhas pernas e começo a massagear lentamente o clitóris, um gemido baixo escapa e abro os olhos para encontrar Theo completamente preso à cena. Seus olhos nublados de desejo e a respiração acelerada não são nada se comparadas a sua ereção visível.

— Eu preciso me tocar — falo gemendo, sem parar a massagem no clitóris.

Fecho os olhos e nos imagino na casa do lago, um frio na barriga se faz presente, mas me assusto quando sinto dedos tocarem em minha intimidade.

— Eu faço isso — Theo diz, rouco, puxando-me para fora da banheira e me enrolando na toalha.

Em seguida ele me pega às pressas e me leva de volta para o quarto onde me coloca com cuidado no meio da cama.

— Nós não podemos fazer sexo, mas darei o que você quer.

Theo se coloca de joelhos no chão ficando de frente para minha boceta que está pulsando e sensível. Ele assopra contra ela me levando a gemer, abro a toalha expondo meus seios e começo a massageá-los. Theo solta um gemido e passa os braços por trás das minhas coxas me prendendo, lança para mim um olhar de um caçador que acabou de achar sua presa e cai de boca. O gemido alto sai involuntariamente. Sinto sua língua fazendo movimentos de baixo para cima e hora ou outra ele puxa com força me obrigando a arfar.

— Ah... Theo... — gemo chamando seu nome e ele intensifica as lambidas.

Meu corpo quente pede para ser tomado mais e mais, ele enfia a língua no meu buraquinho e começa a me foder com a língua.

— Eu senti falta de chupar essa boceta doce como o mel — Ele fala com a voz rouca e sem demora volta à ação. Em determinado momento ele para os movimentos e me vira de bruços me fazendo ficar de quatro com sua cara bem de frente para minhas duas entradas.

— Theo, mais... Eu preciso de mais.

Eu me vejo implorando para que ele me de mais disso, mais da sensação de estar completa, mais da sensação de prazer que é estar em seus braços.

Atendendo às minha súplica, ele segura minha bunda me abrindo mais ainda e volta a me chupar. Contorço-me de prazer e começo a rebolar sem controle na sua cara, suspiro quando ele enfia devagar um dedo em mim ao mesmo tempo em que me chupa sem dó.

— A oitava maravilha do mundo é você de quatro para mim, *baby*.

Suas palavras são suficientes para meu corpo se contrair e se entregar a um orgasmo avassalador. Eu tremo e Theo me segura para eu não cair bruscamente na cama. Colando minhas costas no seu peito, ele me prende com um dos braços e a outra mão desce e volta a massagear meu clitóris.

— Ahhhh porra! Theo... Seu... Seu filho da puta! — eu o xingo, embriagada de prazer.

Sua boca desce para o meu pescoço dando mordidas de leve sem parar por um segundo.

Fogo... Tesão... Desejo... Amor... É tudo que sinto agora.

Entregando-me ao segundo orgasmo, eu me deito de lado e o encaro. Seu sorriso para mim é enorme e sua ereção também. Talvez eu devesse retribuir o agrado como uma mulher gentil, mas eu acabei me lembrando de que não sou uma mulher gentil, sou uma diaba e ele merece passar vontade. Eu viro lhe dando as costas e me entrego ao sono, relaxada, satisfeita e feliz.

Conto para as meninas o que aconteceu ontem de manhã caindo na gargalhada, Ceci e Ayla estão vermelhas de tanto rir ao saberem como ficou a cara do Theo depois que percebeu que eu não retribuiria o carinho.

— Rebeca, você é uma peste!

— Eu?! Jamais, sou um anjo! — respondo para Ceci, sarcástica.

— Mas, diz uma coisa! — pede Ayla. — Vocês vão voltar, não é? Digo, vocês logo terão um filho juntos, além disso, o amor que sentem um pelo o outro é notório.

Desde que cheguei a casa e tendo Theo sempre ao meu redor, venho me fazendo essa pergunta. Tudo que passamos foi desgastante demais para nós e quase perdemos algo que jamais poderíamos recuperar; nosso bebê.

Mas eu não sei responder à pergunta de Ayla nesse momento. Não quando ainda preciso conversar sério com ele e saber onde está a cadela ruiva.

Ainda sem responder, dou a elas um sorriso de lado e fico aliviada quando escuto a campainha tocando.

— Eu atendo. — Ceci se levanta e vai até a porta.

Sentada no sofá com as pernas esticadas sobre ele, olho para trás e sorrio quando vejo um vulto loiro correndo pela sala indo ao encontro de Ayla; Asher. Minha amiga tem um grande sorriso no rosto e o abraça apertado dizendo coisas ao seu ouvido; ao lado vejo Matteo olhando para eles com um brilho no olhar.

— Olha ela aí!

Reviro os olhos quando escuto Mike se aproximar de mim. Ele aparece no meu campo de visão erguendo minhas pernas do sofá, sentando e as colocando em seu colo, isso tudo com um sorriso debochado.

— Oi, Mike! — digo.

Matteo se aproxima e me cumprimenta com um beijo na testa. Desde que acordei no hospital, Mike e ele vêm me visitando quase que diariamente, além de sempre serem prestativos comigo.

— Mas que porra é essa?

Ouço Theo resmungar com uma carranca no rosto, olhando feio para minhas pernas em cima das de Mike.

— Só estou cuidando da gravidinha, sabe como é, sou prestativo. Além do mais, preciso mimar essa criança para ganhar logo o posto de melhor tio do mundo — Mike fala dando um sorriso amarelo.

— Idiota — Ceci murmura de longe, revirando os olhos.

— Se você revirar os olhos assim para mim de novo, princesa, darei motivos reais para que faça isso.

— Mike, Asher está aqui, caso você não tenha percebido — Matteo o repreende.

— Como você está?

Viro o rosto para Theo que se aproximou sem que eu percebesse.

— Estou bem! Hoje não vomitei ainda! O que é um bom sinal!

Ele dá um sorriso de lado e coloca as mãos na minha barriga. Nesse momento percebo todos saindo da sala e indo para a área externa, deixando-nos sozinhos. Filhos da puta! Theo se senta onde Mike estava colocando meus pés no seu colo.

— Falou com seu pai?

— Sim, ele meio que surtou e disse que vem em algumas semanas.

Eu não contei para o meu pai toda a história do sequestro. Só disse que estava grávida e sofri um acidente, o que causou um surto de quase quatro horas por chamada de vídeo. Mas por sorte, tia Alessandra e tia Amanda souberam controlar a fera, mas os pais da Ayla e da Ceci, tio Fernando e tio Antônio, ficaram colocando lenha na fogueira chamando papai de vovô e ele ficou puto.

— Eu disse para minha mãe e Talissa.

Eu arregalo os olhos. Talissa tudo bem, eu já conheço. Agora, a mãe dele? Porra, nem sei o que dizer quando vir a mulher.

"Oi, prazer, sou Rebeca e não queria me envolver com seu filho, mas agora eu estou grávida dele."

Percebendo minha tensão, Theo pega minha mão que está apoiada em cima da minha barriga e a beija.

— Minha mãe está eufórica, mas elas vão demorar um pouco! Talissa está abalada e se sentindo culpada por tudo que você passou.

— Ligarei para ela depois, ninguém tem culpa se aquele filho da puta é um doente.

Ficamos em silêncio por alguns minutos, o único som era os de conversas e risadas de Asher do lado de fora.

— Eu estou morrendo aos poucos — Theo fala baixinho, olhando em meus olhos. — Errei com você em tantas coisas, e o pior é tentar dormir e me lembrar de como... Como e achei naquela casa — ele ainda fala baixinho, agora com as lágrimas rolando em seu rosto. — Eu sou o culpado, sim, Rebeca. Por cada tapa, cada dor que você sentiu lá.

— Theo, olh...

— Não, por favor, deixe-me falar — ele me interrompe. — Quando fecho os olhos ainda posso ver você toda ensanguentada, deitada naquele chão sujo. E quando eu coloco as mãos na sua barriga fico aliviado por saber que nosso bebê conseguiu passar por aquilo com você. Sou grato por ele já se mostrar tão forte quanto a mãe.

Mordo os lábios de leve e suspiro tentando controlar as lágrimas.

— Por favor, volta para mim! — Ele me pede num sussurro fazendo meu coração se quebrar pelo tamanho da sua fragilidade. Aproximando-se mais, de olhos fechados e com lágrimas rolando por seu rosto ele me dá um selinho. — Pode me fazer pagar todos os dias pelos meus erros, faça com que eu implore por perdão. Mas volta para mim, *amor*.

— Theo... — sussurro deixando as lágrimas caírem.

Ele levanta a cabeça me olhando de perto, seus olhos estão em um azul intenso e através deles eu vejo toda a dor que ele está sentindo e que eu também sinto.

— Para mim, foi difícil aceitar que precisava de você. Mais difícil ainda foi ver que você não acreditou em mim e que me feriu de propósito. Eu o amo, mas eu estou machucada.

Limpo as lágrimas no meu rosto e suspiro.

— Perdoe-me, Beca!

— Claro que eu perdoo, Theodoro! Mas, isso não quer dizer que eu esqueci. O esquecimento vem com o tempo. Vou dar a você uma chance de se redimir se for buscar escondido da Ayla algumas rosquinhas de coco com gotas de chocolate que ela fez hoje à tarde — falo sorrindo. — Eu estou com desejo.

Falando a palavra-passe para ter o que eu quiser, ele sai às pressas rumo à cozinha e eu fico aliviada por ter acabado com o clima tenso em que estávamos.

Dando-me um susto, Asher aparece à minha frente, sorrindo.

— Olá! — ele me cumprimenta com um sorriso lindo.

— Oi, para você também.

— Meu pai me disse que você tem um bebê aí dentro. — Ele olha para minha barriga levemente protuberante, curioso. — Mas parece que não tem espaço.

Gargalho com seu comentário. Theo se junta a nós se sentando e colocando Asher no seu colo. Olhando para os lados, passa para mim os biscoitos e depois entrega um a Asher.

— Se Ayla me pega, eu estou morto — diz seriamente me levando a revirar os olhos.

— Ela é legal, eu gosto dela! Ela conversou comigo quando minha mãe me levou no médico quando me fez sentir dor.

Fito Asher depois de escutar seu comentário e Theo faz o mesmo, depois me encara, curioso.

— Sua mãe faz você sentir muita dor, Asher? — pergunto com cuidado.

Como se percebesse o que acabou de dizer, ele enfia o restante do biscoito na boca.

Matteo e Mike vêm na nossa direção ao mesmo tempo.

— Eu vou conversar com Matteo — Theo fala, sério, e eu balanço a cabeça concordando.

— O que está comendo? — Matteo pergunta ao filho que sorri com os dentes sujos de chocolate.

— Biscoito e fala baixo — Theo murmura para o amigo.

Eu como sem dor na consciência. Ayla vem me privando de comer as coisas fora de hora e parece uma policial fiscalizando tudo a todo o momento. Quase mordo meu dedo quando o último biscoito é arrancado bruscamente da minha mão.

— Ei! — grito, irritada.

— Que bonito os dois! Comendo escondidos e ainda dando biscoito para Asher antes do jantar! — Ayla fala de braços cruzados; eu suspiro, derrotada.

— Eu estou grávida e quero comer biscoitos — falo com um beiço, logo Theo, Matteo e Mike olham ao mesmo tempo para minha amiga e ela revira os olhos.

— Beca já é terrível. Com vocês enrolados em seu dedo mindinho, vai ficar impossível, já estou avisando — diz Ayla, séria, entregando o biscoito para mim e andando até a cozinha para ajudar Ceci a pôr a mesa de jantar.

— Quando vamos ter certeza de que é um mini Theo a caminho? — Mike pergunta, animado.

— E se for menina? — pergunto.

— Que Deus nos ajude se puxar seu gênio! — ele retruca.

Eu tapo os olhos do Asher e mostro o dedo do meio para Mike.

— Vocês são péssimas influências para uma criança — salienta Matteo, sério, trocando olhares entre mim e Mike.

— Eu serei uma ótima mãe, você vai ver.

O resto da noite passa rápido depois do jantar em que Matteo estava engolindo com os olhos uma Ayla desconcertada; aquilo era tesão da mais pura qualidade. Além disso, Mike e Ceci não param de se atacarem, o que não é novidade nenhuma. Depois que os meninos foram embora e as meninas subiram para se deitar, Theo me ajudou a andar com cuidado até o lado de fora para que eu visse o céu estrelado. Nós nos deitamos lado a lado, mas sem nos tocar, no sofá perto da piscina.

— Poderia passar uns dias lá em casa. Estou sozinho e a Tina está doida para ver você.

— Esse céu me lembra o da casa do lago. — Mudo de assunto.

Eu o escuto suspirar.

— Sim. Você gostou de lá?

— Muito. A calma daquele lugar é ótima.

— Podemos ir para lá assim que você estiver mais recuperada, as meninas podem ir se quiserem.

— Quem sabe? — Viro meu rosto, olhando para ele. — Eu preciso que me beije, agora.

Seguindo meu pedido como se fosse uma ordem, Theo chega mais perto e me beija apaixonadamente. Solto um gemido e ele intensifica o beijo, suas mãos sobem para meus seios, fazendo com que eu recue um pouco pelo fato de eles estarem sensíveis.

— Desculpe-me! — Ele fala, preocupado.

— Tudo bem! Só estão sensíveis, é normal. Eu penso que esses hormônios vão me deixar louca.

— Quando tudo isso melhora?

— Vou pedir a Sofia que faça um ultrassom daqui a três semanas e veremos como anda meu progresso. Não se preocupe, vamos ficar bem!

Passamos algumas horas trocando beijos e a cada tempo ao lado dele me levou a perceber que eu estou no lugar certo.

CAPÍTULO 40

Rebeca

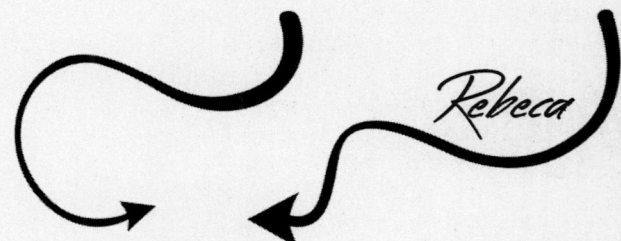

Pela quinta vez desde que me levantei hoje, analiso minha barriga pelo do espelho. Ela está com uma protuberância que já se nota de perto, faço um carinho nela e sorrio de lado; *meu bebê*. Sendo médica e convivendo com dezenas de grávidas diariamente, as pessoas podem pensar que quando é a sua vez de estar grávida a insegurança não bate, e esse é um erro. Mesmo sendo médica e sabendo de todos os cuidados que devo tomar, eu ainda me preocupo e me sinto insegura. Ainda sou uma mãe em formação, mas já sinto todo amor do mundo por esse bebê.

— Você está mais linda a cada dia! — Ceci fala entrando em meu quarto. Ela se aproxima de mim, coloca as mãos na minha barriga e dá um sorriso bobo. — Ainda nem acredito que você vai ser mãe, Beca. Você mal consegue terminar o dia sem soltar um palavrão.

Faço uma careta pelo seu comentário.

— Nem eu acredito. Eu sei que é bem clichê o que vou dizer, mas eu já o amo tanto, Ceci. — Ela se abaixa e beija minha barriga. — Você deveria começar a praticar para me dar um sobrinho também.

Ela se levanta e espreme os lábios.

— Quem sabe? Quem sabe?

— Como andam as coisas com Miguel? Você não tem falado dele e, graças a Deus, ele sumiu daqui.

— Estamos revendo nosso relacionamento — ela suspira.

— Não é ele quem você quer, não é mesmo? — Sorrio, sarcástica, e ela revira os olhos.

— Eu só estou cansada. Foram semanas infernais essas que passamos. Mas eu vim avisar que vou precisar sair para comprar algumas coisas, estamos sem quase nada na geladeira.

— Eu ficarei bem sozinha. Não pretendo sair daqui, prometo.
— De qualquer forma, liguei para Theo. Ele deve chegar a qualquer momento — ela diz saindo e acenando.
Viro de novo para o espelho e sorrio.
— Eu te amo! — declaro com um sorriso idiota.
Será que ser mãe é o tempo todo assim?

Estou deitada quando escuto um barulho de vidro se quebrando no andar de baixo. Eu me levanto devagar e a passos lentos vou até a porta que está aberta, coloco a cabeça para fora.
— Theo? — Como não tenho resposta volto para a cama, pego meu celular na cabeceira e disco o número dele.
Faz vinte minutos que Ceci saiu, então só pode ser Theo.
— *Está tudo bem?* — ele me atende com a voz preocupada.
— Sim, você já chegou porque ouvi o barulho de vidro se quebrando aí embaixo.
Ele fica alguns segundos em silêncio.
— *Beca, eu ainda não cheguei à sua casa* — responde, sério.
Olho para a porta aberta e escuto passos no corredor.
— Theo, tem alguém aqui — falo baixinho com os olhos na porta.
— *Vai para o banheiro e se tranca. Está me ouvindo, Rebeca?*
Não respondo, porque minha atenção está na pessoa parada à porta com uma arma apontada em minha direção; Karen.
— Desliga! Agora! — Ela ordena olhando para o celular ainda ao meu ouvido. Jogo o aparelho na cama e a encaro. — De verdade você pensou que tiraria tudo de mim e ficaria por isso mesmo? — indaga, andando até mim sem abaixar a arma.
Seus olhos estão cheios de lágrimas, mas nem por isso deixam de mostrar a raiva que sente por mim.
— Eu não tirei nada de você — respondo olhando em seus olhos, mas por dentro estou com medo.
— Ele era meu. Você tinha de voltar e ainda por cima *grávida*?! — ela grita a última palavra, fazendo com que eu dê alguns passos para trás.
— Karen, não faça nada que possa se arrepender.
Ela sorri quando termino minha fala.
— Eu não vou me arrepender. Você não vai ficar com meu Theo, nem esse bastardo.
— Não fale do meu filho! — ordeno perdendo o controle.
Ela me lança um olhar frio e depois olha para minha barriga. Nesse momento, por sobre os ombros de Karen vejo Ceci entrar no quarto devagar. Arregalo os olhos e lágrimas descem pelo meu rosto.
— Vocês vão morrer, está me ouvindo?
Antes que ela diga mais alguma coisa, Ceci puxa o braço da mão armada e as duas travam uma briga pela arma. Esta está no meio das duas

enquanto elas se embolam. Ando o mais rápido que posso até meu celular e, quando o pego, escuto o grito de Theo me chamando.

— Socorro! — grito a plenos pulmões e rapidamente Theo, seguido de Mike, entra no quarto enquanto Ceci ainda tenta tomar a arma de Karen.

Antes que eles se aproximem delas um disparo é ouvido e eu grito por Ceci que cai com Karen no chão.

— Cecília! — grito e Theo me segura, Mike se ajoelha ao lado dela.

— Ceci... — Mike murmura, assustado.

Ceci larga a arma lentamente e o encara com os olhos cheios de lágrimas. Mike tira Karen de cima dela e só então percebemos que a bala acertou o peito de Karen que está de olhos abertos, porém sem vida.

— Mike... Mike, ajude-me... — Ceci pede baixinho para ele, que olha para ela com lágrimas nos olhos. — Eu... Eu... Foi sem que... Querer, Mike, ajude-me.

Mike a puxa para seus braços e beija sua cabeça. Cecília está olhando Karen no chão e depois analisa seu corpo ensanguentado. Sua pele branca agora está cheia de sangue.

Eu me desvencilho de Theo e ando devagar até Ceci que vem até mim e me abraça apertado. Choramos sem parar e mal notamos as movimentações ao redor. Theo me puxa do abraço quando Matteo aparece no meu campo de visão, completamente assustado com toda a cena.

— Amor, olha para mim. — Theo coloca as mãos no meu rosto e levanta meu olhar ao seu. — Eu preciso que você se deite para que possamos cuidar de Ceci.

Em choque eu assinto com a cabeça. Ele me pega no colo e me leva para o andar debaixo. Então, coloca-me deitada no sofá e me dá um beijo na testa.

Theo

Deixo Rebeca no sofá, em choque, e subo as escadas correndo, entro no quarto e vejo Matteo ao telefone. Ele me olha com preocupação enquanto Ceci está sentada no colo de Mike, que a abraça apertado deixando que chore. Olho o corpo de Karen no chão e mal acredito em tudo que aconteceu. Até que ponto ela estava disposta a chegar para me ter?!

— Elas deverão prestar depoimento, mas vai ficar tudo bem — Matteo diz, vindo para meu lado.

— Dá para acredita nisso? Ela mataria Beca — falo fitando o corpo no chão.

— Queria dizer que estou surpreso, meu amigo, mas eu não estou. Pessoas como Karen não medem esforços para ter o que querem.

Ouvimos barulhos dos veículos da polícia e da ambulância, então Matteo e eu descemos, deixando Mike indo em direção ao quarto de Ceci com ela nos braços.

Já da escada vejo Ayla passar pela porta da frente feito um furacão fazendo, levando Matteo ao meu lado a suspirar.

Ela se abaixa ao lado de Beca e pergunta o que ouve. Quando Beca diz algo, ela passa por nós sem dizer nada. Na certa, indo atrás de Cecília.

Matteo vai conversar com os policiais e eu me sento do lado de Beca, que está calada.

— Vou arrumar uma bolsa com algumas coisas suas e vou levá-la para minha casa. Depois eu volto e levo as meninas se elas quiserem ir — falo, observando-a ali calada, em choque.

Converso com Matteo que me autoriza a entrar no quarto e tirar algumas roupas e objetos importantes de Beca. Quando saio vou até o quarto de Ceci e bato à porta, Ayla atende e entro. A cena que vejo me destrói. Mike sentado na cama apoiando as costas na cabeceira, ninando Cecília ainda coberta de sangue e de olhos vidrados na cadeira à sua frente. Mike está sério e vez ou outra faz carinho no cabelo dela.

— Eu levarei Beca para meu apartamento — comunico para Ayla, mas sem desviar os olhos da cena à minha frente.

Eu me aproximo da cama ganhando a atenção de Cecília, que levanta o olhar para mim.

— Onde está Beca? — ela pergunta num sussurro.

— Ela está lá embaixo e bem. Vou levá-la para meu apartamento e quero que você e Ayla venham também assim que puderem.

Ela murmura um "sim" e volta para os braços do Mike que a recebe sem nem hesitar. O olhar dele está fechado, eu nunca o vi assim em todos esses anos em que somos amigos.

Olho para Ayla que está parada, olhando tudo, calada.

— Assim que vocês forem liberadas, vocês vão para meu apartamento, Ayla. Não quero que fiquem aqui até que tudo se ajeite.

— Tudo bem!

Desço as escadas com pressa, encontro Beca ainda deitada no sofá conversando com Matteo e outro policial.

— Algum problema? — pergunto diretamente a Matteo.

— Não. Está tudo bem! Beca deu seu depoimento e não será mais necessário que ela vá à delegacia. Onde está Cecília?

— Considero melhor você dar um tempo a ela — respondo, tenso, atraindo a atenção de Beca.

— Tudo bem! — ele suspira.

— Vem amor, vou levar você daqui.

Saímos calados e por todo o caminho não trocamos uma palavra. Ainda imersos a tudo que aconteceu, eu a fito e volto minha atenção para a estrada. Tem algo errado com ela, mas eu não sei o que é. Quando estaciono o carro na garagem, Rebeca respira fundo. Talvez esteja se lembrando da última vez em que esteve aqui.

Pego a bolsa com suas coisas e a amparo, andando devagar até o elevador. Assim que pisamos na sala de casa, ela desmorona. Chora copiosamente enquanto eu a carrego até o quarto e a deito na minha cama.

Beca soluça alto, eu tiro minha blusa e me deito, puxando-a para se aconchegar em mim.

— Mas que inferno! Que vida é essa em que não temos paz — ela murmura e funga.

Passo a mão em suas costas com um carinho confortante.

— Passou, amor. Acabou!

— Ela me mataria, Theo. Aquela vaca me mataria com meu filho dentro de mim.

— Por favor, Beca, não pense mais nisso!

— A culpa é sua, seu filho da puta! — Ela fala, brava, dando um tapa forte em meu peito. — Theodoro, você tem uma dívida enorme comigo! Está me ouvindo? — pergunta com raiva.

— Sim, eu sei.

— Que bom que sabe, porque isso vai sair muito caro para você!

— Eu não me importo com o preço, porque o que tem valor para mim é você e nosso bebê. — Coloco a mão em sua barriga e me viro para depositar um beijo nela.

— Ceci vai ficar bem, não é? — ela pergunta, triste.

— Se depender de Mike, logo, logo ela estará pronta para voltar a brigar por tudo.

— Ela me salvou! Se ela não tivesse chegado, Karen teria atirado.

Fecho os olhos sentindo meu coração apertar com tudo que as três passaram e vêm passando. Essas mulheres estão suportando tudo que anda caindo sobre elas.

— Só dorme, amor. Vou preparar algo para você comer. Daqui a pouco elas chegam.

Saio do quarto, deixando que ela descanse.

※

Passa das 9h da noite quando Mike chega com as meninas. Abraço Cecília, apertado, e depois Ayla. Mostro onde Beca está e elas rapidamente vão até ela, deixando-me na sala com Mike.

— Que dia! — ele fala se jogando no sofá.

— Pois é. Matteo disse o que vai ser feito agora? — pergunto apontando com a cabeça na direção do quarto em que Ceci está.

— Foi legítima defesa, como com Benjamim. Ela vai precisar depor de novo, mas o pior mesmo é a cabeça dela. Você viu como ela ficou? Caralho, Theo! Isso é fodido até mesmo para mim.

— Você está gostando dela, Mike?

Ele arregala os olhos e desvia o olhar.

— Eu só estou sendo gentil, faria isso até mesmo se fosse Ayla no lugar dela.

— Nesse caso eu duvido que Matteo deixaria que chegasse perto dela — comento, rindo. — Você já viu como ele olha para ela?

Mike cai na gargalhada.

— Ele está caidinho por ela, mas Valerie não dá paz para o coitado.

Conversamos por algumas horas e, quando resolvo ver como as meninas estão, encontro as três dormindo em minha cama, abraçadas.

— Elas são fortes para caralho! —

Olho para o lado vendo Mike e em seguida Matteo que chegou há pouco. Eles olham para a mesma cena que eu, calados.

— Rebeca me disse que se não fosse por Ceci, Karen teria atirado nela — conto baixinho.

— Elas vão ficar bem — Matteo sussurra. — Vamos garantir isso.

Nós três trocamos olhares de entendimento e concordamos com um balançar de cabeça. Sim, nós vamos protegê-las sempre.

CAPÍTULO 41

Rebeca

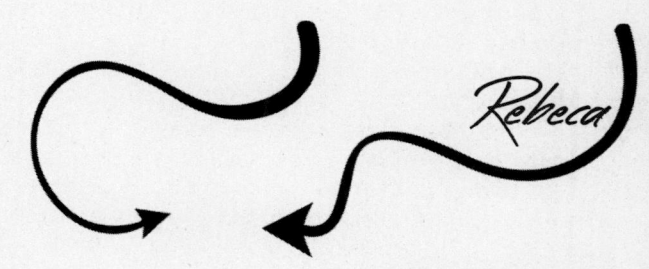

Duas semanas depois...

Reviro os olhos mais uma vez nos últimos trinta minutos. Theo andando de um lado para o outro está me deixando completamente doida. Estamos esperando Sofia nos chamar para mais uma consulta, para podermos ver como anda nosso bebê depois de todo o trauma que passamos.

Minha gravidez ainda é de risco por conta do leve deslocamento de placenta que tive. Mas, com todos os cuidados que ando tomando, espero que pelo menos eu possa respirar aliviada, até mesmo porque hoje o Sr. Cristiano desembarca na Califórnia e estou me preparando para seus surtos. Ainda bem que meus tios não vieram com ele, mas algo me diz que logo, logo se juntarão ao meu pai.

— Prontos?

Olho na direção da voz e encontro Sofia nos chamando com um sorriso, Theo vem ao meu alcance e me ajuda a levantar como se eu não conseguisse sozinha. Quando entramos, ela já nos encaminha para a maca onde é feito o ultrassom. Eu me deito e suspiro, não posso mentir e dizer que não estou nervosa.

— Vamos começar pelo o mais importante — ela diz, séria, sentando-se ao lado da maca e levantando minha blusa para aplicar um pouco de gel.

— Não queremos saber o sexo — Theo avisa rapidamente enquanto eu sorrio.

Ceci e ele cismaram de fazer um chá revelação para contar qual é o sexo do bebê.

— Você pode contar para Ceci — libero.

— E você não pode ver, senão vai saber o que é.

Bufo, contrariada, Theo é um filho da puta!

Fecho meus olhos para não olhar para tela que, segundo meu príncipe idiota, eu poderia ver o sexo rapidamente. Mas, e daí? Eu sou a mãe, ora essa! Minutos depois, Theo afasta as mãos que usou para cobrir meus olhos em algum momento da consulta. Ele ajuda a me limpar e a descer da maca enquanto Sofia vai rumo à sua mesa e se senta.

— Como foi? — pergunto sem rodeios após se sentar à sua frente.

— O deslocamento ainda é um risco, você sabe. Foi muito prematuro e temos de ficar de olho, mas seu bebê está bem. — Sorrio, aliviada. Theo aperta minha mão entre as suas. — Você está com quatorze semanas e ele está ganhando um peso bom. Resumindo, respirem aliviados e mantenham o que estão fazendo.

Theo olha para mim de modo estranho e eu arqueio as sobrancelhas em entendimento.

— Podemos fazer sexo? — pergunto na lata, vendo Sofia sorrir e trocar olhares entre mim e um Theo vermelho feito tomate.

— Infelizmente não a penetração, casal — Ela fala, animada, e eu o olho com uma cara de que já sabia. — O deslocamento de placenta precisa do repouso físico e sexual. A relação sexual pode piorá-la, então continuem usando mãos e bocas — recomenda, divertida, fazendo com que eu caia na gargalhada.

Saímos do consultório rumo à minha casa, contra a vontade de Theo, depois de tudo que aconteceu com Karen e Ceci. Por falar nela, Cei parece bem, às vezes eu posso ver que ela força um sorriso aqui outro ali, eu até tentei conversar com minha amiga algumas vezes, mas ela disse que foi só um susto.

Quando Ceci e Ayla voltaram para a casa depois de quatro dias, eu meio que fugi com elas porque sabia que Theo jogaria sujo para me ter ao seu lado.

— Está calada, diaba!

Olho para o lado entrando no carro, sorrindo.

— Pensando no meu pai.

Theo entra no carro fazendo uma careta engraçada. Ele está nervoso para conhecer pessoalmente meu pai, mas mal sabe que meu próprio pai é um dos seus fãs. Só pelo fato de pensarem que ele me domou. *Iludidos*!

— Como você pensa que será? — Ele me olha rapidamente antes de voltar a atenção para a estrada. — Ele vai me bater antes ou vai me deixar falar primeiro e depois me bater?

Tento controlar a gargalhada, mas é impossível.

— Ele vai tentar agir com seriedade pelos primeiros dez minutos e depois vai abraçar você como se fosse um filho dele. — Diabólica, sorrio. Ele olha para mim e engole seco. — Relaxa! Meu pai vai adorar você. Sua sorte é que os pais da Ayla e da Ceci não vieram, porque aí, sim, você teria com o que se preocupar.

— E por quê?

— Eles competem entre si para saber quem é o mais chato.

Conversamos o caminho todo sobre nossas famílias e possíveis nomes para o bebê que ainda nem sabemos o nome.

A porta se abre e sem olhar para trás meu coração dispara e meus olhos se enchem de lágrimas. Mas é quando escuto sua voz que percebo o quanto eu estava com saudades.

— Olha você aí! — ele diz com a voz carregada de emoção, levanto devagar e me viro encarando meu pai.

Ceci diz algo ao seu ouvido. Ele assente, vem até mim rapidamente e me abraça apertado. Deixo as lágrimas rolarem pelo meu rosto sem controle enquanto me aconchego mais ainda em seus braços.

— Olha só você, deixei que você viesse e depois de meses está namorando, grávida e ainda sofreu um acidente.

Seu tom é de brincadeira, como sempre. Meu pai é o tipo de pessoa que sempre tem um sorriso e uma piada ruim para todo o tipo de momento. Afasto-me um pouco e ele segura meu rosto com as duas mãos enxugando as lágrimas, ele abaixa o olhar para minha pequena barriga, suspira e me olha com um sorriso lindo.

— Você não sabe o quanto está fazendo seu velho pai feliz, Beca.

— Eu estava com tanta saudade!

Ele sorri, mas sua atenção se volta para algo atrás de mim. Antes que eu me vire, a mão de Theo à minha frente se mostra presente.

— É um grande prazer! — Meu pai que tem um inglês perfeito entende o que Theo diz, mede-o de cima a baixo e estende a mão para o cumprimento.

— Rapaz, você vai para o céu sem escalas. Conseguiu domar a pequena ferinha que eu criei.

Todos caem na gargalhada e eu me sento, contrariada.

— Eu ainda tento, para falar a verdade.

Arqueio a sobrancelha para a resposta de Theo.

Ceci e Ayla grudam no meu pai mostrando a casa inteira. Ele ficou rendido à área da churrasqueira e, segundo ele, promoverá um churrasco que a Califórnia jamais esquecerá.

Theo, que o segue com os olhos para todo lado, está calado. Também percebo o quanto está inquieto.

— O que você tem? — pergunto, curiosa.

Ele olha para mim e me dá um sorriso que, com certeza, molhou minha calcinha. *Droga*!

— Estou me adaptando. Agora eu sou um homem de família e ainda por cima tenho um sogro que me ama.

Reviro os olhos pela sua fala.

— Primeiro... — Conto com um dedo. — Você não é homem de família nenhuma. Segundo, meu pai gosta de todo mundo.

Ele ri. O filho da puta ri!

— Qual é o plano para hoje à noite? — ele pergunta, novamente sério.

— Jantar com meu pai e rezar para Mike não aparecer aqui, porque ele e meu pai são farinha do mesmo saco e não vou aguentar as piadas e brincadeiras dos dois juntos.

Ele assente e volta a olhar para a área da piscina onde papai e as meninas conversam animadamente e olham para cá de vez em quando.

Quando eu acordei hoje à tarde da minha cochilada — que acabei descobrindo que me ajuda no mau humor —, encontrei a casa em silêncio e um bilhete das meninas dizendo que levaram meu pai para passear. Mas, o que realmente considerei estranho foi o pequeno envelope preto ao lado, abro e reconheço a caligrafia de Theo.

Espero que esteja animada. Vista o meu presente e, quando estiver pronta, me avise. Theo

Levanto a cabeça e noto um longo vestido de cetim vermelho em cima da poltrona ao lado da cama. Ansiosa, eu me levanto e o mais rápido que posso, tomo um banho, visto o vestido e mais nada por baixo; o decote cavado e as costas nuas me deixam extremamente sexy. Deixo meu cabelo solto e opto por não usar maquiagem.

Gostando de como estou, mando uma mensagem para Theo dizendo que estou pronta e, como se estivesse à porta, ele a abre um minuto depois. Seu olhar brilha em minha direção apreciando o vestido no meu corpo.

— Preciso que você me ajude a calçar algo! — falo apontando para meus pés descalços. Ele os olha se aproximando e, quando está bem perto, deixa um beijo na minha testa.

— Você está linda assim!

— O que você está aprontando? Onde está todo mundo? — pergunto, curiosa, e ele sorri de lado.

— Uma coisa de cada vez.

Theo me pega no colo e me olha intensamente, arrepiando os pelos do meu corpo. Ele anda rumo às escadas e, quando olho para baixo, prendo a respiração com a decoração da sala. À medida que Theo vai descendo, a iluminação à luz de velas e pétalas de rosas vermelhas espalhadas pelo chão, deixam-me em choque. Ele me coloca sentada diante de uma mesa de dois lugares, que foi colocada no meio do cômodo, posta para um jantar romântico.

Quando Theo se senta à minha frente, seu sorriso é enorme porque ele sabe que me pegou desprevenida.

— O que significa tudo isso? — Olho ao redor ainda em choque.

— Um jantar romântico com minha mulher — ele fala como se fosse óbvio, mas eu arqueio as sobrancelhas pela sua fala.

— Por que eu tenho a impressão de que isso não vai acabar bem, príncipe?
— Porque você adora colocar fogo nas coisas, diaba. Mas hoje vamos reviver tudo que passamos.
— Como assim? — pergunto, confusa.
— O que você sentiu quando me viu pela primeira vez? — Ele faz a pergunta enquanto coloca suco na taça à minha frente.
— Senti vontade de *sentar* em você. — Lanço um olhar sexy para ele, que revira os olhos.
— E quando você *se sentou* em mim pela primeira vez, o que você sentiu depois?
Penso na resposta para essa pergunta, mas no fundo querendo entender aonde tudo isso vai nos levar.
— Senti vontade e necessidade de mais e mais. — Depois de um suspiro, acabo admitindo que sempre o quis.
— Quando se viu apaixonada por mim, Beca? — Seu olhar me deixa em chamas.
— Quando me vi prestes a perder você — falo rapidamente.
Ele assente com a cabeça e depois sorri de lado.
— Eu me apaixonei por você no hospital. Quando eu a vi andando em minha direção naquele corredor. Você me deu uma secada com os olhos, mas quem liga? — Sorri, convencido. — Eu também estava com minha atenção voltada para você. Desde então, não saiu mais da minha cabeça um único dia, e mais e mais você foi entrando, até se instalar no meu coração.
— E você chutou a porta do meu — falo rindo e ele se junta a mim, gargalhando.
— Mas você se esqueceu de dizer que eu cumpri minha promessa. — Quando percebe que não entendi o que quis dizer, Theo alarga o sorriso. — Eu prometi que a estragaria para os outros homens e que você seria só minha.
— E quem garante isso? — pergunto, erguendo uma das sobrancelhas.
— Seu corpo. — Porra, ele me tem e sabe disso. — O jeito que seu corpo se arrepia quando eu o toco, a forma como você suspira quando eu a beijo.
Ele se levanta e vem até mim, abaixa-se e sussurra ao meu ouvido:
— O jeito que você revira os olhos sempre que eu estou chupando sua boceta. — Fecho os olhos e tento controlar a respiração acelerada. Ainda sussurrando ao pé do meu ouvido, ele continua: — Eu a estraguei, sim, diaba. Você é minha, seu corpo já me reconhece e seu coração já bate por mim.
Ele se levanta me deixando completamente encharcada entre as pernas.
— Você anda muito intenso, príncipe. Isso tudo é tesão? — pergunto, abanando meu rosto com o guardanapo.
Theo está de costas para mim e, quando se vira, segura algo que tem a forma de uma gaiola pequena, mas não sei o que é por estar coberta por um pano. Colocando o objeto à minha frente, ele volta a se abaixar ficando cara a cara comigo.

— Isso tudo é amor. Eu a amei à primeira vista, Rebeca. Todos dizem que eu domei a diaba, mas o que eles não sabem é que eu não quero e nem vou dominá-la, porque eu a amo assim.

Levando sua mão até meu rosto, ele faz um carinho de leve na minha bochecha e me curvo para sentir mais a carícia gostosa.

— Somos opostos, ainda assim nos atraímos e nos apaixonamos. Eu nunca fui um homem de viver fortes emoções, minha vida era quieta até que você chegou e bagunçou tudo e depois me fez ir ao inferno e juntamente com nosso bebê me trouxe ao céu.

Suspiro tentando conter as lágrimas que insistem em rolar no meu rosto, Theo as limpa carinhosamente em silêncio sem perder o contato visual comigo. Percebo que sua outra mão vai rumo ao pano, puxando-o. Com olhos arregalados fito uma rosa vermelha aberta, eternizada dentro de um vidro, mas o que me deixa sem ar é ver uma caixinha com um anel ali.

— Rebeca, eu sei que nunca quis nada disso e está sendo a primeira vez para você... — Eu olho para Theo e agora ele está ajoelhado, com lágrimas nos olhos. — Eu também nunca amei alguém como eu amo você e talvez mil vidas seja pouco para viver todo esse amor, mas seja minha mulher no papel, porque na vida você já é. Aceita se casar comigo?

Sorrio em meio às lágrimas enquanto ele me fita com um largo sorriso, eu o olho ainda ajoelhado à minha frente e o puxo para um beijo rápido.

— Não — respondo sorrindo e ele me encara como se eu tivesse duas cabeças.

— Você ouviu o que perguntei? — Theo questiona, sem me entender.

— Sim, eu ouvi e a resposta é não. — Antes que ele diga algo, coloco um dedo sobre sua boca, impedindo-o. — Está pensando que será fácil assim? Hum... Depois de tudo que você me disse, que fez... Eu disse que me pagaria.

Engolindo em seco ele se levanta e me analisa, calado.

— Eu o amo e muito, mas isso não vai apagar o fato de que você foi um idiota. Sua punição é me pedir em casamento todos os dias, até que eu resolva aceitar — aviso e dou de ombros enquanto ele olha para mim, assustado, e no automático se senta de volta à minha frente.

Morrendo de fome e fingindo não ver o olhar dele de chocado, coloco um pouco da salada no meu prato e começo a comer, rindo por dentro.

— Você é uma diaba, sabia? — pergunta, agora com um sorriso de lado.

— Eu nunca disse que não era — retruco com sarcasmo e volto a comer, mas admirando o anel, um solitário enorme que logo, logo vou colocar no meu dedo.

— Ele é um bom homem — meu pai diz enquanto estamos sentados no sofá em frente à piscina, vendo dentro dela Ceci, Ayla segurando Asher, Mike, Matteo e Theo.

— Sim, ele é.

Não digo mais nada. O fato de ontem eu ter negado me se casar com Theo chocou todos e deixou meu pai encucado com o porquê, mas eu só disse que agora não era hora.

— Sua mãe adoraria conhecer Theo, além de fazer uma festa só por você estar grávida.

Ele me lança um olhar de saudades e eu o entendo bem. A falta dela às vezes dói. Permaneço calada olhando todos brincando na piscina, mas ciente do olhar do meu pai em mim.

— Eu estou muito orgulhoso de você, Rebeca. — Olho para ele, confusa. — Você veio para outro país viver seu sonho de ser médica, está trabalhando num excelente hospital, conheceu um homem correto e agora está prestes a se tornar a mãe mais linda na qual eu já coloquei meus olhos.

Sorrio, emocionada com sua fala. Meu pai e eu sempre tivemos uma relação boa, ele sempre me apoiou em tudo.

— Obrigada por ser o melhor pai!

— No momento, estou preocupado em ser o melhor avô. — Ele aponta para minha barriga sorrindo.

Logo todos se juntam a nós, sentando nos sofás. Percebo meu pai fitando Mike e Matteo a todo o momento.

— Qual é a de vocês dois? — ele pergunta, sério, apontando para Matteo que arregala os olhos e Mike que vira para trás para ter certeza de que está falando com ele.

— Como assim? — Mike pergunta, franzindo a sobrancelha.

— Que vocês são amigos do Theodoro e da Beca eu já entendi, mas qual é dos olhares para cima das minhas meninas?

Caio na gargalhada quando meu pai aponta para Ceci e Ayla, referindo-se a elas.

— Deixe-os, pai! Em breve talvez eles saiam do armário.

— Se você não tivesse grávida eu daria na sua cara — Ceci me responde e eu mostro a língua para ela.

Mal temos tempo de responder e meu pai está com o celular em chamada de vídeo, ligando para o tio Fernando e tio Antônio.

— O que você está fazendo, tio? — Ayla pergunta, vermelha feito um tomate.

Quando eles atendem a ligação um silêncio se instala e eu fito Ceci e Ayla, rindo.

— Olá, babacões! Vou mostrar algo para vocês — dizendo isso para meus tios, ele vira a câmera mostrando Matteo e Mike que fingem estar conversando entre si, mas tem a atenção voltada para nós.

— O que significa isso? — Tio Fernando, pai de Ayla, pergunta ao meu pai.

— Significa que vocês adoram me zoar porque eu serei avô, mas pelo que estou vendo logo vocês também serão.

A tosse na área da piscina é generalizada nesse momento. Ayla e Ceci olham para mim com olhos arregalados, Matteo e Mike ainda estão tossindo e vermelhos.

Devolvo o olhar de Theo que tem um sorriso bobo no rosto.

Mais um dia calmo depois de tudo que vivemos, é isso o que importa.

EPÍLOGO

Theo

Três meses depois...

Termino o nó na gravata prata e suspiro de nervoso, enfim estou me casando! Depois de três meses insistindo a diaba, que hoje se tornará minha esposa, aceitou meu pedido. Evidente que eu tive ajuda de todos, inclusive de seu pai, que deixou claro que deveríamos nos casar antes de nosso bebê nascer. E por falar em bebê, hoje também é o dia de descobrirmos se teremos uma menina ou um menino.

— Olha só para você! Indo se tornar um homem de família!

Sorrio para minha mãe que entra em um dos quartos da casa no lago. Rebeca fez questão de casar aqui, um lugar mágico e importante para nós dois.

— Eu estou nervoso.

— Claro que está! É o seu casamento, meu amor. — Ela me abraça apertado.

— Rebeca está linda! Acabo de vê-la. Sem dúvidas você fez a coisa certa quando a escolheu, além de linda é uma mulher incrível, e meu neto está cada vez maior dentro daquela barriga. — Seus olhos têm lágrimas de felicidade. — Seu pai teria orgulho do homem que você se tornou! — Ela leva a mão ao meu rosto. — Eu tenho orgulho do homem que você se tornou.

Batidas à porta interrompem nossa conversa e, quando ela se abre, Asher entra primeiro vestindo um terno cinza claro com gravata prata igual ao meu, Matteo e Mike vêm logo em seguida.

— Sra. Bittencourt, estão chamando por você lá fora.

Minha mãe sai nos deixando a sós depois do recado de Mike.

— Tio, você está igual EUA mim.

Sorrio para Asher e me abaixo ficando à sua altura.

— Sim, e no dia do seu casamento espero que eu seja o padrinho.

— Você tem chances de ser o sogro, quem sabe! — Mike zomba.

Envio um olhar de aviso para que ele pare de me atormentar com essa coisa. Há dias vem falando que sente que serei pai de uma menina e ela será terrível igual à mãe, mas Deus sabe que sou um homem bom e mereço paz.

— Como se sente prestes a se enforcar? — Matteo pergunta mudando o foco da conversa.

— Ótimo, nunca estive tão pronto.

Ouvimos risadas no corredor e ficamos calados, tensos, ao reconhecer a voz dos pais da Beca, Ayla e Ceci. Eles são umas figuras e os pais de Ayla e Ceci andam enviando olhares de avisos para Mike e Matteo desde o dia da ligação que Cristiano fez.

— Theo chegou sua hora — a cerimonialista avisa, batendo à porta.

Sorrio para eles e saio apressadamente, doido para ver Beca vestida no seu vestido de noiva com a barriga evidente.

Saio da casa e dou de cara com o corredor que leva ao altar, montado na frente do lago bem embaixo do grande Ipê amarelo plantado por mim e Talissa, quando éramos crianças; curiosamente, a muda veio do Brasil. Como logo anoitecerá, colocaram algumas lâmpadas penduradas na árvore, além de vários arranjos de tulipas ao longo do corredor por onde minha Beca passará.

A decoração rústica foi toda escolhida por Beca que conseguiu, junto das meninas e da minha mãe, organizar um casamento em tão pouco tempo. Ando lentamente a caminho do altar e cumprimento algumas pessoas, médicos amigos das meninas e alguns clientes meus da livraria.

Eu me posiciono no altar, tentando controlar o tremor das mãos e o nervosismo. O caminho foi árduo e difícil até aqui, por vezes eu pensei que nunca conseguiria viver nosso amor, mas eu estava errado. O amor quando é verdadeiro pode demorar a acontecer, mas quando acontece é único e mágico.

Saio dos meus pensamentos quando o som do violino tocando *Photograph*, de Ed Sheeran, anuncia a entrada dos padrinhos. Ayla entra com Matteo, seguidos por Mike e Ceci e logo depois Talissa entra com o irmão de Ayla. Os padrinhos se posicionam ao meu lado enquanto as meninas no outro lado. Mal tenho tempo de ganhar fôlego e *Heaven*, de Bryan Adams, começa a tocar anunciando a entrada da minha Beca.

Abaixo a cabeça deixando a emoção tomar conta de mim, as lágrimas caem e Mike me estende um lenço que pego.

Baby, você é tudo o que eu quero
Quando você está deitado em meus braços,
Estou achando difícil de acreditar
Nós estamos no paraíso...

Crio coragem e levanto a cabeça para olhar a perfeição de mulher que é Rebeca vestida de noiva. Lágrimas grossas rolam pelo meu rosto. Ela está maravilhosa em um vestido de alças finas com decote em V, nele tem pérolas por toda a parte realçando sua barriga de seis meses, a parte de baixo é de tule ainda com pérolas bordadas, deixando suas pernas à mostra. Ela olha para mim e sorri tão emocionada quanto eu, seus cabelos soltos caem em cascatas, ela usa uma coroa de flores pequenas. Beca é a mulher mais linda na qual eu já coloquei meus olhos, *minha mulher.*

Quando ela se aproxima de mim, aperto as mãos de seu pai e a puxo para um beijo na testa. Nós nos posicionamos em frente ao cerimonialista e ele dá início à nossa união.

De vez em quando olho para Beca querendo ter certeza de que não estou sonhando, e ela retribui cada olhar meu.

— Você é a coisa mais linda que já vi — sussurro.

— E você está um príncipe — ela diz, sorrindo.

Depois de algumas palavras, chega a hora da entrada das alianças. Olhamos para trás para ver Asher segurando a mão de Ana que com seu um ano e alguns meses anda e distribui beijos pelo caminho num vestido branco rodado e uma coroa de princesa na cabeça. O menino a segura firme e está sério enquanto ela sorri, eles se apegaram muito nos últimos dias com a convivência quase diária. Matteo vem evitando deixá-lo com Valerie e Rebeca está com ele enquanto ainda está de licença.

— O Amor é a base, é a sustentação. É a coluna que fará tudo permanecer estruturado, é o ingrediente que unirá todas as coisas! E, acima de tudo, porém, revistam-se do amor, que o elo perfeito; *Colossenses 3:14.* Por favor, façam seus votos — pede o cerimonialista pede.

Beca e eu nos viramos um para o outro, sorrindo em meio às lágrimas.

Ao fundo *My Only One* começa a tocar e a letra parece que foi feita para nós dois.

Eu me lembro de quando conheci você
Eu não queria me apaixonar
Senti que minhas mãos estavam tremendo
Porque você parecia tão linda...

— Eu sempre me orgulhei de ser o bastante para mim — Beca começa e sorri de lado. — Eu batia no peito, dizendo que estava bem ficando com quem eu quisesse, pensava que eu não precisava de amor, mas aí você apareceu...

Ela faz uma careta engraçada, fazendo todos sorrir.

— E me desafiou a cinco encontros fajutos, disse que me estragaria para qualquer outro homem e que amaria cada parte do meu corpo e do meu coração. E eu simplesmente disse que você não conseguiria porque nenhum outro homem conseguiu e hoje eu percebo que eles falharam porque tinha de ser você.

Estendo a mão e enxugo as lágrimas que rolam em seu rosto.

— Andei por aí procurando a felicidade e a encontrei dentro dos seus olhos, você cumpriu cada promessa feita, você me amou até mesmo quando eu não me amei, nós dois sofremos separados e fomos ao inferno por isso.

E hoje eu só quero viver o resto da minha vida com você. Eu o amo, Theo!

Ela enxuga as lágrimas e volta a dizer:

— Está vendo? Olha o que você fez comigo, Theodoro! Estou chorando e falando coisas melosas.

Todos riem sem parar e eu rio do seu nervosismo. Pego sua mão a beijo.

— Sabe, você foi um desafio e tanto. — Começo fazendo Beca sorrir daquele seu jeito diabólico. — Mas eu sabia que só o amor poderia mudá-la, então foi por isso que eu a amei incondicionalmente, foi por isso que errei tanto com você e a quase perdi. Eu me deixei cegar pela dor da incerteza de saber se algum dia você poderia ou não me amar. Com isso não me dei conta de que você já me amava do seu jeito torto. — Minha voz falha, mas suspiro e continuo: — Eu amo você!

Quando a chuva ficar forte
Quando você já estiver cansada
Eu a levantarei do chão e te consertarei com o meu amor
A única para mim

Rebeca

Admiro a aliança dourada em meu dedo e sorrio. Eu nunca pensei que pudesse ser feliz assim.

— Você anda muito mole, Beca. — Sentada ao meu lado Ceci me provoca, sarcástica. — Desse jeito sua fama de durona vai cair rapidinho.

— Vai se ferrar, Ceci! — Mostro o dedo do meio para ela, que ri.

Ayla está sentada do meu outro lado, estamos em um banco olhando todos se divertindo na festa.

— Eu vou sentir sua falta — Ayla se pronuncia depois de minutos.

— Até parece que vou mudar de país de novo, Aylinha. Minha casa fica a alguns minutos da de vocês.

— Vai ser tão diferente sem você com a gente o tempo todo.

— Claro que não, Ceci, eu estarei sempre lá. Ou vocês pensam mesmo que quando Theo pegar no meu pé eu ficarei em casa como uma boa esposa? — Elas olham para mim, sorrindo. — Eu vou é fugi para a casa de vocês, porque eu não sou boba.

Caímos na gargalhada. Porém, por dentro eu sei que também vou sentir saudade das minhas meninas. Nós nunca ficamos separadas por muito tempo e, agora, mesmo morando em uma casa perto sei que vai ser bem diferente do que estamos acostumadas.

Suspiro enquanto observo meu marido gostoso se aproximar de nós.

— Porque essas caras de velório?

Theo para diante de nós perguntando e coloca as mãos na cintura. Ele está uma delícia nesse terno três partes cinza claro, os músculos estão bem evidentes e o fato de ele ter dobrado as mangas da camisa até os cotovelos mostrando os braços tatuados é um atrativo que me faz chorar, *só não disse por onde*.

— Só estamos conversando, príncipe — diz Ceci se levantando e se pendurando em um dos braços dele, sorrindo de modo diabólico para mim.

Logo Ayla também se pendura no outro braço, rindo.

— Agora você é nosso irmão mais velho — fala e Theo arqueia as sobrancelhas.

— Seja bem-vindo à família, Theodoro! — Rio porque Ceci o chama pelo nome, mesmo sabendo que ele odeia.

— Obrigado, meninas! Saibam que podem contar comigo para o que precisarem, estarei sempre por perto.

— Só quero deixar claro que não aceitamos a devolução dela. — Ceci aponta para mim e dou um tapa em sua mão.

— Vocês duas estão muito abusadas, isso sim — comento com uma carranca, divertindo-as.

Elas saem, deixando-me sozinha com Theo. Ele se senta ao meu lado e coloca a mão na minha barriga.

— Cansados? — pergunta, preocupado.

— Até que não, mas eu estou ansiosa para a revelação. — Aponto para a grande caixa preta perto da mesa do bolo, onde Ceci colocou os balões que vão indicar o sexo do nosso bebê.

— Tem preferência?

— Eu penso que seja um menino. Espero que venha com seu temperamento. — Sorrio de nervo com meu próprio comentário.

— Ei, vocês, venham logo!

Olhamos para Ceci que está gritando por nós, junto à caixa. Theo me pega no colo e anda rapidamente entre os convidados que assobiam pelo gesto.

Ele me coloca em pé ao lado da caixa e se posiciona do outro lado. Todos fazem uma contagem regressiva e, quando a abrimos, balões cor-de-rosa voam para o alto fazendo com que todos gritem e que Theo me abrace chorando.

— Você me faz o homem mais feliz a cada dia, diaba — sussurra ao meu ouvido.

— Depois vocês se agarram, agora digam o nome da nossa mais nova protegida.

Tinha que ser Mike a estragar esse momento. Theo o encara sorrindo e depois olha para mim. Há alguns dias entramos em consenso sobre os nomes, decidimos que se fosse menino se chamaria Eric.

— Nossa princesa vai se chamar... — Ele ainda olha para mim e sei que está fazendo suspense. — Juliana. Nossa Juliana logo estará em nossos braços.

Seguindo a tradição, Theo entra em nossa casa nova me carregando no colo e me encara apaixonadamente enquanto sobe as escadas em direção à nossa suíte. Quando decidimos comprar uma casa, Mike rapidamente nos ajudou a encontrar essa depois que soube que um cliente seu a estava vendendo. Com isso, oficialmente Talissa se mudou com Ana para o antigo apartamento. Alice ainda mora em Boston com sua mãe e prefere vir de vez em quando nos visitar.

— Quando Juliana nascer, eu vou me enterrar nessa boceta até criar raízes — suspira; tem sido difícil nos segurar em relação ao sexo.

Sento-me na enorme cama que ele quis colocar no quarto alegando que eu sou espaçosa demais dormindo.

— Venha aqui, *marido,* eu cuidarei de você um pouco.

Ele se aproxima ainda de pé à minha frente, tiro a coroa de flores da minha cabeça e a jogo no chão. Logo em seguida abro a braguilha da calça sob seu olhar de desejo. Colocando seu pênis para fora, salivo vendo a cabeça rosada babada, passo a língua lentamente na cabeça fazendo Theo suspirar e fechar os olhos. Mantendo o olhar em seu rosto, coloco seu pau dentro da minha boca e começo a chupá-lo.

Theo tira a camisa arrebentando alguns botões, meu corpo arrepia quando seu peitoral tatuado fica exposto. Ele coloca a mão na minha cabeça aumentando o ritmo e fodendo minha boca com seu pau enorme.

— Boca gostosa do caralho! — ele fala levantando a cabeça e fechando os olhos.

Pego na base do seu pau e enfio mais e mais em minha boca, sem dó. Faço uma garganta profunda e Theo revira os olhos. Quando sinto seu pau pulsar, sei que ele está no limite, afasto meu rosto e tiro meu vestido pelas alças deixando meus seios à mostra.

— Seja um bom marido e goze nos seios da sua esposa — peço olhando para ele intensamente.

Theo geme mais ainda batendo punheta com os olhos em meus peitos, alguns segundos depois jatos quentes do seu gozo caem em minha pele me deixando em chamas e louca para senti-lo dentro de mim. Sem se importar com seus líquidos em mim, ele se abaixa e captura minha boca num beijo selvagem. Sua mão em minha nuca me deixa à sua mercê, *ele quer o controle hoje.*

— Porra de diaba gostosa do caralho! — fala recuperando o fôlego depois do beijo. — E o melhor de tudo... Minha, só minha.

— Sua, para sempre sua, meu príncipe.

AGRADECIMENTOS

Quero agradecer, antes de tudo, a Deus que me sustentou até aqui, que me fez forte e colocou pessoas maravilhosas para trilhar esse caminho comigo. Escrever *À Primeira Vista* foi realmente um desafio. Passamos por tantas coisas, mas nunca pensamos em desistir. Rebeca e Theo abriram espaço na minha vida para outros mundos, outros personagens e outras histórias e é por isso que eles têm muito do meu coração.

Agradecer ao meu marido por todo apoio e pelas noites em claro. E também às meninas que caminharam comigo e fizeram tudo isso se tornar real: Juliana Souza, Isis Nathali, Daiany Freitas e Juliana Rabello, eu amo vocês!

Lorena

Quero agradecer a Deus por ter me dado forças e muita fé. *À Primeira Vista* é o nosso primeiro livro e foi a primeira história que imaginamos. Para mim, não foi fácil, mas eu venci todos os obstáculos que surgiram no caminho. Agradeço à Juliana Souza, Isis Nathali e Daiany Freitas pelo apoio todos os dias e por nunca nos deixarem desistir.

Agradeço à Dani Moraes por ter acredito em nós e nos ter presenteado quando tudo que tínhamos eram sonhos.

Gostaria de deixar aqui meu carinho e gratidão à Beatriz de Faria, que nos ajudou muito na reta final do livro. Agradeço às minhas leitoras e, não se esqueçam, vocês estão lendo uma parte de mim.

"Um sonho sonhado sozinho é apenas um sonho. Um sonho sonhado junto é realidade." - Yoko Ono

Skarlat

www.lereditorial.com

@lereditorial